U0152018

# 應用文

蔡信發　編著

# 序

在今天工商業繁榮的社會裡，只要出外就業，不論公私機關，撰擬各類文稿是少不了的，尤其一切以文字為憑，故為彰顯機關的公信及保障個人的權益，加強這方面的能力是很必要的。

撰擬應用文難嗎？不難！因只要熟悉規格，即可撰擬成文；容易嗎？不容易！因須有駕馭文字的能力，才能撰成簡淺明確的文稿。是故要將應用文撰擬得層次分明，粲然可觀，必須一方面熟悉各種規格，一方面鍛鍊自己駕馭文字的能力，唯有二者相輔相成，才能使撰擬者心手相應，左右逢源。

應用文的種類，如要細分，實在很多，然而有的應用性已不很普遍，故為節省讀者的時間與心力，本書務求精簡，以期更能使「應用文」三字名實相副。又本書力求理論與實例並重，使讀者觀後，即可瞭然，藉具按圖索驥之效。

成書倉促，疏漏不免，倘賜鴻教，曷勝企盼！

蔡信發、識於國立中央大學

中華民國歲次辛未八十年孟冬

# 目錄

## 第四章　規章

## 第五章　契約

## 第九章 啟事——499

## 第十一章　簡報

## 第十五章　履歷表——635

# 第一章 應用文概說

## 第一節 應用文的意義

文字的功能本來就是要運用的，所以，只要是文字所記，都應該是應用文。因此，應用文的起源是非常早的；但是，到了後來，人類的交往，愈來愈密切，需要溝通的事情也愈來愈多，文字的運用，因而也多起來了，各式各樣的文章都出現了，文章的類別也分得細了，為了有別於一般的理論學術、文藝創作性的文章，因而把生活上實際應用的文章，歸為一類，就叫做應用文。

在應用文的定義來說，有廣義的意義，也有狹義的意義：在廣義的意義來說，只要是針對日常生活所需，為了達到某些目的，因而提出需求的文章，都可以說是應用文；在狹義的意義來說，凡是個人、團體、機關，彼此間以特定格式、特定術語，為特定主題所寫作，以求達到自己特定目的的文章，才是應用文。今日所謂的應用文，都是指狹義的應用文定義而言。

## 第二節 應用文的種類

到了今天，應用文愈分愈細，種類也愈是繁多，有的應用文，已經不能適合時代的需要；有的應用文，也只是在非常特定的場合才能使用，都沒有學習的必要，在這裡面，和我們工作、生活息息相關的，可以有下列幾類：

一 公文
二 書信
三 條據 名片 柬帖
四 會議文書
五 對聯
六 題辭
七 規章
八 契約
九 啟事

十 簡報

以上的這十類，是日常生活上或多或少會使用到的，有的一定要會熟習的使用，有的雖然不一定會使用，但是，也要能夠了解和欣賞。本書所要介紹的，也就是這十類的應用文。此外要說明的是：目前出版的應用文方面的書，有的把啟事與廣告併為一類，有的則在啟事之外，另列廣告一類。實則啟事應屬廣告之中，廣告分為啟事廣告、商業廣告二類，前者專指個人或機關團體公開對社會大眾或某一個人的文字陳述；後者則融合美術設計與文字說明為一體，本書啟事類屬於前者，而商業廣告牽涉到美工設計，所以從略。又電報本屬應用文，但是現在傳真已普遍使用，電信局也已將電報取消，故本書也略而不談。

## 第三節 應用文的特色

應用文既然是「個人、團體、機關，彼此間以特定格式、特定術語，為特定主題所寫作，以求達到自己特定目的的文章」，在這種定義下，應用文是必定具有特色的，應用文的特色，有下列幾項：

## 一、有特定的對象

應用文的寫作，既然是有特定的目的，為了要求達到目的，自然應該是有特定對象；因而，應用文的寫作，絕不能無的放矢，也不能像文藝作品一樣，對象可以是每一個人，也可以不對任何人；應用文寫作特定對象，可以是某一個人，也可以是某一群人，也可以是某一團體，也可以是某一機關。

## 二、有特定的目的

應用文的寫作，既然是有特定的對象，當然也是有特定的目的，這一特定的目的，或者是為某一件事，或者是為某一個問題；針對這一件事或是這一個問題，提出自己的解決方法或是自己的請求。因此，應用文的寫作，是針對某一特定的目的而寫作的。

## 三、有特定的範圍

應用文的寫作，既然是有特定的對象和特定的目的；那麼，在取材的範圍來說，也是有一定的範圍的；應用文取材的範圍，多半就是眼前實際的人和事為範圍，是最切近的，也是最普通的。所以，應用文的取材，不必舞文弄墨，大加渲染，只要樸實無華，簡明扼要，有一便一，有二便二，老老實實的把需要的目的說得明白就可以了。

## 四、體式有一定的規格

應用文的寫作不同於其他的文章，便是應用文有一定的格式；而且，每一種應用文，都有不同的格式；這種種格式，不能混用，更不能用錯，否則的話，規格一錯，不但貽笑大方，而且，也達不到自己的目的。應用文有了格式，雖然限制多了，但是，使用起來，也有規律可以遵循，大家也輕易的能夠接受；懂得規格，寫作應用文，就輕而易舉了。只是，初學的人，需要花一段時間，來熟習這些規格罷了。

## 五、措辭有專門的術語

應用文的寫作，在措辭方面，也和一般的文章不一樣，就是應用文的寫作有一定的術語；這一些術語，也一定要十分的熟習，否則，一個字用得不適當，全篇的應用文都可能作廢，更不要說自己目的的訴求了。這些術語，大半都有表格可以翻查，在寫作應用文的時候，不可以偷懶，一定要勤查表格，選用適當的術語，這樣，才能寫出符合格式的應用文。

## 六、受時間、空間的限制

應用文的寫作，既然是有特定的對象，也有特定的目的，而且是為了特定的事寫作的。因此，應用文必定是要受時間、空間的限制，過了一定的時間，換了另一個空間，對象不同了，目的不一樣，事過境遷了，這一篇應用文的實際效能就要消失。所以，應用文的原則，就是一篇只能使用一次，下一次，又要有不同規格、措辭的另一篇應用文了。

# 第四節 應用文的寫作

應用文的寫作，比一般的文章要簡單得多，既不要高超的文采，也不要高深的學術，只要平平易易，清楚明晰的表達出來就可以了。但是，在寫作時，仍然是要掌握幾個原則：

## 一、確定立場

應用文的寫作，一定先要明白自己的立場，才能知道這一篇應用文應該以什麼樣的態度，選用什麼樣的語氣來寫作；因此，確定自己的立場，便是寫作應用文首要的事。

## 二、明白對象

應用文的寫作，不是針對人，就是針對事；對人來說，對方的地位，現實狀況，甚至性別、要求等等的細節，最好是能夠明白，總之，儘量的能夠知彼，下筆時就愈能掌握現狀，對於應用文的寫作，就愈能得心應手。

## 三、清楚事實

剛剛說過，應用文的寫作，不是針對人，就是針對事，對人要能明白對象，對事也要能明白前因後果；也就是說：這一件事，重點何在？輕重如何？如何應對？有何後果？都要澈底的明白，下筆才不會含混，別人看了，也才會一目了然的，知道你訴求的目的。

## 四、選用適當格式

應用文寫作特色之一，就是應用文有一定的格式；這適當的格式，不僅是要能符合正當格式的需求，不能有所誤失；而且也要知道時代的新潮流，不要食古不化，抱著幾十年前的老格式，照樣套用。應用文也是會隨著時代調整腳步的。因此，吸收新知識，靈活運用，才能寫出通情達理、符合時代潮流的應用文來。

## 五、愼用術語

應用文寫作的另一個特色，便是有一定的術語；一不小心，術語用錯了，這一篇應用文便失去效用了。常常有人說：只要看一看信封的寫作，便知道會不會寫信。這也就是說：信封上的啟封辭用得恰不恰當，也就可以看出，寫信的人對於應用文的涵養了。因為，啟封辭一用錯，便沒大沒小，沒長沒幼，也就不倫不類；接信的人，可能拆都不拆，就丟到字紙簍去了。

## 六、措辭簡、淺、明、確

應用文的寫作，措辭一定要簡、淺、明、確。這四個字，是行政院秘書處所發行的「文書處理檔案管理手冊」中，對公文的要求。其實，不只是公文需要措辭簡、淺、明、確，一般應用文，也都需要措辭簡、淺、明、確。簡，就是文辭簡要，也就是要言不煩，能夠以一句話說明白的，就不必再多加詞語，不需雕琢，不必堆砌；淺，就是文詞淺顯，不要用典故，不要用深奧詞語，要能人人都一看就能明白；明，就是行文清晰，對於主題的訴求，能清清楚楚的使對方明白；確，就是文辭肯定，對於主題的訴求，確確實實的表達出來，不含混籠統，不模稜兩可。在應用文來說，措辭能夠簡、淺、明、確，那麼，這一篇應用文，也就是達到水準的應用文了。

## 七、態度謙和 禮貌周到

應用文的寫作，主要的還是要對人而設；態度謙和些，禮貌周到些，不論說理辯難，有所企求，都比較能得到對方的尊重、諒解和接受的。

# 第二章 公文

## 第一節 公文的意義

公文是處理公務的文書，有一定的製作、傳遞程序和格式，並且發文與受文者當中，至少有一方是機關。

本章依據「中華民國九十三年十二月一日行政院院臺秘字第0930091795號函修正文書處理部分」即行政院公布「文書處理手冊第三版（定自九十四年一月一日施行）」修訂。

## 第二節 公文的要件

公文必須具備下列三要件：

**一、有關公務的文書** 現行〈公文程式條例〉第一條規定：「稱公文者，謂處理公務之文書。」所謂公務，就是公眾的事務。凡私人的著述和處理私務的文書，例如私人來往的書信、基於權利義務關係所製作的書據契約，都與公務無關，不能稱為公文。

**二、文書的處理，起碼有一方為機關** 所謂機關，應包括官署及非官署性質的機關，例如國營事業機關、民意機關等。凡機關相互間因處理公務而往返的文書，當然都稱為公文。至於人民，無論個人或人民團體與機關間因申請與答覆而往返的文書，由於有一方是機關，該機關依其權責，必須加以處理，也就成了公務，所以也可稱為公文。

**三、符合一定的程式** 通常一件公文，從收文或承辦、擬稿、核稿、決行、發文等，都有一定的製作、傳遞程序，而且擬稿時，必須遵守特定的格式，不能標新立異。例如在公文上，應依照規定蓋用機關印信或首長簽署，並記明年月日及發文字號等；即使是個人的申請函，也應依規定署名、蓋章，並註明性別、年齡、職業及地址。凡不合程式的文書，應不得視為公文。

# 第三節 現行公文程式條例

## 一、公文程式的意義

所謂「公文程式」，就是製作公文的程序和格式。規定製作公文的程序和格式的法律，就是〈公文程式條例〉。全國各機關，上自總統府，下至村里辦公室，所使用的公文，都必須依照〈公文程式條例〉的統一規定，作為共同遵守的準則；否則，漫無限制，各行其是，一定會造成紊亂不堪的局面，增加處理時的麻煩，因而影響行政效率。

## 二、現行公文程式條例

我國的公文書，在從前專制時代，被視為官書。它的製作方式，不為尋常百姓所知曉。民國肇建，推行民主政治，行政措施日趨制度化，所以在民國十七年由國民政府制定公布了〈公文程式條例〉，並陸續於四十一年、六十一年、六十二年、八十二年、九十三年修正為十四條，沿用至今。

# 公文程式條例

中華民國十七年十一月十五日國民政府制定公布
中華民國四十一年十一月二十一日總統修正公布全文十條
中華民國六十一年一月二十五日總統修正公布全文十四條
中華民國六十二年十一月三日總統修正公布第二條、第三條條文
中華民國八十二年二月三日總統修正公布第二條、第三條條文，並增訂第十二條之一條文
中華民國九十三年五月十九日總統修正公布第七、十三、十四條條文；本條例修正條文第七條施行日期，由行政院以命令定之
中華民國九十三年六月十四日行政院院臺祕字第0930086616號令發布第七條定自九十四年一月一日施行

**第一條** 稱公文者，謂處理公務之文書；其程式，除法律別有規定外，依本條例之規定辦理。

**第二條** 公文程式之類別如左：

一、令：公布法律、任免、獎懲官員，總統、軍事機關、部隊發布命令時用之。

二、呈：對總統有所呈請或報告時用之。
三、咨：總統與國民大會、立法院、監察院公文往復時用之。
四、函：各機關間公文往復，或人民與機關間之申請與答復時用之。
五、公告：各機關對公眾有所宣布時用之。
六、其他公文。
前項各款之公文，必要時得以電報、電報交換、電傳文件、傳真或其他電子文件行之。

**第三條**

機關公文，視其性質，分別依照左列各款，蓋用印信或簽署：
一、蓋用機關印信，並由機關首長署名、蓋職章或蓋簽字章。
二、不蓋用機關印信，僅由機關首長署名，蓋職章或蓋簽字章。
三、僅蓋用機關印信。
機關公文依法應副署者，由副署人副署之。
機關內部單位處理公務，基於授權對外行文時，由該單位主管署名、蓋職章；其效力與蓋用該機關印信之公文同。
機關公文蓋用印信或簽署及授權辦法，除總統府及五院自行訂定外，由各機關依其實際業務自行擬訂，函請上級機關核定之。

機關公文以電報、電報交換、電傳文件或其他電子文件行之者，得不蓋用印信或簽署。

**第四條** 機關首長出缺由代理人代理首長職務時，其機關公文應由首長署名者，由代理人署名。

機關首長因故不能視事，由代理人代行首長職務時，其機關公文，除署首長姓名註明不能視事事由外，應由代行人附署職銜、姓名於後，並加註代行二字。

機關內部單位基於授權行文，得比照前二項之規定辦理。

**第五條** 人民之申請函，應署名、蓋章，並註明性別、年齡、職業及住址。

**第六條** 公文應記明國曆年、月、日。

機關公文，應記明發文字號。

**第七條** 公文得分段敘述，冠以數字，採由左而右之橫行格式。

**第八條** 公文文字應簡淺明確，並加具標點符號。

**第九條** 公文，除應分行者外，並得以副本抄送有關機關或人民；收受副本者，應視副本之內容為適當之處理。

**第十條** 公文之附屬文件為附件，附件在二種以上時，應冠以數字。

**第十一條** 公文在二頁以上時，應於騎縫處加蓋章戳。

**第十二條** 應保守秘密之公文，其制作、傳遞、保管，均應以密件處理之。

**第十二之一條** 機關公文以電報交換、電傳文件、傳真或其他電子文件行之者，其制作、傳遞、保管、防偽及保密辦法，由行政院統一訂定之。但各機關另有規定者，從其規定。

**第十三條** 機關致送人民之公文，除法規另有規定外，依行政程序法有關送達之規定。

**第十四條** 本條例自公布日施行。

本條例修正條文第七條施行日期，由行政院以命令定之。

右列〈公文程式條例〉，雖僅十四條條文，但已把處理公文的相關要項規定得相當明確。大致說來，其優點有六：㈠各機關間公文往復一律用「函」，具體表現了高度民主平等的精神。㈡「其他公文」，使現行法定名稱以外的各種公文，取得法律上的依據。㈢三段式的公文結構，可靈活運用，眉目清晰。㈣「簡、淺、明、確」的文字要求，使公文得以擺脫俗套，充分溝通意見。㈤利用「公務電話紀錄」方式處理公文，減少不必要的行文程序及次數；近又儘量以表格化及電子傳真的方式處理之，大大提高了行政效率。㈥採由左而右之橫式書寫，不僅可與國際接軌，並兼顧電腦作業平臺屬性，使公文製作更具便利性，進而提升公文處理效率。

# 第四節 現行公文的種類

依現行〈公文程式條例〉，公文分為六種：令、呈、咨、函、公告、其他公文。其用法如次：

依現行「文書處理手冊」第三版規定公文程式之類別如下：

(一)公文分為「令」、「呈」、「咨」、「函」、「公告」、「其他公文」六種：

1.令：公布法律、發布法規命令、解釋性規定與裁量基準之行政規則及人事命令時使用。

2.呈：對總統有所呈請或報告時使用。

3.咨：總統與立法院、監察院公文往復時使用。

4.函：各機關處理公務有下列情形之一時使用：

(1)上級機關對所屬下級機關有所指示、交辦、批復時。

(2)下級機關對上級機關有所請求或報告時。

(3)同級機關或不相隸屬機關間行文時。

(4)民眾與機關間之申請或答復時。

5.公告：各機關就主管業務或依據法令規定，向公眾或特定之對象宣布周知時使用。其方式得張貼於機關之公布欄、電子公布欄，或利用報刊等大眾傳播工具廣為宣布。如需他機關處理者，得另行檢送。

6.其他公文：其他因辦理公務需要之文書，例如：

(1)書函：

甲、於公務未決階段需要磋商、徵詢意見或通報時使用。

乙、代替過去之便函、備忘錄、簡便行文表，其適用範圍較函為廣泛，舉凡答復簡單案情，寄送普通文件、書刊，或為一般聯繫、查詢等事項行文時均可使用，其性質不如函之正式性。

(2)開會通知單：召集會議時使用。

(3)公務電話紀錄：凡公務上聯繫、洽詢、通知等可以電話簡單正確說明之事項，經通話後，發話人如認有必要，可將通話紀錄作成二份並經發話人簽章，以一份送達受話人簽收，雙方附卷，以供查考。

(4)手令或手諭：機關長官對所屬有所指示或交辦時使用。

(5)簽：承辦人員就職掌事項，或下級機關首長對上級機關首長有所陳述、請示、請求、建議時使用。

(6)報告：公務用報告如調查報告、研究報告、評估報告等；或機關所屬人員就個人事務有所陳請時使用。

(7)箋函或便箋：以個人或單位名義於洽商或回復公務時使用。

(8)聘書：聘用人員時使用。

(9)證明書：對人、事、物之證明時使用。

(10)證書或執照：對個人或團體依法令規定取得特定資格時使用。

(11)契約書：當事人雙方意思表示一致，成立契約關係時使用。

(12)提案：對會議提出報告或討論事項時使用。

(13)紀錄：記錄會議經過、決議或結論時使用。

(14)節略：對上級人員略述事情之大要，亦稱綱要。起首用「敬陳者」，末署「職稱、姓名」。

(15)說帖：詳述機關掌理業務辦理情形，請相關機關或部門予以支持時使用。

(16)定型化表單。

(二)上述各類公文屬發文通報周知性質者，以登載機關電子公布欄為原則；另公務上不須正式行文之會商、聯繫、洽詢、通知、傳閱、表報、資料蒐集等，得以發送電子郵遞方式處理。

## 第五節 公文的行文系統

公文因性格、用途，以及發文、收文間之隸屬關係，形成一種有規律的行文系統。在撰擬公文之前，必須認清發文與收文機關間的相互地位，然後才能決定採用何種形式行文最合適，選用何種語氣最得體。即使現行〈公文程式條例〉規定，一般機關都可以「函」來行文，但實質上，它仍有上行、平行、下行之分，所以公文中的用語、口氣、簽署方式等各有不同，而且為維持機關上下等級與體制，發揮行政效率，各級機關間仍不宜越級行文。茲將現行制度下，各級機關的行文系統，分別於後：

### 一、中央機關行文系統

(一)總統——行政院、司法院及考試院……………令——呈

(二)總統——立法院及監察院……………咨——咨

(三)五院——五院……………平行函——平行函

(四)五院——所屬各部會……………下行函——上行函

㈤五院——不相隸屬部會……平行函——平行函

㈥行政院——各省（市）政府……下行函——上行函

立法院—— 各省（市）政府……平行函——平行函

司法院—— 各省（市）政府……平行函——平行函

㈦考試院—— 各省（市）政府……平行函——平行函

監察院—— 各省（市）政府……平行函——平行函

㈧各部會——各省（市）政府……平行函——平行函

㈨各部會——各省（市）廳局……平行函——平行函

㈩教育部——各國（私）立大專院校及各國立教育機關……下行函——上行函

## 二、省（市）機關行政系統

㈠省（市）政府——所屬各縣（市）政府……下行函——上行函

㈡省（市）政府各廳局——各縣（市）政府及各國立學校……平行函——平行函

㈢省（市）政府——各級法院及全國性人民團體……平行函——平行函

㈣省（市）教育廳（局）——各國立學校及各國立教育機構……平行函——平行函

㈤省（市）教育廳（局）——所屬各省（市）（私）立學校……下行函——上行函

(六)省(市)政府——省(市)議會及全國性人民團體……平行函——平行函

## 三、縣(市)機關行文系統

(一)縣(市)政府——所屬各鄉(鎮)區公所……下行函——上行函

(二)縣(市)政府——各地方法院……平行函——平行函

(三)縣(市)政府——所屬各縣(市)(私)立學校……下行函——上行函

(四)縣(市)教育局——所屬縣(市)(私)立學校及縣(市)教育機關……下行函——上行函

(五)縣(市)教育局——省立各學校……平行函——平行函

(六)縣(市)政府——縣(市)議會及全國性人民團體……平行函——平行函

## 四、鄉鎮(區)機關行文系統

(一)鄉鎮(區)公所——所屬村(里)長辦公處……下行函——上行函

(二)鄉鎮(區)公所——本縣(市)政府……上行函——下行函

(三)鄉鎮(區)公所——縣(市)政府各局(處)……平行函——平行函

(四)鄉鎮(區)公所——縣(市)(私)立學校……平行函——平行函

(五)鄉鎮(區)公所——縣(市)議會及人民團體……平行函——平行函

五、人民及人民團體用「函」，對機關有所請求用「申請函」。政府機關答復人民及人民團體用「函」或「通知」。

## 第六節 公文的處理程序

一般行政機關的公文處理程序，可分為收文處理、文書核擬及發文處理三大部分。茲分別加以說明如下：

### 一、收文處理

依照先後順序，可分成以下六個步驟：

(一)簽收：機關中的收發人員，收到公文時，應該加以查對點收，註明收到時間，填給送件回單，或在送文簿、單上蓋收件章，然後依照規定彙送總收支人員。

(二)拆驗：總收文人員收到文件後，如果是機密文件，應送由機關首長指定的密件處理人員收拆。書明「親收」或「親啟」的文件，應送由收件人或收件單位自行拆閱。「限時」文件應立刻處理，普通文件也要及時拆閱。公文附件如果是屬於現金、有價證券、貴重或大宗物品，應先送出納單位或承辦單位點收保管，並且在文內附件欄簽章證明。

㈢分文：總收文人員收到來文經拆驗後，應彙送分文人員辦理分文。分文人員根據來文的時間性、重要性，依本機關的組織系統與事務職掌，認定承辦單位，並分別在右上角加蓋單位戳後，依照順序，迅速確實分辦。對來文未區分等級而認定內容確係急要的，應加蓋戳記，以提高承辦人員的注意。

㈣編號、登記：來文完成分文手續後，就在來文正面適當位置加蓋收文日期編號戳，依照順序編號，一文一號，任何公文進入該機關後，就以這個總編號為準。此外，並將來文機關、文號、附件及案由摘要登記在總收文登記簿上，然後分送承辦單位。急要的公文應提前編號登記分送。

㈤傳遞：文件的傳遞，急要的文件，隨到隨送；一般案件，以每日上下午分批遞送為原則。

㈥單位收發：規模較大、公文收發數額較繁多的機關，內部各單位，通常會指定專人擔任單位收發工作。單位收發人員收到文書主管單位送來的文件，經點收並編單位收文號登記後，立即送請主管（或副主管）批示，或者依照主管的授權，分送承辦人。

## 二、文書核擬

這是實際處理公文部分，步驟如下：

㈠擬辦：承辦人員依照主管批交的來文、手令、口頭指示，或者是因本身職責而主動擬辦的事項，擬具處理的辦法，提供上級主管的核決。在擬具處理意見時，應注意各種法令規章，文字也要力求簡明具體，不可模稜兩可，或含糊不清，尤其應避免未擬意見，而僅用「陳核」或「請示」等字樣，以圖規避責任。

㈡會商：凡是案件的性質或內容，與其他單位或機關的業務有關，應注意協調聯繫，溝通意見，避免矛盾差異。

㈢陳核：文件經承辦人擬辦後，應該分別按照它的性質，用公文夾遞送主管人員核決。承辦人擬有兩種以上意見備供採擇時，主管或首長應明確擇定一種，或另行批示處理方式，不可作模稜兩可的批示。如果與其他單位有關的，應先行送會。

㈣擬稿：擬辦文書或簽具意見，經主管人員核定後，就依此撰擬文稿。擬稿必須條理分明，措詞以切實誠懇、簡明扼要為準，所有模稜空泛的詞句，陳腐套語，地方俗語，以及和公務無關的話，都應該避免。直接對民眾的，要用語體。引敘來文或法令條文，以扼要摘敘，足供參證為度。擬稿時，應以一文一事為原則，來文如果是一文數事的，可以分為數文答覆。文稿內，遇有重要性的數字，要用大寫。擬辦覆文或轉行的稿件，要把來文機關的發文日期及字號，以國字敘入，俾便查考。

㈤核稿：文稿敘擬定妥後，按核稿系統送由承辦人的直接主管逐級呈核。核稿時，如有修改，不可將原來的字句塗抹掉，只要加以勾勒，在旁邊添註；必要時，在修改的地方，加蓋印章。核稿人員對於案情不甚明瞭時，可以隨時洽詢承辦人員，或者以電話詢問，避免用簽條往返，以節省時間及手續。

㈥會稿：會稿單位對於文稿如有意見，應即提出，一經會簽，就表示是同意，應共同負責。但已經在擬辦時會核的案件，如果稿內所敘述的，跟會核時並無出入，那就不再送會，以節省手續。

㈦閱稿：為減少錯誤起見，文書主管單位應對擬就的文稿，詳加審閱，力求完備正確。如有不同意見，應洽商主管單位或承辦人員改定，或者加簽陳請長官核示，不可逕行批改。

㈧判行：文稿應依分層負責、逐級授權的原則，由主管長官或機關首長判行。判行的時候，應注意文稿內容是否妥當，以及有沒有矛盾、重複、不符等情事。如果認為沒有繕發的必要，或者還需要考慮的，應作「不發」或「緩發」的批示。

㈨回稿、清稿：稿件在送會或陳判過程中，如果改動較多或較為重大，會核或核決人員應退回原承辦人閱後，再行送繕。如果文稿增刪修改過多，應送還原承辦人清稿，然後將原稿附於清稿之後，再陳核判。

## 三、發文處理

這一部分包括以下幾項工作：

㈠繕印：各機關文書單位之分繕人員收到判行待發之文稿，應注意稿件之緩急並詳閱文稿上之批註後，再核計字數登錄公文繕校分配表交繕，但由承辦單位製作傳送之電子文稿字數核計方式，由各機關自行訂定。

㈡校對：文稿在繕寫或打字完畢後，必須由校對員或原來的文稿承辦人校對，然後在文稿末端加蓋校對章。

㈢電子交換發文傳送作業：電子交換發文人員發文前應輸入識別碼、通行碼或其它識別方式實施身分辨識程序，並於電腦系統確認相符後，始可進行發文作業。

㈣蓋印及簽署：各機關任何文件，非經機關首長或依分層負責規定授權各層主管判發者，不得蓋用印信。一般公文蓋用機關印信之位置，以在首頁中間偏右下方空白處用印為原則，簽署使用之章戳位置則於全文最後。

㈤編號、登錄：總發文人員對待發的公文，應詳加檢查核對，並按照性質，依序在文稿發文欄內，編列發文字號，而且蓋上發文日期戳。如果是密件，或有時間性的文件，應分別蓋戳記標明，以引起受文機關注意。公文經編號發文後，應依序登記在總發文登記表。

㈥封發：發文人員接到待發文件，應複檢附件是否齊全，內文與封套是否相符，然後再封固，並標明速別，登記後送外收發人員遞送。機密性文件應加蓋戳記，另加外封套，由指定人員或文稿承辦人封發。

㈦送達或付郵：公文之送達或付郵由外收發人員統一辦理。人事命令、證件、有價證券、訴願文件及機密件等均應以掛號郵件寄發。

㈧歸檔：收文經批存者，應區分永久保存或定期保存年限，由單位收發登錄後，得依各機關公文處理程序辦理歸檔。

## 第七節 公文的結構

公文應具備固定的形式，依現行「文書處理手冊」第三版規定，公文的結構分為如下十四項：

**一、發文機關全銜及文別** 發文機關為發出公文的主體，文別為公文的類別。二者首應標明，使承辦人員處理時，一目了然。機關名稱應書全銜。至於總統發布的令，以及對立法院、監察院所用的咨，則應寫為總統令、總統咨，而不能寫成以總統府名義行文的總統府令或總統府咨。

**二、發文機關地址及聯絡方式** 在右下方應增列「地址」和「聯絡方式」。為便利公文收發機關或民眾間互相聯絡作業，有關相互往來之公文如函等增列發文機關之地址（含郵遞區號）及聯絡方式（可為承辦人、電話、傳真、e-mail，視業務狀況彈性運用）欄位，以提供完整發文機關資料。令、公告不須此項。

**三、受文者** 這是行文的對象，應書全銜，發文者的次欄，亦應書全銜。郵遞公文如採用開窗式（透明口洞式）信封，則於「受文者」之上加註郵遞區號、地址，以便郵寄文件自動化處理。泛指一般大眾之公告、布告則免。至於機關內部所用的簽、報告，也可將受文者寫在正文之後，祇要在對方的名銜之前加「此致」、「此上」或「謹陳」、「右陳」等字樣即可。

**四、發文日期** 發文時應記國曆年月日以作為法律時效的依據。

**五、發文字號** 任何公文，在發文時都要編列發文字號，以便於檢查。這對發文、受文兩方面，同屬必要。如答復對方來文時，須將來文的字號寫上，一方面固然便於自己的引據，另一方面也使對方易於查考。

**六、速別** 係指希望受文機關（人員）辦理之速度。可填「最速件」、「速件」等，如係普通件則不必填寫。

**七、密等及解密條件或保密期限** 係保密等級，可填「絕對機密」、「極機密」、「機密」、「密」，如非急件則不必填寫。至於解密條件或保密期限於其後以括弧註記。

**八、附件** 公文如有附件，應在本文中或「附件」欄註明；附件在兩件以上，應冠以數字，以促使受文者的注意。通常行文的目的若僅為檢送文件，則可採一段式的寫法，將附件名稱及件數在「主旨」段內敘明；若採用二段以上的寫法，則附件名稱和件數，寫在「說明」段的最後一項，並在「附件」欄內註明「見說明段第○項」字樣。附件應蓋印。

**九、本文** 為公文的主體。其結構視需要分為「主旨」、「說明」、「辦法」三段，或用一段、兩段均可。除「主旨」外，「說明」及「辦法」之段名亦可變通為「經過」、「原因」，或「擬辦」、「建議」等名稱。

(一)「主旨」 為全文的首段，即其精要，以說明行文之目的與期望，應具體扼要。凡一段能完成的公文用之。

(二)「說明」 為本文的次段。當案情必須就事實、來源或理由，作較詳細的敘述，無法於「主旨」中容納時，用本段說明。

(三)「辦法」 為全文的第三段。當撰文者向受文者提出的要求，無法在「主旨」中簡述時，用本段列舉。本段名稱，可因公文內容改用「建議」、「請求」、「擬辦」、「核示事項」等名稱。

如公文為公告，則次段「說明」改為「依據」，三段「辦法」改為「公告事項」或「說明」。

**十、正本** 係指公文擬送達之機關、團體或人員，必須全部逐一載明，不可遺漏。

**十一、副本** 這是由於公文內容涉及其他相關的機關或人民，為了加強聯繫，配合工作，以提高行政效率，因此抄送和正本的內容、形式完全相同的副本，但應在右上角標明「副本」字樣，以與「正本」有別，並在「副本」一欄列明全銜或姓名。副本雖然沒有拘束力，但收受副本的機關，仍應視副本的內容作適當的處理。對上級機關，為示尊重，以不發送副本為宜。

**十二、署名** 本文述畢，發文機關首長應簽署職銜姓名，或加蓋職章，以示負責。上行文應具機關全名、首長職稱、姓名；平行及下行文僅寫首長職稱、姓名。依〈公文程式條例〉第四條規定：「機關首長出缺，由代理人代理首長職務時，其機關公文應由首長署名者，由代理人署名。機關首長因故不能視事，由代理人代行首長職務時，其機關公文，除署首長姓名註明不能視事事由外，應由代理人附署職銜、姓名於後，並加註代行二字。」

**十三、印信**　公文蓋用印信及首長簽署，旨在防止偽造、變造，以資信守。

**十四、副署**　依法應副署的人，於首長署名之後，加以副署，以示與首長共同負責。副署的人，通常是下一級有關機關首長。依《憲法》第三十七條規定：「總統依法公布法律、發布命令，須經行政院院長之副署，或行政院院長及有關部會首長之副署。」應副署而未副署的公文，就不具效力；但不需副署的公文，也不得任意另加以副署。

以上十四項是現行公文所可能有的構件，但「副本」、「附件」、「副署」等項，當依公文的類別、內容的需要來使用，並非每一類或每一件公文都必須具備。

【說明】蓋印及簽署　依現行「文書處理手冊」第三版規定，蓋印及簽署應注意事項如下：

㈠各機關任何文件，非經機關首長或依分層負責規定授權各層主管判發者，不得蓋用印信。

㈡監印人員如發現原稿未經判行或有其他錯誤，應即退送補判或更正後再蓋印。

㈢監印人員於待發文件檢點無誤後，依下列規定蓋用印信：

1.發布令、公告、派令、任免令、獎懲令、聘書、訴願決定書、授權狀、獎狀、褒揚令、證明書、執照、契約書、證券、匾額及其他依法規定應蓋用印信之文件，均蓋用機關印信及首長職銜簽字章。

2. 呈：用機關首長全銜、姓名，蓋職章。

3. 函：上行文署機關首長職銜、姓名，蓋職章。平行文蓋職銜簽字章或職章。下行文蓋職銜簽字章。

4. 書函、開會通知單、移文單及一般事務性之通知、聯繫、洽辦等公文，蓋用機關或承辦單位條戳。

5. 機關內部單位主管依分層負責之授權，逕行處理事項，對外行文時，由單位主管署名，蓋單位主管職章或蓋條戳。

6. 機關首長出缺由代理人代理首長職務時，其機關公文應由首長署名者，由代理人署名。機關首長因故不能視事，由代理人代行首長職務時，其機關公文，除署首長姓名註明不能視事事由外，應由代行人附署職銜、姓名於後，並加註代行二字。機關內部單位基於授權行文，得比照辦理。

7. 會銜公文如係發布命令應蓋機關印信，其餘蓋機關首長職銜簽字章。

(四)一般公文蓋用機關印信之位置，以在首頁中間偏右下方空白處用印為原則，簽署使用之章戳位置則於全文最後。

（五）公文及原稿用紙在二頁以上者，其騎縫處均應蓋（印）騎縫章。

（六）附件依規定蓋印。

（七）副本之蓋印與正本同，抄本（件）及譯本不必蓋印，但應分別標示「抄本（件）」或「譯本」。

（八）文件經蓋印後，由監印人員在原稿加蓋監印人員章，送由發文單位辦理發文手續。

（九）不辦文稿之文件，如需蓋用印信時，應先由申請人填具「蓋用印信申請表」，其格式由機關自訂，惟內容應包括申請人簽章、蓋用印信之文別、受文者、主旨、用途、份數及蓋用日期等項目，陳奉核定後，始予蓋用印信。

（十）監印人員應備置印信蓋用登記表，對已核定需蓋印之文件，應予登錄並載明（發）文字號，申請表應妥為保存，以備查考。登記表及蓋用印信申請表，於新舊任交接時，應隨同印信專案移交。

（十一）監印人員對行文單位兼有電子交換及非電子交換之文稿，應核對其清單無誤後，方得於非電子交換公文蓋印，並循發文程序作業。

## ※公文用印及蓋章戳參考範例

檔　　號：
保存年限：

### 行政院　函

地址：　000臺北市○○路000號
聯絡方式：（承辦人、電話、傳真、e-mail）

100
臺北市○○區○○○路○段000號
受文者：臺北市政府

印　　　　信
（限：令、公告使用）

發文日期：中華民國00年00月00日
發文字號：○○字第0000000000號
速別：最速件
密等及解密條件或保密期限：
附件：

主旨：為杜流弊，節省公帑，各項營繕工程，應依法公開招標，並不得變更設計及追加預算，請　轉知所屬機關學校照辦。

說明：

一、依本院00年00月00日第○○次會議決議辦理。

二、據查目前各級機關學校對營繕工程仍有未按規定公開招標之情事，或施工期間變更原設計，以及一再請求追加預算，致弊端叢生，浪費公帑。

辦法：

一、各機關學校對營繕工程應依法公開招標，並按「政府採購法」及相關法令辦理。

二、各單位之工程應將施工圖、設計圖、契約書、結構圖、會議紀錄等工程資料，報請上級單位審核，非經核准，不得變更原設計及追加預算。

正本：臺灣省政府、福建省政府、臺北市政府、高雄市政府
副本：行政院主計處、行政院秘書處

院長　○　○　○

會辦單位：
第　層決行

| 承辦單位 | | 會辦單位 | | 決行 | |
|---|---|---|---|---|---|
| 科員○　○　○ | 0703 0800 | 科員○　○　○ | 0723 1100 | 副秘書長 | 0723 1425 |
| | 0723 0810 | | 0723 1105 | 秘書長 | 0723 1455 |
| | 0723 0815 | | 0723 1110 | 副市長 | 0723 1555 |
| | 0723 0915 | | | 市長○　○　○ | 0723 1610 |
| | 0723 0945 | | | | |
| 局長○　○　○ | 0723 1000 | | | | |

註記：簽署原則由左而右，由上而下簽

說明：有關檔號、保存年限、收文日期、收文字號、承辦單位、簽名、批示、會稿單位、繕打、校對、監印、電子公文交換機制及其他安全控管等項目，由各機關於空白處自行規定填寫位置。

※函稿蓋章戳參考範例

檔　　號：
保存年限：

# 行政院　函（稿）

地址：000臺北市○○路000號
聯絡方式：（承辦人、電話、傳真、e-mail）

受文者：
發文日期：中華民國00年00月00日
發文字號：○○字第0000000000號
速別：最速件
密等及解密條件或保密期限：
附件：

主旨：為杜流弊，節省公帑，各項營繕工程，應依法公開招標，並不得變更設計及追加預算，請　轉知所屬機關學校照辦。

說明：

裝

一、依本院00年00月00日第○○次會議決議辦理。

二、據查目前各級機關學校對營繕工程仍有未按規定公開招標之情事，或施工期間變更原設計，以及一再請求追加預算，致弊端叢生，浪費公帑。

辦法：

一、各機關學校對營繕工程應依法公開招標，並按「政府採購法」及相關法令辦理。

打

二、各單位之工程應將施工圖、設計圖、契約書、結構圖、會議紀錄等工程資料，報請上級單位審核，非經核准，不得變更原設計及追加預算。

正本：臺灣省政府、福建省政府、臺北市政府、高雄市政府
副本：行政院主計處、行政院秘書處
抄本：○○○

院長　○　○　○

線

會辦單位：
第　層決行
承辦單位　　會辦單位　　決行

註記：簽署原則由左而右，由上而下簽

打字○○○　校對○○○　監印○○○　發文○○○

說明：有關檔號、保存年限、收文日期、收文字號、承辦單位、簽名、批示、會稿單位、繕打、校對、監印、電子公文交換機制及其他安全控管等項目，由各機關於空白處自行規定填寫位置。

條碼位置
流水號位置

## 第八節 公文的寫作原則

公文目的在處理公務，以求說明事實、事理、解決問題，必須依照程式，因此與一般文章的作法有別。其寫作原則如下：

**一、文字簡淺明確** 〈公文程式條例〉第八條規定：「公文文字應簡、淺、明、確。」簡即文少意足；淺即用字淺顯；明為文義明白清楚；確為辭語肯定精確。

**二、立場清楚確定** 公務機關有其組織系統，下行、平行、上行文，各有其語氣，必須認清彼此關係，而適當運用。上行文宜恭謹真實，平行文宜不卑不亢，下行文宜相互尊重。

**三、態度嚴正平和** 公文寫作即辦理公務，應態度嚴正，不苟且敷衍；心情平和，不意氣用事。

**四、遵照現行程式** 公文的程式，往往因應時代變遷而改革其程式，故撰寫公文務必依照政府頒布的現行程式，視案情需要，作適當的選擇，依程式而撰寫。

## 第九節 公文的作法

依現行「文書處理手冊」第三版規定，公文的作法如下：

㈠公布法律、發布法規命令、解釋性規定與裁量基準之行政規則及人事命令：

1.公布法律、發布法規命令、解釋性規定與裁量基準之行政規則：

(1)令文可不分段，敘述時動詞一律在前，例如：

甲、訂定「○○○施行細則」。

乙、修正「○○○辦法」第○條條文。

丙、廢止「○○○辦法」。

(2)多種法律之制定或廢止，同時公布時，可併入同一令文處理；法規命令之發布，亦同。

(3)公、發布應以刊登政府公報或新聞紙方式為之，並得於機關電子公布欄公布；必要時，並以公文分行各機關。

2.人事命令：

(1)人事命令：任免、遷調、獎懲。

(2)人事命令格式由人事主管機關訂定，並應遵守由左至右之橫行格式原則。

(二)函：

1.行政機關之一般公文以「函」為主，函的結構，採用「主旨」、「說明」、「辦法」三段式。

2.行政規則以函檢發，多種規則同時檢發，可併入同一函內處理；其方式以公文分行或登載政府公報或機關電子公布欄。但應發布之行政規則，依本點(一)1、所定法規命令之發布程序辦理。

3.分段要領如下：

(1)「主旨」：

①為全文精要，以說明行文目的與期望，應力求具體扼要。

②「主旨」不分項，文字緊接段名冒號之下書寫。

(2)「說明」：

①當案情必須就事實、來源或理由，作較詳細之敘述，無法於「主旨」內容納時，用本段說明。本段段名，可因公文內容改用「經過」、「原因」等名稱。

②如無項次，文字緊接段名冒號之下書寫；如分項條列，應另列縮格書寫。

(3)「辦法」：

①向受文者提出之具體要求無法在「主旨」內簡述時，用本段列舉。本段段名，可因公文內容改用「建議」、「請求」、「擬辦」、「核示事項」等名稱。

②其分項條列內容過於繁雜、或含有表格型態時，應編列為附件。

㈢公告：

1.公告之結構分為「主旨」、「依據」、「公告事項」（或說明）三段，段名之上不冠數字，分段數應加以活用，可用「主旨」一段完成者，不必勉強湊成二段、三段。

2.公告分段要領：

⑴「主旨」應扼要敘述，公告之目的和要求，其文字緊接段名冒號之下書寫。公告登載時，得用較大字體簡明標示公告之目的，不署機關首長職稱、姓名。

⑵「依據」應將公告事件之原由敘明，引據有關法規及條文名稱或機關來函，非必要不敘來文日期、字號。有二項以上「依據」者，每項應冠數字，並分項條列，另列低格書寫。

⑶「公告事項」（或說明）應將公告內容分項條列，冠以數字，另列低格書寫。使層次分明，清晰醒目。公告內容僅就「主旨」補充說明事實經過或理由者，改用「說明」為段名。公告如另有附件、附表、簡章、簡則等文件時，僅註明參閱「某某文件」，公告事項內不必重複敘述。

3.一般工程招標或標購物品等公告，得用定型化格式處理，免用三段式。

4.公告除登載於機關電子公布欄者外，張貼於機關公布欄時，必須蓋用機關印信，於公告兩字右側空白位置蓋印，以免字跡模糊不清。

(四)其他公文：

1.書函之結構及文字用語比照「函」之規定。

2.定型化表單之格式由各機關自行訂定，並應遵守由左至右之橫行格式原則。

3.簽、稿之撰擬說明如下：

(1)簽稿之一般原則：

㈠性質：

①簽為幕僚處理公務表達意見，以供上級瞭解案情、並作抉擇之依據，分為下列二種：

甲、機關內部單位簽辦案件：依分層授權規定核決，簽末不必敘明陳某某長官字樣。

乙、下級機關首長對直屬上級機關首長之「簽」，文末得用敬陳○○長官字樣。

②「稿」為公文之草本，依各機關規定程序核判後發出。

㈡擬辦方式：

①先簽後稿：

甲、制定、訂定、修正、廢止法令案件。

乙、有關政策性或重大興革案件。

丙、牽涉較廣，會商未獲結論案件。

丁、擬提決策會議討論案件。

戊、重要人事案件。

己、其他性質重要必須先行簽請核定案件。

②簽稿併陳：

甲、文稿內容須另為說明或對以往處理情形須酌加析述之案件。

乙、依法准駁，但案情特殊須加說明之案件。

丙、須限時辦發不及先行請示之案件。

③以稿代簽為一般案情簡單，或例行承轉之案件。

(2)簽之撰擬：

①款式：

甲、先簽後稿：簽應按「主旨」、「說明」、「擬辦」三段式辦理。

乙、簽稿併陳：視情形使用「簽」，如案情簡單，可使用便條紙，不分段，以條列式簽擬。

丙、一般存參或案情簡單之文件，得於原件文中空白處簽擬。

②撰擬要領：

甲、「主旨」：扼要敘述，概括「簽」之整個目的與擬辦，不分項，一段完成。

乙、「說明」：對案情之來源、經過與有關法規或前案，以及處理方法之分析等，作簡要之敘述，並視需要分項條列。

丙、「擬辦」：為「簽」之重點所在，應針對案情，提出具體處理意見，或解決問題之方案。意見較多時分項條列。

丁、「簽」之各段應截然劃分，「說明」一段不提擬辦意見，「擬辦」一段不重複「說明」。

③依現行「文書處理手冊」第三版所訂「簽」之作法舉例，下級機關首長對直屬上級機關首長行文時應一致採用，至各機關內部單位簽辦案件得參照自行規定。

(3)稿之撰擬：

㈠草擬公文按文別應採之結構撰擬。

㈡撰擬要領：

①按行文事項之性質選用公文名稱，如「令」、「函」、「書函」、「公告」等。

②一案須辦數文時，請參考下列原則辦理：

甲、設有幕僚長之機關，分由機關首長及幕僚長署名之發文，分稿擬辦。

乙、一文之受文者有數機關時，內容大同小異者，同稿併敘，將不同文字列出，並註明某處文字針對某機關；內容小同大異者，用同一稿面分擬，如以電子方式處理者，可用數稿。

③「函」之正文，除按規定結構撰擬外，並請注意下列事項：

甲、訂有辦理或復文期限者，請在「主旨」內敘明。

乙、承轉公文，請摘敘來文要點，不宜在「稿」內書：「照錄原文，敘至某處」字樣，來文過長仍請儘量摘敘，無法摘敘時，可照規定列為附件。

丙、概括之期望語「請核示」、「請查照」、「請照辦」等，列入「主旨」，不在「辦法」段內重複；至具體詳細要求有所作為時，請列入「辦法」段內。

丁、「說明」、「辦法」分項條列時，每項表達一意。

戊、文末首長簽署、敘稿時，為簡化起見，首長職銜之後可僅書「姓」，名字則以「○○」表示。

己、須以副本分行者，請在「副本」項下列明；如要求副本收受者作為時，則請在「說明」段內列明。

庚、如有附件，得在文內敘述附件名稱及份數。

## 第十節　公文用紙、字形規定與格式範例

### (一)公文用紙

各機關公文用紙之質料、尺度及格式，除下列原則外，並應依「文書處理手冊」第三版之規定辦理：

1.質料：七十磅以上米色（白色）模造紙或再生紙。

2.尺度：採國家標準總號五號用紙尺度A4，便條紙得用A5。

3.格式：如本節與第十二節所舉範例。

### (二)字形規定：

1.分項標號：應另列縮格以全形書寫為一、二、三、……，(一)、(二)、(三)……，1.2.3.……，(1)、(2)、(3)。

2.內文：

(1)中文字體及併同於中文中使用之標點符號應以全形為之。

(2)阿拉伯數字、外文字母以及併同於外文中使用之標點符號應以半形為之。

## ㈢格式範例

### 1.公文紙格式

2.5公分

檔　號：

保存年限：

（機 關 全 銜）　（文別）

（會銜公文機關排序：主辦機關、會辦機關）

地址：（會銜公文列主辦機關，令、公告不須此項）
聯絡方式：（會銜公文列主辦機關，令、公告不須此項）

（郵遞區號）
（地址）
受文者：（令、公告不須此項）

發文日期：
發文字號：（會銜公文機關排序：主辦機關、會辦機關）
速別：（令、公告不須此項）
密等及解密條件或保密期限：（令、公告不須此項）
附件：（令不須此項）

裝

（本文）（令：不分段
公告：主旨、依據、公告事項　段式
函、書函等：主旨、說明、辦法　段式）
3
3

正本：（令、公告不須此項）
副本：（含附件者註明：含附件或含〇〇附件）

訂　（蓋章戳）

1.5公分　1公分　2.5公分

（會銜公文：按機關排序蓋用機關首長簽字章
令：蓋用機關印信、機關首長簽字章
公告：蓋用機關印信、機關首長簽字章
函：上行文—署機關首長職銜蓋職章
平、下行文—機關首長簽字章
書函、一般事務性之通知等：蓋機關（單位）條戳）

線　說明：

一、本格式以A470磅以上模造紙或再生紙製作。
二、依據「公文程式條例」，如以電子交換方式行之，得不蓋用印信。
三、一般公文蓋用機關印信之位置，以在首頁中間偏右上方空白處用印為原則，簽署使用之章戳位置則於全文最後。

公文封信封規格

一、信封尺寸：（容許誤差±2 公厘）

(一)大型信封－長 353 公厘 × 寬 250 公厘

(二)中型信封－長 230 公厘 × 寬 160 公厘（內件公文２等份摺疊）

(三)小型信封－長 230 公厘 × 寬 115 公厘（內件公文３等份摺疊）

二、紙質：

(一) 大型信封採用 100 磅以上模造紙、再生紙，避免使用深色紙。

(二) 中、小型信封採用 80 磅以上模造紙、再生紙，避免使用深色紙。

三、製作規定：

(一) 大型信封封口在信封右側，中、小型信封封口在信封上側。

(二) 中、小型信封可採透明口洞式，其口洞應以高透明且不反光、無靜電之玻璃紙保護，開窗口位置及大小如下圖：

1.口洞大小：長 100 公厘 × 寬 45 公厘。

2.口洞位置：距信封上緣 50 公厘，距信封左緣 23 公厘。

3.信封下緣起 20 公厘爲條碼噴讀區，請保留空白；勿印製其他圖樣。

4.郵票黏貼位置應規範於信封右上角區域。

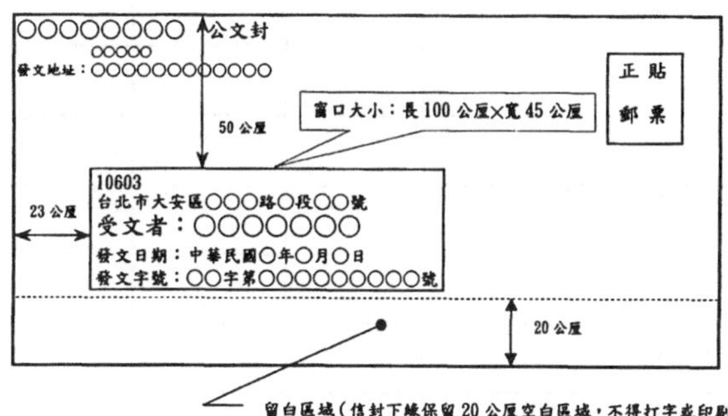

### 3.分層負責明細表

裝 訂 線 ↔ 1公分

| 單位 | 工　作　項　目 | 權　責　劃　分 | | | 備考 |
|---|---|---|---|---|---|
| | | 第3層<br>（承辦人） | 第2層<br>（單位主管） | 第1層<br>（機關首長） | |
| | | | | | |
| | | | | | |
| | | | | | |
| | | | | | |
| | | | | | |
| | | | | | |
| | | | | | |
| | | | | | |
| | | | | | |
| | | | | | |
| | | | | | |
| | | | | | |
| | | | | | |

附註：

一、先寫各單位共同事項，再依次寫各單位個別事項。

二、工作項目排列次序為一、二、三、……，(一)（二）（三)……，1、2、3、……，（1）（2）（3）……。必要時可加甲、乙、………。

三、各層次內，可依處理情形，分別填寫「審核」、「核定」等字樣。

4.開會通知單

2.5公分

檔　　號：
保存年限：

（機關全銜）開會通知單

（郵遞區號）
（地址）
受文者：

發文日期：
發文字號：
速別：
密等及解密條件或保密期限：
附件：

開會事由：
開會時間：
開會地點：
主持人：
聯絡人及電話：

出席者：
列席者：
副本：
備註：
（蓋章戳）

1.5公分　1公分　2.5公分

說明：
一、本格式以A470磅以上模造紙或再生紙製作。
二、依據「公文程式條例」，如以電子交換方式行之，得不蓋用印信。

2.5公分

2.5公分

# （全銜）公務電話紀錄

| | |
|---|---|
| 協調事項 | |
| 發（受）話人<br>通話內容 | |
| 發話人<br>單位<br>職稱<br>姓名 | |
| 受話人<br>單位<br>職稱<br>姓名 | |
| 通話時間 | |
| 備註 | |

2.5公分

1.5公分　1公分

說明：

一、本格式以A470磅以上模造紙或再生紙印製。

二、裝訂成冊後另將下列文字印刷於封面內頁：

（一）各機關間凡公務上聯繫、洽詢、通知等可以簡單正確說明的事項，均可使用本紀錄。

（二）本紀錄應由發話人認有必要時，複寫2份，以1份送達受話人。

（三）本紀錄發話、受話雙方均應附卷存檔，以供查考。

2.5公分

6.簽稿會核單

2.5公分

# （機關全銜）簽稿會核單

| 案情摘要 | | | |
|---|---|---|---|
| 主辦單位 | | 總收文號 | |
| 受會單位 | 會核意見及簽章 | 收會時間 | 會畢時間 |
| | | | |
| | | | |
| | | | |
| | | | |
| | | | |
| | | | |

1.5公分 1公分 2.5公分

說明：

一、本格式以A470磅以上模造紙或再生紙印製。

二、中間分隔之多少及寬窄可視需要自行調整。

三、各單位送請會核文件，除仍依照向例在簽、稿上註明：「會○○單位」外，送會單位較多時，請填列本單，置於簽稿之上隨同附送。

四、送會文件經受會單位會核後，請有關承辦人員及主管人員在本單內填列意見並簽名或蓋章。

五、本單「收會時間」欄由受會單位填註：「會畢時間」欄由主辦單位填註，受會單位有2個以上時，僅填最後1個單位的會畢時間。

2.5公分

2.5公分

# （機關全銜）會銜（文別）會辦單

主辦單位：

| 機關<br>類別 | 主辦機關 | 會辦機關 | 會辦機關 |
|---|---|---|---|
| 機關名稱 | | | |
| 收發文日期及字號 | | | |
| 承辦 | | | |
| 會辦 | | | |
| 審核 | | | |
| 決行 | | | |

1.5公分　1公分　2.5公分

說明：

一、規定事項涉及2以上機關權責之法規命令，其報院發布及送立法院查照，主辦機關均應與有關機關會銜辦理，列銜次序以主辦機關在前，會辦機關在後。

二、2以上機關會銜發布法規命令，由主辦機關依會銜機關多寡，擬妥同式發布令有關函稿所需份數，於判行後，備函送受會機關判行，並由最後受會機關按發文所需份數繕印、填註發文字號（不填發文日期）用印依會稿順序，逆退其他受會機關填註發文字號（不填發文日期）用印，依序退由主辦機關用印並填註發文日期、文號封發，並將原稿1份分送受會機關存檔。

三、本格式以A470磅以上模造紙或再生紙印製。

四、各機關得視會銜機關之多寡自行調整印製。

2.5公分

8.公文夾

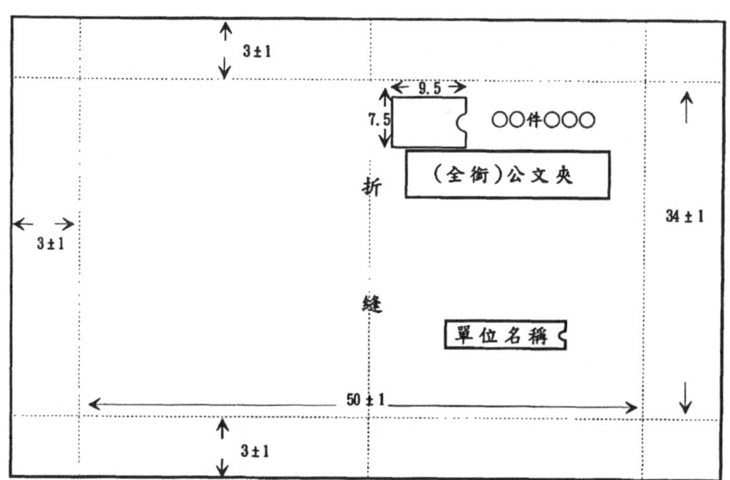


註：四邊虛線表示由外向內摺邊

公文夾內面左頁印說明及注意事項，其式如下：

說明及注意事項：
一、公文夾專供機關內各單位遞送文件之用。
二、公文夾上須塡明單位名稱。
三、公文夾顏色用途區分如下，各機關並得視實際需要自行訂定：
(一)紅色－用於最速件
(二)藍色－用於速件
(三)白色－用於普通件
(四)黃色－用於機密件
四、會簽會核時限如下：
(一)最速件　1小時
(二)速　件　2小時
(三)普通件　4小時
五、會簽、會核應依次傳遞。

9.機密文書機密等級變更或註銷處理意見表

裝 訂 線

| （機關全銜）　機密文書機密等級變更或註銷處理意見表 | | | | | | |
|---|---|---|---|---|---|---|
| 檔號 | | | | | | |
| 原機密案件 | 日期 | | 文號 | | 文別 | |
| 案由 | | | | | | |
| 受文機關 | | | | | | |
| 抄送副本機關 | | | | | | |
| 原機密等級 | | | | | | |
| 新機密等級或註銷 | | | | | | |
| 變更機密等級理由 | | | | | | |
| 備考 | | | | | | |
| 陳核 | | | | | | |

說明：

一、已辦之機密文書資料，已失保密時效，或因有關機關之建議，其機密等級應予註銷或變更者，先提出審查後，填此表陳核。

二、國家機密之變更或解密者，依「國家機密保護法」第 10 條第 1 項規定爲之。一般公務機密文書，由原核定主管核定之。

## 10. 機密文書機密等級變更或註銷紀錄單

裝 訂 線

| （機關全銜） 機密文書機密等級變更或註銷紀錄單 | | | |
|---|---|---|---|
| 通 知 機 關<br>（原機密案件核定機關） | | 發文日期 | |
| | | 發文字號 | |
| 原機密案件 | 發文日期 | | |
| | 發文字號 | | |
| 新等級或註銷 | | | |
| 登記人 | （職稱）<br>（姓名）<br>（日期） | | |

說明：

一、機密文書機密等級奉准變更或註銷時先調出原卷核對。

二、將原案封面或公文紙上所標機密等級以雙線劃去，再於明顯處浮貼已列明資料經登記人簽章之紀錄單。

三、原案照變更之等級或非機密文件保管。

檔　號：
保存年限：

# （機關全銜）機密文書機密等級變更(或註銷)建議單

地址：　000臺北市〇〇路000號
聯絡方式：（承辦人、電話、傳真、e-mail）

100
臺北市〇〇區〇〇〇路〇段000號
受文者：

發文日期：中華民國00年00月00日
發文字號：〇〇字第0000000000號
速別：最速件
密等及解密條件或保密期限：密（註銷後解密）
附件：

主旨：有關（來文機關）00年00月00日〇〇字第0000000000號（文別），建請惠予（變更或註銷）其機密等級。

說明：有關前述文號之（案由）一案，原為（原機密等級），因（建議再分類理由），建請惠予（建議再分類等級）。

正本：〇〇〇、〇〇〇、〇〇〇
副本：〇〇〇、〇〇〇

（條戳）

裝
訂
線

## 12.機密文書機密等級變更或註銷通知單

檔　　號：
保存年限：

(機關全銜)機密文書機密等級變更(或註銷)通知單

地址：　000臺北市○○路000號
聯絡方式：(承辦人、電話、傳真、e-mail)

100
臺北市○○區○○○路○段000號
受文者：

發文日期：中華民國00年00月00日
發文字號：○○字第0000000000號
速別：最速件
密等及解密條件或保密期限：
附件：

主旨：(原發文機關)00年00月00日政院字第0000000000號(文別),有關(案由)一案原為(原機密等級),請惠予(變更為新機密等級或註銷)。

正本：○○○、○○○、○○○
副本：○○○、○○○

(條戳)

13.簡便行文表

<table>
<tr><td colspan="8">行　政　院<br>人事行政局　簡便行文表</td></tr>
<tr><td colspan="2" rowspan="2">速別</td><td rowspan="2"></td><td rowspan="2">密等</td><td rowspan="2"></td><td rowspan="2">解密條件</td><td>公布後解密</td><td>年　月　日自動解密</td></tr>
<tr><td>附件抽存後解密</td><td></td></tr>
<tr><td colspan="2">受文者</td><td colspan="4">經濟部</td><td>來文日期字號</td><td></td></tr>
<tr><td rowspan="2">行文單位</td><td>正本</td><td colspan="4"></td><td>發文日期</td><td></td></tr>
<tr><td>副本</td><td colspan="4"></td><td>發文字號<br>附　件</td><td><br>如文</td></tr>
<tr><td colspan="2">主旨</td><td colspan="6">檢送行政院暨各部會處局署○○年度職員錄30冊，請　查照。</td></tr>
<tr><td colspan="2">發文單位</td><td colspan="6">行政院人事行政局</td></tr>
</table>

14.移文單

保存年限：

# 行政院秘書處　移文單

地址：　000臺北市〇〇路000號
聯絡方式：（承辦人、電話、傳真、e-mail）

100
臺北市〇〇區〇〇〇路〇段000號
受文者：行政院研究發展考核委員會

發文日期：中華民國00年00月00日
發文字號：〇〇字第0000000000號
速別：
密等及解密條件或保密期限：
附件：如文

主旨：財政部00年00月00日台財總字第0000000000號函，有關該部金融局請釋「執照證書類」得否配合00年00月00日組織改制為金融監督管理委員會時再一併修正一案，因案屬貴管，移請　卓辦。

正本：行政院研究發展考核委員會
副本：

（行政院秘書處條戳）

裝

訂

線

15.退文單

○○縣政府退文單

<table>
<tr><td>案由</td><td colspan="8">請查○○○君大學畢業資格</td></tr>
<tr><td rowspan="2">來文機關</td><td rowspan="2">○○鄉公所</td><td rowspan="2">文別</td><td rowspan="2">函</td><td>來文字號</td><td>○字第○○號</td><td rowspan="2">承辦單位</td><td rowspan="2" colspan="2">○○○</td></tr>
<tr><td>總收文號日期</td><td>○字第○○號<br>○年○月○日</td></tr>
<tr><td>退文原因</td><td colspan="8">本案非本府主管，無從查復。</td></tr>
<tr><td>附註</td><td colspan="8"></td></tr>
</table>

# 台南市政府公示送達公告

主　　旨：本市九十四年度東區竹篙厝段及北區延平段地籍圖重測區，台端等之地籍圖重測土地標示變更結果通知書因住址不詳，或應爲送達之處所不明以致無法送達，特此公示送達。

依　　據：行政程序法第七十八條、八十條、八十一條等規定辦理。

公告事項：

一、請台端於公告期間內（自本公示送達文張貼牌示處之日起二十日內）前往土地管轄之地政事務所（東區竹篙厝段至東南地政事務所，電話：06-2680595轉214，住址：臺南市林森路1段318號；北區延段至臺南地政事務所，電話：06-2978860轉222，住址：臺南市安平區建平路321號）閱覽重測結果及相關圖冊，事關台端權益，請惠予配合。

二、附公示送達土地權利人清冊於後。

檔　號：
保存年限：

# 行政院　交辦（議）案件通知單

地址：　000臺北市○○路000號
聯絡方式：（承辦人、電話、傳真、e-mail）

100
臺北市○○區○○○路○段000號
受文者：行政院人事行政局

發文日期：中華民國00年00月00日
發文字號：○○字第0000000000號
速別：
密等及解密條件或保密期限：
附件：檢附原函暨附件影本1份

主旨：審計部函院，為該部審核本院海岸巡防署00年度送審會計報告及憑證，核有須請釋「事務管理規則」第178條及「公務人員因公傷殘死亡慰問金發給辦法」規定適用疑義一案，奉交　貴機關研提意見，並請於文到10日內見復。

正本：交通部、行政院主計處、行政院人事行政局
副本：

（行政院秘書處條戳）

裝

訂

線

18. 催辦案件通知單

檔　　號：
保存年限：

# 行政院 催辦案件通知單

地址：000臺北市○○路000號
聯絡方式：（承辦人、電話、傳真、e-mail）

100
臺北市○○區○○○路○段000號
受文者：行政院人事行政局

發文日期：中華民國00年00月00日
發文字號：○○字第0000000000號
速別：最速件
密等及解條件或保密期限：
附件：

裝

主旨：審計部函院，為該部審核本院海岸巡防署 00 年度送審會計報告及憑證，核有須請釋「事務管理規則」第 178 條及「公務人員因公傷殘死亡慰問金發給辦法」規定適用疑義一案，已於 00 年 00 月 00 日以院臺秘議字第 0000000000 號交議案件通知單交　貴機關研提意見，請剋日見復，請　查照。

訂

正本：交通部、行政院人事行政局
副本：

線

（行政院秘書處條戳）

檔　號：
保存年限：

# 外交部、財政部、經濟部　函

地址：　000臺北市〇〇路000號
聯絡方式：（承辦人、電話、傳真、e-mail）

100
臺北市〇〇區〇〇〇路〇段000號
受文者：行政院

發文日期：中華民國00年00月00日
發文字號：〇〇字第0000000000號
　　　　　〇〇字第0000000000號
　　　　　〇〇字第0000000000號
速別：最速件
密等及解密條件或保密期限：
附件：「加強中約暨中沙友好關係方案」3份

主旨：檢送「加強中約暨中沙友好關係方案」，請　核備。

說明：

一、為進一步加強我國與約旦暨沙烏地阿拉伯兩王國之友好關係，本財政部〇部長、本經濟部〇部長、〇次長及本外交部〇部長、〇次長、〇司長於〇年〇月〇日在外交部舉行會議，經依照中約雙方會商決定之項目及〇部長訪問沙國所建議之事項，逐項縝密商討，擬定「加強中約暨中沙友好關係方案」1種，並決定由主辦單位負責籌劃，迅付實施。

二、附前述方案一式3份。

正本：行政院
副本：

部　長　〇　〇　〇（蓋職章）
部　長　〇　〇　〇（蓋職章）
部　長　〇　〇　〇（蓋職章）

裝　訂　線

○○（稱謂）提稱語：

為匯集本會近年研究發展成果，特依本會核心業務規劃「2010台灣」、「政府改造」、「政府績效評估」、「電子化政府」及「知識型政府」等5項主題發行「優質台灣創新政府」系列叢書，以增進各界對政府運作實務之瞭解。

本系列叢書分3階段出版，及至93年2月「知識型政府」出版，本系列叢書終告完成。其中「2010台灣」、「政府改造」、「政府績效評估」及「電子化政府」業已送請指正，謹奉上「知識型政府」一書，尚祈　惠予指教。耑此

**順頌**

**勛綏**

**（自稱語）○○○　　　　敬啟**

**00年00月00日**

# 第十一節 現行公文用語

公文用語，有其獨特的規格及含義，寫作時，必須慎加使用。茲將現行公文用語表列於後，並附以行政院頒訂之「文書處理手冊」第三版之「法律統一用字表」、「法律統一用語表」、「標點符號用法表」及「公文書橫式書寫數字使用原則」。

## 一、公文用語表

| 語別 | 用語 | 用法 | 備註 |
|---|---|---|---|
| 起首語 | 謹查 | 對上級機關用。 | 儘量少用。 |
| | 查．關於 | 通用。 | |
| 稱謂語 | 鈞 | 有隸屬關係的下級機關對上級機關用，如「鈞部」、「鈞府」。 | (一)直接稱謂時用。<br>(二)書寫「鈞」、「大」、「鈞長」時，均應空一格示敬。 |
| | 大 | 無隸屬關係的較低級機關對較高級機關用，如「大院」、「大部」。 | |
| | 貴 | 對平行機關、或上級機關對下級機關（或首長）、或機關與人民團體間用，如「貴府」、「貴部」、「貴科長」、「貴會」。 | |

| 語別 | 用語 | 用法 | 備註 |
| --- | --- | --- | --- |
| | 鈞長 | 屬員對長官、或有隸屬關係的下級機關首長對上級機關首長用。 | (三)書寫「貴」時，遇平行機關，可空一格示敬。 |
| | 台端 | 機關（或首長）對屬員、或機關對人民用。 | |
| | 先生・女士・君 | 機關對人民用。 | (四)書寫「職」或自稱名字時，應側書。 |
| | 本 | 機關（或首長）自稱，如「本縣」、「本校」、「本廳長」。 | |
| | 職 | 屬員對長官、或有隸屬關係的下級機關首長對上級機關首長自稱時用。 | |
| | 本人・名字 | 人民對機關自稱時用。 | 間接稱謂時用。 |
| | 全銜（簡銜）・該・職稱 | 機關全銜如一再提及可稱「該」，對職員稱「職稱」。 | |
| 引敘語 | 奉 | 開始引敘上級機關、或首長公文時用。 | (一)儘量少用。<br>(二)「准」、「據」亦可改用「接」。 |
| | 准 | 開始引敘平行機關、或首長公文時用。 | |
| | 據 | 開始引敘下級機關、或首長、或屬員、或人民公文時用。 | |
| | 復……（來文機關發文年月日字號及文別）……函 | 復文時用。 | |
| | 依（依據、根據）……（來文機關發文年月日字號及文別或有關法令）……辦理 | 告知辦理的依據時用。 | |

| 語別 | 用語 | 用法 | 備註 |
| --- | --- | --- | --- |
| | ……（發文年月日字號及文別）……諒<br>蒙　鈞察 | 對上級機關去文後續函時用。 | |
| | ……（發文年月日字號及文別）……諒<br>達（計達） | 對平行或下級機關去文後續函時用。 | |
| 經辦語 | 遵經・遵即 | 對上級機關、或首長用。 | |
| | 茲經・嗣經・業經・經已・復經・並經・均經・迭經・前經 | 通用。 | |
| 准駁語 | 應予照准・准予照辦・准予備案・准予備查・如擬・可・照准・准如所請・如擬辦理・准如所擬・符合規定 | 上級機關對下級機關（或首長）、或機關首長對屬員用。 | 准駁性、建議性、採擇性、判斷性之公文用語。 |
| | 未便照准・礙難照准・應毋庸議・應從緩議・應予不准・所請不准・不合規定・與規定不合，不予照准・某項不合規定，其餘均合規定。 | | |
| | 敬表同意・同意照辦 | 對平行機關用。 | |
| | 不能同意辦理・歉難同意・無法照辦・礙難同意 | | |
| 請示語 | 是否可行・是否有當・可否之處・如何之處 | 通用。 | |

| 語別 | 用語 | 用法 | 備註 |
| --- | --- | --- | --- |
| 期望或目的語 | 請　鑒核・請　核示・請　釋示・請　鑒察・請　核轉・請　核備・請　核准施行・請　核准辦理・復請　鑒核 | 對上級機關或首長用。 | |
| | 請　查照・請　察照・請　查照辦理・請　查核辦理・請　查照見復・請　同意見復・請　惠允見復・請　查照轉告・請　查照備案・請　查明見復・復請　查照 | 對平行機關用。 | |
| | 希查照・希照辦・希辦理見復・希轉行照辦・希切實辦理・希查照轉告・希查照轉行照辦・希照辦並轉行所屬照辦・希依規定辦理・希轉告所屬切實照辦 | 對下級機關用。 | |
| 抄送語 | 抄陳 | 對上級機關或首長用。 | 有副本或抄件時用。 |
| | 抄送 | 對平行機關、單位或人員用。 | |
| | 抄發 | 對下級機關或人員用。 | |
| 附送語 | 附陳・檢陳 | 對上級機關或首長用。 | 有附件時用。 |
| | 附・附送・檢附・檢送 | 對平行及下級機關或人員用。 | |
| 結束語 | 謹陳・敬陳 | 對上級機關或首長用。 | 本表參考袁金書《新編應用文》編製。 |
| | 右陳・此上 | 對上級或平行機關、單位或人員用。 | |
| | 此致 | 對平行或下級機關、單位或人員用。 | |

## 二、法律統一用字表

中華民國62年3月13日立法院（第1屆）第51會期第5次會議及第78會期第17次會議認可

| 用字舉例 | 統一用字 | 曾見用字 | 說明 |
|---|---|---|---|
| 公布、分布、頒布 | 布 | 佈 | |
| 徵兵、徵稅、稽徵 | 徵 | 征 | |
| 部分、身分 | 分 | 份 | |
| 帳、帳目、帳戶 | 帳 | 賬 | |
| 韭菜 | 韭 | 韮 | |
| 礦、礦物、礦藏 | 礦 | 鑛 | |
| 釐訂、釐定 | 釐 | 厘 | |
| 使館、領館、圖書館 | 館 | 舘 | |
| 穀、穀物 | 穀 | 谷 | |
| 行蹤、失蹤 | 蹤 | 踪 | |
| 妨礙、障礙、阻礙 | 礙 | 碍 | |
| 賸餘 | 賸 | 剩 | |

| 用字舉例 | 統一用字 | 曾見用字 | 說明 |
| --- | --- | --- | --- |
| 占、占有、獨占 | 占 | 佔 | |
| 牴觸 | 牴 | 抵 | |
| 雇員、雇主、雇工 | 雇 | 僱 | 名詞用「雇」。 |
| 僱、僱用、聘僱 | 僱 | 雇 | 動詞用「僱」。 |
| 贓物 | 贓 | 臟 | |
| 黏貼 | 黏 | 粘 | |
| 計畫 | 畫 | 劃 | 名詞用「畫」。 |
| 策劃、規劃、擘劃 | 劃 | 畫 | 動詞用「劃」。 |
| 蒐集 | 蒐 | 搜 | |
| 菸葉、菸酒 | 菸 | 煙 | |
| 儘先、儘量 | 儘 | 盡 | |
| 麻類、亞麻 | 麻 | 蔴 | |
| 電表、水表 | 表 | 錶 | |
| 擦刮 | 刮 | 括 | |
| 拆除 | 拆 | 撤 | |
| 磷、硫化磷 | 磷 | 燐 | |
| 貫徹 | 徹 | 澈 | |

| 用字舉例 | 統一用字 | 曾見用字 | 說明 |
|---|---|---|---|
| 澈底 | 澈 | 徹 | |
| 祗 | 祗 | 只 | 副詞 |
| 並 | 並 | 并 | 連接詞 |
| 聲請 | 聲 | 申 | 對法院用「聲請」 |
| 申請 | 申 | 聲 | 對行政機關用「申請」 |
| 關於、對於 | 於 | 于 | |
| 給與 | 與 | 予 | 給與實物 |
| 給予、授予 | 予 | 與 | 給予名位、榮譽等抽象事物 |
| 紀錄 | 紀 | 記 | 名詞用「紀錄」 |
| 記錄 | 記 | 紀 | 動詞用「記錄」 |
| 事蹟、史蹟、遺蹟 | 蹟 | 跡 | |
| 蹤跡 | 跡 | 蹟 | |
| 糧食 | 糧 | 粮 | |
| 覆核 | 覆 | 複 | |
| 復查 | 復 | 複 | |
| 複驗 | 複 | 復 | |

## 三、法律統一用語表

中華民國62年3月13日立法院（第1屆）第51會期第5次會議認可

| 統一用語 | 說明 |
| --- | --- |
| 「設」機關 | 如：「教育部組織法」第五條：「教育部設文化局，……」。 |
| 「置」人員 | 如：「司法院組織法」第九條：「司法院置秘書長一人，特任。……」。 |
| 「第九十八條」 | 不寫爲：「第九八條」。 |
| 「第一百條」 | 不寫爲：「第一〇〇條」。 |
| 「第一百十八條」 | 不寫爲：「第一百『一』十八條」。 |
| 「自公布日施行」 | 不寫爲：「自公『佈』『之』日施行」。 |
| 「處」五年以下有期徒刑 | 自由刑之處分，用「處」，不用「科」。 |
| 「科」五千元以下罰金 | 罰金用「科」不用「處」，且不寫爲：「科五千元以下『之』罰金」。 |
| 「處」五千元以下罰鍰 | 罰鍰用「處」不用「科」，且不寫爲：「處五千元以下『之』罰鍰」。 |
| 準用「第〇條」之規定 | 法律條文中，引用本法其他條文時，不寫「『本法』第〇條」而逕書「第〇條」。如：「違反第二十條規定者，科五千元以下罰金」。 |
| 「第二項」之未遂犯罰之 | 法律條文中，引用本條其他各項規定時，不寫「『本條』第〇項」，而逕書「第〇項」。如刑法第三十七條第四項「依第一項宣告褫奪公權者，自裁判確定時發生效力。」 |

| 統一用語 | 說明 |
| --- | --- |
| 「制定」與「訂定」 | 法律之「創制」，用「制定」；行政命令之制作，用「訂定」。 |
| 「製定」、「製作」 | 書、表、證照、冊據等，公文書之製成用「製定」或「製作」，即用「製」不用「制」。 |
| 「一、二、三、四、五、六、七、八、九、十、百、千」 | 法律條文中之序數不用大寫，即不寫爲「壹、貳、參、肆、伍、陸、柒、捌、玖、佰、仟」。 |
| 「零、萬」 | 法律條文中之數字「零、萬」不寫爲：「0、万」。 |

## 四、標點符號用法表

〈公文程式條例〉第八條規定，公文應加具標點符號，以免受文者曲解文義，貽誤公務。茲將行政院頒訂的「文書處理手冊」第三版所附「標點符號用法表」列於後：

| 符號 | 名稱 | 用法 | 舉例 |
| --- | --- | --- | --- |
| 。 | 句號 | 用在一個意義完整文句的後面。 | 公告〇〇商店負責人張三營業地址變更。 |

| 符號 | 名稱 | 用法 | 舉例 |
|---|---|---|---|
| ， | 逗號 | 用在文句中要讀斷的地方。 | 本工程起點爲仁愛路，終點爲…… |
| 、 | 頓號 | 用在連用的單字、詞語、短句的中間。 | 1、建、什、田、旱等地目……<br>2、河川地、耕地、特種林地等……<br>3、不求報償、沒有保留、不計任何代價…… |
| ； | 分號 | 用在下列文句的中間：<br>1、並列的短句。<br>2、聯立的復句。 | 1、知照改爲查照；遵辦改爲照辦；遵照具報改爲辦理見復。<br>2、出國人員於返國後1個月內撰寫報告，向○○部報備；否則限制申請出國。 |
| ： | 冒號 | 用在有下列情形的文句後面：<br>1、下文有列舉的人、事、物、時。<br>2、下文是引語時。<br>3、標題。<br>4、稱呼。 | 1、使用電話範圍如次：(1)……(2)……<br>2、接行政院函：<br>3、主旨：<br>4、○○部長： |
| ？ | 問號 | 用在發問或懷疑文句的後面。 | 1、本要點何時開始正式實施爲宜？<br>2、此項計畫的可行性如何？ |
| ！ | 驚歎號 | 用在表示感嘆、命令、請求、勸勉等文句的後面。 | 1、……又怎能達成這一爲民造福的要求！<br>2、來努力創造我們共同的事業、共同的榮譽！ |

| 符號 | 名稱 | 用法 | 舉例 |
| --- | --- | --- | --- |
| 「」『』 | 引號 | 用在下列文句的後面，（先用單引，後用雙引）：<br>1、引用他人的詞句。<br>2、特別著重的詞句。 | 1、總統說：「天下只有能負責的人，才能有擔當」。<br>2、所謂「效率觀念」已經爲我們所接納。 |
| —— | 破折號 | 表示下文語意有轉折或下文對上文的註釋。 | 1、各級人員一律停止休假——即使已奉准有案的，也一律撤銷。<br>2、政府就好比是一部機器——一部爲民服務的機器。 |
| …… | 刪節號 | 用在文句有省略或表示文意未完的地方。 | 憲法第58條規定，應將提出立法院的法律案、預算案……提出於行政院會議。 |
| （） | 夾註號 | 在文句內要補充意思或註釋時用的。 | 1、公文結構，採用「主旨」「說明」「辦法」（簽呈爲「擬辦」）3段式。<br>2、臺灣光復節（10月25日）應舉行慶祝儀式。 |

## 五、公文書橫式書寫數字使用原則

**公文書橫式書寫數字使用原則**

一、為使各機關公文書橫式書寫之數字使用有一致之規範可循，特訂定本原則。

二、數字用語具一般數字意義（如代碼、國民身分證統一編號、編號、發文字號、日期、時間、序數、電話、傳真、郵遞區號、門牌號碼等）、統計意義（如計量單位、統計數據等）者，或以阿拉伯數字表示較清楚者，使用阿拉伯數字。

三、數字用語屬描述性用語、專有名詞（如地名、書名、人名、店名、頭銜等）、慣用語者，或以中文數字表示較妥適者，使用中文數字。

四、數字用語屬法規條項款目、編章節款目之統計數據者，以及引敘或摘述法規條文內容時，使用阿拉伯數字；但屬法規制訂、修正及廢止案之法制作業者，應依「中央法規標準法」、「法律統一用語表」等相關規定辦理。

**數字用法舉例一覽表**

| 阿拉伯數字／中文數字 | 用語類別 | 用法舉例 |
|---|---|---|
| | 代號（碼）、國民身分證統一編號、編號、發文字號 | ISBN 988-133-005-1、M234567890、附表（件）1、院臺秘字第 0930086517 號、臺 79 內字第 095512 號 |
| | 序數 | 第 4 屆第 6 會期、第 1 階段、第 1 優先、第 2 次、第 3 名、第 4 季、第 5 會議室、第 6 次會議紀錄、第 7 組 |

| 阿拉伯數字／中文數字 | 用語類別 | 用法舉例 |
| --- | --- | --- |
| | 日期、時間 | 民國93年7月8日、93年度、21世紀、西元2000年、7時50分、挑戰2008：國家發展重點計畫、520就職典禮、72水災、921大地震、911恐怖事件、228事件、38婦女節、延後3週辦理 |
| | 電話、傳真 | （02）3356-6500 |
| | 郵遞區號、門牌號碼 | 100臺北市中正區忠孝東路1段2號3樓304室 |
| | 計量單位 | 150公分、35公斤、30度、2萬元、5角、35立方公尺、7.36公頃、土地1.5筆 |
| | 統計數據（如百分比、金額、人數、比數等） | 80%、3.59%、6億3,944萬2,789元、639,442,789人、1：3 |
| 中文數字 | 描述性用語 | 一律、一致性、再一次、一再強調、一流大學、前一年、一分子、三大面向、四大施政主軸、一次補助、一個多元族群的社會、每一位同仁、一支部隊、一套規範、不二法門、三生有幸、新十大建設、國土三法、組織四法、零歲教育、核四廠、第一線上、第二專長、第三部門、公正第三人、第一夫人、三級制政府、國小三年級 |
| | 專有名詞（如地名、書名、人名、店名、頭銜等） | 九九峰、三國演義、李四、五南書局、恩史瓦第三世 |

| 阿拉伯數字／中文數字 | 用語類別 | 用法舉例 |
| --- | --- | --- |
| 中文數字 | 慣用語（如星期、比例、概數、約數） | 星期一、週一、正月初五、十分之一、三讀、三軍部隊、約三、四天、二三百架次、幾十萬分之一、七千餘人、二百多人 |
| 阿拉伯數字 | 法規條項款目、編章節款目之統計數據 | 事務管理規則共分 15 編、415 條條文 |
| | 法規內容之引敘或摘述 | 依兒童福利法第 44 條規定：「違反第 2 條第 2 項規定者，處新臺幣 1 千元以上 3 萬元以下罰鍰。」 |
| | | 兒童出生後 10 日內，接生人如未將出生之相關資料通報戶政及衛生主管機關備查，依兒童福利法第 44 條規定，可處 1 千元以上、3 萬元以下罰鍰。 |
| 中文數字 | 法規制訂、修正及廢止案之法制作業公文書（如令、函、法規草案總說明、條文對照表等） | 行政院令：修正「事務管理規則」第一百十一條條文。<br>行政院函：修正「事務管理手冊」財產管理第五十點、第五十一點、第五十二點，並自中華民國九十三年二月十六日生效……。<br>「○○法」草案總說明：……爰擬具「○○法」草案，計五十一條。<br>關稅法施行細則部分條文修正草案條文對照表之「說明」欄－修正條文第十六條之說明：一、關稅法第十二條第一項計算關稅完稅價格附加比例已減低為百分之五，本條第一項爰予配合修正。 |

# 第十二節　公文舉例

## 一、令

### （甲）公布令

1.公布法令

經濟部令

發文日期：中華民國○○年○○月○○日

發文字號：(　　)　　字第　　號

「商品檢驗發證辦法」修正為「商品報驗發證辦法」；並將「各種臨時檢驗通知書及憑證格式使用辦法」予以廢止。

附「商品報驗發證辦法」1份。

部長○○○

（乙）命令人事

1.任免

總統令

發文日期：中華民國○○年○○月○○日

發文字號：(　　)　　字第　　號

特任○○○為總統府參軍長。

總　　統○○○

行政院院長○○○

## 總統令

發文日期：中華民國○○年○○月○○日

發文字號：(　　)　　字第　　　號

國民大會代表、總統府國策顧問方治，志慮忠純，操履篤實。抗戰時任安徽省政府教育廳長，廣設臨時學校，教育失學青年，績效孔昭。勝利後膺選第1屆國民大會代表，翊贊憲政。嗣受命出任福建省政府秘書長、代理省政府主席，於屯難之際，益彰忠藎。中國大陸災胞救濟總會成立，歷職總幹事、秘書長、副理事長，撫慰流亡難胞，救助反共義士，為國宣仁，克濟時艱。茲聞溘逝，深致悼惜，應予明令褒揚，以示政府篤念耆勳之至意。

總　　統○○○
行政院院長○○○

3.獎懲

# ○○院令

發文日期：中華民國○○年○○月○○日

發文字號：(　　)　　　字第　　　　號

本院秘書○○○辦理公文稽催業務，成績優良，應予記功1次，以資激勵。

院　　　長○○○

## 二、呈

# 行政院 呈

受文者：總統

發文日期：中華民國○○年○○月○○日
發文字號：(　　)　　　字第　　　　號
速別：
密等及解密條件或保密期限：
附件：

主旨：本院秘書○○○業經核定退休，呈請鑒核免職。
說明：
　一、○員退休案，業經銓敘部核定。
　二、檢呈請免人員名冊1份。

行政院院長○○○

## 三、咨

### 甲：提名考試院院長副院長咨請同意

總統 咨

地址：
聯絡方式：

受文者：立法院

發文日期：中華民國○○年○○月○○日
發文字號：( ) 字第 號
速別：
密等及解密條件或保密期限：
附件：

主旨：提請以○○○為考試院院長、○○○為考試院副院長，咨徵同意見復。

說明：

一、依憲法第84條辦理。

二、原任考試院院長○○○於民國○○年○○月○○日呈請辭職，經以該院副院長○○○代理院長職務。茲據○○○呈請辭去該院副院長兼代理院長職務，情詞懇摯，經予照准。

三、附○○○、○○○履歷各1份。

總 統○○○

# 立法院　咨

地址：

聯絡方式：

受文者：總統

發文日期：中華民國○○年○○月○○日

發文字號：(　　)　　字第　　號

速別：

密等及解密條件或保密期限：

附件：

主旨：修正戶籍法，咨請公布。

說明：

一、行政院○○年○○月○○日○字第○○號函請審議。

二、本院第○○會期第○○次會議修正通過。

三、附戶籍法1份。

立法院院長○○○

丙：咨准同意提名大法官

# 立法院　咨

地址：

聯絡方式：

受文者：總統

發文日期：中華民國○○年○○月○○日

發文字號：(　　)　　字第　　　號

速別：

密等及解密條件或保密期限：

附件：

准中華民國○○年○月○○日○○字第○○○○號咨，提名○○○等○人，為第○屆大法官一案，經依立法院同意權行使辦法第2項規定，提報本年○月○○日本院第○○○○次會議交全院委員審查會審查後，舉行投票。本次會議出席立法委員○人，依憲法第94條規定：「立法院依本憲法行使同意權時，由出席委員過半數之議決行之。」及立法院同意行使辦法第九項規定：「同意權之行使，採用無記名投票法。」投票結果，總統所提○○○、○○○、○○○、○○○、○○○、○○○、○○○、○○○、○○○、○○○、○○○、○○○、○○○、○○○、○○○等15人為第○居大法官，均的出席委員過半數之同意票，已得本院之同意，茲依立法院同意權行使辦法第11項之規定，咨復察照。此咨

總統

附送○○○第○人有關資歷證件與著作

立法院院長○○○

# 四、函

## （甲）函的格式

### 1.函的標準格式(完整的三段式)

○○○　函

地址：

聯絡方式：

受文者：……

發文日期：中華民國○○年○○月○○日

發文字號：(　　)　　字第　　號

速別：

密等及解密條件或保密期限：

附件：

主旨：……(說明行文的緣由、目的和期望，力求具體扼要)

說明：……(說明敘述案情的事實來源、理由，本段段名可改用「經過」、「原因」等)

辦法：……(詳述受文者的具體要求，本段段名可改用「建議」、「請求」、「擬辦」、「核示事項」等)

正本：

副本：

○長○○○

2.函的二段式之一

○○○ 函

地址：

聯絡方式：

受文者：……

發文日期：中華民國○○年○○月○○日

發文字號：(  ) 字第 號

速別：

密等及解密條件或保密期限：

附件：

主旨：……

說明：……

正本：

副本：

○長○○○

3.函的二段式之二

# ○○○　函

地址：

聯絡方式：

受文者：……

發文日期：中華民國○○年○○月○○日

發文字號：(　　)　　字第　　　號

速別：

密等及解密條件或保密期限：

附件：

主旨：……

辦法：……

正本：

副本：

○長○○○

4.函的一段式

○○○ 函

地址：

聯絡方式：

受文者：……

發文日期：中華民國○○年○○月○○日

發文字號：( ) 字第 號

速別：

密等及解密條件或保密期限：

附件：

主旨：……

正本：

副本：

○長○○○

申請函　中華民國○○年○月○日

受文者：……
主旨：……
說明：
　一、……
　二、……
建議：……
(或請求)

申請人：○○○　蓋章
身分證統一編號：
性別：
年齡：
職業：
住址：○○市○○區○○路○○號

[附註]

①人民申請函用十行紙書寫即可。

②首行「申請函」可祇寫「函」字。

③申請函應採三段式。

乙、函的範例

1. 一段式、下行函、通函、創稿

# 臺南縣政府　函

地址：

聯絡方式：

受文者：○○鄉、鎮、市公所

發文日期：中華民國○○年○○月○○日

發文字號：(　　)　　字第　　　號

速別：

密等及解密條件或保密期限：

附件：

主旨：為普及國民義務教育，對少數未按規定就學之國民，應派員實地調查瞭解並進行勸導，希照辦。

正本：各鄉、鎮、市公所

副本：

縣　長○○○

2.一段式、平行函、核復、有副本收受者

中山科學研究院　函

地址：

聯絡方式：

受文者：臺北市政府公務人員訓練中心

發文日期：中華民國○○年○○月○○日

發文字號：(　　)　　字第　　　號

速別：

密等及解密條件或保密期限：

附件：

主旨：貴中心「行政管理研習班」學員31人，訂於○月○日上午9時蒞臨本院參觀，至表歡迎，敬候　光臨。

正本：臺北市政府公務人員訓練中心

副本：本院教育處、總務處

院　長○○○ 簽名章

3. 一段式、上行函、創稿、請核

原子能委員會 函

地址：

聯絡方式：

受文者：行政院

發文日期：中華民國○○年○○月○○日

發文字號：( ) 字第 號

速別：

密等及解密條件或保密期限：

附件：

主旨：謹依據原子能法第○○條之規定，擬具原子能法施行細則一種(如附件)，請 鑒核。

正本：行政院

副本：

主任委員○○○

# 行政院　函

地址：

聯絡方式：

受文者：台北市政府

發文日期：中華民國○○年○○月○○日

發文字號：(　　)　　字第　　號

速別：

密等及解密條件或保密期限：

附件：

主旨：貴所配合推行社區發展及整理環境衛生，增建房屋所應增之空地以及土地使用權之審核查驗，應依照本○年○月○日○字第○號函辦理(見違章建築處理手冊補充本)。

說明：復○年○月○日○字第○號函。

正本：台北市政府

副本：

院　長○○○

5.二段式、下行函、核復、對副本收受者有所要求

行政院 函

地址：

聯絡方式：

受文者：經濟部

發文日期：中華民國○○年○○月○○日

發文字號：( ) 字第 號

速別：

密等及解密條件或保密期限：

附件：

主旨：所請派○○局組長○○○前往○○○及○○○洽商設立○○中心業務，准予照辦，並由外交部發給○○護照，所需經費依規定標準在推廣○○○基金項下核實列支，並由財政部核結外匯。

說明：

一、復○年○月○日○字第○號函。

二、副本抄送外交部(附原出國人員事項表及日程表)、財政部(附原預算表)、本院主計處(附原日程表及預算表)、內政部入出國及移民署、經濟部○○局。

正本：經濟部

副本：

院 長○○○

# 行政院　函

地址：
聯絡方式：

受文者：各部會處局署及北、高市政府

發文日期：中華民國○○年○○月○○日
發文字號：(　　)　　字第　　　號
速別：
密等及解密條件或保密期限：
附件：

主旨：禁止本院所屬公務人員從事不動產買賣謀取非法利益，如有違反規定，應按違抗命令予以記大過二次免職，涉及刑事責任者，並移送法辦，請轉告所屬切實照辦。

辦法：

一、嚴禁公務人員以本人或利用配偶或無獨立生活能力子女之名義，從事經營不動產買賣之商業行為，違者免職。其有壟斷、投機情事者，並依法嚴懲。

二、嚴禁各級公務人員利用其職務上之便利買賣不動產，違者免職，並依法嚴懲。

三、公務人員利用職務上之權力、機會、方法或秘密消息，自為或使他人為不動產買賣之營利行為而圖利者，先予免職，並依貪污治罪，從嚴懲處。

四、該管長官知其所屬人員有上述情事，而不依法處置者，嚴予懲處。

正本：各部會處局署及北、高市政府
副本：

院　長○○○

7.二段式、平行函、創稿、有副本收受者

# 行政院　函

地址：

聯絡方式：

受文者：立法院

發文日期：中華民國〇〇年〇〇月〇〇日

發文字號：(　　)　　字第　　　號

速別：

密等及解密條件或保密期限：

附件：

主旨：函送銀行法修正草案，請查照審議。

說明：

一、財政部〇年〇月〇日〇字第〇號函以現行銀行法係於民國22年3月公布，施行至今，已40年，其間由於社會經濟環境的重大變遷，原法規定事項，對國家經濟計畫的實施與工商各業的發展，均已不足因應實際需要。爰經成立修改銀行法專案小組，完成銀行法修正草案，請求核轉貴院審議。

二、經提出〇年〇月〇日本院第〇次會議決議：「修正通過，送請立法院審議。」

三、附銀行法修正草案一份。

正本：立法院

副本：財政部

院　長〇〇〇

# 內政部　函

地址：

聯絡方式：

受文者：王〇〇君

發文日期：中華民國〇〇年〇〇月〇〇日

發文字號：(　　)　　字第　　號

速別：

密等及解密條件或保密期限：

附件：

主旨：台端申請出國考察，與規定不合，不予照准。

說明：

一、「建築師暨營造業人員申請出國辦法」第14條規定：出國人員應於返國後1個月內撰寫出國報告，向本部報備；否則限制申請出國。

二、台端曾於69年2月申請出國考察，迄今未撰寫報告向本部報備。

正本：王〇〇君

副本：本部入出國及移民署

部　長〇〇〇

9.二段式、上行函

# ○○縣○○鄉公所　函

地址：

聯絡方式：

受文者：○○縣政府

發文日期：中華民國○○年○○月○○日

發文字號：(　　)　　字第　　　號

速別：

密等及解密條件或保密期限：

附件：

主旨：請撥款補助本鄉第一號道路拓寬及鋪設水泥路工程，以利地方建設。

說明：

一、本案前經鈞府第○○次府務會報通過。

二、本案總工程費估需○○元，本鎮自籌部分為○○元，尚不足○○元。

三、附工程概算書1份。

正本：○○縣政府

副本：

鄉　長○○○

# 臺北市大安區公所　函

地址：

聯絡方式：

受文者：臺北市政府

發文日期：中華民國○○年○○月○○日

發文字號：(　　)　　字第　　號

速別：

密等及解密條件或保密期限：

附件：

主旨：函送本區65年下期公文處理合於獎勵之主任秘書以上人員名冊5份，請　核獎。

說明：

一、依　鈞府○字第○號函辦理。

二、其他人員俟按權責核定後再行報備。

正本：臺北市政府

副本：

區　長○○○

11.二段式、上行函、會銜、請核

外交部
財政部　函
經濟部

地址：
聯絡方式：

受文者：行政院

發文日期：中華民國○○年○○月○○日
發文字號：(　　)　　字第　　　號
速別：
密等及解密條件或保密期限：
附件：

主旨：函送「加強中約暨中沙友好關係方案」，請核備。

說明：

一、為進一步加強我國與約旦暨沙烏地阿拉伯兩王國之友好關係，本財政部○部長、本經濟部○部長、○次長及本外交部○部長、○次長、○司長於○年○月○日在外交部舉行會議，經依照中約雙方會商決定之項目及○部長訪問沙國後所建議之事項，逐項縝密商討，擬定「加強中約暨中沙友好關係方案」一種，並決定由主辦單位負責籌畫，迅付實施。

二、附上述方案一式三份。

正本：行政院
副本：

外交部部長○○○
財政部部長○○○
經濟部部長○○○

## ○○縣政府　函

地址：

聯絡方式：

受文者：各鄉、鎮、市公所

發文日期：中華民國○○年○○月○○日

發文字號：(　　)　　字第　　　號

速別：

密等及解密條件或保密期限：

附件：

主旨：請勸導鄉、鎮民迅速整修房屋，疏濬河道川流，修築堤防，預防颱風之侵襲。

說明：本省為亞熱帶地區，易遭颱風侵襲，每年損失重大，慘痛之教訓，記憶猶新，允宜及早準備，以策安全。事關人民生命及財產之安全，不可稍有疏忽，多一分準備，即少一分損失。

辦法：如民眾無力辦理者，並設法酌予貸款支助，事後無息分期收回。

正本：各鄉、鎮、市公所

副本：

縣　長○○○

13. 三段式、下行函、核復、有副本收受者

# 行政院　函

地址：
聯絡方式：

受文者：內政部

發文日期：中華民國○○年○○月○○日
發文字號：(　　)　　字第　　號
速別：
密等及解密條件或保密期限：
附件：

主旨：核復關於中華民國社區發展研究訓練中心今後工作計畫重點及73年度預算一案，希照辦。

說明：本案係根據貴部○年○月○日字第○號函，並採納本院主計處及國際經濟合作發展委員會議復意見。

辦法：

一、所擬社區發展研究訓練中心今後工作計畫重點五項，原則照准，惟應加列「評估現行社區發展方案得失，以謀改進」一項。

二、應由貴部衡酌財力，就上列重點研擬詳細計畫報院，並就所需經費核實編列分配預算，其可節減部分應不予分配。

正本：內政部
副本：本院主計處、本院國際經濟合作發展委員會

院　長○○○

# 外交部　函

地址：

聯絡方式：

受文者：經濟部農礦工商事業派員出國案件審查委員會

發文日期：中華民國〇〇年〇〇月〇〇日

發文字號：(　　)　　字第　　號

速別：

密等及解密條件或保密期限：

附件：

主旨：工商人員短期出國，對其申請前往國家，請視實際需要予以審定。

說明：根據目前本部每月所發護照統計，貴會核准出國工商人員約占所有各機關核准出國人員總數之半，其中常有出國期限雖僅數月，而其前往國家有多達數十國者，事實上持照人不可能遍訪所列國家之全部，徒使本部簽發護照作業增加負擔。

建議：今後工商人員申請出國，請貴會及申請人合作，對於事實上不可能前往之國家免予列入，以利護照作業。

正本：經濟布農礦工商事業派員出國案件審查委員會

副本：

部　長〇〇〇

行政院衛生署　函

地址：

聯絡方式：

受文者：臺北市政府、高雄市政府

發文日期：中華民國○○年○○月○○日

發文字號：(　　)　　字第　　號

速別：

密等及解密條件或保密期限：

附件：

主旨：請加強食品衛生檢驗，以維護國民健康，避免發生中毒事件。

說明：

一、據報若干食品製造及餐飲業者，但圖私利，罔顧道德，任意添加人工甘味、色素、硼砂及其他有害人體的化學物品，以致食用者屢有中毒情事，影響國民健康甚鉅。

二、檢附「食品衛生管理處罰要點」○份。

辦法：

一、請轉知各地衛生機構，會同當地警察人員，隨時抽查，如有不合衛生之食品製造場所、販賣場所及食品，應從嚴取締，責令改善。

二、如發生食品中毒情事，應徹查原因，嚴究責任，並立即採取有效措施，遏止事態擴大。

正本：臺北市政府、高雄市政府

副本：

署　長○○○

16.三段式、上行函、請核、有副本收受者

# 內政部　函

地址：
聯絡方式：

受文者：行政院

發文日期：中華民國○○年○○月○○日
發文字號：(　)　字第　號
速別：
密等及解密條件或保密期限：
附件：

主旨：為本部辦理臺南市地籍航測試驗，改定試驗區範圍，並簡化本案經費處理，請　核示。

說明：

一、本部為辦理地籍圖航空重測，經訂定試驗區計畫報院，並電話洽准　鈞院研考會答覆：「本案原則上照部擬計畫辦理，即可核定。」已於7月24日開始依照進辦理講習、調查地籍及佈設航測標等工作中。

二、若干對測量素有研究人士反映：

㈠對於外國實例：都市地區高層建物林立，以航測方式辦理測量，頗有困難。

㈡建議本案試驗區可盡量包括：建、什、田、旱等各種地目，以擷取工作經驗。

三、本案委由成功大學工學院承攬，因工學院無專門會計人員，如依一般規定辦理，經費報銷將有困難。

擬辦：

一、在不變更試辦面積的原則下，將試驗區改定於臺南市西區鹽埕段一帶(即東自逢甲路起，西至大德街止，南自健康路西段都市計畫預定道路起，北至鹽埕段五德街止)。

二、與成功大學工學院簽訂委託契約書，約定所需經費由本部補助。

正本：行政院
副本：行政院研考會、行政院主計處、國立成功大學工學院、本部地政司、會計處

部　長○○○

## 五、公告

### 1.登報用、二段式

## 教育部　公告

發文日期：中華民國○○年○○月○○日

發文字號：(　　)　　字第　　　號

主旨：公告新加坡南洋大學贈我國1973-74學年度學生獎學金6名候選人甄選程序。

公告事項：

一、凡三年制專科學校(不分科系)畢業生，年齡在25歲以下(民國○年○月○日以後出生，男生須已服兵役)均可應甄插班大二年級肄業。

二、應甄者須於○月○日以前檢同高中及專科學校畢業證書、專校成績單(男生須加繳服役證件)，以書面向原畢業之專校申請。

三、各專校收到學生申請書後，應先彙集審查，提荐品學兼優者3人候選，填具南大獎學金申請書每人3份，於○月○日以前送達本部○○處。

四、本部會同南大派來人員組成遴選小組，約在○月○日左右舉行面試(確定日期另以書面通知)決定合格人選。

# 行政院青年輔導委員會　公告

發文日期：中華民國〇〇年〇〇月〇〇日

發文字號：(　　)　　　字第　　　　號

主旨：代辦台北富邦銀行外勤工作人員甄選。

公告事項：

一、甄選名額：共〇名(外勤雇員〇名、外勤練習生〇名)。

二、應徵資格：凡年在〇歲以下(民國〇年以後出生)，公私立高級商業職業學校或高級中等以上學校畢業，持有畢業證書，身體健康，服畢兵役的男性青年，都可應徵。

三、報名日期：〇年〇月〇日(星期六下午及星期日照常辦理)。

四、報名地點：臺北市徐州路5號14樓。

五、其他詳見甄選簡章，函索(請附貼足平信郵票和寫好姓名地址的信封1個)即寄。

2.登報用、三段式

# 內政部　公告

發文日期：中華民國○○年○○月○○日

發文字號：(　　)　　字第　　號

主旨：公告民國○年出生的役男應辦理身家調查。

依據：徵兵規則。

公告事項：

一、民國○年出生的男子，本年已屆徵兵及齡，依法應接受徵兵處理。

二、請該徵兵及齡男子或戶長依照戶籍所在地(鄉)(鎮)(區)(市)公所公告的時間、地點及手續，前往辦理申報登記。

## 交通部臺灣區國道高速公路局　公告

發文日期：中華民國○○年○○月○○日

發文字號：(　　)　　字第　　號

主旨：中山高速公路明倫國中段試驗用防音牆新建工程第2次招標公告。

公告事項：

| 廠商資格 | 廠商應具證件 | 圖說費 | 押圖費 | 押標金 | 領取圖說地點及截止時間 | 開標時間及地點 |
|---|---|---|---|---|---|---|
| 丙等以上營造業未受停業處分及最近3年內無不良紀錄者。 | 廠商在領取圖說時應攜帶印鑑，並繳驗後列證件(影本不受理)：①營造業證記證②承包工程呈報手冊③營利事業登記證④納稅證明單⑤公會會員證。 | 新臺幣1千元整不論得標與否概不退還。 | 新臺幣5千元整廠商於開標七日內繳還所領圖說(含設計圖、施工規範等)後無息退還。 | 新臺幣90萬元整限臺灣銀行本票或短期公債未得標者無息退還。 | 臺北縣泰山鄉黎明村半山雅70號本局工務組工程科。○○年○○月○○日至○○年○○月○○日止，每日上午8時30分至下午4時止辦公時間內。 | ○○年○○月○○日上午10時30分在本局二樓會議室。 |

4. 登公報用、三段式

# 內政部警政署　公告

發文日期：中華民國○○年○○月○○日

發文字號：(　　)　　字第　　　號

主旨：警察人員服務證於○○年○○月○○日換發，舊證同時作廢。

依據：警察人員服務證發給規則。

公告事項：

一、新換發之警察人員服務證式樣為：橫式、紅色底、金色邊，正面左方由右至左兩橫列書寫「警察人員」、「服務證」金色字，並於兩橫列中間刊印警徽，右方貼相片，背面底為白色、印淺藍色小警徽；填寫服務機關、職別、姓名、出生日期、證號、發證日期及有效期限，並加蓋服務機關主管章等項，字體正楷黑色，證長5.5公分，寬8.5公分。

二、新換發警察人員服務證於○○年○○月○○日使用，舊證同時作廢。

署　長○○○

## (機關全銜)臺北紙廠給水工程招標　公告

發文日期：中華民國○○年○○月○○日

發文字號：(　　)　　字第　　號

| 工程名稱 | 廠商資格 | 圖說工本費 | 押標金 | 開標日期 | 登記日期及地點 |
|---|---|---|---|---|---|
| 本廠給水工程(大安圳第六支線管渠延長) | 乙級以上營造廠或甲級水管承裝商對給水工程富有經驗有製作設備及能力，對給水工程獲有完工證明曾一次承包總價在20萬元以上實績者。 | 新臺幣　百元 | 新臺幣　萬元 | 年　月　日 | 年　月　日起至　日止在　市　路　段　號本廠總務組 |

6. 張貼用、三段式

○○市○○區公所　公告

發文日期：中華民國○○年○○月○○日

發文字號：(　　)　　　字第　　　　號

主旨：公告本區原忠勤里改為忠勤、忠恕、忠愛三個里及其實施日期。

依據：○○市政府○字第○號函

公告事項：

一、本區忠勤里原第○鄰至第○鄰仍為忠勤里。

二、原忠勤里第○鄰至第○鄰改為忠恕里。

三、原忠勤里第○鄰至第○鄰改為忠愛里。

四、均於○年○月○日起實施。

區　長○○○

## ○○市○○區公所　公告

發文日期：中華民國○○年○○月○○日

發文字號：(　　)　　　字第　　　號

主旨：公告本區○○里里長選舉有關事項，請各選民屆時踴躍前往投票。

依據：

一、○○市公職人員選舉罷免規程第14條。

二、○○市政府○字第○號函。

公告事項：

一、投票日期：○年○月○日上午○時至下午○時。

二、投票地點：本市○○路○○號。

三、投票資格：(照選舉罷免規程規定的選舉人資格填列)

四、投票方法：

(一)無記名單記法。

(二)投票人應攜帶國民身分證和印章與投票通知單先行領票(於進入投票所前請將國民身分證及印章持在手中，預備檢驗以節省時間)。

(三)投票人於領到選舉票後進入圈票處，在候選人相片籤號、姓名頂端方格內，用規定印戳圈選一人投入票櫃內。

區　長○○○

## ○○市政府　公告

發文日期：中華民國○○年○○月○○日

發文字號：(　　)　　字第　　號

主旨：公開展覽本市木柵區老泉里恆光橋北端引導計畫圖說。

依據：

一、都市計畫法第15條。

二、本市都市計畫委員會第49次委員會議審查決議：「修正通過。」

公告事項：

一、展覽時間：30天。

二、展覽地點：(應明確列出展覽的地點。)

三、公告期間任何公民或團體如有意見，歡迎以書面(註明姓名、地址、名稱)向內政部提出，作為核定本案的參考。

市　長○○○

# 六、其他公文

## (一)簽

### 1.三段式、具有幕僚性質的機關首長對上級機關首長

簽　於(機關或單位)

主旨：○○部為亞洲開發銀行請撥付亞洲蔬菜研究發展中心補助費新臺幣○○○元，擬准動支本年度第二預備金，簽請核示。

說明：○○部函為○○銀行以亞洲開發銀行請自該行B帳戶我國繳付本國幣股本內支付亞洲蔬菜研究發展中心新臺幣○○○元業已先行墊撥，上項亞洲蔬菜研究發展中心補助費，本年度未列預算，既由○○銀行墊付，請准在○○年度第二預備金項下撥還歸墊。又本案事關涉外重要案件，特專案簽辦。

擬辦：擬准照○○部所請在本年度中央政府總預算第二預備金項下動支。

敬　陳

副○長

○　長

○○○　職章　(日期及時間)

2.二段式、僚屬對主管

簽 於(機關或單位)

主旨：本校○○科○年○班學生○○○，參加社區服務工作，表現優異，為校爭光，請予獎勵。

說明：

一、○生自○○學年起，持續利用寒暑例假，組隊為社區民眾作家電用品免費維修服務，迭獲佳評。

二、檢附社區民眾代表○○○等來函及民眾服務分社感謝狀。

敬 陳

校 長

○○○ 職章 (日期及時間)

簽　於(機關或單位)

一、銓敘部函，為檢送○○職系職級規範，請　查照一案。

二、查本會未實施職位分類，上項職級規範，尚不需用，擬存。

○○○ 職章　(日期及時間)

## ㈡報告

### 1. 補辦請假

報告　於○系○年○班

主旨：請　准補辦○月○日至○月○日的請假手續。

說明：

一、生於本月○日返○○縣○○鎮省親，因○○颱風造成南北交通中斷，迄○○日交通恢復，始克返校。

二、檢陳家長證明書一紙。

謹　陳

導　　師
學 務 長

○系○年○班
學　　　生　○　○　○　私章　(日期及時間)
學　　　號　○○○○○○

報告　於○○○○○

主旨：請　准婚假兩週，並遴員代理職務。

說明：

一、職訂於○月○日與○○○小姐結婚。

二、擬請婚假自○月○日起，至○月○日止，共12個工作天。

三、檢陳結婚喜帖一紙。

敬　陳

主任○

處長○

○○○(蓋級職姓名章)(日期)

(三)通知

# 通知

地址：

聯絡方式：

受文者：○○○先生

發文日期：中華民國○○年○○月○○日

發文字號：(　　)　　字第　　　　號

速別：

密等及解密條件或保密期限：

附件：

主旨：台端應○○年專職技術人員普通考試，業經榜示錄取，請即將證書費○○元整及最近半身正面二吋照片2張，逕寄本部出納科，以便轉請核頒及格證書。

正本：

副本：

考選部第一司(戳)啟

## ㈣通告、通報

### 1.通告

通告　○○年○○月○○日

主旨：本校○○年元旦團拜，訂於元月1日8時30分在大禮堂舉行，敬希各同仁屆時蒞臨參加。

人事室　(戳)

2.通報

通報　〇〇年〇〇月〇〇日

一、〇〇大學教授〇〇〇先生於〇月〇日〇時蒞臨本校大禮堂演講，講題為「我國當前環保問題之剖析」。
二、敬希本校同仁屆時踴躍出席聽講。

秘書室　(戳)

(五)書函

1.用機關名義發文、蓋條戳

## 臺北市〇〇國民中學　書函

地址：

聯絡方式：

受文者：臺北市市立動物園

發文日期：中華民國〇〇年〇〇月〇〇日

發文字號：(　　)　　字第　　　　號

速別：速件

密等及解密條件或保密期限：

附件：

主旨：本校為舉辦課外教學需要，擬前往　貴園參觀，敬請惠予協助、指導，請　查照。

說明：

一、本校〇年級學生計〇〇人，訂於〇年〇月〇日前往　貴園參觀，屆時惠請派員導引、解說。

二、本案本校聯絡人：〇〇〇、電話：〇〇〇〇〇〇〇

正本：臺北市市立動物園

副本：臺北市政府教育局

(台北市〇〇國民中學條戳)

2.用於公務未決階段，需磋商、徵詢意見時，用機關名義發文、蓋條戳

行政院人事行政局　書函

地址：

聯絡方式：

受文者：本院秘書處

發文日期：中華民國○○年○○月○○日

發文字號：(　　)　　字第　　　號

速別：速件

密等及解密條件或保密期限：

附件：2件

一、本院經濟建設委員會函院為該會因業務需要，擬聘用研究員一人並附聘用計畫書一案。

二、檢附原函暨附件影印本各1份，請　查照惠示卓見，俾便答辦。

(行政院人事行政局條戳)

3.用於公務未決階段，需磋商、徵詢意見時，用單位主管名義發文、蓋職章

經濟部 書函

地址：

聯絡方式：

受文者：行政院○院長

發文日期：中華民國○○年○○月○○日

發文字號：(　　)　　字第　　　　號

速別：速件

密等及解密條件或保密期限：

附件：

主旨：請准延聘經濟專家以顧問或研究員名義研究國內外重大經濟問題，並撥所需經費。

說明：

一、擬延聘績譽卓著之經濟專家○人，以顧問或研究員名義專職研究國內外重大經濟問題，提供解決問題達成目標之可行方案與建議，以供採擇施行。

二、估計本年度○至○月○個月約需經費○○○元，下年度以後每年估計約需經費○○○元。

請求：本部本年度及下年度原編預算未曾計列上項費用，請准專案撥款，以利進行。

正本：行政院○院長

副本：

部　長○○○

4.用單位主管名義發文、蓋職章

# 經濟部工業局　書函

地址：

聯絡方式：

受文者：臺灣區陶瓷工業同業公會○理事長○○

發文日期：中華民國○○年○○月○○日

發文字號：(　　)　　字第　　　號

速別：速件

密等及解密條件或保密期限：

附件：

一、行政院秘書處函送台端於工商界人士座談會中所提書面提案敬悉。

二、關於金門磁土及北投土原料減價供應一節，業經本局分別函請金門縣政府及陽明山管理局參考辦理。

三、至請指定銀行專責輔導陶瓷工業簡化貸款手續，財政部已指定彰化銀行對陶瓷業作為授信輔導之重點目標。

正本：臺灣區陶瓷工業同業公會○理事長○○

副本：

局　長○○○

# 行政院青年輔導委員會　書函

地址：

聯絡方式：

受文者：○○○先生

發文日期：中華民國○○年○○月○○日

發文字號：(　　)　　字第　　　號

速別：速件

密等及解密條件或保密期限：

附件：2件

一、台端○月○日詢問申請青年創業貸款的信，已經收到。

二、本會輔導青年創業貸款，輔導對象的學歷是高中(職)以上畢業的青年，並未限於大專畢業生。辦理貸款時，必須按照合作金庫的規定，辦理各項手續，這是一般金融機構的統一規定，無法例外。

三、附寄本會輔導青年創業辦法及空白格式各1份，詳細參閱後，對於來信所提的問題，當可獲得解答，如果仍有問題，請再來信向本會第一組(臺北市○○○路○號)詢問。

正本：○○○先生

副本：

(行政院青年輔導委員會條戳)

## 附：考選部國文考試公文題目

■九十三年公務人員初等考試（一般行政、人事行政、地政、教育行政、稅務行政）

試擬臺北縣政府致所屬鄉鎮市公所函：加強維護轄區內風景區環境整潔，並協調當地警察單位嚴格取締違規流動攤販之擺設。

■九十三年公務人員初等考試（社會行政、金融保險、會計審計、統計、經建行政、電子工程）

試擬行政院新聞局函各縣市政府，加強取締情色書報雜誌及CD、DVD等出版品，以維護善良風俗。

■九十三年特種考試地方政府公務人員考試（三等考試）

試擬行政院致臺北市政府函：臺灣地區已屆颱風季節，請加強維護山坡地與堤防、疏通雨水下水道及檢修各抽水站等防颱工作，以保障人民生命財產之安全。

■九十三年特種考試地方政府公務人員考試（四等考試）

試擬行政院衛生署致各縣市政府衛生局函：天氣漸趨炎熱，容易滋生各種傳染病，請加強夏令衛生，以維國民健康。

■九十三年特種考試地方政府公務人員考試（五等考試）

試擬內政部警政署致所屬警察機關公文一篇：以邇來竊盜橫行，甚至偷取公共設施財物如水溝蓋或道路護欄等，請嚴加查緝，以維人民生命財產之安全。

■九十三年公務人員特種考試海岸巡防人員考試（三等考試）

試擬宜蘭縣政府致所屬各鄉、鎮、市公所函：時屆夏令，颱風將至，請以村、里為單位，加強宣導防颱救災，以維護民眾的生命財產安全。

■九十三年公務人員特種考試海岸巡防人員考試（四等考試）

試擬行政院環境保護署致所屬機關函：希定期檢驗各地工廠排放廢水情形，以免污染水源，影響民眾健康。

■九十三年關務人員升官等考試（簡任升等考試）

監察院於今年四月十五日舉行第十一屆大法官審查會議，投票結果，通過總統所提——彭文慶等十六人為本屆大法官。請為監察院行文總統府，提請總統同意第十一屆大法官之任用。（提示：憲法第九十四條規定：監察院依本憲法行使同意權時，由出席委員過半數之議決行之。）

■九十三年關務人員升官等考試（薦任升等考試）

試擬教育部致全國各大專院校函，請務必加強通識教育，以補強學生們過於偏重專業學習的缺點。

■九十三年公務人員特種考試警察人員考試

九十三年公務人員特種考試關務人員考試（三等考試）

試擬內政部警政署函所屬各機關轉知警察同仁：於執行公務時應兼顧人權與自身安全，依法審慎使用槍械。

■九十三年公務人員特種考試警察人員考試

九十三年公務人員特種考試關務人員考試（四等考試）

試擬行政院致勞工委員會函：促儘速督導所屬提出加強保障外籍勞工人權，維護職場工作環境安全之有效措施。

■九十三年公務人員普通考試第二試（行政類各科別）

試擬臺北市政府教育局致所屬各級學校函：辦理學生校外教學、旅遊參觀等活動，有關交通、食宿等事項，應周詳規劃，以維護師生安全。

■九十三年公務人員普通考試第二試（技術類各科別）

試擬行政院函各縣市政府：鑒於近來砂石、水泥、鋼材等原物料價格波動劇烈，應嚴密督促公共工程之發包、施工及驗收，以維護工程品質。

■九十三年公務人員高等考試三級考試第二試（行政類各科別）（法制科除外）

試擬內政部致各縣市政府社會局函：近來家庭虐童事件頻傳，務必加強兒童權益之宣導，並進行社區調查，以防範兒童受暴事件之發生。

■九十三年公務人員高等考試三級考試第二試（法制）

試擬法務部致所屬檢調機關函：邇來頻傳不法集團蒐集、買賣民眾個人資料，從事詐騙行為，應積極查緝掃蕩，有效維護民眾身心及財產之安全。

■九十三年公務人員高等考試三級考試第二試（技術類各科別）

試擬行政院致所屬各機關函：凡施政、舉才、宣導等，務須避免族群及性別歧視，以促進社會之平等與和諧。

■九十三年交通事業郵政人員升資考試（員級晉高員級）

試擬交通部函所屬各事業單位，面對網路迅速發展，對各事業單位造成之衝擊，加以客觀評估，並研擬因應之道。

■九十三年交通事業郵政人員升資考試（佐級晉員級）

試擬中華郵政股份有限公司致所屬各等郵局函：對於客戶所填具個人相關資料應盡保密之責，以免淪為不法人士從事詐騙恐嚇之資料來源。

■九十三年交通事業郵政人員升資考試（士級晉佐級）

試擬中華郵政股份有限公司函所屬各等郵局、各郵件處理中心：為保障民眾權益，請研擬具體實施方案，以杜絕郵件失竊事件。

■九十三年公務人員特種考試法務部調查局調查人員考試（三等考試）

試擬教育部致各私立大學院校函：暑假期間，時值颱風季節，請注意校舍維護、設備保管，以免招致損失，增加國家經費支出。

■九十三年公務人員特種考試外交領事人員考試、國際經濟商務人員考試（三等考試）

試擬行政院致外交部函：加強督察各駐外館處業務，並切實注意所屬駐外人員品德、生活，宣導知法守法、廉潔從公理念，俾能防微杜漸，端正政風。

■九十三年公務人員高等考試一級暨二級考試（二級考試）

試擬行政院新聞局函所屬廣播電視事業處、電影事業處等單位：邇來市面公開發行或販售外國影片轉拷之錄影帶、DVD、VCD等中文字幕，漸以中共簡化字或港式中文夾用部分簡字替代過去長期要求之正體字字幕。有違國家語文政策，請加強管理、審核並研擬有效對策，以杜絕上述有損國家形象之牟利行為。

■九十三年公務人員特種考試司法人員考試（三等考試）

試擬教育部致函各公私立大學院校：時值二十一世紀，國際交往日益頻繁，距離之縮短，宛如村里，英語教學之加強，自不容緩，希儘速明訂檢定標準，嚴格執行，以增強學生英語能力，符合當前需要。

■九十三年警察人員升官等考試（警正警察官升官等）

近來有利用電話詐騙民眾，以退稅或子女受傷醫院需款等由，經提款機轉匯騙取錢財事件，時有所聞。請以警政署名義擬函各縣市警察局如何加強查察，積極破案，以安民心函稿一件。

■九十三年公務人員特種考試身心障礙人員考試（三等）

試擬行政院衛生署致所屬各級衛生機關函：近日越南發生禽流感事件，世界衛生組織（WHO）已發出可能造成民眾感染風險之警告，請加強防範與應變措施，以維護國民生命之安全。

■九十三年公務人員特種考試身心障礙人員考試（四等）

試擬行政院新聞局致函各電視公司：頃頻接檢舉，謂電視臺之廣告，舉凡塑身、減肥、美容、健身等宣傳，每多誇大不實，使觀眾蒙受損失，請予重視，並加改進。

■九十三年公務人員特種考試身心障礙人員考試（五等）

試擬交通部觀光局函各縣市政府：請加強取締觀光景點之無照流動攤販，以維風景名勝區之整潔及秩序。

■九十四年公務人員初等考試（社會行政、人事行政、地政、圖書館管理、稅務行政、會計審計、統計、經建行政）

試擬教育部致各縣市教育局函，要求各校加強對國、高中中輟生動向之關切，積極輔導中輟學生重回校園。

■九十四年公務人員初等考試（一般行政）

試擬行政院研究發展考核委員會致函行政院各部會：請儘速建立網路使用規範及稽核制度，以防止公務員利用網路從事非公務用途。

■九十四年公務人員特種考試民航人員考試（三等考試）

試擬交通部民用航空局函各航空站：近期世界各地恐怖分子攻擊，危害飛安甚鉅，請嚴格加強各項安檢工作。

■九十四年公務人員特種考試警察人員考試（二等考試）

試擬內政部警政署致教育部函：校園吸毒人口不斷增加，請轉所屬各級學校加強宣導認識毒品及毒品之危害，以維護學子身心之健康。

■九十四年公務人員普通考試第二試（各科別）

臺灣四面環海，地狹人稠，國土約有三分之二為山坡地，雨季水流湍急，遇有颱風豪雨來襲，山區國土保育不良者，土石流災害頻傳，平地城鄉地勢低窪者，亦常積水成災，甚至屋損人亡，現已屆颱風豪雨季節，全民尤應加強危機意識。

請試擬行政院致所屬機關及直轄市、縣（市）政府，提示政府部門及民眾應注意之重點，促請加強相關防範應變整備措施，並廣為宣導民眾就其應注意事項共同配合遵循，期能有效防災、備災、減災、應變，維護民眾生命財產之安全。

■九十四年公務人員高等考試三級考試第二試（各科別）

隨著全球化時代來臨，台灣經濟邁向自由化，社會日趨多元化，國人跨國聯姻日益增多。截至九十四年五月底，我國外籍及大陸配偶已達三十四萬八千餘人，遂衍生這些外來配偶及其子女生活、教育及社會適應等相關問題，亟待妥善解決。內政部已於九十二年整合有關機關意見，研擬「外籍及大陸配偶照顧輔導措施」，分生活適應輔導、醫療優生保健、保障就業權益、提昇教育文化、人身安全保護、健全法令制度等六大面向訂定具體措施，函報行政院核定由各部會分工推動。

試擬行政院致內政部函，提示政策理念，並促請會商有關機關配合當前需要，研擬修正充實「外籍及大陸配偶照顧輔導措施」報院核定賡續推動，使其能融入我國社會，與國人共組美滿家庭，並尊重其人權，共創多元文化價值的國家，落實我國人權治國之理念。

■九十四年公務人員特種考試關務人員考試及九十四年公務人員特種考試稅務人員考試（關務人員考試、稅務人員考試）

試擬財政部函請所屬機關加強便民服務，提高工作品質，以建立清新、親切、熱忱之形象。

■九十四年特種考試地方政府公務人員考試（三等考試）

請試擬警政署致各縣市警察局函：邇來電話詐騙事件層出不窮，致善良人民蒙受損失。請加強宣導並積極查緝，以保障人民財產之安全。

■九十五年特種考試地方政府公務人員考試（三等考試）

試擬教育部致各縣市政府教育局函，請加強有關校園性別平等教育，並積極宣導性騷擾之防範與應變措施，以建立和諧優質校園文化。

■九十五年特種考試地方政府公務人員考試（四等考試）

試擬教育部致全國各地方政府教育主管單位函：請研擬有效措施，嚴防校園暴力事件發生，徹底保護校園人身安全，加強輔導事宜，提供安全、健康的教育環境，並轉請各級學校確實執行。

■九十五年特種考試地方政府公務人員考試（五等考試）

全面換發國民身份證之期限將至，內政部已公告96年1月1日起「舊式國民身分證」將廢止使用，而仍有相當比例的民眾未辦理更換新證。試擬臺北市政府民政局致所屬各區戶政事務所函，務請各戶政事務所提供各項便民服務，以利民眾儘速辦理換證，冀能於期限之內完成全面換發之工作。

■九十五年公務人員特種考試原住民族考試（二等考試）

近年來有關原住民族電視台台長是否應由具有原住民身分證者擔任之問題，引起個界之討論。試以行政院原住民族委員會教育文化處承辦科專員的立場，分別從法令、輿情、專業、人權、執行力、民族發展、國際案例等角度加以分析，並提出具體方案，簽請主任委員裁示。

■九十五年公務人員特種考試原住民族考試（三等考試）

試擬行政院原住民族委員會函請教育部調查並檢討原住民族地區小學裁併的情況及其影響，並提出說明和因應之道。

■九十五年公務人員特種考試原住民族考試（四等考試）

試擬行政院原住民族委員會函原住民族地區鄉鎮市公所：請向所轄各部落宣導節酒政策，以維護族人身體健康。

■九十五年公務人員特種考試原住民族考試（五等考試）

某縣政府擬請所屬各鄉鎮市公所，於原住民正名紀念日舉辦原住民兒童繪畫比賽。請草擬公文。

■九十五年公務人員特種考試身心障礙人員考試（三等考試）

行政院鑒於照顧弱勢，提升國家競爭力的需要，亟應加強培植身心障礙人才。有關身心障礙者之教育、就學及社教等相關事宜之規劃及辦理，宜由教育部統籌為之，試擬行政院致教育部函。

■九十五年公務人員特種考試身心障礙人員考試（四等考試）

試擬內政部致各直轄市、縣（市）政府函：儘速開設生活輔導班、語言學習班，以提升外籍配偶在臺生活適應能力。

■九十五年公務人員特種考試身心障礙人員考試（五等考試）

試為行政院擬一篇致所屬農業委員會公文，說明農夫如何偉大，應如何獎勵。

■九十五年警察人員升官等考試、九十五年交通事業港務人員升資考試（警正警察官升官等、員級晉高員級）

為清除各地登革熱孳生源，試擬行政院環境保護署函，檢附防治計畫一份，請各直轄市及縣（市）政府轉請所屬機關學校全面加強防治病媒蚊防疫與宣導。

■九十五年交通事業港務人員升資考試（佐級晉員級）

臺灣四面臨海，海岸景觀優美、海洋資源豐富，試擬行政院函交通部，請提出發展具有海洋文化特色的休閒旅遊活動。

■九十五年交通事業港務人員升資考試（士級晉佐級）

試擬行政院農業委員會致行政院海岸巡防署函：各地漁民海外捕魚，遭臨近國家驅離或拘捕事件，時有所聞，請研商加強保護漁民措施。

■九十五年公務人員高等考試一級暨二級考試（二級考試）

試擬行政院致行政院農業委員會函：積極協助農民轉型經營休閒農業，以促進農村經濟活絡，吸引具有經營休閒農業理念與抱負之農家子弟返鄉，再創農村社會生命力。

■九十五年公務人員特種考試外交領事人員考試（三等考試）

試擬教育部致各公私立大學院校函：依據學者之調查分析，發現大學生之中英文能力、學習態度與畢業進入職場之表現，明顯逐年遞降，為提升高等教育之品質與符合社會之期待，請各校增強教學資源和心力，因材施教，造就學生。

■九十五年公務人員特種考試民航人員考試（三等考試）

試擬交通部民用航空局函各航空站：為因應行政院2008觀光客倍增計畫，各航空站應就現有設備、措施、航站動線、服務項目等，進行全面檢視及評估，並研擬具體改善計畫，以滿足未來需求等相關事宜。

■九十五年公務人員特種考試司法人員考試（三等考試）

試擬司法院致各級法院函：為利於刑罰教化功能，並有助司法資源分配，對於刑事案件宜妥善運用緩刑制度，以宏司法效能。

■九十五年公務人員特種考試司法人員考試（三等考試）

試擬法務部致所屬各檢調機關函：為期刑事案件之偵查，能符合刑事訴訟法偵查不公開原則，並兼顧被告、犯罪嫌疑人或其他相關人士之隱私與名譽，爰統一規定新聞發布相關事項，請依照規定審慎處理新聞發布事宜。

■九十五年公務人員特種考試司法人員考試（四等考試）

試擬法務部致所屬各監院所函：為強化矯正教化功能，落實人性化管理，請結合民間公益團體，善加運用社會資源，加強辦理監、院、所之受刑人、收容人各項關懷活動。

■九十五年公務人員特種考試司法人員考試（五等考試）

假設〇〇地方法院檢察署近來文書處理出現疏漏、公文時效亦有退步，為加強管理，請試擬〇〇地方法院檢察署致內部各單位函，要求同仁應確依行政院訂頒之文書處理手冊規定辦理，以改進現有缺失。

■九十五年公務人員高等考試三級考試（各科別）

根據統計，目前30歲至49歲之信用卡持卡人，60%以上係因創業需求、投資失敗或失業等因素背負卡債，行政院金融監督管理委員會經邀請內政部、經濟部、行政院勞工委員會、行政院經濟建設委員會及中華民國銀行公會等相關單位研商，達成提供工作機會及創業貸款等相關配套方案。試為行政院金融監督管理委員會擬函，儘速將該方案報請行政院核備並准予轉知各直轄市及縣

（市）政府宣導辦理。

■九十五年公務人員普通考試（各科別）

觀光產業是世界各國普遍重視的服務業，為此政府特於挑戰2008國家發展重點計畫中推出各項觀光發展計畫，希望藉著台灣特殊條件，彙整各地方觀光特色，行銷國內外。

試擬交通部請各直轄市、縣（市）政府儘速配合辦理函。

■九十五年公務人員特種考試警察人員考試（二等考試）

試擬內政部警政署致所屬警政單位函：邇來詐騙事件頻傳，請各警政單位確實加強查辦，並且仔細蒐集情資，廣為宣導，以扼止歪風漫延。

■九十五年公務人員特種考試警察人員考試（三等考試）

試擬財政部致各關稅局函，希加強查緝毒品走私，以維國民健康。

■九十五年公務人員特種考試警察人員考試（四等考試）

試擬內政部函各級地方政府：加強有關公務人員懲戒肅貪法令之宣導，以建立廉能而有效率的政府。

■九十五年公務人員特種考試國防部文職人員考試（二等考試）

試擬教育部致函全國各級學校，加強公民教育課程，以提振家庭倫理，改善社會風氣。

■九十五年公務人員特種考試海岸巡防人員考試及九十五年公務人員特種考試基層行政警察人員考試（三等考試）

試擬行政院函海岸巡防署：最近全球各地紛傳禽流感疫情，中國大陸已有多起病例，請落實海岸緝私工作，積極防堵私貨夾帶病毒入侵，以維護國民生命財產之安全。

■九十五年公務人員特種考試海岸巡防人員考試及九十五年公務人員特種考試基層行政警察人員

考試（四等考試）

科技進步日新月異，電腦技能是未來職務上的有利工具。試擬內政部致所屬機關函，希積極規劃資訊相關課程，強化同仁電腦技能，以提升行政績效。

■九十五年公務人員初等考試（一般行政）

劉君，因公司經營上需要，奉派肯亞（國名）之國外分公司主持業務，全家因而遷居肯亞。民國94年底，從友人口中獲悉必須換發國民身分證。劉君因一時無法回國，又不知如何辦理手續，爰書妥信函一封，寄達其原來所轄之戶政事務所，請求戶政事務所告知其如何辦理手續。假設您是該戶政事務所承辦人員，請您參照附件資料（第三張至第五張），以戶政事務所正式公文回復劉君。

■九十五年公務人員初等考試（社會行政、人事行政、原住民族行政、教育行政、財稅行政、金融保險、統計、會計、經建行政、地政、圖書資訊管理）

「性騷擾防治法」業於今（95）年2月5日施行，內政部家庭暴力及性侵害防治委員會特製作宣傳圖檔光碟及宣傳廣播帶光碟各一片，發送相關機關宣導。試擬內政部函各直轄市、縣市政府，加強法令宣導，並督促所屬注意行為規範。

# 第三章 書信

## 第一節 書信概說

人類表達情感的工具有二種：一是語言，一是文字。面對面，當然是可以用語言溝通情意；距離遠了，就非要用文字不可。一用文字來表達情感，這便可以說是書信了。

書信起源在什麼時代，是不容易考證的事，但是，在人類文字運用純熟以後，書信就自然而然的產生了出來，是沒有問題的。在中國的文字資料看來，像尚書的康誥、召誥，周代鐘鼎文中冊命臣子的一些命書，都已經具備了書信的基本型式；到了東周春秋時代，書信的來往，就已經十分頻繁了，書信正式的運用，或者就是在這時候吧。到了漢唐以後，書信不但是表達情感的工具，而且成為發揮文學造詣的園地，在歷代名家的文集中，書信就佔了不少的份量。不少的作品，像是嵇康的〈與山巨源絕交書〉、李白的〈與韓荊州書〉，都已經成為千古傳頌的名作。明、清以後，甚至還有書信的專集的印行，像是袁枚的《小倉山房尺牘》、曾國藩的《曾文正公家書》，都是有名的書信專集。

經過歷代的演變，發展到今天，書信的用途就多了，凡是慶賀、弔問、饋贈、候安、請託、邀約、規戒、論說、求才、求職、推辭、謙讓等，沒有不用書信來達到自己的目的的；因此，在今天的書信的來往中，不但是要表達自己的情感，而且也表明了自己的需要，同時，並且表現了自己的文學修養和禮儀行為；因此，對於書信的寫作，就不能不注意了。

書信的寫作，並不困難，只是要注意書信中上、下輩份的語氣，文辭的修飾，以及各種術語、各種格式的使用，就可以了。但是，書信中語氣的一不留意，術語、格式出了差失，不但會貽笑大方，而且也達不到自己的目的，這就不得不小心了。因此，在寫書信的時候，一定要小心的斟酌語氣，勤查書信術語的表格，才能避免許多不必要的錯失。

書信的名稱很多，有稱為尺簡、華簡、華箋、雲箋的，簡、箋都是竹簡，這是由於古代的書信寫在竹簡上的關係；有稱為尺牘、牘書、札書、手札、牒牘的，牘、札、牒都是木版，這是由於古代的書信寫在木版上的關係；有稱為手筆、華翰、雲翰的，筆、翰都是毛筆，這是用書寫工具作為書信名稱的；有稱為來函、玉函的，函就是信封，當然可以作為書信的名稱；有稱為書啟、啟事的，啟是打開的意思，也可以作為書信的名稱；書信重要的名稱，大概就是這些。其他還有一些不同的名稱，就不一一的介紹了。在今天，書信是最普通的名稱。所以，我們也用書信作為標題。

書信的種類，可分為兩大類：一是傳統對內容的分類，一是郵政書信的分類，現作一表列於下：

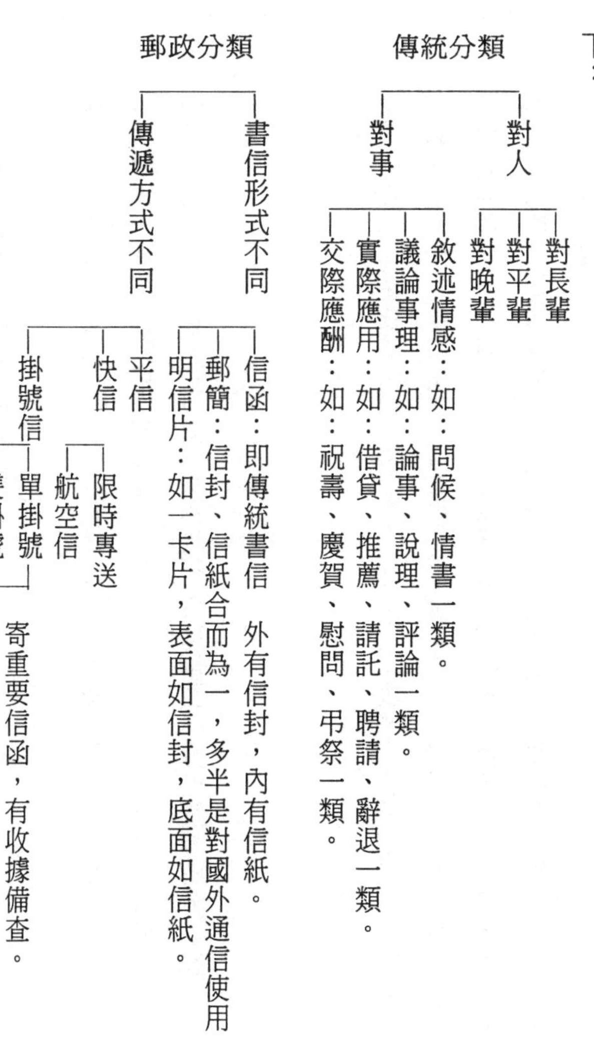

## 第二節 書信的寫作

書信，依照書信形式不同，可分為：信函、郵簡、明信片三類。其中信函包括了信箋和信封兩部份。所以，在這一節書信的寫作中，我們也分為信函、信封、郵簡、明信片四部分來加以說明。同時，為了寫作書信的方便，我們也把各種術語，分門別類的分列在每一類的下面，主要的是方便檢尋。

### 一、信箋的寫作

書信的寫作，主要的是寫作信箋，在原則上來說，信箋的寫作本來是表達感情，敘述事理的，只要能達到目的就可以了；但是，中國幾千年的傳統，造成的風俗和習慣，使得信箋的寫作，不但要條理清晰，而且，對於術語的運用，辭藻的得體，以及個人禮儀的表現，都不能有絲毫的馬虎；因此，在這種情況，也就不能不講求信箋的結構和信箋的寫作方法了。

對於信箋的結構，現在作一簡表如下：

信箋結構
- 前文
  - 一 稱謂
  - 二 提稱語
  - 三 啟事敬辭
  - 四 開頭應酬語
- 正文——五 信箋主體
- 後文
  - 六 結尾應酬語
  - 七 結尾敬辭
  - 八 自稱、署名、署名下的敬辭、時間
  - 九 補述

在這一個簡表中，可以看出，信箋的寫作，可分為九個部分，每一個部分，都有不同的術語；在寫作書信的時候，一定要勤查表格，仔細分析，才能寫出明晰得體的信箋來。現在，我們以一封實際的信箋為例，對於信箋的結構和信箋的寫作，作一個綜合說明。

文德吾兄惠鑒：敬啟者，方殷思慕，忽接　華翰，諄諄開悟，頗為感激；想吾
兄運籌有策，貨殖多能，定必一如往昔，為頌為禱。然弟無意商賈，一向視阿堵為無物，
承蒙
令祖賞識，薦以為　貴公司襄理，弟日夜深思，乃以志不在此，不敢奉命。近日又得
令尊催促，故有此函，復加曉喻，然弟實有不得已之苦衷，尺紙難以盡言，近日當趨　府
面告，一伸鄙意。不情之處，尚乞　見諒。　敬請
籌安
　　　　　　　　　　　　　　　　　　　　　　弟安清　敬上　四月五日
令祖令尊前敬請叱名請安
　家姐囑筆問候　　竹雕一件另寄

這是一封普通的商業界來往的信箋，目的是推辭友人的推薦；在這一封信箋裡，包含了我們要講的九種結構，也包括了下文要講的一些信箋寫作的習慣。如果，我們把這一封信箋拆開來，依照信箋的結構，就成為這個樣子：

㈠**稱謂**　文德吾兄

**㈡提稱語**　惠鑒

**㈢啓事敬辭**　敬啟者

**㈣開頭應酬語**　方殷思慕，忽接　華翰，諄諄開悟，頗為感激；想吾　兄運籌有策，貨殖多能，定必一如往昔，為頌為禱。

**㈤信箋主體**　然弟無意商賈，一向視阿堵為無物，承蒙　令祖賞識，薦以為　貴公司襄理，弟日夜深思，乃以志不在此，不敢奉命。近日又得　令尊催促，故有此函，復加曉喻，然弟實有不得已之苦衷，而尺紙難以盡言，近日當趨　府面告，一伸鄙意。

**㈥結尾應酬語**　不情之處，尚乞　見諒。

**㈦結尾敬辭**　敬請　籌安。

**㈧自稱、署名、署名下的敬辭、時間**　弟安清　敬上　四月五日

**㈨補述**　令祖令尊前敬請叱名請安

家姐囑筆問候　竹雕一件另寄

信箋的結構，就是這九部分，現在一一說明於下：

**㈠稱謂**

信箋的開頭，首先要寫出的是稱謂，主要的目的是要表現自己和對方的關係。這和古代的書信是不一樣的，在古代，一般都是把自己的名字寫在前面，像是柳宗元〈答韋中立論師道書〉

中，開頭就是：「二十一日，宗元白」，這是古人信中通常的作法；也有把對方的稱謂也提出來的，像是白居易〈與元九書〉中，開頭就是：「月日，居易白，微之足下」；更有把自己的鄉里也寫上的，像是姚鼐〈復魯絜非書〉中，開頭就是：「桐城姚鼐頓首，絜非先生足下」；這種古代的信箋開頭的寫法，今天已經很少用了。在目前來說，普通都是先提對方的稱謂，這一稱謂，包括了名字、關係、職銜三種。現在也一一說明如下：

**(1)名字**

在現代的信箋寫作中，一定會提到對方的名字；由於名字是直接對受信人的稱呼，所以一定要恭恭敬敬的，表示自己的禮貌。因為關係不同，尊敬的類別也有差異，對於自己的直系長輩，是不可以稱呼名字的，像是給父親的信，開頭是：「父親大人膝下」；除此以外，都要稱呼名字，依照尊敬的禮貌不同，有三種不同的稱呼方法：

甲、對於晚輩、平輩或對方沒有字號，就直接的稱呼對方的名字就可以了。像是這一封信中的「文德吾兄」中的「文德」，就是直呼名字，因為對方沒有字號，關係又親密，所以就直接稱呼名字了。

乙、對於長輩或平輩，有字號的，就得稱呼字號，表示尊敬。

丙、對於長輩或平輩，有的時候，還可以在名字或字號中，選擇一個字，底下再加上個「公」字，年紀大的，還可以加上「翁」、「老」等字，就成為最恭敬的稱呼了。比如：李白，字太白，自號青蓮居士；是他的晚輩，就可以稱呼他為「蓮公夫子」。這種稱呼，到今天，還是一樣的可以運用。

### (2)關係

在名字的下面，緊接著的是要表達和受信人的關係，像是這一封信中的「文德吾兄」中的「吾兄」和「蓮公夫子」中的「夫子」，就是表達和受信人關係的用語，這一種表達關係的稱呼，一定要用得確實無誤，是一點都不能馬虎的。

### (3)職銜

受信人如果是在官位，擁有職銜的話，常常是要稱呼職銜的，像是「某某部長」、「某公局長」等，都是這種用法。但是，受信人擁有職銜，也有親戚關係的話，那麼，二者只能選一種；要是二者都用，像是稱為：「某某局長吾兄」，這一種用法，是難登大雅之堂的。

名字、關係、職銜三者組合起來，便是完整的稱謂。由於每一個人的關係都有不同，如何的稱呼得得體，有時就不免大傷腦筋；關係不夠，稱呼得親密，會令人受不了，關係親密，稱呼得平凡，又會拉遠了彼此的關係。所以，如何稱呼得得體，就一定要勤查書信稱謂表格，並且要依照表格小心的多多斟酌，才能運用得適當。

至於稱謂的表格，可分多種，現在分為對長輩、對平輩、對晚輩三類，列表於下，在寫信箋的時候，針對需要，加以選擇應用，也就可以了。

## ①對長輩的稱謂

### 1.對直系親屬

| 稱人 | 自稱 | 對他人稱 | 對他人自稱 |
| --- | --- | --- | --- |
| 高祖父<br>高祖母 | 玄孫<br>玄孫女 | 令高祖父<br>令高祖母 | 家高祖父<br>家高祖母 |
| 曾祖父<br>曾祖母 | 曾孫<br>曾孫女 | 令曾祖父<br>令曾祖母 | 家曾祖父<br>家曾祖母 |
| 祖父<br>祖母 | 孫<br>孫女 | 令祖父<br>令祖母 | 家祖父（或家大父）<br>家祖母（或家大母） |
| 父親<br>母親 | 男（或兒）<br>女 | 令尊（或尊公或尊翁）<br>令堂（或尊堂或尊萱） | 家父（或君·尊·大人·嚴）<br>家母（或慈） |

### 2.對親戚

| 稱人 | 自稱 | 對他人稱 | 對他人自稱 |
| --- | --- | --- | --- |
| 高伯祖父<br>高伯祖母 | 玄姪孫<br>玄姪孫女 | 令高伯祖父<br>令高伯祖母 | 家高伯祖父<br>家高伯祖母 |

| 稱人 | 自稱 | 對他人稱 | 對他人自稱 |
|---|---|---|---|
| 高叔祖父<br>高叔祖母 | 玄姪孫<br>玄姪孫女 | 令高叔祖父<br>令高叔祖母 | 家高叔祖父<br>家高叔祖母 |
| 曾伯祖父<br>曾伯祖母 | 曾姪孫<br>曾姪孫女 | 令曾伯祖父<br>令曾伯祖母 | 家曾伯祖父<br>家曾伯祖母 |
| 曾叔祖父<br>曾叔祖母 | 曾姪孫<br>曾姪孫女 | 令曾叔祖父<br>令曾叔祖母 | 家曾叔祖父<br>家曾叔祖母 |
| 伯祖父<br>伯祖母 | 姪孫<br>姪孫女 | 令伯祖父<br>令伯祖母 | 家伯祖父<br>家伯祖母 |
| 叔祖父<br>叔祖母 | 姪孫<br>姪孫女 | 令叔祖父<br>令叔祖母 | 家叔祖父<br>家叔祖母 |
| 伯父<br>伯母 | 姪<br>姪女 | 令伯<br>令伯母 | 家伯<br>家伯母 |
| 叔父<br>叔母 | 姪<br>姪女 | 令叔<br>令叔母 | 家叔<br>家叔母 |

| 稱人 | 自稱 | 對他人稱 | 對他人自稱 |
|---|---|---|---|
| 君舅（或父親）<br>君姑（或母親） | 媳（或兒） | 令舅<br>令姑 | 家舅<br>家姑 |
| 伯翁（或伯父）<br>伯姑（或伯母） | 姪媳 | 令伯翁<br>令伯姑 | 家伯翁<br>家伯姑 |
| 叔翁（或叔父）<br>叔姑（或叔母） | 姪媳 | 令叔翁<br>令叔姑 | 家叔翁<br>家叔姑 |
| 曾祖姑丈<br>曾祖姑母 | 內曾姪孫<br>曾姪孫<br>內曾姪孫女<br>曾姪孫女 | 令曾祖姑丈<br>令曾祖姑母 | 家曾祖姑丈<br>家曾祖姑母 |
| 祖姑丈<br>祖姑母 | 內姪孫<br>姪孫<br>內姪孫女<br>姪孫女 | 令祖姑丈<br>令祖姑母 | 家祖姑丈<br>家祖姑母 |
| 姑丈<br>姑母 | 內姪<br>姪<br>內姪女<br>姪女 | 令姑丈<br>令姑母 | 家姑丈<br>家姑母 |
| 太外祖父<br>太外祖母 | 外曾孫<br>外曾孫女 | 令太外祖父<br>令太外祖母 | 家太外祖父<br>家太外祖母 |

| 稱人 | 自稱 | 對他人稱 | 對他人自稱 |
|---|---|---|---|
| 外祖父<br>外祖母 | 外孫<br>外孫女 | 令外祖父<br>令外祖母 | 家外祖父<br>家外祖母 |
| 外伯祖父<br>外伯祖母 | 外姪孫<br>外姪孫女 | 令外伯祖父<br>令外伯祖母 | 家外伯祖父<br>家外伯祖母 |
| 外叔祖父<br>外叔祖母 | 外姪孫<br>外姪孫女 | 令外叔祖父<br>令外叔祖母 | 家外叔祖父<br>家外叔祖母 |
| 舅祖父<br>舅祖母 | 甥孫<br>甥孫女（或彌甥<br>彌甥女） | 令舅祖父<br>令舅祖母 | 家舅祖父<br>家舅祖母 |
| 舅父<br>舅母 | 甥<br>甥女 | 令母舅<br>令舅母 | 家母舅<br>家舅母 |
| 姨丈<br>姨母 | 姨甥<br>姨甥女 | 令姨丈<br>令姨母 | 家姨丈<br>家姨母 |
| 表伯父<br>表伯母 | 表姪<br>表姪女 | 令表伯<br>令表伯母 | 家表伯<br>家表伯母 |

| 稱人 | 自稱 | 對他人稱 | 對他人自稱 |
|---|---|---|---|
| 表叔父<br>表叔母 | 表姪<br>表姪女 | 令表叔<br>令表叔母 | 家表叔<br>家表叔母 |
| 表舅父<br>表舅母 | 表甥<br>表甥女 | 令表舅<br>令表舅母 | 家表舅<br>家表舅母 |
| 太岳父<br>太岳母 | 孫婿 | 令太岳<br>令太岳母 | 家太岳<br>家太岳母 |
| 岳父<br>岳母 | 子婿（或婿） | 令岳<br>令岳母 | 家岳<br>家岳母 |
| 伯岳父<br>伯岳母 | 姪婿 | 令伯岳<br>令伯岳母 | 家伯岳<br>家伯岳母 |
| 叔岳父<br>叔岳母 | 姪婿 | 令叔岳<br>令叔岳母 | 家叔岳<br>家叔岳母 |
| 姻伯丈父<br>姻叔（或叔）母 | 姻姪<br>姻姪女 | 令親 | 舍親 |
| 太姻伯丈父<br>太姻叔（或叔）母 | 姻再姪<br>姻再姪女 | 令親 | 舍親 |

說明：

(一)凡尊輩已經去世，『家』字應改為『先』字。自稱去世的祖父母，稱『先祖父母』或『先王父』、『先祖考』、『先王母』、『先祖妣』。稱去世的父母，父為『先父』、『先君』、『先嚴』、『先考』、『先君子』、『先府君』，母為『先母』、『先慈』、『先妣』。

(二)稱人父子為『賢喬梓』。對人自稱為『愚父子』。稱人兄弟『賢昆仲』、『賢昆玉』，對人自稱為『愚兄弟』。稱人夫婦為『賢伉儷』，對人自稱為『愚夫婦』。

(三)舅、姑對媳婦，本來多是自稱愚舅、愚姑，因與舅父或姑母之稱有時相混，故用一『愚』字。其實可自稱父母，或逕寫字號就可以了。

(四)親戚中，『姻伯』、『姻叔』、『姻丈』是指姻長中無一定稱呼的人，像姊妹之舅姑及其兄弟姊妹，兄弟之岳父母及其父母兄弟姊妹，用這種稱謂最富彈性。

3.對師長、長官

| 稱人 | 自稱 | 對他人稱 | 對他人自稱 |
|---|---|---|---|
| 太夫子<br>太師母 | 門下晚生 | | |
| 夫子（或吾師・老師）<br>師母 | 生（或受業・學生） | 令業師<br>令師母 | 敝業師<br>敝師母 |

| 稱人 | 自稱 | 對他人稱 | 對他人自稱 |
| --- | --- | --- | --- |
| 太世伯父<br>太世叔母 | 世再姪<br>世再姪女 | | |
| 世伯父<br>世叔母 | 世姪<br>世姪女 | | |
| 世丈<br>仁丈 | 晚 | | |

說明：

(一)『夫子』二字，常常是妻子對丈夫的稱呼，女學生對師長，稱『老師』、『吾師』或『業師』比較恰當。對女老師丈夫可稱『師丈』。

(二)世交中伯叔字樣，要看對方和自己父親年齡決定，較長的稱『伯』，較幼的稱『叔』。

(三)世交兼有戚誼的，按尊長年齡比較，稱『太姻世伯（叔）』、『姻世伯（叔）』。

(四)有世誼關係，比自己年長二十歲以上，而行輩不容易確定的，稱『仁丈』或『世丈』。

(五)世交平輩中，如果是交誼深厚的，可稱『吾兄』、『我兄』，一則表示親近，再則避免和通稱晚輩為『世兄』的相混。

(六)部屬對長官，通常稱『鈞長』或『鈞座』，或稱職銜，如『某公部長』，自稱『職』。如對舊時長官，則自稱『舊屬』。稱他人長官，則在職銜上加『貴』字，如『貴部長』。對他人稱自己長官，則稱『鄙部長』。

㈦對社會賢達，沒有適當的稱呼的話，就稱「先生」，「先生」一詞，彈性很大，可高可低。受信人年紀比自己大，可以自稱「晚」。

## ②對平輩的稱謂

1. 對兄弟姊妹夫妻

| 稱人 | 自稱 | 對他人稱 | 對他人自稱 |
| --- | --- | --- | --- |
| 兄（或某哥）<br>嫂（或某姊） | 弟<br>妹 | 令兄<br>令嫂 | 家兄<br>家嫂 |
| 弟（或某弟）<br>弟婦（或某妹） | 兄<br>姊 | 令弟<br>令弟婦 | 舍弟<br>舍弟婦 |
| 姊<br>妹 | 弟（妹）<br>兄（姊） | 令姊<br>令妹 | 家姊<br>舍妹 |
| 夫子（或某哥．某兄．夫君）<br>某某（單稱名或字） | 妻（或妹）<br>某某（單稱名或字） | 某先生<br>（或尊夫君） | 外子<br>（或某某．拙夫） |
| 吾妻（或某妹．賢妻．愛妻）<br>某某（單稱名或字） | 夫<br>某某（單稱名或字） | 尊夫人（或閫）<br>嫂 | 內子（或拙荊）<br>內人（或賤內） |

說明：
稱已亡故的兄姊為『先兄』、『先姊』；稱已亡故的弟妹為『亡弟』、『亡妹』。

2.對親戚

| 稱人 | 自稱 | 對他人稱 | 對他人自稱 |
|---|---|---|---|
| 姊丈、姊倩 | 內弟、姨妹（或弟、妹） | 令姊丈 | 家姊丈、家姊夫 |
| 妹丈、妹倩 | 內兄、姨姊（或兄、姊） | 令妹丈 | 舍妹丈、舍妹夫 |
| 表兄、表嫂 | 表弟、表妹 | 令表兄、令表嫂 | 家表兄、家表嫂 |
| 內兄、內弟（或兄、弟） | 妹婿、姊婿 | 令內兄、令內弟 | 敝內兄、敝內弟 |
| 襟兄、襟弟 | 姻愚弟、姻愚兄 | 令僚婿 | 敝連襟 |
| 姻兄、姻嫂 | 姻弟、侍生（或姻愚妹） | 令親 | 舍親 |

| 稱人 | 自稱 | 對他人稱 | 對他人自稱 |
|---|---|---|---|
| 親家（或親翁）<br>親家母（或親家太太） | 姻愚弟<br>姻愚妹（或姻侍生） | 令親家（或令親翁）<br>令親家母（或令親家太太） | 敝親家（或敝親翁）<br>敝親家母（或敝親家太太） |

3. 對朋友

| 稱人 | 自稱 | 對他人稱 | 對他人自稱 |
|---|---|---|---|
| 世兄（或吾兄）<br>世姊（或吾姊） | 世弟（或弟）<br>世妹（或妹） | 令友 | 敝友 |
| 學長（或學兄<br>學姊） | 學弟（或弟）<br>學妹（或妹） | 貴同學 | 敝同學 |

## ③對晚輩的稱謂

1. 對直系親屬

| 稱人 | 自稱 | 對他人稱 | 對他人自稱 |
|---|---|---|---|
| 吾兒（或幾兒或某某兒）<br>吾女（或幾女或某某女） | 父<br>母 | 令郎（或公子・郎君・嗣）<br>令嬡（或嬡・愛） | 小兒（或小犬・豚犬・賤息・豚兒）<br>小女 |

| 稱人 | 自稱 | 對他人稱 | 對他人自稱 |
|---|---|---|---|
| 賢媳（或某某或某某兒） | 父（或愚）<br>母 | 令媳 | 小媳 |
| 幾孫<br>孫女（或某某孫<br>孫女） | 祖<br>祖母 | 令孫<br>孫女 | 小孫<br>孫女 |
| 曾孫<br>孫女 | 曾祖<br>祖母 | 令曾孫<br>孫女 | 小曾孫<br>孫女 |
| 玄孫<br>孫女 | 高祖<br>祖母 | 令玄孫<br>孫女 | 小玄孫<br>孫女 |

2. 對親戚

| 稱人 | 自稱 | 對他人稱 | 對他人自稱 |
|---|---|---|---|
| 某某姪（或賢姪）<br>姪女（或賢姪女） | 伯（叔）<br>伯母（叔母） | 令姪<br>姪女 | 舍姪<br>姪女 |
| 賢姪孫<br>孫女 | 伯（叔）祖<br>祖母 | 令姪孫<br>孫女 | 舍姪孫<br>孫女 |

| 稱人 | 自稱 | 對他人稱 | 對他人自稱 |
|---|---|---|---|
| 賢內姪、姪女 | 姑丈、姑母 | 令內姪、姪女 | 舍內姪、姪女 |
| 賢表姪、姪女 | 愚表伯（叔）、伯母（叔母） | 令表姪、姪女 | 舍表姪、姪女 |
| 賢姻姪、姪女 | 愚 | 令親 | 舍親 |
| 賢外孫、孫女 | 外祖、祖母 | 令外孫、孫女 | 舍外孫、孫女 |
| 賢甥、甥女 | 愚舅、舅母 | 令甥、甥女 | 舍甥、甥女 |
| 賢婿、倩 | 愚岳、岳母 | 令婿（或令坦、倩） | 小婿 |

說明：

『賢姻姪』三字，祇能用在極為親近的晚輩。普通親戚雖屬晚輩，也要以『姻兄』相稱，自稱『姻弟』或『姻末』。

3. 對學生、世誼

| 稱人 | 自稱 | 對他人稱 | 對他人自稱 |
| --- | --- | --- | --- |
| 同學（或學弟／學妹） | 小兄（或友生）<br>愚姊 | 令高足 | 敝門人<br>敝學生 |
| 世講（或世臺／世兄） | 愚 | | |

## (二)提稱語

稱謂的下面，緊接著要寫的，是提稱語。提稱語的意義是恭敬的請受信人察閱的意思，又叫「知照敬辭」，像是這一封信箋「文德吾兄惠鑒」中的「惠鑒」，就是提稱語；又像是對直系尊親用「膝下」、「膝前」，對師長用「函丈」、「道鑒」，對平輩用「左右」、「足下」，就都是提稱語。提稱語也有不少的表格，可以運用，現在分為對長輩、對平輩、對晚輩三類，列表於下，寫作信箋的人，針對需要，可以選擇使用。

### ①對長輩提稱語

1. 對直系親屬

| 膝下、膝前 |
| --- |

2. 對親屬

| 尊前・尊鑒・賜鑒・鈞鑒・崇鑒・尊右・侍右・道鑒 |
| --- |

3. 對師長、長官

| | |
| --- | --- |
| 用於師長 | 函丈・壇席・講座・尊前・尊鑒・道鑒 |
| 用於長官 | 鈞鑒・尊鑒・賜鑒 |
| 用於長輩 | 尊前・尊鑒・賜鑒・鈞鑒・崇鑒・尊右・侍右・座右 |

## ②對平輩提稱語

1. 對親戚

| 台鑒・惠鑒・左右・足下・閣下・雅鑒・偉鑒・英鑒 |
| --- |

2. 對同學

| 硯右・硯席・文几・文席（上欄『台鑒』等語亦可通用） |
| --- |

3. 對社會人士

| | |
| --- | --- |
| 一般通信 | 台鑒・惠鑒・左右・足下・閣下・雅鑒・偉鑒・英鑒 |
| 用於政界 | 勛鑒・鈞鑒・鈞座・台座・台鑒・閣下・左右 |
| 用於軍界 | 麾下・鈞鑒・鈞座・幕下 |
| 用於教育界 | 講席・座右・麈次・有道・著席・撰席・史席・道鑒 |

| 用於工商界 | 惠鑒・偉鑒・尊右 |
|---|---|
| 用於弔唁 | 苫次・禮席・禮鑒・禮次・素覽 |
| 用於哀啟 | 矜鑒・荃詧 |
| 用於釋家 | 方丈・法鑒 |
| 用於道教 | 法鑒 |
| 用於耶教 | 道鑒 |
| 用於婦女 | 妝次・奩次・閫照・慧鑒・妝鑒・繡次・妝閣・芳鑒・淑覽・懿鑒 |

**③對晚輩提稱語**

對晚輩通用：

| 青鑒・青覽・如晤・如握・如面・收覽・知悉・知之・收悉・收閱 |
|---|

說明：

對晚輩，凡用『鑒』，都是客氣成分較多，其次是『覽』。『如晤』至『如面』，用於晚輩較親近者。『收覽』以下，大都用在自己的晚輩親屬。

### ㈢啓事敬辭

啟事敬辭是陳述事情的發語辭，像是對直系尊親用「跪稟者」、「叩稟者」，對長輩用「敬啟者」、「敬肅者」，都是啟事敬辭。這一類啟事敬辭，現在已經很少使用了，像我們所舉的信箋例子中，也用了啟事敬辭的「敬啟者」，這不過是為了要說明書信結構的完整性，所以才舉一個例子罷了，其實，是可以不用的。但是，為了將來可能有不時之需，因此，我們也分為對長輩、對平輩、對晚輩三類，列表於下，如果需要，也是可以查一查的：

#### ①對長輩啟事敬辭

1. 對直系親屬

| 敬稟者・謹稟者・叩稟者 |
|---|

2. 對親戚・師長

| 茲肅者・敬肅者・謹肅者・敬啟者・謹啟者（覆信：謹覆者・敬覆者・肅覆者） |
|---|

#### ②對平輩啟事敬辭

| 用於通常之信 | 敬啟者・謹啟者・啟者・茲啟者・逕啟者（覆信：茲覆者・敬覆者・逕覆者） |
|---|---|
| 用於請求之信 | 茲懇者・敬懇者・茲託者・敬託者・茲有懇者・茲有託者 |
| 用於祝賀 | 敬肅者・謹肅者・茲肅者 |
| 用於訃信 | 哀啟者・泣啟者 |

#### ③對晚輩啟事敬辭

「啟事敬辭」是對長輩或平輩用的，對晚輩，一般來說，都可省略不用。

### (四)開頭應酬語

開頭應酬語是書信起首的客套話。我們知道，書信的寫作，一定是有自己的目的的，這些目的，是在信箋主文中所要敘述的；但是，一般的書信，多多少少還是要談一談彼此的交情，總不能在書信的一開頭，就把自己的要求提出來吧！這些客套話，在淺近的文言文裡，都有現成的詞語可以套用，像是接信的開頭應酬語，對長輩可以說：「頃奉　手諭，敬悉種切。」對平輩可以說：「辱承　惠示，敬悉一切。」對晚輩就可以說：「昨接來函，已悉一切。」由於輩份的不同，語氣也大大不同了；像是我們所舉的信箋例子中所用的開頭應酬語：「方殷思慕，忽接　華翰，諄諄開悟，頗為感激，想吾　兄運籌有策，貨殖多能，定必一如往昔，為頌為禱。」也就是在開頭應酬語的表格中套用過來，只是稍作修改罷了。但是，要特別注意的是，這些開頭應酬語都已經用得很浮濫了，對至親好友，還是一樣的套用的話，就不免顯得生疏了；因此，最好是因地、因時、因情、因景、因人、因物，在表格內選一些適當的開頭應酬語，再加上自己的話，組合起來，這樣就顯得自然得多了。由於開頭應酬語的表格，還是有實用性，我們也分為對長輩、對平輩、對晚輩三類，詳盡的分類列表於下，寫作信箋時，如果需要，也是應該查一查的：

## ①對長輩開頭應酬語

### 1.對直系親屬

| | |
|---|---|
| 接信語 | ▲頃奉〇手諭，敬悉種切。 ▲昨承〇賜諭，敬承一一。 |
| 寄信語 | ▲前肅安稟，度呈〇慈鑒。 ▲昨肅寸稟，諒已呈〇鑒。 |
| 思慕語 | ▲引領〇慈雲，倍切孺慕。 ▲引瞻〇慈顏，良深孺慕。 ▲仰望〇慈暉，孺慕彌切。<br>▲翹首〇慈雲，倍切依依。 ▲瞻企〇慈雲，彌殷孺慕。 ▲〇慈雲翹首，孺慕彌殷。 |
| 闊別語 | ▲叩別〇尊顏，於茲數載。 ▲自違〇膝下，倏忽一年。 ▲拜別〇慈顏，忽已半載。<br>▲自違〇慈顏，業經匝月。 |

說明：

㈠「接信語」是接到對方來信，回信時加以說明，免得對方掛念。

㈡「寄信語」是向對方探問，前封信是否已經收到。

㈢「思慕語」是先敘述自己仰慕的誠心，表示敬意。

㈣「〇」是空一格，表示恭敬。

2. 對親友

| | |
|---|---|
| 接信語 | ▲頃奉○手諭，敬悉種切。▲刻奉○鈞示，敬悉種切。▲刻奉○翰諭，敬悉各節。▲昨奉○賜諭，敬承一一。▲頃奉○鈞誨，拜悉一切。 |
| 寄信語 | ▲前肅安稟，度呈○慈鑒。▲昨肅寸稟，諒已呈○鑒。▲前肅蕪緘，諒邀○霽鑒。▲前肅寸箋，計呈○鈞鑒。 |
| 思慕語 | ▲○光輝仰望，思慕時深。▲引領○吉輝，倍切神往。▲仰企○光輝，時深傾慕。▲仰慕○光輝，神情遙注。▲遙仰○山斗。系念殊殷，而停鸞峙鵠，無日不懸心目間也。……唯有翹首○鈞顏，徒切瞻依耳。 |
| 闊別語 | ▲睽違○教範，荏苒經年。▲拜別○尊嚴，轉瞬數月。▲不睹○芝儀，瞬又半載。▲自違○榘教，倏忽一年。▲睽違○清誨，裘葛頻更。 |

3. 對師長、長官

| 思慕語 | |
|---|---|
| 用於師長 | ▲遙望○門牆，輒深思慕。▲瞻仰○斗極，殊切依馳。▲翹瞻○星嶽，倍切神馳。▲路隔山川，神馳○絳帳。▲仰瞻○道範，倍切依依。▲未知何日重立○程門，再聆○孔鐸，而依依○絳帳之思，未嘗不寤寐存之。▲山川修阻。立雪無從，○陶鑄之恩，未嘗頃刻去懷也。▲程門立雪，何日忘懷，遙企○斗山，時深馳慕。 |
| 用於長官 | ▲翹企○斗山，輒深景仰。▲○仁風德化，仰慕彌殷。▲○雲天翹望，○泰斗瞻馳。▲引領○福星，彌殷仰慕。▲○雲天在望，心切依馳。▲○斗山之仰，深切私衷。 |

| 闊別語 | |
| --- | --- |
| 用於師長 | ▲不坐○春風，倏已匝月。▲不親○教誨，幾度寒暄。▲自違○提訓，屈指經年。<br>▲拜別○尊顏，倏逾旬日。 |
| 用於軍政界 | ▲不瞻○德曜，倏已經年。▲溯隔○崇輝，幾度蟾圓。▲不親○仁宇，數載於茲。<br>▲自睽○星標，數更寒暑。 |

## ②對平輩開頭應酬語

| | |
| --- | --- |
| 接信語 | ▲辱承○惠示，敬悉一切。▲昨奉○台函，拜悉種切。▲昨展○華函，就譒一一。<br>▲展誦○瑤函，如親○芝宇。▲○惠函獎借，媿不敢當。 |
| 寄信語 | ▲昨上蕪緘，諒達○台鑒。▲前具寸函，度已達○鑒。<br>▲日前郵寄蕪函，諒已早邀○惠察。▲前遞寸緘，計早呈○覽。 |
| 思慕語 | ▲望風懷想，時切依依。▲風雨晦明，時殷企念。▲瞻企○芝標，渴念殊極。<br>▲每念○故人，輒深神往。▲相思之切，與日俱增。▲言念○故人，精爽飛越。<br>▲神馳○左右，夢想為勞。▲屋梁落月，時念○故人。▲伊人秋水，倍覺黯然。<br>▲久未晤教，渴念良殷，極思一見為快也。 |
| 闊別語 | ▲不奉○清談，又匝月矣。▲不親○雅範，倏忽經年。<br>▲揖別○手儀，蟾圓幾度。▲自違○雅教，數月於茲。 |

### ③對晚輩開頭應酬語

| | |
|---|---|
| 接信語 | ▲昨接來函，已悉一切。▲頃得家書，知客中安好。▲昨接來信，足慰懸念。▲前由某君便攜之函，已照收悉。 |
| 寄信語 | ▲昨寄一函，諒已收覽。▲前覆手函，想早收閱。▲前寄手諭，當早收讀。▲昨寄手函，想必收悉。 |

說明：

「開頭應酬語」本來就是一些客套話，或是自謙，或是向對方表示敬意，對於晚輩，可省的都可省掉，所以「開頭應酬語」只舉了「接信語」和「寄信語」二項。

## ㈤信箋主體

信箋主體，是信箋的最主要的部分，也就是寫信人要表達自己目的的所在，像是上面我們所舉的信箋例子中所用的一段話：「然弟無意商賈，一向視阿堵為無物，承蒙 令祖賞識，薦以為 貴公司襄理，弟日夜深思，乃以志不在此，不敢奉命。近日又得 令尊催促，故有此函，復加曉諭，然弟實有不得已之苦衷，而尺紙難以盡言，近日當趨 府面告，一伸鄙意。」就是這一封信箋的主體，目的在推辭職務；這也是這一封信箋所要寫給朋友的目的。在信箋主體的寫作中，是不可能有任何格式的，每一封信箋都有不同的目的。所以，也都有不同的表達方式，這是要針對事情，自己加以斟酌的。不過，在信箋的寫作中，仍然要注意的，是要把握住幾個原則：

甲、要注意自己和對方的關係。
乙、選用辭語，要注意親密的程度。
丙、要明白事情的前因後果。
丁、要清晰的表達自己訴求的目的。
戊、要注意全信的完整性，對於信箋結構的九個部分，如：稱謂、提稱語、啟事敬辭、開頭應酬語、結尾應酬語、結尾敬辭、自稱署名、署名下的敬辭、時間、補述等的協調性。

總而言之，在信箋的寫作中，由於使用表格固定的術語太多，這些術語，語氣參差不齊；信箋主體又是自己的筆調，要是一不小心，便和全文格格不入，整個信箋看來，便顯得支離破碎，怎麼樣都不算是一封好的信箋了；因此，對於全封信箋的完整性、協調性，是一定要特別的注意，並且是要加以修飾的。

## (六)結尾應酬語

結尾應酬語和開頭應酬語都是書信的客套話。結尾應酬語和開頭應酬語不同的是：開頭應酬語是接信後或發信時表達自己問候的心意；結尾應酬語卻是在信箋後表達自己企盼、求教等的心意；像是企盼對方的回信，對長輩就可以說：「乞賜　覆示，不勝感禱」；對平輩就可以說：「佇盼　佳音，不勝感禱」；又像是這一封信箋所用的「不情之處，尚乞　見諒。」也就是結尾應酬語中的「求恕語」；這種「求恕語」，也是可以從結尾應酬語的表格中找得到的。從這裡也可以明白，結尾應酬語和開頭應酬語是一樣的，都可以套用表格中的現成的詞句，只要稍作修改便可以了。但是，一樣要注意的是，這些結尾應酬語也和開頭應酬語一樣，都已經用得很浮濫了，對至親好友，還是一樣的套用的話，也不免顯得生疏；因此，最好是因地、因時、因情、因景、因人、因物，在表格內選一些適當的結尾應酬語，再加上自己的話，組合起來，這樣就顯得自然得多了。由於結尾應酬語的表格，一樣有實用性，我們也分為對長輩、對平輩、對晚輩三類，詳盡的分類列表於下，寫作信箋時，如果需要，也是應該查一查的：

### ①對長輩結尾應酬語

| | |
|---|---|
| 臨書語 | ▲謹此奉稟，不盡欲言。▲謹肅寸稟，不盡下懷。▲肅此稟達，不盡縷縷。▲臨稟惶恐，欲言不盡。▲耑肅奉達，不盡依依。▲肅此奉陳，不盡所懷。▲仰企○風規，馳忱曷已。 |
| 請教語 | ▲如蒙○鴻訓，幸何如之。▲幸賜○清誨，無任銘感。▲乞賜○指示，俾有遵循。▲敬祈○訓示，不勝感禱。 |
| 保重語 | ▲寒暖不一，千祈○珍重。▲乍暖猶寒，尚乞○珍攝。▲寒暖不一，○順時自保。▲秋風多厲，幸祈○保重。▲寒風凜冽，伏祈○珍衛。 |
| 候覆語 | ▲如遇鴻便，乞賜○鈞覆。▲懇賜○鈞覆，無任盼禱。▲乞賜○覆示，不勝感禱。▲敬乞○不遺小草，○錫以誨言，俾永佩勿諼，良深禱幸。 |
| 申悃語 | ▲肅此敬達。▲肅此馳稟。▲耑肅寸稟。▲肅此專呈。▲敬此。▲謹此。▲肅修寸簡。 |

說明：

(一)「臨書語」是表示自己信中言不盡意。

(二)「請教語」是表示願意接受對方的指教，多半用在請示或討論問題。

(三)「保重語」是祈望對方保重，也是表示敬意的意思。

(四)「候覆語」是希望對方回答的客套話。

(五)「申悃語」是申訴自己的心意，讓對方知道。

(六)「結尾應酬語」所列五項中，像「臨書語」、「保重語」，對直系尊親，都可以使用，只是語氣要更親密些；這五項「結尾應酬語」，對師長、長官，也都可以通用，只要顧及到前後語氣的適當，就可以了。

### ②對平輩結尾應酬語

| 類別 | 用語 |
| --- | --- |
| 臨書語 | ▲臨穎神馳，不盡所懷。▲臨楮眷念，不盡區區。▲耑此奉達，不盡欲言。▲臨書馳切，益用依依。▲爰修尺素，不盡所懷。▲冗次裁候，幸恕草草。▲紙短情長，莫盡萬一。 |
| 請教語 | ▲乞賜○教言，以匡不逮。▲引企○金玉，惠我實多。▲幸賜○南針，俾覺迷路。▲如蒙不棄，乞賜○蘭言。 |
| 保重語 | ▲寸心千里，寄語加餐。▲春寒料峭，尚乞○自珍。▲景氣逼人，諸祈○珍衛。▲秋風多厲，○珍重為佳。▲寒氣襲人，諸希○珍攝。 |

| | |
|---|---|
| 候覆語 | ▲佇盼〇佳音，幸即〇裁答。▲幸賜〇好音，不勝感禱。▲雁魚多便，幸賜〇覆音。<br>▲敬希〇撥冗賜覆，不勝切盼。▲乞〇惠好音，是幸是幸。 |
| 申悃語 | ▲耑此奉達。▲匆此布臆。▲特此奉達。▲草此奉聞。▲耑此。<br>▲草此。▲特此布達。 |
| | ▲用申賀悃。▲藉申賀意。▲肅表賀忱。▲聊申賀悃。▲敬申賀悃。（申賀用） |
| | ▲恭陳唁意。▲藉表哀忱。▲藉申哀悃。▲泐函馳慰。▲肅此上慰。（弔唁用） |
| | ▲肅誌謝忱。▲肅此敬謝。▲藉鳴謝悃。▲用展謝忱。▲肅此鳴忱。（申謝用） |
| | ▲敬抒辭意。▲用申辭悃。▲敬達辭忱。▲心領肅謝。▲肅此鳴謝。（辭謝用） |
| | ▲敬抒別意。▲用抒離情。▲用申別意。▲特訴離悰。▲藉陳別緒。（送行用） |
| | ▲耑肅敬覆。▲耑此奉覆。▲肅函奉覆。▲耑此敬覆。▲匆此布覆。（申覆用） |

### ③對晚輩結尾應酬語

「結尾應酬語」也是一些客套話，對於晚輩可省的，也可以省掉。不過，要是晚輩親戚的年齡、地位都和自己差不多，或是下屬關係不是十分親近，那就要用結尾應酬語。這時所用的結尾應酬語，可以參照平輩關係的十五項結尾應酬語使用，在語氣上不需要那麼謙卑就可以了。

## (七)結尾敬辭

結尾敬辭是在信箋末尾表達自己誠敬問候的詞句，像是對長輩可以說：「敬頌　崇祺」；對平輩可以說：「恭頌　崇祺」；對晚輩就可以說：「順問　近佳」；由於輩份的不同，語氣當然也不同了；像是我們所舉的信箋的：「敬請　籌安」，便是問候的結尾敬辭。

這一項結尾敬辭的寫法，也要注意：像是前面「敬頌」、「恭頌」、「順問」、「敬請」兩個字的位置，有兩種寫法，主要是要看信箋寫作的最後一行，字數多不多：要是字數不多，空白在三分之一以上，那麼，在這一行低一格或二格書寫，就可以了；像是我們所舉幾個信箋寫作的例子，便是這種寫法。要是文字太長，沒有餘空可以應用，那麼，就可以在下一行低兩格的位置書寫。至於後面「崇祺」、「近佳」、「籌安」兩個字，就一定要在下一行第一個字的位置書寫，表示敬意。

這些結尾敬辭也有表格，可以運用，所以，我們也分為對長輩、對平輩、對晚輩三類，列表於下，寫作信箋時，也是應該查一查的：

**①對長輩結尾敬辭**

1. 對直系親屬

▲叩請○金安。　▲恭請○福安。　▲敬請○金安。

2. 對親友

▲恭請○禔安。　▲敬請○鈞安。　▲恭請○崇安。　▲敬頌○崇祺。　▲祗頌○福祉。

3. 對師長、長官

|  |  |
|---|---|
| 用於師長 | ▲恭請○誨安。▲敬請○教安。▲敬請○講安。▲祗請○道安。▲叩請○絳安。 |
| 用於政界 | ▲敬頌○勛綏。▲祗頌○勛祺。▲恭請○鈞安。▲祗請○政安。 |
| 用於軍界 | ▲敬請○戎安。▲恭請○麾安。▲敬頌○勛祺。▲敬頌○勛綏。 |
| 用於學界 | ▲敬請○道安。▲敬請○鐸安。▲恭頌○崇祺。 |
| 用於商界 | ▲敬請○籌安。▲恭頌○崇祺。▲敬請○崇安。 |

## ②對平輩結尾敬辭

1. 對兄弟姐妹夫妻

|  |  |
|---|---|
| 對兄姊 | ▲敬祝○安康 ▲祗祝○近安 ▲敬頌○近祺 |
| 對弟妹 | ▲順頌○春祺 ▲順頌○時祺 ▲祗祝○近安 |
| 對夫 | ▲祗祝○安好 ▲順祝○近安 ▲敬祝○時綏 |
| 對妻 | ▲祗祝○妝安 ▲順祝○闔安 ▲敬祝○時祺 |

2. 對親友

▲敬請○台安。▲順頌○台祺。▲順頌○時綏。▲即頌○時祺。
▲即祝○刻安。▲順候○起居。▲此頌○台綏。▲敬候○近祉。▲藉頌○日祉。

## 3. 對社會人士和朋友

| | |
|---|---|
| 用於政界 | ▲敬請○勛安。 ▲恭請○鈞安。 ▲祗請○政安。 ▲虔頌○勛綏。 ▲祗頌○勛祺。 |
| 用於軍政 | ▲敬請○戎安。 ▲恭請○麾安。 ▲肅請○捷安。 ▲敬頌○勛綏。 ▲祗頌○勛祺。 |
| 用於學界 | ▲敬請○學安。 ▲祗頌○文祺。 ▲即頌○文綏。 ▲祗請○著安。 ▲順請○撰安。 |
| 用於文士 | ▲敬祝○吟安。 ▲祗頌○文祺。 ▲順請○撰安。 ▲敬候○文安。 ▲藉頌○著祺。 |
| 用於婦女 | ▲敬祝○妝安。 ▲順頌○闔祺。 ▲即祝○壼安。 ▲藉頌○閨祉。 ▲敬候○繡安。 |
| 用於商界 | ▲敬請○籌安。 ▲順頌○籌祺。 ▲敬候○籌綏。 ▲順候○財安。 |
| 用於旅客 | ▲敬請○旅安。 ▲順請○客安。 ▲順頌○旅祺。 ▲即頌○旅祉。 |
| 用於家居者 | ▲敬請○潭安。 ▲敬頌○潭綏。 ▲即頌○潭祉。 ▲順頌○潭祺。 |
| 用於有祖父母及父母者 | ▲敬請○侍安。 ▲敬頌○侍祺。 ▲敬候○侍祉。 ▲順頌○侍祺。 |
| 用於夫婦同居者 | ▲敬請○儷安。 ▲敬請○雙安。 ▲敬頌○儷祉。 ▲順頌○儷祺。 |

| 用途 | 敬辭 |
|---|---|
| 用於賀婚 | ▲恭賀○燕喜。▲恭賀○大喜。▲恭請○喜安。▲祇賀○大禧。 |
| 用於賀年 | ▲恭賀○年禧。▲恭賀○新禧。▲敬頌○新禧。▲祇賀○新禧。 |
| 用於弔唁 | ▲敬請○禮安。▲恭候○孝履。▲並候○素履。▲祇請○素安。 |
| 用於問候 | ▲恭請○痊安。▲即請○衛安。▲順請○痊安。▲敬祝○早痊。 |
| 用於按時令 | ▲敬請○春安。▲即頌○春祺。▲順候○夏祉。▲此頌○暑綏。<br>▲即請○秋安。▲順候○秋祺。▲敬頌○冬綏。▲此請○爐安。 |

### ③對晚輩結尾敬辭

1. 對直系親屬

「結尾敬辭」是對受信人表示敬意和問候的語句，所以對於直系親屬的晚輩，可以免用。

2. 對親戚

▲順問○近祺。▲即詢○近佳。▲即問○刻好。▲即問○近好。▲順詢○日佳。

## (八)自稱、署名、署名下的敬辭、時間

自稱就是自己稱呼自己。在稱呼自己的時候，要注意的是，一定要和前面受信人的稱呼相應；像這一封信箋中，前面稱為「吾兄」，這裡就要自稱為「弟」；同樣的，前面稱為「祖父大人」，這裡就要自稱為「孫」；前面稱為「姑丈大人」，這裡就要自稱為「內姪」；前面稱為「夫子」，這裡就要自稱為「弟子」或是「學生」；總之，前後的稱呼一定要一致，不可以有所偏

差。

署名就是在自稱的後面寫上自己的名字，這一種署名有四種情形：

甲、對長輩的時候，像是對直系尊親、一般尊長或是親近的平輩親友，在署名的時候，通常是署名不署姓的，像我們所舉的信箋例子中，也是只署名不署姓。

乙、對其他親友或是交情生疏的友人，是既署名又署姓。

丙、直系尊長寫給晚輩的信，通常只寫「父字」、「祖父手字」就可以了。

丁、在居喪的時候，寫信給別人，在姓下、名上，要寫個「制」字，這一個「制」字，還要側書小寫，表示守喪。

除此以外，還要注意的是，署名的時候，只能署名，不能署「字」，也不能署「號」，因為「字」、「號」是尊敬的稱呼；自己稱呼自己，又怎麼可以用尊敬的稱呼呢！

署名下的敬辭是在署名下所要寫的恭敬告白的言辭，像是我們所舉的信箋例子中的「敬上」便是。對一般尊長用「叩上」、「拜上」、「肅上」；對平輩用「敬上」、「拜啟」；對晚輩用「手示」、「手書」、「示」；都是這一類的敬辭。這一類的敬辭，十分簡單，現在也列一個表格，以供參考：

**①對長輩署名下的敬辭**

1. 對直系親屬

謹稟・敬稟・叩稟・敬叩・謹叩・叩上・叩

2. 對親友、師長、長官

謹上・敬上・拜上・謹肅・敬啟・謹啟・肅上・敬叩

②對平輩署名下的敬辭

敬啟・謹啟・拜啟・鞠躬・謹上・謹白・上言・頓首・上

說明：

「署名下的敬辭」是用在信末自己姓名下恭敬告白的言辭，在平輩親友，都可通用。

③對晚輩署名下的敬辭

手泐・手書・字・白・諭・手示・手白・手諭・手字・手啟

說明：

對於晚輩，署名下的敬辭改成告諭的言辭，對於晚輩，大多都是如此。

時間是表明寫信的時期，一般只寫月、日，不寫年數；只有重要的、值得查考、作證，值得紀念的信箋，才是年、月、日都寫上。

自稱、署名、署名下的敬辭，時間四項，綜合起來，只是短短的一行，但是，寫法卻要考究：自稱要小寫側書，寫在「署名」的右上角；時間也要小寫側書，寫在「署名下的敬辭」的右下角；下面以我們所舉的書信主角「周安清」為例，說明這四項用法：

甲、給父母時

兒安清叩上　四月五日

乙、師長時

生周（姓或可省）安清叩上　四月五日

生周安清敬上　四月五日

丙、平輩朋友時

弟周安清敬上　四月五日

弟周安清謹上　四月五日

丁、居喪時

弟周制安清謹上　四月五日

### ㈨補述

補述是在信寫完以後，還有一些事，需要交代，但是，這一些事又不能寫在正文裡，以免破壞整個信箋的語氣，所以就需要信後的補述。不過，這一類信後的補述不能寫得太長，文字也是愈短愈好；要補述的項目最好是只有一、二項，不能太多；否則的話，太多、太長，超過了正文，就不像樣了。

信後的補述是寫在「自稱、署名、署名下的敬辭、時間」的下一行，可以和正文平行，也可以比正文低一格、或低二格；補述的開頭可以寫明：「再稟」、「再稟者」、「再陳」、「再陳者」、「再啟」、「再啟者」、「再者」、「啟」、「又陳」、「補啟」、「又及」、「附」等字樣，也可以什麼都不寫，直接寫上補述的事，也是可以的。

現代年輕人，喜歡用英文"P.S."（Postscript）來作為補述的開頭，但是，為了整個信箋的體式一致，還是全部用中文的好。

信後的補述，大概有下列幾種情形：

**甲、並候語**

並候語是寫信的人請受信人向受信人的親友問好的話，語句十分簡單，像是我們所舉信箋例子中的：「令祖令尊前敬請叱名請安」，就是並候語。下面列了一個表，把常用的一些並候語列出來，以供參考：

| | |
|---|---|
| 問候長輩 | 令尊（或堂）大人前，乞代叱名請安。<br>某伯處煩叱名道候。<br>某伯前祈代請安。<br>某姻伯前乞代叩安。 |
| 問候平輩 | 某兄處祈代致候。<br>令兄處乞代候。<br>某兄處煩代道候。<br>某姊前乞代道念。<br>某弟處希為道念。 |
| 問候晚輩 | 某弟處煩為致候。<br>嫂夫人均此。<br>順問　令郎佳吉。<br>並候　令嬡等近好。<br>順問　令姪等均佳。 |

## 乙、附候語

附候語是寫信人的親友向受信人問好的話，語句也十分簡單，像是我們所舉信箋例子中的：「家姐囑筆問候」，就是附候語。下面列了一個表，把常用的一些附候語列出來，以供參考：

| | |
|---|---|
| 代長輩附問 | 家嚴囑筆問候。<br>某某姻伯囑筆問候。<br>家母囑筆致候。 |
| 代平輩附問 | 某兄囑筆問好。<br>某妹附筆致候。<br>家姊囑筆請安。 |
| 代晚輩附問 | 小兒侍叩。<br>兒輩侍叩。<br>小女侍叩。<br>小孫隨叩。 |

## 丙、附記

寫信時所以需要附記，是由於有些事，一定要敘述，但是又不能寫在信箋正文裡，來破壞整個信箋的文色，在不得已的情況下，只有用附記了。像是這封信箋的：「竹雕一件另寄」，就是附記。這些附記，多半只是一些雜事，沒有一定的成語可用；隨著需要，就事行文就可以了。但是，有些正事，是可以在正文中書寫的，由於寫信人的疏忽，忘了寫了，因此也用附記寫出來，而且一寫就寫得很長，這是最不好的，在這種情形下，應該是重寫一封信箋才是。

信箋的結構，只有這九項，在寫作的時候，根據這九項的特色，再查一查表格中的術語，小心的運用，並且作一個全盤的協調、潤色，那麼，信箋的寫作，便不是困難的事了。但是，信箋的寫作，除了這九項結構需要注意外，還有一些信箋寫作的習慣，也是需要明白的，比如：信箋的用紙，起首，抬頭，側書，用筆及字體，折疊等，也是不能馬虎的，現在也一一的說明如下：

**㈠用紙**

信箋寫作所用的信紙，大概有中式和西式兩種；中式的信紙，又大約有朱絲信箋和全素信箋兩種：

朱絲信箋是在信紙上印好了朱色直行線條的信箋，不但行次清楚，書寫方便，而且大方得體，是運用得最多的信箋，像我們所舉信箋寫作例子所用的信箋用紙，就是朱絲信箋。朱絲信箋依照行次的不同，又有八行、十行、十二行、十三行等的不同；這裡面以八行的朱絲信箋最為常見，也就是俗稱的「八行書」，這種信箋，最適合正式信件和對尊長信件的來往。這幾種朱絲信箋，市面上都很容易買得到。

全素信箋就是一張白紙，大小和朱絲信箋一樣，紙質卻大有不同，比較講究的，用宣紙、綿紙；順便一提的，比較講究的文人，在宣紙的全素信箋上，用水印印上花草、人物、山水等花樣，並且在信箋的左下角，印上自己的名字或是書齋名號，便成為風行一時、頗負盛名的水印箋了。用這種信箋，當然是要有一些身份、地位，一般的場合，平常的書信來往，似乎很少有人用這種信箋了。

西式信箋大概是以全素信箋為多，市面上出售的，也有著上顏色，印上花草、人物的，要是對尊長或是正式信件的來往，還是以全素西式信箋為佳。

不論中式或西式信箋，一般公司、機關、學校，也有印有公司、機關、學校名銜的信箋，通常是作為公務書信的來往所用，這是比較正式的書信用紙了。

另外，在居喪的時候，中式的朱絲信箋，和有顏色、圖樣的各種信箋，最好是不要用，這時候，要用全素信箋；如果一定要用朱絲信箋的話，也可以在左下角或右下角的紅色線條上，寫上「代素」兩個字，也就可以代用了。

## (二)起首

書信的起首，由於用紙和抬頭的不同，起首的部位也有不同。在用紙方面，如果用的是朱絲信箋的話，起首的地方就在天線的下方；如果用的是全素信箋的話，就要預留天、地、左、右的空間，大小要和朱絲信箋相同；或者使書寫的部份，安排在紙的正中央，也就可以了。因此，起首仍然是在預想的天線下第一字。

要是要講究書信抬頭的話，書信的起首就要預留抬頭的空間，用平抬、挪抬，起首不變，仍然在天線的第一字；用單抬的話，起首就要在天線的再下的第二字；用雙抬的話，起首在天線的再下的第三字；用三抬的話，起首在天線的再下的第四字，這樣的起首，是要突顯抬頭的位置，下文將有說明。

### (三)抬頭

書信的抬頭，可分為「三抬」、「雙抬」、「單抬」、「平抬」、「挪抬」五種，目的是要表示寫信人恭敬的心意；不過，這五種抬頭的前三種，已經不常用了，用得最多的，是「平抬」和「挪抬」兩種。為了說明的方便，我們把前一封信箋改變成「三抬」的格式，做一個解說：

文德吾兄惠鑒：敬啟者，方殷思慕，忽接　華翰，諄諄開悟，頗為感激；想吾<br>
兄運籌有策，貨殖多能，定必一如往昔，為頌為禱。然而以弟之性，本無意商賈，一向視阿堵<br>
為無物，承蒙<br>
令祖賞識，薦以為　貴公司襄理，弟日夜深思，乃以志不在此，不敢奉命。近日又得<br>
令尊催促，故有此函，復加曉喻，然弟實有不得已之苦衷，尺紙難以盡言，近日當趨　府面告，一<br>
伸鄙意。不情之處，尚乞　見諒。　敬請<br>
籌安<br>
弟安清　敬上　四月五日<br>
令祖令尊前敬請叱名請安<br>
家姐囑筆問候　竹雕一件另寄

這是一封三抬格式的信箋，現在已經很少有人用了。在這裡，為了說明信箋抬頭的格式，所以舉用了這一個例子；大家可以看到，信箋的抬頭，也影響了起首的位置，這是一封三抬格式的信箋，所以起首的位置是在天線的第四格；其他雙抬、單抬、平抬，起首的位置也是要隨著抬頭而改變的；也就是說：起首的位置，一定要預留抬頭的空間。信箋的抬頭，有五種抬頭，現在分別說明於下：

**甲、三抬**

三抬是所有抬頭中最尊敬的一種抬頭，只有對尊長或直屬長官才用這一種抬頭。寫作時要高出起首第一字三個字，像是這一封信箋的「令祖」，就是用的是三抬的格式。

**乙、雙抬**

雙抬是高出起首第一字兩個字，像是這一封信箋的「令尊」，就是用的是雙抬的格式。

**丙、單抬**

單抬是高出起首第一字一個字，這一封信箋中雖然並沒有用到單抬的格式；但是，為了便於說明其他抬頭的格式，因此，也預留了單抬的空間。

**丁、平抬**

平抬是和起首第一字齊平，像是這一封信箋所稱呼的「吾兄」的「兄」字，就是用的是平抬的格式。

**戊、挪抬**

挪抬是所有抬頭中最普通的一種抬頭，一般是對受信人的晚輩或者事、物，是用這一種抬頭；還有是寫信人提到自己尊親，也是使用這一種抬頭；寫作時只要在行次裡空出一個字就可以了，像是這一封信箋的「華翰」、「貴公司」、「趨 府」等，就是用的是挪抬的格式。

信箋的抬頭，除了這五種抬頭的格式以外，還有一些抬頭的習慣是要注意的：

1. **人重於物**

在信箋的抬頭中，提到了受信人有關的「人」，那麼抬頭的位置一定要高於「物」；一般稱「物」，多半是用挪抬，那麼稱「人」，就要用平抬以上抬頭的格式了。

2. **人重於己**

在信箋的抬頭中，提到了受信人的親友，也提到了自己的親友，那麼，受信人親友的抬頭，也就是要高於自己的親友；像是受信人的親友用平抬，自己的親友就要用挪抬，這也是對對方的一種恭敬的態度。

3. **抬人不抬己**

在信箋的抬頭中，所要抬頭的字，是只能抬人，不能抬己的，像是這一封信箋的「吾兄」中的「吾」是自己，「兄」是稱人，那麼，在抬頭中，便只能抬「兄」，不能抬「吾」了。

4. **行底不成抬**

在信箋的抬頭中，有時寫到一行最後一個字，下一個字正好是要抬頭，這時，便顯不出抬頭的地位來；所以，這時，便要增減幾個字，顯現出抬頭的敬意。

5. **單字不成行**

在信箋的抬頭中，有時寫到一行的第一個字，下一個字正好要抬頭，這時，這一個字或標點符號，便單獨成為一行；在信箋寫作的習慣，也是不允許的，因此，也要增減幾個字，來避免這種情形。

6.忌行行吊腳

在信箋的抬頭中，有時用得太多，因此造成每一行都要抬頭；也成為每一行都寫不滿，都成為吊腳；這一種情形，只有在吊唁的信中，才能使用，表示自己心情的哀悼。在一般的信中，就成為十分忌諱的事，是一定要避免的。

在現代信箋寫作的習慣中，用到的抬頭，一般只用到平抬和挪抬而已，其他的抬頭，都已經很少使用了。像是前面原來信箋寫作的例子中，用到的，就是平抬和挪抬罷了。

## ㈣側書

在信箋的寫作中，有時會用到側書，側書就是字體寫小一些，同時寫偏右一些。側書的目的有二個：一是表示自己的謙遜；一是表示對對方恭敬的避諱。現在說明如下：

### 甲、謙遜的側書

在信箋的寫作中，稱呼自己，或是稱呼自己的親友、事物，為了要表示自己的謙遜，因而要用側書；像是我們所舉信箋例子中的「弟安清」，就是表示謙遜的側書；在這一類的側書中，要注意的是：

1.在信箋中，稱呼自己的晚輩親人，像是「舍弟」、「三兒」，提到自己的事物，像是「寒舍」、「拙著」等，都要整個側書；但是，要注意的是：要是提到他們的名字的時候，只能側書稱呼，不能側書名字。像是「舍弟○○」、「三兒○○」，這時，只能側書「舍弟」、「三兒」，不能連名字也側書。

2.在信箋中，稱呼自己的長輩親人，像是「家姐」、「家伯母」，由於是自己的長輩，所以都不可以側書。

3.在信箋中，稱呼自己的師友，像是「敝師母」、「敝友」，提到相關的事物，像是「敝縣」、「敝廬」，都是只要側書一個「敝」字，不可以整個側書。

## 乙、避諱的側書

在信箋的寫作中，有時會稱呼對方親友或是社會知名人士的名字，直接寫出他們的名字，總有不恭敬的感覺，但是又不能不提，所以，為了避諱，因此也用側書，像是「令業師崇德先生」，不提名字，就不知是那一位老師，直接稱名，又不恭敬，因此，就把名字側書。這種避諱，也可以說是一種恭敬的方法。除此以外，信封也常用這一種避諱的側書。

側書也有一些習慣上要注意的事，在這也一並提醒：

1.側書不可抬頭

信箋的寫作，有時寫到一行最後一個字，下一個字正好要側書，但是，側書是要表示謙遜，抬頭卻是表示恭敬，所以，在這時候，只有增減幾個字，避免這種情形。

2.生側死不側

側書，只有側書在世的人，死者為大，所以就不要側書。

## ㈤用筆及字體

在信箋的寫作中，尤其是正式書信的來往，除了要注意以上的一些格式和習慣以外，還要注意用筆及字體。信箋的用筆，最正式、最得體的，當然是用毛筆；但是，今天的社會情況，用毛筆是有實際的困擾，所以，一般民間的書信來往，用鋼筆，藍、黑的原子筆，也是可以被接受的。至於其他的簽字筆、鉛筆等，最好是不要使用。信箋的字體，最正式、最得體的，當然是用正楷；一般書信的來往，輕易能辨認的行書，也是可以接受的。其他字體，像是草書、美術字等，一是難以辨識，一是顯得輕浮，都是在正式書信中要避免的。

## ㈥折疊

信箋的折疊，最要注意的是，正面——也就是有字的一面，一定要向外折疊；只有報喪、絕交的信，才向內折疊。折疊的方法，是先作一個字體朝外、信紙向背面直的對折；然後看信封的大小，在信箋折疊線部位，向背面作一小直疊；再在一小直疊這一面，自下向上，作一橫疊；如果是給長輩的信，上長下短，表示自己的敬禮，如果是給平輩的信，也可以上長下短，表示自己的敬禮；也可以上下齊平，表示彼此行禮；但是，還是以上長下短為多；如果是給晚輩的信，就上短下長，表示對方向自己敬禮；這三種情形，唯一要注意的是，不管怎麼折疊，信箋的第一行——也就是稱謂的這一行，一定要向外。放入信封，也是一樣的朝外放入。

## 〈附〉：白話信箋的寫作

正式信箋的來往，當然是以淺近的文言文比較好，因為，以淺近的文言文寫信，可以達到文簡意賅、寫作方便的效果，而且，也能保持信箋完整的格式，如信箋的抬頭、現成辭語的應用等；但是，隨著白話文的發展，書信也是免不了要白話化的。在現代的年輕人來說，朋友間的來往，男女間的情書，如果還要用文言文來表達，恐怕他們彼此之間也會感到酸溜溜的、不太習慣吧。白話信箋的寫作，也可以運用前面信箋的九點結構來寫作的，現在把前面信箋的例子，翻成白話文，作一說明：

> 文德吾兄惠鑒：
>
> 許久不見，忽然接到來信，誠懇的一再開導我，十分感激。想吾　兄經商多年，一定像以往一樣，多財多能，真是值得慶賀和羨慕。
>
> 承蒙　令祖賞識，推薦弟做　貴公司的襄理；但是，弟一向不喜歡和錢財為伍，對於經商，也不熟習，所以不敢聽命。近日又有　令尊的催促，所以有這一封信，再來教諭我。但是弟實在是有不得已的苦衷，在信裡難以說明，近日必當趨　府，當面解釋。不情處，請多原諒。　敬請
>
> 籌安
>
> 弟安清　敬上　四月五日
>
> 令祖令尊前敬請叱名請安
>
> 家姐囑筆問候　竹雕一件另寄

在這封信裡，我們可以看得出來，文言、白話的信箋寫作，其實是差不多的：像是稱謂、提稱語、信箋主體、結尾敬辭、自稱、署名、署名下的敬辭、時間、補述，都是差不多的，也同樣可以在書信有關的表格裡，找到要用的辭彙和語句。「啟事敬辭」和文言信箋一樣是可用，也可不用的；至於開頭應酬語、結尾應酬語，就不能用有關表格的現成辭語，一定要自己想一些辭語，客套、客套了。

文言、白話信箋的不同，在分段和抬頭兩項：白話信箋的寫作，是要分段的，因此，在稱謂、提稱語的後面，不能像文言信箋一樣，接著繼續的寫作，而是要在下一行的開頭，和一般文章寫作一樣，低兩格開始寫；白話信箋要以文意分成若干段落，每一段落都是低兩格書寫。在白話信箋裡，由於分段，便無法應用抬頭，因此，在白話信箋裡，要用抬頭，也只用挪抬而已；要用挪抬，也只是對人；對物，只有不抬頭了。有人雖然是用白話寫信，但是，格式卻用文言格式，這樣做，雖然可以解決抬頭的困擾，只是，看起來有些不倫不類。究竟，不分段，就不像白話文；分段，又不能顧及信箋完整的格式；所以，用白話信箋是兩難的。在朋友間、情人間書信的來往，用白話書信，是沒有關係的；但是，這種白話信箋，在對尊長及正式信函裡，用起來當然是比不上文言信箋了。

## 二、信封的寫作

常用的信封有兩種：一是中式信封，一是西式信封，現在分別說明於下：

### ㈠中式信封的寫作

中式信封有兩種：一是郵政當局印好了款式的信封，有平信信封、掛號信封、限時信封、寄信人、受信人的地址欄，都空白下來，只要照填，就可以了。另一種是普通書店出售的信封，只有中間的一個紅框而已。現在，我們就以這種中式信封來作寫作的說明：

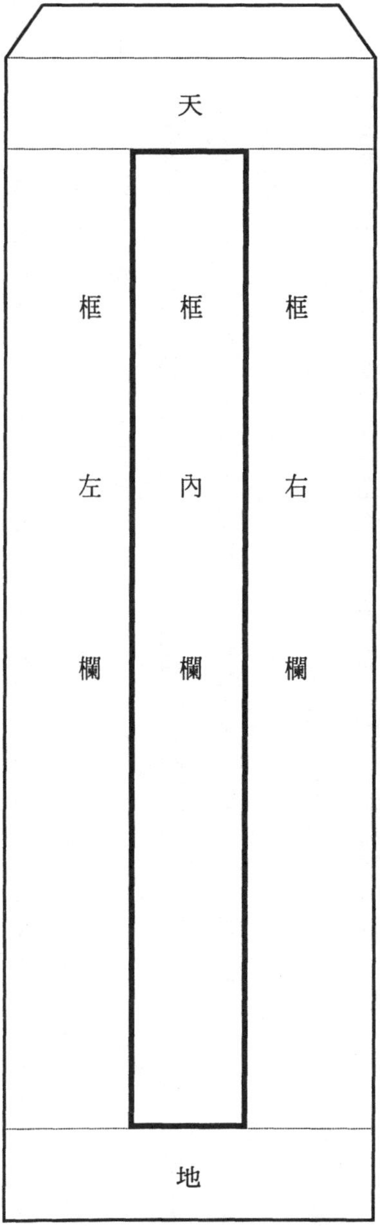

天

框右欄

框內欄

框左欄

地

這一個是標準的中式信封，依照中國習慣，分為「天」、「地」、「框右欄」、「框內欄」、「框左欄」五欄。這五欄中，「天」、「地」兩欄是不能書寫文字的，也就是說：除了郵票外，任何文字，不能高過「天間」，不能低於「地間」；因為，我們所談的，都是「人間」事，又怎麼能上「天」下「地」呢？

中式信函，依送遞方式的不同，可分為「郵遞信」、「轉交信」、「託帶信」三種。因而，中式信封的寫作，也有所不同，現在就依照這三種不同方式的信封，一一說明如下：

**甲、郵遞信**

郵遞信是交由郵局寄出的信，也是一般常用的信件。信封的寫作，應該先從框內欄開始寫作；框內欄的寫作，包括「受信人的姓名、稱謂、職稱」和「啟封詞」：

1.受信人的姓名、稱謂、職稱

在框內欄首先要寫出的，就是受信人的「姓」，位置在框內欄的第一個字，而且，字要大些；接著是「名」，「名」包括受信人的「名」、「字」、「號」，在提到受信人的「名」、「字」、「號」的時候，有兩種寫法，一是交情普通或是公務來往的信件，就可以直稱「名」，不必稱呼「字」、「號」；書寫時，字體要大些，大小和「姓」相等，像是下面這個樣子：

周文德董事長 鈞啟

另一種是對尊長及需要尊敬的友人的寫法，直呼其名，又覺得不敬；不稱呼名字，郵差又不知道是要交給誰；在這種情形下，就可以用側書小寫了，這也是恭敬的一種做法，像是這個樣子：

周董事長 文德 鈞啟

這裡要注意的是：側書，只能側書「名」、「字」、「號」；不能側書「稱謂、稱職」和「啟封詞」。如果知道受信人有「字」、「號」的話，用「字」、「號」，就更恭敬了；只是，如果是「掛號信」或是「報值掛號信」，需要憑身分證明，才能領取的話，就最好不要用「字」、「號」，免得雙方困擾。

框內欄的「稱謂、職稱」，一般是稱呼「職稱」，如果是要稱呼「稱謂」的話，也可以參考前面信箋寫作的「稱謂欄」運用，字體是和「姓」一樣的大小，要注意，這也是不能側書的。

### 2.啟封詞

啟封詞是對受信人開啟信封時的敬詞。信封寫得不得當，全是看這一個字的選用，所以不能不謹慎。好在，啟封詞是有固定的術語可以應用，因此，在寫作信封的時候，一定要勤查表格，才能避免錯誤。啟封詞字體的大小，也是和「姓」一樣的大小，是不能側書的。下面我們也依照對長輩、對平輩、對晚輩三項，列表於下，以供參考：

| 類別 | 對象 | 啟封詞 |
| --- | --- | --- |
| 對長輩 | 對直系親屬 | 福啟·安啟 |
| | 對親戚 | 安啟 |
| | 對師長 | 道啟 |
| | 對政界 | 勛啟·鈞啟 |
| | 對軍界 | 勳啟·鈞啟 |
| | 對商界 | 鈞啟·賜啟 |
| | 對學界 | 道啟·鈞啟 |
| 對平輩 | 對兄弟 | 親啟·啟 |
| | 對夫妻 | 親啟·啟 |
| | 對親戚 | 台啟·惠啟·親啟 |
| | 對朋友 | 台啟·惠啟·親啟 |
| | 對政界 | 勛啟·鈞啟·台啟 |
| | 對軍界 | 勳啟·鈞啟·台啟 |
| | 對商界 | 鈞啟·賜啟·台啟 |
| | 對學界 | 台啟·文啟·道啟 |

| | | |
|---|---|---|
| 對晚輩 | 對直系親屬 | 收啟·啟 |
| | 對親屬 | 大啟·收啟·啟 |
| | 對下屬 | 大啟·收啟·啟 |
| 其他 | 對方外人士 | 道啟·惠啟 |
| | 對居喪者 | 禮啟·素啟 |

寫好了「框內欄」，下一步要寫的，是「框右欄」：「框右欄」所要寫的，是受信人的地址和郵遞區號；受信人的地址又包括受信人所居住的城鎮、路、街名、門牌號碼和服務機關。字數少，可以寫成兩行；字數多，可以寫成三行，最好不要多過三行，少也不要寫成一行；而且，寫成兩行、三行的時候，越接近受信人，地位要越高，這也是表示恭敬的一種做法。並且，最高行的地址，也要比「框內欄」的「姓」低一格，究竟，「人」是要高過於「物」的。郵遞區號一般是用阿拉伯數字書寫，寫在城鎮的下方，路、街名的上方，就成為這個樣子：

寫成三行，就成為這個樣子：

臺北市中山區104
建國北路一段五十二號
協和貿易公司

周文德董事長　鈞啟

臺北市104建國北路一段五十二號
協和貿易公司

周文德董事長　鈞啟

寫好了「框右欄」，下一步要寫的，是「框左欄」。「框左欄」所要寫的是寄信人的地址，郵遞區號，姓名，緘封辭和貼上郵票。

寄信人的地址這一行的寫作，要注意的是，這一行的第一個字，不要高過受信人地址的第一個字，這也是表示自己敬意和謙遜的一種方法。

郵遞區號也是寫在城鎮的下面，和受信人的位置是一樣的。

至於寄信人的姓名，通常只寫姓，不寫名字；只有在掛號信、報值掛號信，才要寫上姓名，以防退件領回。

寄信人的緘封辭只有三個：那就是「寄」、「緘」、「謹緘」；「寄」和「緘」是一般書信都可以用，「謹誠」是對長輩用的。但是，為了表示自己的敬意，除了給晚輩的信件外，其他也可以用。

郵票是貼在信封的左上角，而且，一定要貼足，不要郵資不足，引起受信人的不滿。

順便一提的，在中式信封寫作的時候，還有一些事是要注意的：字體一定要端正；用筆要和信箋的用筆一致；還有，古人有「三凶四吉五平安」的說法，這個說法是指信封的寫作，如果只有三行，就是報凶的信；一般的書信，是要盡量避免的；寫成四行、五行，就是一般來往和報平安的信了。這個習慣，雖然漸漸的被多數人遺忘了，但是，還是有注意的人；這些注意的人，多半還是書信的行家。所以，能避免，還是盡量避免的好。寫作六行以上，信封是容納不下的；太擠了，在信封的表面也不好看，也是要避免的。

下面這個信封的例子，是兩個寫作完成的例子，供作參考：

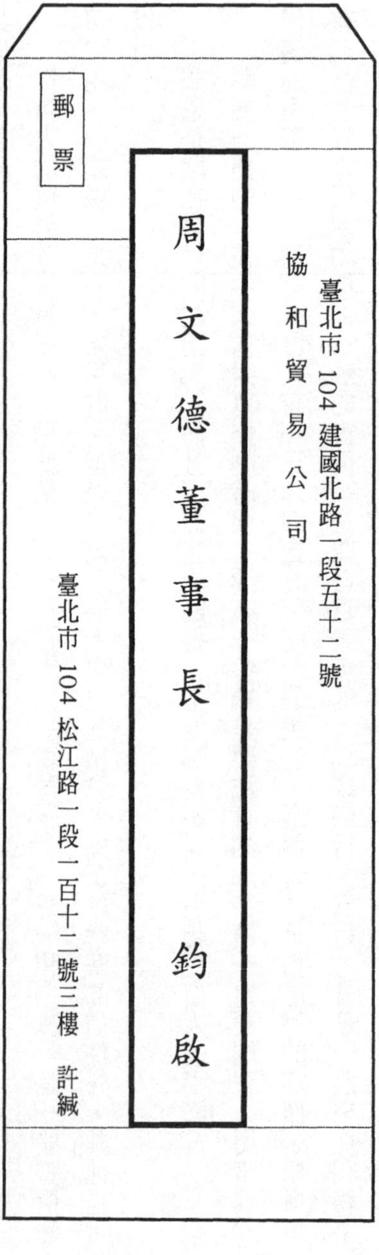

郵票

臺北市 104 建國北路一段五十二號

協和貿易公司

周文德董事長 鈞啟

臺北市 104 松江路一段一百十二號三樓 許緘

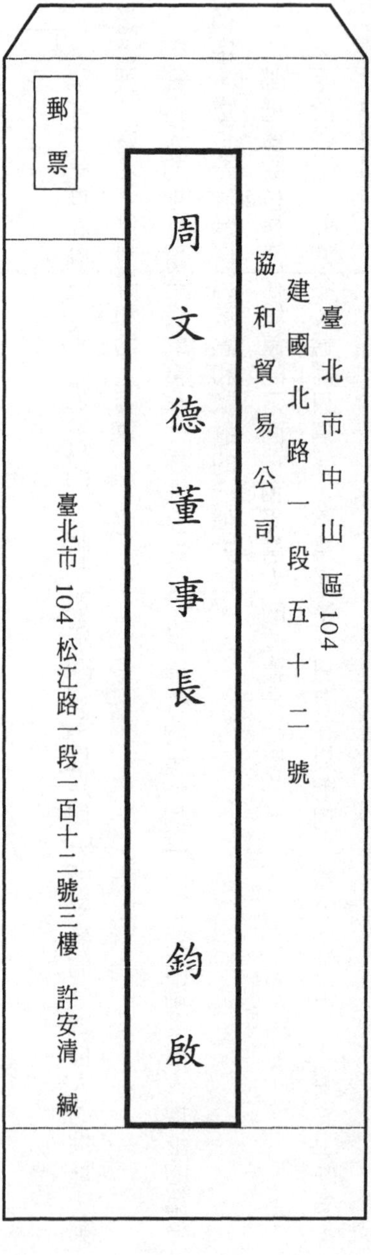

郵票

臺北市中山區 104

建國北路一段五十二號

協和貿易公司

周文德董事長 鈞啟

臺北市 104 松江路一段一百十二號三樓 許安清 緘

## 乙、轉交信

轉交信是由於不知道受信人的地址，因而由第三者轉交的信。轉交信和一般信在寫作上不同的，只有在框右欄有所不同。轉交信框右欄的寫作，包括轉交人的地址、郵遞區號，轉交人的姓名、稱謂和轉交語。

轉交人的地址，郵遞區號和一般信封也是一樣的，不過，由於還要寫轉交人的姓名、稱謂和轉交語，所以，最好是濃成一行書寫。

轉交人的姓名、稱謂的寫作，是寫在地址的隔一行，行次的高低，是要看下列的幾種情形：如果受信人和轉交人沒有直接親友關係，那麼，不論受信人是寄信人的長輩、平輩、或晚輩，只要不是直屬尊親的話，轉交人和受信人的開頭位置是齊平的；如果受信人是轉交人的長輩，那麼，轉交人的開頭位置是要低一格的。

轉交信的稱謂，可以參照信箋稱謂欄運用；要是轉交人是自己平輩朋友，一般可以稱為「兄」、「先生」。

轉交信最重要的，是轉交語。轉交語十分簡單，只有幾種辭語可以運用，下面也列出一個表格，以供參考。只是，在寫轉交語的時候，一定要用「挪抬」，表示敬意。

轉交語

| | |
|---|---|
| 對長輩 | 請轉呈、煩轉呈 |
| 對平輩 | 請轉交、煩轉交 |
| 對晚輩 | 請擲交、煩擲交 |

下面是一封轉交信的例子，供作參考：

郵票

臺北市 104 建國北路一段九十一號

張高世先生 煩轉交

周文德董事長 鈞啟

臺北市 104 松江路一段一百十二號三樓 許緘

## 丙、託帶信

託帶信是拜託別人轉交的信。託帶信和轉交信不同的是：轉交信多半是郵寄給轉交人，再交給受信人；託帶信則是親自交給託帶人，再由託帶人親自交給受信人的。

在寫作上，託帶信和一般的信封的寫作是有所不同的，現在也分為「框右欄」、「框內欄」、「框左欄」三欄加以說明：

1. 框內欄

託帶信框內欄的寫作，包括「受信人的姓名、稱謂、職稱」和「啟封詞」，這和一般信封不同的是：託帶信的框內欄寫出受信人的姓名的時候，只要寫受信人的名、字、號，再加上稱謂、職稱就可以了，不必寫受信人的姓；如果是寄給直屬親戚，不論長輩、晚輩，都只要寫出稱謂就可以了。

至於啟封詞，就和一般信封是一樣的。

2. 框右欄

託帶信框右欄的寫作，和一般信封是大有不同；託帶信框右欄只有請託詞，而且，請託詞也十分簡單，現在列出一個表格，以供參考：

請託詞

| | |
|---|---|
| 對長輩 | 敬請 吉便袖呈、敬請 面呈 |
| 對平輩 | 敬請 吉便帶交、敬請 面交、煩交 |
| 對晚輩 | 懇 飭送、懇 擲交 |

有的時候，為了要向受信人介紹託帶人，也可以寫上託帶人的名字，卻不必稱姓，寫法可以參考下面所舉的例子。

託帶信也可以派專人送達，這送達的人，多半是寄信人的晚輩，所以在框右欄內，只有專送詞，這專送詞也十分簡單，在這，也列出一個簡表，以供參考：

專送詞

| | |
|---|---|
| 對長輩 | 專呈、吉呈、面呈 |
| 對平輩 | 專陳、面陳 |
| 對晚輩 | 送交、送 |

3.框左欄

託帶信框左欄的寫作，包括「自署」和「拜託詞」兩項。自署通常只寫名字，不必寫姓；拜託詞卻要隨託帶人的輩份而有不同，這裡也列出一個簡表，以供參考：

拜託詞

| 長輩 | 謹託、敬託 |
| --- | --- |
| 平輩 | 敬託、拜託 |
| 晚輩 | 託 |

派專人送達的信，在自署下，只要用「謹緘」、「緘」就可以了。

下面舉出「一般託帶信封」、「加託帶人的託帶信封」、「專送信封」三個例子，供作參考：

一般託帶信封

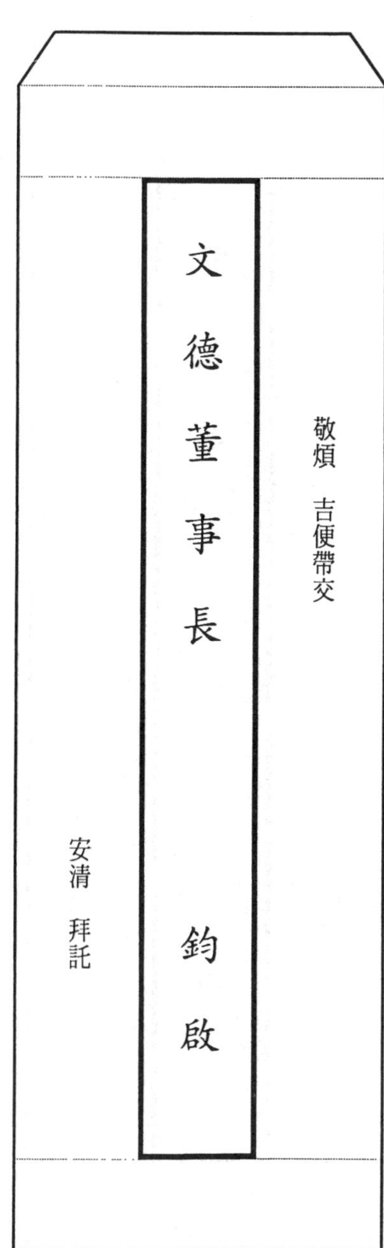

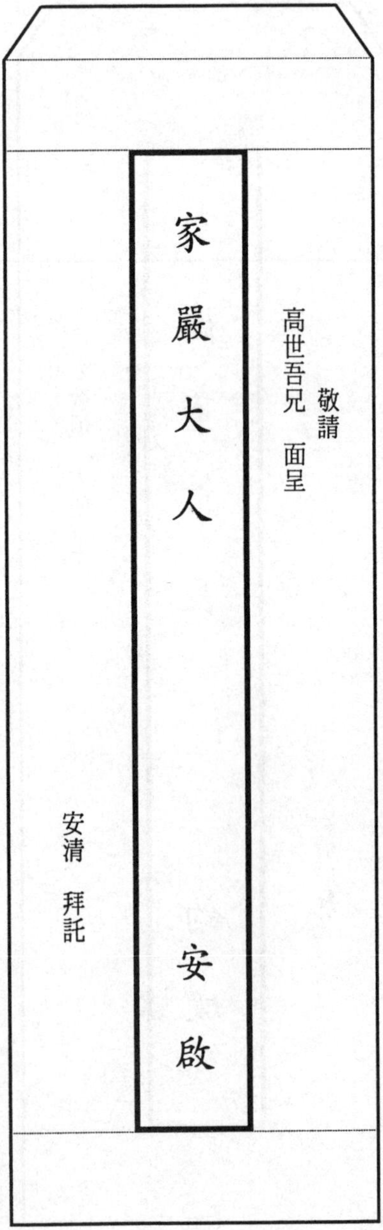

加託帶人的託帶信封

敬請
高世吾兄　面呈

家嚴大人

安啟

安清　拜託

專送信封

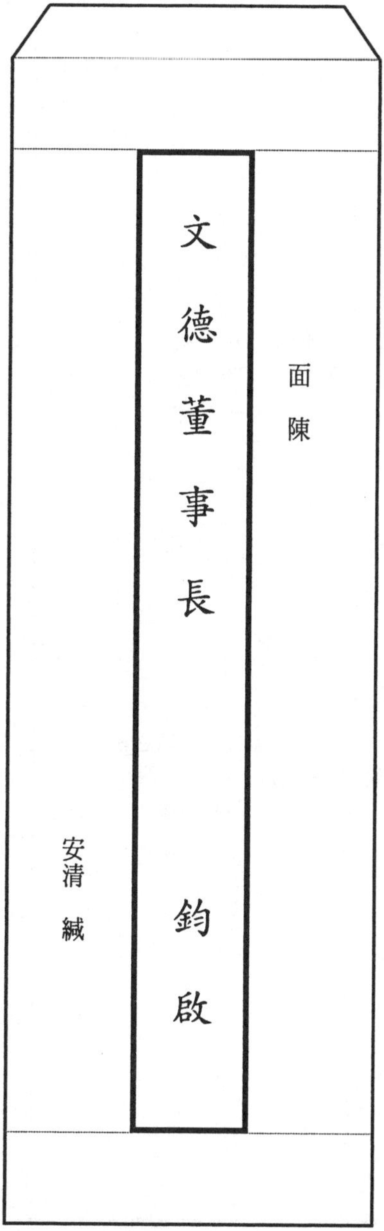

面陳

文德董事長　鈞啟

安清緘

### (二)西式信封的寫作

西式信封是原本於西方的寫法，寄信人的地址是在左上角，收信人的地址是在下方。傳入中國以後，卻自行改良了，便成了適合中國的格式，因此有「直式直寫」、「橫式直寫」、「橫式橫寫」三種格式，現在一一說明於下：

**甲、直式直寫**

直式直寫就是把西式信封當中式信封用。西式信封豎直了，也和中式信封一樣，一樣的分為

「天」、「地」、「框右欄」、「框內欄」、「框左欄」五欄，這五欄中，「天」、「地」兩欄一樣的不能書寫文字的；所以，西式信封和中式信封的不同，只是西式信封沒有紅框而已。因此，這一種信封的寫法就和中式信封的寫法是一樣的，只要參考前面中式信封的寫作方法就可以了。

乙、橫式直寫

橫式直寫是維持西式信封橫面的原狀，只是文字卻直寫罷了，像是這個樣子：

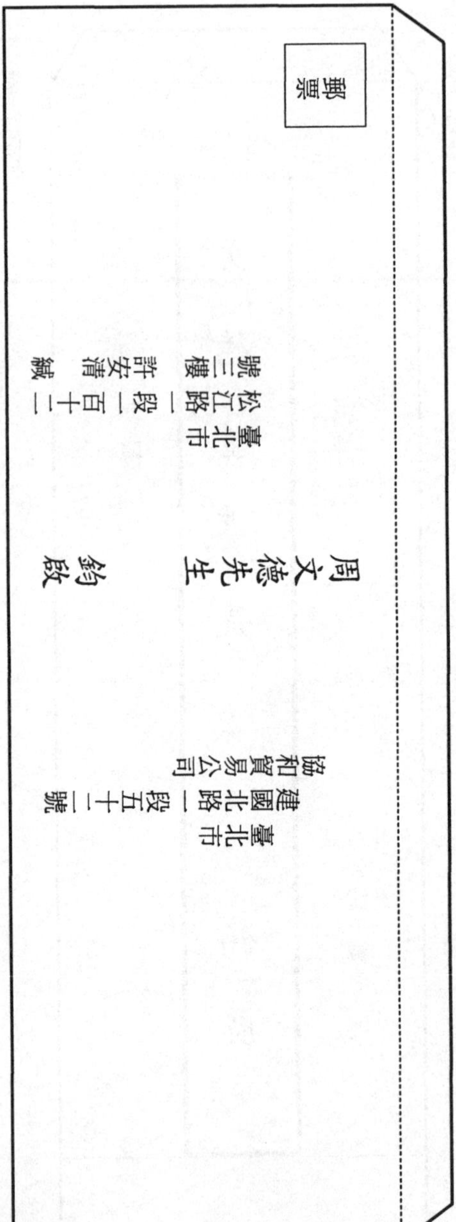

郵票

臺北市建國北路一段五十二號
協和貿易公司

周文德先生
鈞啟

臺北市松江路二段一百十二號三樓
許安清緘

大家可以看到，這一種寫法，可以說是所有信封寫法中最不能令人滿意的一種寫法；這種寫法，行次又多，空白又大，文字又擠成一堆，看起來既不大方，又無天無地，因此，對長輩及正式信件的來往，能不用就不用。

## 丙、橫式橫寫

橫式橫寫是維持西式信封的寫法，是所有文字，一律橫書，像這個樣子：

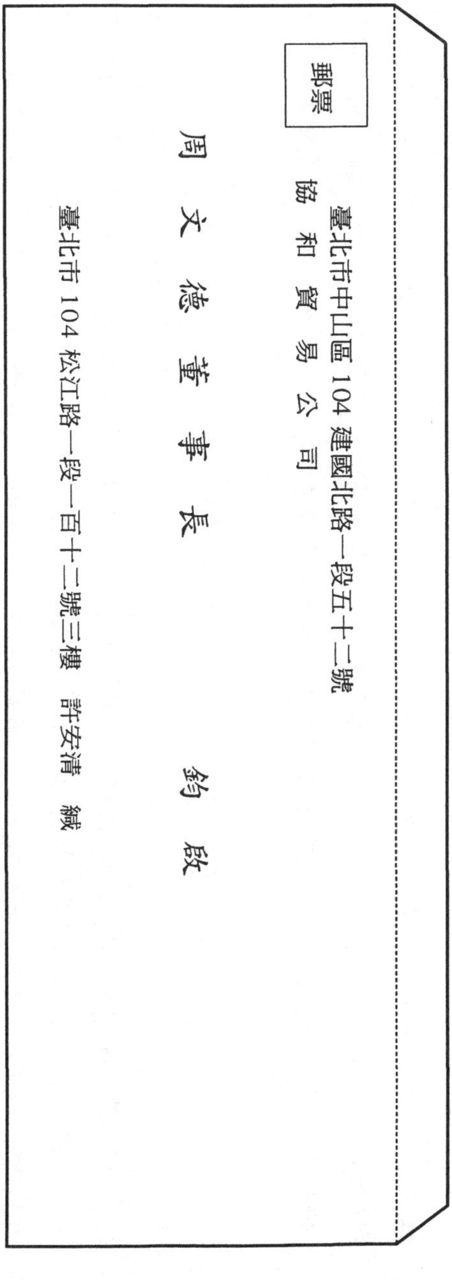

郵票

臺北市中山區 104 建國北路一段五十二號

協和貿易公司

周文德董事長　鈞啟

臺北市 104 松江路一段一百十二號三樓　許安清　緘

這種寫法，是西式信封寫法中，最常用，也是比較被一般人接受的一種寫法。還有一種西式信封，是左上角已經印好了公司名銜、地址，因此，受信人的地址只有寫在下方了，這種寫法，也是屬於橫式橫寫的寫法，在臺灣的郵政而言，是照樣可以寄到的。不過，給長輩及正式信件的來往，還是用中式信封比較好。

## 三、郵簡的寫作

郵簡是寄往國外簡便的書信，現在郵局出售的，有「港澳地區」、「亞太地區」、「歐美地區」三種。這一種郵簡，表面是信封，拆開來是信箋。寫作的時候，十分方便。信封部份，由於是要寄到國外，所以要用西式寫法；西式寫法中，受信人的姓名、稱謂，如果加上中文的話，也還要啟封詞。這一行，仍然是在正中央；左上角是寄信人的地址，下方是受信人的地址，雙方地址的格式是一樣的，都分成三行，像下面的樣子：

寄信人的地址格式

From：

| | |
|---|---|
| 第一欄 | 姓名 |
| 第二欄 | 門牌號碼、路名、城鎮名 |
| 第三欄 | 國名 |

受信人的地址格式

To：

| 第一欄 | 姓名 |
|---|---|
| 第二欄 | 門牌號碼、路名、城鎮名 |
| 第三欄 | 國名 |

這裡要加以說明的，這兩欄地址，如果是用外文書寫的話，最好是用打字或印刷字體書寫，不要用草寫字體書寫；還有，寫回中國的信，旁邊可以加寫中文。

表面的信封寫好了，裡面就是信箋，寫法和中式信箋相同。如果是用外文書寫，那就不屬於我們所要講述的範圍了。

## 四、明信片的寫作

明信片是最簡便的書信，和郵簡是一樣的，正面是信封，底面是信箋。

正面的寫法和信封一樣，只是框內欄中啟封辭的「啟」要改成「收」，框左欄的「緘」要改成「寄」就可以了。

底面的寫法和信箋一樣，只是明信片小多了，同時，也沒有保密性，所以，三言兩語能把事情交代清楚就可以了。但是，一般信箋該注意的事，還是要注意；該遵守的禮貌，還是要遵守。

明信片的使用，是在交代一些不重要的事情，對於尊長，是不要使用的好；有重要的事，還是用一般的信函，比較合於禮貌，事情也能交代得清楚些。

## 五、書信術語簡表

| 類別 | 對象 | 稱謂 | 提稱語 | 啟事敬辭 | 中悃語 | 結尾敬辭 | 自稱 | 署名下敬辭 | 信封 |
|---|---|---|---|---|---|---|---|---|---|
| 長輩 | 直系親屬 | | | | | | | | |
| | 高祖父<br>高祖母 | 高祖父大人<br>高祖母大人 | 膝下<br>膝前 | 叩稟者 | 專肅<br>肅此 | 恭叩頤安<br>恭叩金安 | 玄孫<br>玄孫女 | 敬叩 | 安啟 |
| | 曾祖父<br>曾祖母 | 曾祖父大人<br>曾祖母大人 | 膝下<br>膝前 | 叩稟者 | 專肅<br>肅此 | 恭叩頤安<br>恭叩金安 | 曾孫<br>曾孫女 | 敬叩 | 安啟 |
| | 祖父<br>祖母 | 祖父大人<br>祖母大人 | 膝下<br>膝前 | 叩稟者 | 專肅<br>肅此 | 恭叩頤安<br>恭叩金安 | 孫<br>孫女 | 敬叩 | 安啟 |
| | 父親<br>母親 | 父親大人<br>母親大人 | 膝下<br>膝前 | 叩稟者<br>謹稟者 | 耑肅 | 叩請福安<br>敬叩金安 | 兒<br>女 | 叩稟<br>叩上 | 安啟 |
| | 親戚 | | | | | | | | |
| | 高伯祖父<br>高叔祖母 | 高伯祖父大人<br>高叔祖母大人 | 尊前<br>崇鑒 | 敬肅者<br>敬陳者 | 肅此 | 敬請禔安<br>敬頌崇祺 | 玄姪孫<br>玄姪孫女 | 謹上<br>叩上 | 安啟 |
| | 曾伯祖父<br>曾叔祖母 | 曾伯祖父大人<br>曾叔祖母大人 | 尊前<br>崇鑒 | 敬肅者<br>敬陳者 | 肅此 | 敬請禔安<br>敬頌崇祺 | 曾姪孫<br>曾姪孫女 | 謹上<br>叩上 | 安啟 |

| 對象 | 稱謂 | 提稱語 | 啟事敬辭 | 申悃語 | 結尾敬辭 | 自稱 | 署名下敬辭 | 信封 |
|---|---|---|---|---|---|---|---|---|
| 伯祖父<br>叔祖母 | 伯祖父大人<br>叔祖母大人 | 尊前<br>崇鑒 | 敬肅者<br>敬陳者 | 肅此 | 敬請禔安<br>敬頌崇祺 | 姪孫<br>姪孫女 | 謹上<br>叩上 | 安啟 |
| 伯父<br>叔母 | 伯父大人<br>叔母大人 | 尊前<br>崇鑒 | 敬肅者<br>敬陳者 | 肅此<br>謹此 | 敬請禔安<br>敬頌崇祺 | 姪<br>姪女 | 謹上<br>叩上 | 安啟 |
| 君舅<br>君姑 | 君舅大人<br>君姑大人 | 尊前<br>崇鑒 | 敬稟者<br>謹稟者 | 專肅<br>謹此 | 敬請金安<br>恭請福安 | 媳<br>(兒) | 稟上<br>敬叩 | 安啟 |
| 伯翁(父)<br>叔姑(母) | 伯翁(父)大人<br>叔姑(母)大人 | 尊前<br>崇鑒 | 敬稟者<br>謹稟者 | 肅此 | 敬請金安<br>恭請福安 | 姪媳 | 謹上<br>叩上 | 安啟 |
| 曾祖姑丈<br>曾祖姑母 | 曾祖姑丈大人<br>曾祖姑母大人 | 尊前<br>崇鑒 | 敬肅者<br>謹肅者 | 肅此 | 虔頌崇祺<br>敬頌福綏 | 曾姪孫<br>曾姪孫女 | 拜上<br>敬上 | 安啟 |
| 祖姑丈<br>祖姑母 | 祖姑丈大人<br>祖姑母大人 | 尊前<br>崇鑒 | 敬肅者<br>謹肅者 | 肅此 | 虔頌崇祺<br>敬頌福綏 | 姪孫<br>姪孫女 | 拜上<br>敬上 | 安啟 |
| 姑丈<br>姑母 | 姑丈大人<br>姑母大人 | 尊前<br>尊右 | 敬肅者<br>謹肅者 | 耑肅<br>肅此 | 虔頌崇祺<br>敬頌福綏 | 內姪<br>內姪女 | 拜上<br>敬上 | 安啟 |
| 太外祖父<br>太外祖母 | 太外祖父大人<br>太外祖母大人 | 尊前<br>尊右 | 敬肅者<br>謹肅者 | 肅此 | 虔頌崇祺<br>敬頌福綏 | 外曾孫<br>外曾孫女 | 拜上<br>敬上 | 安啟 |
| 外祖父<br>外祖母 | 外祖父大人<br>外祖母大人 | 尊前<br>尊右 | 敬肅者<br>謹肅者 | 耑肅<br>肅此 | 虔頌崇祺<br>敬頌福綏 | 外孫男<br>外孫女 | 拜上<br>敬上 | 安啟 |
| 外伯祖父<br>外叔祖母 | 外伯祖父大人<br>外叔祖母大人 | 尊前<br>尊右 | 敬肅者<br>謹肅者 | 肅此 | 虔頌崇祺<br>敬頌福綏 | 外姪孫<br>外姪孫女 | 拜上<br>敬上 | 安啟 |

| 類別 | 對象 | 稱謂 | 提稱語 | 啟事敬辭 | 申悃語 | 結尾敬辭 | 自稱 | 署名下敬辭 | 信封 |
|---|---|---|---|---|---|---|---|---|---|
| | 舅祖父<br>舅祖母 | 舅祖父母大人 | 尊前<br>尊右 | 敬肅者<br>謹肅者 | 耑肅<br>肅此 | 虔頌崇祺<br>敬頌福綏 | 甥孫<br>甥孫女 | 拜上<br>敬上 | 安啟 |
| | 舅父<br>舅母 | 舅父母大人 | 尊前<br>尊右 | 敬肅者<br>謹肅者 | 耑肅<br>肅此 | 虔頌崇祺<br>敬頌福綏 | 外甥<br>外甥女 | 拜上<br>敬上 | 安啟 |
| | 姨丈<br>姨母 | 姨丈母大人 | 尊前<br>尊右 | 敬肅者<br>謹肅者 | 耑肅<br>肅此 | 虔頌崇祺<br>敬頌福綏 | 姨甥<br>姨甥女 | 拜上<br>敬上 | 安啟 |
| | 表伯父<br>表叔母 | 表伯父叔母大人 | 賜鑒<br>侍右 | 敬肅者<br>謹肅者 | 耑肅<br>謹肅 | 敬請福安<br>祇頌崇祺 | 表姪<br>表姪女 | 拜上<br>謹上 | 安啟 |
| | 表舅父<br>表舅母 | 表舅父母大人 | 賜鑒<br>侍右 | 敬肅者<br>謹肅者 | 耑肅<br>謹肅 | 敬請福安<br>祇頌崇祺 | 表甥<br>表甥女 | 拜上<br>謹上 | 安啟 |
| | 太岳父<br>太岳母 | 太岳父母大人 | 尊前<br>尊右 | 敬肅者<br>謹肅者 | 耑肅<br>肅此 | 敬請崇安<br>敬頌福綏 | 孫婿 | 拜上<br>敬上 | 安啟 |
| | 岳父<br>岳母 | 岳父母大人 | 尊前<br>尊右 | 敬肅者<br>謹肅者 | 耑肅<br>肅此 | 敬請崇安<br>敬頌福綏 | 子婿<br>婿 | 拜上<br>敬上 | 安啟 |
| | 伯岳父<br>叔岳母 | 伯岳父叔岳母大人 | 賜鑒<br>侍右 | 敬肅者<br>謹肅者 | 耑肅<br>謹肅 | 敬請福安<br>祇頌崇祺 | 姪婿 | 拜上<br>謹上 | 安啟 |
| | 姻伯父<br>姻叔母 | 姻伯父叔母大人 | 賜鑒<br>侍右 | 敬肅者<br>謹肅者 | 耑肅<br>謹肅 | 敬請福安<br>祇頌崇祺 | 姻愚姪<br>姻姪女 | 拜上<br>謹上 | 安啟 |
| | 太姻伯父<br>太姻叔母 | 太姻伯父叔母大人 | 賜鑒<br>侍右 | 敬肅者<br>謹肅者 | 耑肅<br>謹肅 | 敬請福安<br>祇頌崇祺 | 姻再姪<br>姻再姪女 | 拜上<br>敬上 | 安啟 |

| 類別 | 對象 | 稱謂 | 提稱語 | 啟事敬辭 | 申悃語 | 結尾敬辭 | 自稱 | 署名下敬辭 | 信封 |
|---|---|---|---|---|---|---|---|---|---|
| 師長 | 太老師／太師母 | 太夫子大人／太師母大人 | 崇鑒／賜鑒 | 敬肅者／敬陳者 | 耑肅／肅此上陳 | 恭叩崇安／祗頌崇祺 | 門下晚生 | 拜上／叩上 | 安啟／道啟 |
| | 師長 | ○○吾師／○○公夫子 | 函丈／壇席 | 敬肅者／敬陳者 | 耑肅／肅此上陳 | 恭請誨安／敬請講安 | 受業／學生 | 拜上／敬叩 | 安啟／道啟 |
| | 師父 | ○○吾師 | 尊前／尊鑒 | 敬肅者／敬陳者 | 耑肅／肅此上陳 | 恭請教安／祗頌崇祺 | 門徒／門生 | 拜上／敬叩 | 安啟／道啟 |
| | 世誼 | ○○太世伯／○○太世伯母 | 尊鑒／尊右 | 敬啟者／謹啟者 | 耑肅／肅此 | 敬請崇安／恭請鈞安 | 世再姪／世再姪女 | 拜上／謹上 | 鈞啟 |
| | 世誼 | ○○太世叔／○○太世叔母 | 尊鑒／尊右 | 敬啟者／謹啟者 | 耑肅／肅此 | 敬請崇安／恭請鈞安 | 世再姪／世再姪女 | 拜上／謹上 | 鈞啟 |
| | 世誼 | ○○世伯／○○世伯母 | 尊鑒／尊右 | 敬啟者／謹啟者 | 耑肅／肅此 | 敬請崇安／恭請鈞安 | 世愚姪／世姪女 | 拜上／謹上 | 鈞啟 |
| | 世誼 | ○○世叔／○○世叔母 | 尊鑒／尊右 | 敬啟者／謹啟者 | 耑肅／肅此 | 敬請崇安／恭請鈞安 | 世愚姪／世姪女 | 拜上／謹上 | 鈞啟 |
| | 父之友 | ○○老伯／○○老伯母 | 尊鑒／尊右 | 敬啟者／謹啟者 | 耑肅／肅此 | 敬請崇安／恭請鈞安 | 愚姪／愚姪女 | 拜上／謹上 | 鈞啟 |
| | 父之友 | ○○老叔／○○老叔母 | 尊鑒／尊右 | 敬啟者／謹啟者 | 耑肅／肅此 | 敬請崇安／恭請鈞安 | 愚姪／愚姪女 | 拜上／謹上 | 鈞啟 |

| 類別 | 對象 | 稱謂 | 提稱語 | 啟事敬辭 | 申悃語 | 結尾敬辭 | 自稱 | 署名下敬辭 | 信封 |
|---|---|---|---|---|---|---|---|---|---|
| 長官 | 政界 | ○○公主任 | 勛鑒 | 敬肅者 | 耑肅 | 敬頌勛綏 | 晚 | 敬上 | 勛啟 |
| | | ○○公部長 | 鈞鑒 | 謹肅者 | 謹肅 | 祗頌勛祺 | 後學 | 謹上 | 鈞啟 |
| | 軍界 | ○○公將軍 | 麾下 | 敬肅者 | 耑肅 | 敬請戎安 | 晚 | 敬上 | 勳啟 |
| | | ○○公團長 | 幕下 | 謹肅者 | 謹肅 | 恭請麾安 | 後學 | 謹上 | 鈞啟 |
| | 商界 | ○○公董事長 | 賜鑒 | 敬肅者 | 耑肅 | 敬請崇安 | 晚 | 敬上 | 鈞啟 |
| | | ○○公總經理 | 尊鑒 | 謹肅者 | 謹肅 | 恭頌崇祺 | 後學 | 謹上 | 親啟 |
| | 學界 | ○○公校長 | 道鑒 | 敬肅者 | 耑肅 | 敬請鐸安 | 晚 | 敬上 | 道啟 |
| | | ○○公廳長 | 道席 | 謹肅者 | 謹肅 | 恭頌崇祺 | 後學 | 謹上 | 鈞啟 |
| 平輩 | 兄弟姊妹夫妻 | | | | | | | | |
| | 兄 | ○○哥 | 賜鑒 | 敬啟者 | 敬此 | 敬祝安康 | 弟 | 敬上 | 啟 |
| | 姊 | ○○姊 | 尊鑒 | 謹啟者 | 謹此 | 虔頌福祉 | 妹 | 謹上 | |
| | 嫂 | ○○嫂 | 賜鑒 | 敬啟者 | 敬此 | 敬祝安康 | 弟 | 敬上 | 啟 |
| | | | 尊鑒 | 謹啟者 | 謹此奉達 | 虔祝懿安 | 妹 | 謹上 | |
| | 弟 | ○○弟 | 惠鑒 | 茲啟者 | 耑此 | 即候近佳 | 愚兄 | 手書 | 啟 |
| | 妹 | ○○妹 | 如晤 | 啟者 | 草此 | 順頌時祺 | 愚姊 | 手啟 | 展 |
| | 弟婦 | ○○妹 | 慧鑒 | 茲啟者 | 專此 | 順祝近安 | 兄 | 手啟 | 啟 |
| | | | 惠鑒 | 啟者 | 特此 | 順頌近祺 | 姊 | 謹啟 | 展 |

| 類別 | 對象 | 稱謂 | 提稱語 | 啟事敬辭 | 申悃語 | 結尾敬辭 | 自稱 | 署名下敬辭 | 信封 |
|---|---|---|---|---|---|---|---|---|---|
| | 夫 | ○○夫君<br>夫子 | 大鑒<br>偉鑒 | 敬啟者<br>謹啟者 | 專此<br>特此 | 祗祝近安<br>順祝旅安 | 妻<br>妹 | 斂衽<br>上言 | 啟 |
| | 妻 | ○○賢妻<br>妹 | 慧鑒<br>雅鑒 | 敬啟者<br>謹啟者 | 耑此<br>匆此 | 祗祝妝安<br>順祝閫安 | 夫<br>兄 | 再拜<br>頓首 | 啟<br>展 |
| 親戚 | | | | | | | | | |
| | 姊丈 | ○○姊丈<br>姊倩 | 台鑒<br>英鑒 | 敬啟者<br>謹啟者 | 專此布臆<br>謹此奉達 | 祗祝近安<br>虔頌近祺 | 內弟<br>姨妹 | 頓首<br>再拜 | 台啟 |
| | 妹丈 | ○○妹丈<br>妹倩 | 台鑒<br>英鑒 | 敬啟者<br>謹啟者 | 專此布臆<br>謹此奉達 | 祗祝近安<br>虔頌近祺 | 內兄<br>姨姊 | 頓首<br>再拜 | 台啟 |
| | 表兄<br>表嫂 | ○○表兄<br>表嫂 | 台鑒<br>英鑒 | 敬啟者<br>謹啟者 | 專此布臆<br>謹此奉達 | 祗祝近安<br>虔頌近祺 | 表弟<br>表妹 | 頓首<br>再拜 | 惠啟<br>台啟 |
| | 表弟<br>表弟媳 | ○○表弟<br>表弟媳 | 台鑒<br>英鑒 | 敬啟者<br>謹啟者 | 專此布達<br>謹此奉達 | 祗祝近安<br>虔頌近祺 | 表兄<br>表姊 | 頓首<br>再拜 | 惠啟<br>台啟 |
| | 內兄<br>內弟 | ○○內兄<br>內弟 | 台鑒<br>雅鑒 | 敬啟者<br>謹啟者 | 專此布達<br>謹此奉達 | 祗祝近安<br>虔頌近祺 | 愚妹婿<br>愚姊婿 | 頓首<br>再拜 | 台啟 |
| | 襟兄<br>襟弟 | ○○襟兄<br>襟弟 | 台鑒<br>雅鑒 | 敬啟者<br>謹啟者 | 專此布達<br>謹此奉達 | 祗祝近安<br>虔頌近佳 | 姻愚弟<br>姻愚兄 | 頓首<br>再拜 | 台啟 |
| | 姻兄<br>姻嫂 | ○○姻兄<br>姻嫂 | 台鑒<br>雅鑒 | 敬啟者<br>謹啟者 | 專此布達<br>謹此奉達 | 祗祝近安<br>虔頌近佳 | 姻弟<br>姻侍生 | 頓首<br>再拜 | 台啟 |

| 類別 | 對象 | 稱謂 | 提稱語 | 啟事敬辭 | 申悃語 | 結尾敬辭 | 自稱 | 署名下敬辭 | 信封 |
|---|---|---|---|---|---|---|---|---|---|
| | 親家 | 親翁<br>母 | 惠鑒<br>左右 | 敬啟者<br>謹啟者 | 耑此<br>謹此 | 順請儷安<br>順祝安祉 | 姻愚弟<br>姻侍生 | 拜啟<br>敬啟 | 台啟 |
| 朋友同學 | | | | | | | | | |
| | 世誼平輩 | ○○吾兄<br>姊 | 足下<br>惠鑒 | 敬啟者<br>謹啟者 | 耑此布達<br>特此布臆 | 順祝近安<br>順頌時綏 | 弟<br>妹 | 再拜<br>頓首 | 台啟 |
| | 世誼平輩 | ○○吾弟<br>妹 | 英鑒<br>惠鑒 | 敬啟者<br>謹啟者 | 耑此布達<br>特此布臆 | 順祝近安<br>順頌時綏 | 兄<br>姊 | 再拜<br>頓首 | 台啟<br>大啟 |
| | 同學 | ○○學兄<br>姊 | 文鑒<br>惠鑒 | 敬啟者<br>謹啟者 | 耑此布達<br>特此布臆 | 順祝近安<br>順頌時綏 | 學弟<br>學妹 | 再拜<br>頓首 | 台啟 |
| | 朋友 | ○○仁兄<br>姊 | 偉鑒<br>惠鑒 | 敬啟者<br>謹啟者 | 耑此布達<br>特此布臆 | 順祝近安<br>順頌時綏 | 弟<br>妹 | 再拜<br>頓首 | 惠啟 |
| | 朋友夫婦 | ○○吾兄<br>夫人 | 惠鑒 | 敬啟者<br>謹啟者 | 耑此布達<br>特此布臆 | 順祝儷安<br>虔頌儷祺 | 弟<br>妹 | 再拜<br>頓首 | 惠啟<br>親啟 |
| 社會人士 | | | | | | | | | |
| | 政界 | ○○先生<br>女士 | 惠鑒<br>閣下 | 敬啟者<br>逕啟者 | 專此布臆<br>特此布達 | 順頌勛綏<br>專候勛祺 | 弟<br>妹 | 拜啟<br>敬啟 | 台啟 |
| | 軍界 | ○○○連長<br>○公營長 | 麾下<br>幕下 | 敬啟者<br>逕啟者 | 專此布臆<br>特此布達 | 順頌勛綏<br>專候勛祺 | 弟<br>妹 | 拜啟<br>敬啟 | 台啟 |

| 類別 | 對象 | 稱謂 | 提稱語 | 啟事敬辭 | 申悃語 | 結尾敬辭 | 自稱 | 署名下敬辭 | 信封 |
|---|---|---|---|---|---|---|---|---|---|
| | 商界 | ○○襄理<br>○○公課長 | 專鑒 | 敬啟者<br>逕啟者 | 惠此布臆<br>特此布達 | 即祝時安<br>順頌籌祺 | 弟<br>妹 | 拜啟<br>敬啟 | 台啟 |
| | 學界 | ○○公教授<br>○○公校長 | 左右<br>雅鑒 | 敬啟者<br>逕啟者 | 專此布臆<br>特此布達 | 祇請著安<br>順頌文祺 | 弟<br>妹 | 拜啟<br>敬啟 | 台啟 |
| | 和尚 | ○○上人<br>○○道人 | 方丈<br>法鑒 | 敬啟者<br>逕啟者 | 專此布臆<br>特此布達 | 敬祝道安<br>祇頌道祺 | | 拜啟<br>敬啟 | 道啟<br>惠啟 |
| | 尼姑 | ○○老師太<br>○○師太 | 法鑒 | 敬啟者<br>逕啟者 | 專此布臆<br>特此布達 | 敬頌道綏<br>虔祝道安 | | 拜啟<br>敬啟 | 道啟 |
| | 神父 | ○○司鐸 | 有道<br>道鑒 | 敬啟者<br>逕啟者 | 專此布臆<br>特此布達 | 祇祈主祐<br>敬祈神佑 | 弟<br>妹 | 拜啟<br>敬啟 | 道啟 |
| | 牧師 | ○○牧師 | 有道<br>道鑒 | 敬啟者<br>逕啟者 | 專此布臆<br>特此布達 | 敬祝神佑 | 弟<br>妹 | 拜啟<br>敬啟 | 道啟 |
| | 修女 | ○○修道 | 有道<br>道鑒 | 敬啟者<br>逕啟者 | 專此布臆<br>特此布達 | 敬祝神佑 | 弟<br>妹 | 拜啟<br>敬啟 | 道啟 |
| | 道士 | ○○法師 | 法鑒 | 敬啟者<br>逕啟者 | 專此布臆<br>特此布達 | 敬祝道安<br>祇頌道祺 | | 拜啟<br>敬啟 | 惠啟<br>道啟 |
| 晚輩 | 直系親屬 子 | ○○兒<br>吾兒 | 知之<br>收覽 | | 此諭 | | 父<br>母 | 字<br>手示 | 啟 |

| 類別 | 對象 | 稱謂 | 提稱語 | 啟事敬辭 | 申悃語 | 結尾敬辭 | 自稱 | 署名下敬辭 | 信封 |
|---|---|---|---|---|---|---|---|---|---|
| | 女 | ○○女<br>吾女 | 覽悉<br>收閱 | | 此諭 | | 父<br>母 | 字<br>示 | 啟 |
| | 媳 | ○○○賢媳 | 如晤<br>親覽 | | 手此<br>草此 | 即問近佳<br>即詢近好 | 愚舅<br>愚姑 | 手書<br>啟 | 啟 |
| | 孫男<br>孫女 | ○○吾孫<br>孫女 | 知悉<br>收悉 | | 此諭 | | 祖父<br>祖母 | 字<br>示 | 啟 |
| | 曾孫<br>曾孫女 | ○○曾孫<br>曾孫女 | 知悉<br>收悉 | | 此諭 | | 曾祖父<br>曾祖母 | 字<br>示 | 啟 |
| | 玄孫<br>玄孫女 | ○○玄孫<br>玄孫女 | 知悉<br>收悉 | | 此諭 | | 高祖父<br>高祖母 | 字<br>示 | 啟 |
| 親戚 | 姪兒<br>姪女 | ○○賢姪<br>姪女 | 青鑒<br>青覽 | | 匆此<br>草此 | 順問近佳<br>即詢近綏 | 伯<br>叔 | 手書<br>手泐 | 啟 |
| | 姪孫<br>姪孫女 | ○○賢姪孫<br>姪孫女 | 青鑒<br>青覽 | | 匆此<br>草此 | 順問近佳<br>即詢近綏 | 伯祖<br>叔祖母 | 手書<br>手泐 | 啟 |
| | 內姪<br>內姪女 | ○○賢內姪<br>姪女 | 青覽<br>青鑒 | | 手此<br>草此 | 即問近好<br>順問近佳 | 姑丈<br>姑母 | 手啟<br>手書 | 啟 |
| | 表姪<br>表姪女 | ○○賢表姪<br>姪女 | 青覽<br>青鑒 | | 手此<br>草此 | 即問近好<br>順問近佳 | 愚 | 手啟<br>手書 | 啟 |

| 類別 | 對象 | 稱謂 | 提稱語 | 啟事敬辭 | 申悃語 | 結尾敬辭 | 自稱 | 署名下敬辭 | 信封 |
|---|---|---|---|---|---|---|---|---|---|
| | 姻姪<br>姻姪女 | ○○賢姻姪<br>○○賢姻姪女 | 青覽<br>青鑒 | | 手此<br>草此 | 即問近好<br>順問近佳 | 愚 | 手啟<br>手書 | 啟 |
| | 外孫<br>外孫女 | ○○賢外孫<br>○○賢外孫女 | 青覽<br>青鑒 | | 手此<br>草此 | 即問近好<br>順問近佳 | 外祖<br>外祖母 | 手啟<br>手書 | 啟 |
| | 外甥<br>外甥女 | ○○賢外甥<br>○○賢外甥女 | 青覽<br>青鑒 | | 手此<br>草此 | 即問近好<br>順問近佳 | 愚舅<br>愚舅母 | 手啟<br>手書 | 啟 |
| | 姨甥<br>姨甥女 | ○○賢姨甥<br>○○賢姨甥女 | 青覽<br>青鑒 | | 手此<br>草此 | 即問近好<br>順問近佳 | 愚 | 手啟<br>手書 | 啟 |
| | 表甥<br>表甥女 | ○○賢表甥<br>○○賢表甥女 | 青覽<br>青鑒 | | 手此<br>草此 | 即問近好<br>順問近佳 | 表舅父<br>表舅母 | 手啟<br>手書 | 啟 |
| | 女婿 | ○○賢婿<br>○○賢倩 | 青覽<br>英鑒 | | 手此<br>草此 | 即問近好<br>順問近佳 | 愚岳<br>愚岳母 | 手啟<br>手書 | 啟 |
| 學生、世誼 | 學生（男）<br>門徒 | ○○學弟<br>○○賢棣 | 如面<br>如晤 | | 手此<br>草此 | 順祝進步<br>即詢近佳 | 小兄<br>愚姊 | 手啟<br>手書 | 啟 |
| | 學生（女）<br>門徒 | ○○學妹<br>○○女弟 | 惠覽<br>雅鑒 | | 手此<br>草此 | 順祝進步<br>即詢近佳 | 小兄<br>愚姊 | 手啟<br>手書 | 啟 |
| | 世誼 | ○○世講<br>○○世臺 | 雅鑒<br>惠鑒 | | 耑此布達<br>特此布臆 | 順祝近安<br>順頌時綏 | 愚 | 敬啟<br>手啟 | 啟 |

## 六、書信欣賞

書信的寫作，如果只知道依照格式，遵循表格，自然也能寫出規規矩矩的書信來；但是，這種書信，只能表情達意，不是上品的書信。書信要寫得好，要真正到高明的境界，就一定要多多的閱讀古今名人的作品。這裡，舉出幾本書信的參考書，有閒時，多加閱讀，對書信的寫作，自然是有莫大的好處的。

小倉山房尺牘　袁　枚
曾文正公家書　曾國藩
胡適祕藏書信選　胡　適
古今尺牘大觀　中華書局
唐宋十大家尺牘　啟業書局
三名臣尺牘　廣文書局
近代十大家尺牘　廣文書局
萬用書信類編　博愛圖書公司

除了這些參考書籍外，這裡也舉出「名人書信欣賞」、「實用書信舉例」兩類書信的實例，供作參考。

## 甲、名人書信欣賞

王維〈山中與裴秀才迪書〉

近臘月下，景氣和暢，故山殊可。過足下，方溫經，猥不敢相煩，輒便往山中，憩感配寺，與山僧飯訖而去。

北涉玄灞，清月映郭。夜登華子崗，輞水淪漣，與月上下。寒山遠火，明滅林外，深巷寒犬。吠聲如豹。村墟夜舂，復與疏鐘相間。此時獨坐，僮僕靜默，多思曩昔攜手賦詩，步仄逕，臨清流也。

當待春中，草木蔓發，春山可望，輕鯈出水，白鷗矯翼，露溼青皋，麥隴朝雊。斯之不遠，儻能從我遊乎。非子天機清妙者，豈能以此不急之務相邀，然是中有深趣矣，無忽。

因馱黃檗人往，不一。山中人王維白。

蘇軾〈答黃魯直書〉

軾頓首再拜，魯直教授長官足下：軾始見足下詩文於孫莘老之坐上，聳然異之，以為非今世之人也。莘老言：「此人人知之者尚少，子可為稱揚其名。」軾笑曰：「此人如精金美玉，不即人而人即之，將逃名而不可得，何以我稱揚為？」然觀其人以求其為人，必輕外物而自重者；今之君子莫能用也。其後過李公擇於濟南，則見足下之詩文愈多，而得其為人益詳。意其超逸絕塵，獨立於萬物之表，馭風騎氣，以與造物者遊。非獨今世之君子所不能用，雖如軾之放浪自棄，與世間疏者，亦莫得而友也。今者辱書詞累幅，執禮恭甚，如見所畏者，何哉？軾方以此求交於足下，而懼其不可得，豈意得此於足下乎！喜媿之懷，殆不可勝。然自入夏以來，家人輩更臥病，忽忽至今，裁答甚緩，想未深訝也。古風二首，託物引類，直得古詩人之風。而軾非其人也，聊復次韻，以為一笑。秋暑，不審起居何如？未由會見，萬萬以時自重。

唐　寅　〈謝推薦書〉

某樸樕之質，筆札寡長。遲暮餘年，荒陋轉甚。閣下虛懷過聽，首被剡章。飾頑石以瓊琚，登朽株於楨榦。驚聞召試，愧汗交流，竊恐綆短臨深，貽譏學海，駑資服遠，終蹶長途，莫副盛心，負罪何極！明年服闋，趨叩門牆，感激愚衷，敬先具啟。

孫　文　〈派邵元沖代唁李烈鈞父喪函〉

協和我兄禮次：久不接
教言，想念之深，與時俱積。岳軍來，驚諗
尊公仙逝滬寓，聞之駭愕！竊念

兄頻年身勤國事，久未盡趨庭之願。不謂時變方艱，頓遘大故。以 兄之天性純篤，哀毀可知。然國步顛躓，正賴賢者力荷艱鉅。吾 兄秉義方之訓，尚望善繼先志，稍釋哀感，務以國事為重，以慰尊公九泉之靈，而副國人之想望。茲特派邵元沖君代表奉唁，尚希節哀順變，為國珍重。專函申意，諸維亮照，不宣。

孫文啟 十一月二日

蔣中正 〈致吳稚暉先生祝壽函〉

稚老先生道鑒：茲值

先生八十誕辰，嵩華泰岱，不紀歲年，仰體曠懷，不敢效世俗祝壽之舉。然二十年來，同舟風雨，教誨之殷，氣節之感，使中正受益無量。仰止之情，不能自已，敬以寸箋，聊將敬意，祝 康強逢吉，長為我黨同志之表率。他日建國成功，得奉侍杖履，徜徉廬山五湖之間，從容話舊，補晉一觴，當為先生之所許，而亦中正所禱祝者也。敬頌

健勝。

晚蔣中正率子經國頓首 三十三年三月二十三日

顧炎武〈自燕京復智栗書——唁喪父〉

遠接手書，益深悲哽。賢姪今日惟有善事高堂，力學不倦，安分守拙，以為保家之計。異日國人皆稱幸哉有子，即尊公為不朽矣。誌銘誼不敢辭，草成另上。不佞以十一月二十六日入都，而次耕後此匝月同日始至。今將於長安圖一讀書之地，必不虛其千里相從之願也。南邁之期，尚未有定；如大葬有日，幸馳書相示。便羽，草草未悉。

王闓運〈唁李鴻章喪母〉

少荃中堂廬次：昨聞鈔報，驚奉太夫人不諱。遠惟孝慕，側息旁皇；全福隆名，耆年榮祿，凡在海內，莫不欽瞻。聖主自有慰詞，非愚賤所復能譬勸也。唯四方觀禮，敬乃勝哀，勉率諸郎，以副喁望。闓運自去秋喪其次子，一家之學，無可復傳。臘日還家，閉門守靜，祇以卜宅未就，不獲扶服躬詣繐帷，謹上輓詞一聯，恭述先德，不罄贊頌，貴貢微忱。區區之懷，當荷鑒照！敬慰巨孝，伏維將禮服喪，臨啟懸遲。

胡適〈致周作人書〉

啟明兄：

你近來怎樣了？我希望你已完全恢復你的健康了。

你的兄弟建人的事，商務已答應請他來幫忙，但月薪只有六十元，不太少否？如他願就此事，請他即來。來時可到寶山路商務編譯所尋高夢旦先生與錢經宇先生。

我不久即可歸來，此間招考廿二日可完，我大概須等津浦車通始北行。

祝你平安。

豫才兄好嗎？

適 〔民〕十年八月十八日

莫德惠〈與王雲五書〉

雲老 多日未克函候至以為念

報載 宏論讀甚欽遲昨趨

貴府藉悉

嫂夫人康泰閤第清吉定可遠抒

錦懷耳院事再詳專此敬候

年祺

弟德惠拜啟 三月卅一日

## 乙、實用書信舉例

### 1.自薦信

1

○○公司經理先生尊右：敬啟者：近日閱讀○○報紙廣告欄，得知　貴公司徵求會計一名，需高商畢業以上學歷，且有三年以上實務工作經驗。求職人自思，畢業於私立○○商業專科學校會計科，曾在○○公司擔任會計工作五年，以學歷、經歷而言，均能符合所求，自信頗能勝任該項工作，因敢冒然應徵，如幸蒙

貴公司錄用，不勝感禱，且定必盡力效勞。茲附呈履歷表、自傳等，敬請　察閱，並盼　賜覆為禱。專此　敬請

籌安

求職人○○○　敬上○月○日

2

○○公司經理先生尊右：

敬啟者：近日閱讀○○報紙廣告欄，得知　貴公司徵求業務員一名，需要高商畢業以上學歷，並且要有三年以上實務工作經驗，限定男性。求職人畢業於私立○○商業專科學校外貿科，

曾在○○公司擔任推銷工作五年，以學歷、經歷來說，都能符合　貴公司要求，自信十分能夠勝任這項工作。

久仰　貴公司信譽卓著，遐邇聞名，產品銷售國內外，頗獲好評，所以，求職人一直以能進入　貴公司服務為榮。因此，不嫌冒昧，前來應徵；如果能蒙僥倖錄用，不勝感禱。　專此

敬請

籌安

求職人○○○　敬上　○月○日

附：履歷表、自傳各一份。

## 2. 推銷、洽銷信

1

○○公司經理先生尊右：敬啟者：近日閱讀○○報紙廣告欄，得知　貴公司徵求業務用品一批，包含文具、紙張、桌椅、廚櫃等，敝公司一向經營多樣產品，供應各公司、行號業務所需，亦多獲信任；本市多家公司、行號，均與敝公司訂定長期合約，享有折扣優待。

貴公司所需業務用品，敝公司應有盡有；各項用品，均陳列本市建國北路一段二十三號敝公司門市部，歡迎參觀比較，並歡迎訂定長期合約，享受優待。請　惠予批評指導。專此　敬請

籌安

〇〇公司
經　理　〇〇〇　敬上　〇月〇日

[2]

〇〇公司經理先生尊右：敬啟者：近奉　手札，得知
貴公司生產各項商業業務用品，供應各公司、行號，並特別指定，委由敝公司代為促銷；
貴公司產品，新穎美觀，一向頗具聲譽，敝公司同意代為銷售。唯代銷合約如何訂定，敬請詳明
函示。簽約之後，當竭誠服務。專此奉達，敬候　回音。　敬請
籌安

〇〇公司
經　理　〇〇〇　敬上　〇月〇日

### 3.問候信

[1]

〇〇吾兄惠鑒：久未聆　教，渴念良殷；近日得　〇〇兄電告，驚悉　貴體違和，日前曾住院治
療，今已返　府靜養。逖聽之下，且驚且喜，所驚者，吾
兄一向健朗，甚少病痛，不意染疾，而弟卻未能獲知；所喜者，已無大礙，靜養數日，便能復
原。弟道路修阻，不克親來慰候，謹修蕪箋，以表寸心。伏維春寒料峭，諸希　珍攝為盼。耑此

敬請

痊安

弟○○ 敬上 ○月○日

2

○公吾師道鑒：

自從叩別　尊顏以後，轉眼間，倏忽數載，遙仰　道範，想念十分殷切，想必一切安好。回憶在校時日，生天資駑鈍，無才無能，多蒙吾　師盡心教誨，所以能有一技之長，服務社會。直到今天，已經小有成就，幸而能不負吾　師苦心的教導。

臺灣春天的天氣，陰濕多雨，冷暖無常，乞請吾　師多加珍攝。近日如果南下，一定會前往拜候。肅此專呈　敬請

教安

生○○ 敬上 ○月○日

師母處請叱名請安

## 4. 邀約信

1

○○吾兄惠鑒：久未晤　教，渴念良殷；對此春光明媚之際，倍深懷思馳念之情。近日得○○兄函告，花蓮太魯閣橫貫公路一帶景色迷人，高山深谷，各有勝場，值得一遊。不知吾　兄能否撥冗，聯袂而往，藉暢胸懷；如若有閒，請訂定日期，以便安排食宿交通。專此奉邀，敬候　回音。敬祝

春祺

弟○○　敬上　○月○日

2

○○吾兄惠鑒：

自從畢業以後，各分東西，很久的時間，都沒有會面暢談，十分遺憾；也很懷念以前瘋瘋癲癲的日子，要往東，便到東；要往西，便到西，多麼逍遙自在。近來如何？想必一切安好。

在這春光明媚的時候，正是郊遊的好季節。前天，收到　○○兄的來信，說是花蓮太魯閣橫貫公路一帶，景色迷人，高山深谷，各有勝場，很值得前往一遊。不知吾　兄能否撥冗參加？如果有空，請訂定日期，以便安排食宿交通。專此奉邀。敬候　回音。

敬祝

春祺

弟○○　敬上　○月○日

# 附：書信選讀

## 壹 與曹公論盛孝章書

歲月不居，時節如流，五十之年，忽焉已至，公為始滿，融又過二。海內知識，零落殆盡，惟會稽盛孝章㈠尚存。其人困於孫氏，妻孥湮沒，單孑獨立，孤危愁苦，若使憂能傷人，此子不得復永年矣。

春秋傳曰：「諸侯有相滅亡者，桓公不能救，則桓公恥之。」今孝章實丈夫之雄也，天下譚士依以揚聲，而身不免於幽執，命不其於旦夕。是吾祖不當復論損益之友，而朱穆所以絕交也㈡。公誠能馳一介之使，加咫尺之書，則孝章可致，友道可弘矣。

今之少年，喜謗前輩，或能譏平孝章，孝章要為有天下之大名，九牧之人所共稱歎。燕君市駿馬之骨㈢，非欲以騁道里，乃當以招絕足也。惟公匡復漢室，宗社將絕，又能正之，正之之術，實須得賢。珠玉無脛而自至者，以人好之也，況賢者之有足乎！昭王築臺以尊郭隗，隗雖小才，而逢大遇，竟能發明主之至心，故樂毅自魏往，劇辛自趙往，鄒衍自齊往；向使郭隗倒懸而不解，臨溺而王不拯，則士亦將高翔遠引，莫有北首燕路者矣。

凡所稱引，自公所知，而復有云者，欲公崇篤斯義也，因表不悉。

## 作者

孔融，字文舉，漢獻帝時為北海相，尋遷少府。融才疏意廣，雖有大志，終未成功。後為曹操所忌，被害。為建安七子之一。

## 題解

本文選自昭明文選。此書作於建安九年（西元二〇四年），時孫策平定吳會，誅其英豪，盛憲有高名，素為東吳孫氏所忌，避難許昭家中。孔融憂其不免遇害，乃與曹操書，拯其危難。曹操由是徵盛憲為騎都尉。詔命未至，盛憲果為孫權所害。

## 注釋

㈠盛憲　後漢獻帝時人。字孝章，器量宏偉。舉孝廉，補尚書郎，遷吳郡太守，以疾去官，後被孫權所害。

㈡朱穆絕交　朱穆，字公叔，東漢南陽人，感世澆薄，莫尚敦篤，作絕交論以矯正之。

㈢燕君市駿馬之骨　戰國策燕策曰：「郭隗謂燕昭王曰『臣聞古之人君有市千里馬者，三年而不得，於是遣使賫千金往，未至而馬已死，使者乃以五百金買其骨以歸。其君大怒，將誅之。使者對曰：「死馬尚市之，況生者乎！天下必知君之好也，馬將至矣。」期年而千里馬至者三焉。王欲招賢，請從隗始。』」後燕昭王果然為郭隗改築宮而師事之，天下士爭趨燕。

## 貳 與韓荊州書

白聞天下談士相聚而言曰：「生不用封萬戶侯，但願一識韓荊州。」何令人之景慕，一至於此耶？豈不以有周公之風，躬吐握㈠之事，使海內豪俊奔走而歸之。一登龍門，則聲譽十倍㈡；所以龍盤鳳逸㈢之士，皆欲收名定價於君侯。君侯不以富貴而驕之，寒賤而忽之，則三千賓中有毛遂。使白得脫穎而出㈣，即其人焉。

白隴西布衣，流落楚漢㈤。十五好劍術，徧干諸侯。三十成文章，歷抵卿相。雖長不滿七尺，而心雄萬夫。王公大臣，許與氣義。此疇曩心跡，安敢不盡於君侯哉？

君侯制作侔神明，德行動天地。筆參造化㈥，學究天人。幸願開張心顏，不以長揖見拒。必若接之以高宴，縱之以清談，請日試萬言，倚馬㈦可待。今天下以君侯為文章之司命，人物之權衡。一經品題，便作佳士。而君侯何惜階前盈尺之地，不使白揚眉吐氣，激昂青雲耶？

昔王子師為豫州，未下車㈧，即辟荀慈明。既下車，又辟孔文舉。山濤作冀州，甄拔三十餘人，或為侍中尚書，先代所美。而君侯亦一薦嚴協律，入為秘書郎。中間崔宗之、房習祖、黎昕、許瑩之徒，或以才名見知，或以清白見賞。白每觀其銜恩撫躬，忠義奮發。自以此感激，知君侯推赤心㈨于諸賢之腹中，所以不歸他人，而願委身於國士㈩。儻急難有用，敢效微軀！且人非堯舜，誰能盡善？白謀猷籌畫，安敢自矜？至於制作，積成卷軸，則欲塵穢視聽。恐雕蟲小技，不合大人。若賜觀芻蕘㈩，請給紙墨，兼之書人。然後退掃閒軒，繕寫呈上。庶青萍、結綠，長價於薛卞㈩之門。幸惟下流，大開獎飾，唯君侯圖之。

作者

李白，字太白，唐隴西成紀（今甘肅秦安縣東）人；其先世隋末流寓西域，武后時，徙居昌明（今四川鹽源縣西南）青蓮鄉，因自號青蓮居士。又嘗寓居山東，故亦稱山東人。生於武后長安元年，卒於肅宗寶應元年（西元七〇一—七六二年），年六十二。

白賦性倜儻，才情豪邁，飄然有超世之心。喜縱橫術，擊劍任俠，輕財樂施。所作詩文，灑落豁達，尤長於詩。其詩高妙清逸，以天才勝，從容法度之中，而不必假乎繩墨，故自成一體，與杜甫齊名，世稱詩仙。有李太白集行世。

題解

本文選自李太白集。體裁屬書說類。韓朝宗，唐人，思復子。歷左拾遺，累遷荊州刺史。開元二十二年轉襄州刺史。襄州有昭王井，傳言汲者必死；朝宗移書諭神，自是飲者無恙，人號韓公井。天寶初，自京兆尹出為高平太守，時訛言兵當興，多潛避。朝宗亦廬終南山。玄宗怒，貶吳興別駕，卒。朝宗喜識拔後進，當時士咸歸重從之。李白與書云：「生不用封萬戶侯，但願一識韓荊州！」其稱慕如此。時朝宗為荊州刺史，故以此稱之。本文主旨在言明個人對韓氏之景慕，個人之才能，望其識拔接引，增長聲價，使揚眉吐氣，平步青雲。文分四段，首段言天下人對韓氏景仰之由，且自比毛遂，將能脫穎而出。次段言自己之生平志趣。三段言韓氏乃文章之司命，且請對己一試。末段以先人及韓氏薦舉事例，點出作者願入韓氏門下之由，並自薦其文章作結。

**注釋**

㈠吐握　吐哺握髮也。史記魯世家：「周公戒伯禽曰：我一沐三握髮，一飯三吐哺，起以待士，猶恐失天下之賢人。」

㈡一登龍門，則聲譽十倍　一經名人推薦，或與名人接近，則聲譽驟高。登龍門，語見《後漢書．李膺傳》。

㈢龍盤鳳逸　喻非凡之才也。

㈣脫穎而出　喻有機自顯其才。穎，刀錐之末也。戰國時，秦圍趙邯鄲，趙使平原君求救於楚，毛遂自薦請從。平原君曰：「夫士之處世，譬猶錐處囊中，其末立見。」毛遂曰：「使遂得早處囊中，乃脫穎而出，非特其末見而已。」事見《史記．平原君傳》。

㈤楚漢　即荊州古號。

㈥筆參造化　參，參與，深入也。造化，創造化育者，與「自然」略同，意謂其文筆入神。

㈦倚馬　喻作文敏捷也。晉桓溫北征，命袁宏倚馬前作露布文，手不停輟。俄成七紙，王東亭嘆為奇才。事見《世說新語．文學篇》。

(八)下車　官吏到任之別稱。

(九)推赤心　赤心，猶真心也。心色赤，故云，後漢書光武紀：「蕭王（劉秀）推赤心置人腹中，安得不投死乎？」

(十)國士　指韓荊州。言其才德為全國所重，所謂國士無雙也。

(土)芻蕘　刈草曰芻，析薪曰蕘。謂草野之人也。

(㈡)薛卞　薛，薛燭也，春秋時越人，善相劍。卞，卞和也，春秋楚人，得玉璞。此謂賞識之真也。

## 叁 上相府書

某聞：古者極治之時，君臣施道，以業天下之民。匹夫匹婦，有不與其澤者，為之焦然(一)，恥而憂之。瞽聾(二)侏儒，亦各得以其材，食之有司。其誠心之所化，至於牛羊之踐，不忍不仁於草木，今行葦之詩(三)也。況於所得士大夫也哉！此所以上下輯睦，而稱極治之時也。

伏聞陛下，方以古之道施天下，而某之不肖，幸於此時竊官於朝，受命佐州，宜竭罷駑之力，畢思慮，治百姓，以副吾君、吾相於設官任材、休息元元(四)之意；不宜以私恩上，而自近於不敏之誅。抑其勢有可言，則亦陛下之所宜憐者。

某少失先人，今大母(五)春秋高，宜就養於家之日久矣，徒以內外六十口，無田園以託一日之命，而取食不腆之祿㈥，以至於今不能也。今去而野處，念自廢於苟賤不廉之地，然後有以共裘葛㈦、具魚菽，而免於事親之憂，則恐內傷先人之明，而外以累君子養完人材德，濡忍㈧以不去，又義之所不敢出也。故輒上書闕下，願殯㈨先人之丘冢，自託於筦庫㈩，以終犬馬之養焉。

伏惟閣下，觀古之所以材瞽聾侏儒之道，覽行葦之仁，憐士有好修之意者，不窮之於無所據以傷其操，使老得其養，而養者雖愚無能，無報盛德，於以廣仁孝之政，而曲成士大夫為子孫之誼，是亦君子不宜得已者也。

黷冒威尊，不任皇恐之至。

## 作者

王安石，字介甫，號半山，小字獾郎，宋江西臨川人。生於真宗天禧五年（西元一〇二一年），卒於哲宗元祐元年（西元一〇八六年），年六十六。

安石天資聰穎，自幼讀書過目不忘，二十二歲舉進士，為地方官十餘年，頗有政聲。嘉祐三年（西元一〇五八年），向仁宗提萬言書，提政治改革；神宗即位，任安石為宰相，積極推行新法，後因推行過急，用人不當，新法失敗。晚年退居金陵。曾封荊國公，世稱王荊公。卒謚文，又稱王文公。著有王臨川集。

## 題解

本文選自王臨川集。宋史王安石傳曰：「文彥博為相，薦安石恬退，乞不次進用，以激奔競之風。尋召試館職，不就。修薦為諫官，以祖母年高辭。修以其須祿養言於朝，用為群牧判官。」本文即作於「修薦為諫官，以祖母年高辭」之時。時為宋仁宗慶曆二年（西元一〇四二年），安石二十二歲。

**注釋**

㈠焦然　憂慮貌。

㈡瞽聾　瞽，眼瞎者；聾，耳聾者。

㈢行葦之詩　行葦，詩經大雅生民之什篇名。詩經大雅行葦序曰：「行葦，忠厚也。周家忠厚，仁及草木，故能內睦九族，外尊事黃耇，養老乞言，以成其福祿焉。」

㈣元元　元元，猶言百姓。百姓非一，故謂之元元。

㈤大母　祖母。

㈥不腆之祿　腆，豐厚也。

㈦裘葛　裘，冬衣；葛，夏衣；以喻衣服之用。

㈧濡忍　猶言含忍。

㈨殯　葬也。

㈩笐庫　笐，鑰也。笐庫，猶言倉庫。

## 肆 與趙甬江司空書

承欲為鄙人修葺先墓，且感且愧，有深不自安者，不敢不徑情達於左右也。

先墓之葬久矣，苟有崩齧圮毀，在所必葺，子孫非有貧乏不能自存也，乃不能自葺，而至重煩上官葺之，其為忘本而不孝甚矣！子孫非甚貧乏而不為先人葺墓，則是先墓可不必葺也；可不必葺，而至重煩上官葺之，其為瀆㈠尊而妄費亦甚矣！

夫葬者，藏也；期於人之不見而已。上古不封不樹，非以為薄也，其用意深且遠矣；中古封之樹之，已寖失此意矣。今先人之墓，問其封，則既穹如矣；問其樹，則既拱如矣；若欲過為之制，繚以石垣，崇以巨屋，儼然象生人之居，明於始終之義者，猶以為踰禮示侈而莫之為也。漢劉更生氏言之詳矣，彼特為王侯言之也，況匹夫乎！然則子孫自為之，猶病其踰禮而示侈，乃以重煩上官，其謂之何？

且公之勞苦兵閒，傾公庫，竭私財，以激賞戰士，常苦不給。蓋一壺醪足以廣恩㈡，則一敝袴足以為惜㈢也。今為先人葺墓，其費豈特一壺醪、一敝袴哉！乃至使公輟賞戰士之財，為故人葺私墓，在公謂之過厚可也；鄙人乃以先人私墓之故，至饕餮㈣，公之所以賞戰士之財，其又謂之何？

然則有費於公而有益於僕，猶不可為也；今有費於公，而顧以彰僕不孝、妄費、示侈之三罪，亦安用之？然而公之為此，則有說矣，不過以鄙人辱交於公之故，必欲捐金以厚之。然畀之以金，則鄙人素不敢受，惟以葺先墓為說，則鄙人義不可辭而已，此公之用意至厚也。夫人之相知，貴相知心，故曰：「或與人以千金，而人未必感；或與人以一飯，而人終身德之。」此知心與不知心之說也。僕之與公，竊敢附于心相知也久矣，豈待於外物為厚薄者哉！

向已託龍溪懇切轉辭，尚恐公之不信我也，故復喋喋(五)，萬望即賜停罷，庶使僕異日尚可以奉教耳；不然，是公非以厚之，乃絕之也。徑情干瀆，不勝悚仄(六)。

作者

唐順之，字應德，明武進（今江蘇武進縣）人。生於明武宗正德二年，卒於世宗嘉靖三十九年。（西元一五〇七—一五六〇年），年五十四。

順之嘉靖八年會試第一，官編修。倭寇內侵，以郎中視師浙江，泛海破倭，擢右僉都御史。巡撫鳳陽，力疾渡焦山，至通川卒。諡文襄。

順之學問淵博，留心經濟，自天文、地理、樂律、兵法、以至句股、壬奇之術，無不精研。所為古文，汪洋紆折，屹然為一代之宗，學者稱荊川先生。著有句股測望論、句股容方圓論、弧矢論、分法論、六分論，及荊川集十二卷等行世。

題解

本文選自荊川集。體裁屬書說類。趙甬江為司空，欲為順之修葺先人之墓，順之以費公帑修私墓，不可，作書拒之。文分六段：首段言甬江代修先人之墓，心中感愧。次段言先人之墓圮毀，宜由子孫修葺。三段言今不修祖先之墓，在遵古誼，不敢示侈。四段言甬江應以修墓之費賞戰士。五段言人之相交，宜在知心，不在外物之厚薄。末段懇辭修墓。

**注釋**

㈠瀆　嬻之假字，輕慢也。

㈡一壺醪以廣恩　醪，音ㄌㄠˊ，酒也。此指秦繆公賜酒而赦食馬者三百人。事見史記秦本紀。

㈢一敝袴足以為惜　韓昭侯藏敝袴，不以賜人，不賞無功也。事見韓非子內儲說上篇。

㈣饕餮　貪也。

㈤喋喋　多言貌。

㈥悚仄　悚，愯之俗字，懼也。仄，仄身，仄足而立，言懼也。

## 伍 與周新之孝廉書

駕在省時，握別匆匆，不及具一餐為雅壽，此心缺然。

蒙為小女執柯，轉述金圃少司空之意，肯與貧士為婚，特命公子同來，作韓姞相攸故事㈠，感司空之高風古誼，對公子之玉質金相；得拖絲羅，豈非至幸！

奈此事不敢不稟明於家慈，而家慈又往往決之於日者㈡；昨將兩家八字，託梅某合之，據云：「男命榮貴，合袭文達公格局㈢；惟嫌小女辰戌一衝，不甚配合。」僕素不信日者言，而家慈老人見解，未免狐疑；謹將所批五行節略，呈上省覽。

僕承司空垂青如此，感不能忘，明歲八騶㈣蒞省時，意欲仿北齊書所稱乾阿嬭㈤故事，將小女寄司空膝下，依卿月之末光，作瑣瑣之姻婭。改媳為女，辟咡㈥無嫌，易舅為爺，稱名愈昵，未知司空許之否？

乞足下婉致此語，并道山人感德陳情，別無餘語，惟學趙孟垂隴之役，賦隰桑之卒章㈦焉。

作者

袁枚，字子才，號簡齋，清浙江省錢塘（今杭州）人。生於清康熙五十五年（西元一七一六年），卒於嘉慶二年（西元一七九七年），年八十二。

枚二十四歲中進士，官至翰林庶吉士，歷任溧水、江浦、沭陽、江寧等縣，勤政愛民，事無不舉；聽訟神明，民愛戴之。三十八歲絕意仕進，休官養親，築隨園於小倉山，以著書吟詠自娛，時稱隨園先生。

著有小倉山房詩文集，小倉山房尺牘。

題解

本文選自小倉山房尺牘。孝廉周新之為袁枚女作媒，袁枚以八字不合拒之。此類書信，頗難著筆；然袁枚言詞委婉，託之以八字不合，易媳為女，不失於理，又能感之以情，誠為書信中上品。

**注釋**

㈠韓姞相攸故事　韓姞，韓蹶之女，韓侯之妻。相攸，是選擇可嫁之處。

㈡日者　占卜之人。

㈢裘文達公　裘日修，字叔度，清乾隆時官至尚書。卒謚文達。

㈣八騶　貴者出巡，騶足前導，多者八人。

㈤乾阿嬭　意同乾爹。

㈥辟咡　傾頭與語，不使口氣及人也。

㈦隰桑之卒章　左傳晉趙文子垂隴之會，子產賦隰桑，趙孟曰「武請受其卒章。」隰桑，詩經小雅篇名。卒章有「中心藏之，何日忘之」句。

## 陸　與友人論文書

前晤我兄，極稱近日古文家，以桐城方氏為最。予常日課誦經史，於近時作者之文，無暇涉獵。因吾兄言，取方氏文讀之，其波瀾意度，頗有韓、歐陽、王㈠之規橅，視世俗冗蔓獶雜㈡之作，固不可同日語。惜乎其未喻乎古文之義法爾！

夫古文之體，奇正濃淡詳略，本無定法。要其為文之旨有四：曰明道、曰經世、曰闡幽、曰正俗。有是四者，而後以法律約之。夫然後可以羽翼經史，而傳之天下後世。至于親戚故舊聚散存沒之感，一時有所寄託而宣之於文，使其姓名附見集中者，此其人事迹原無足傳，故一切闕而不載，非本有可紀而略之，以為文之義法如此也。方氏以世人誦歐公王恭武、杜祁公諸誌，不若黃夢升、張子野諸誌之熟，遂謂功德之崇，不若情辭之動人心目。然則使方氏援筆而為王、杜之誌，亦將舍其勳業之大者，而徒以應酬之空言了之乎。六經三史之文，世人不能盡好。閒有讀之者，僅以供場屋餖飣(三)之用，求通其大義者罕矣。至于傳奇之演繹，優伶之賓白，情詞動人心目。雖里巷小夫婦人，無不為之歌泣者。所謂曲彌高則和彌寡(四)，讀者之熟與不熟，非文之有優劣也。

文有繁有簡。繁者不可減之使少，猶之簡者不可增之使多。左氏之繁，勝於公、穀之簡。史記、漢書，互有繁簡。謂文未有繁而工者，亦非通論也。

**作者**

錢大昕，字曉徵，又字辛楣，自號竹汀。江蘇嘉定人。生於清雍正六年（西元一七二八年），卒於嘉慶九年（西元一八〇四年），年七十七歲。

大昕於乾隆十九年（西元一七五四年）成進士，選庶吉士，授編修；大考，擢贊善，尋遷侍讀學士，充日講起居注官，又遷少詹事。與修熱河志、續文獻通考、續通志、一統志、天球圖。

大昕淡薄榮利，歸田三十年，歷主鍾山、婁東、紫陽諸書院。卒之日，尚與諸生講論。著有廿二史考異、元詩紀事、十駕齋養新錄、潛研堂詩文集等，共二十二種，三百十餘卷。

題解

本文節選自潛研堂文集。體裁屬書說類。主旨在說明為文之大旨在明道、經世、闡幽、正俗，並駁方氏論文之非。文分三段：首段言方氏文雖頗具規模，然未明古文之義法。次段言文無定法，然主旨則不外明道、經世、闡幽、正俗四者。至於寄情之文，則不足傳。三段言文有繁簡，而不以是而分優劣。

注釋

㈠韓、歐陽、王　謂韓愈、歐陽修、王安石。

㈡獿雜　本謂獼猴相雜為戲，此處以喻雜亂也。語見禮記樂記篇。

㈢飣餖　餅餌盛盒累積曰飣餖。世亦謂文辭因襲堆垛而不合於實際者曰飣餖。

㈣曲彌高則和彌寡　謂曲調愈高則能欣賞唱和者愈少。此喻文章格調愈高則能誦習者愈少也。語見文選宋玉對楚王問遺行。

# 第四章 規章

## 第一節 規章的意義

規章是規程及章則的合稱。舉凡民間的集會結社活動，公私機關團體的組成約束，皆依賴規章而建立其體系，維持運作，防杜爭端；但就實質內容來看，規章卻有狹義與廣義兩種解釋：狹義的規章，是指以「規」及「章」定名的文書而言，如「規程」、「規則」、「規約」、「章程」、「簡章」等；至於廣義的規章，則無論其是否以「規」「章」為名，祇要是有關公眾的規定，俾共同遵守的文書，都屬於規章的範圍，如國際條約、國家法律、政府命令，乃至機關、團體、學校所用的規則與章程，都包括在內。

本書所講的規章，是指機關、團體用書面記載它的設立宗旨及組織、權責，以及治事程序和處理方法等，而用分章、分條的方式列舉出來的；範圍比較狹小，意義也比較單純；它包括行政機關用行政命令所頒行的法規和機關、團體所制訂的章則。這種規章有一個基本條件，就是不能與國家制定的法規牴觸；有時還要經主管機關的核准，纔能施行。

## 第二節 規章的特質

由規章的意義，可引申出規章的五種特質：

一、規章必須用書面記載，否則不能稱為規章。

二、規章必須用分條列舉方式表達。

三、規章不得與國家法令相牴觸。

四、規章必須由機關、團體制定，內容為機關、團體的組織、秩序或治事方針。至於個人與個人間所簽訂共同遵守的文書，雖然也用分條方式列舉，但屬於契約類，不是規章。

五、規章有強制的效力，一經公布施行，各該機關、團體，或某一地區、某一社會的成員，即有遵守履行的義務。

## 第三節 規章的種類

規章的種類繁多，名目紛歧，現行所習見的，有十五種，列舉於後：

### 一、條例

條例係由高級行政機關所制定或核准，作為轄屬機關或部屬治事依據的準繩；含有標準作用。所以「條例」一經公布，任何機關、團體或個人，都有遵行的義務。如「九年國民教育實施條例」。

### 二、章程

章程為機關、學校，規定某一業務的全部計畫及實施程序等，含有指導作用；有時私人團體或公司、行號、工廠等，用以說明其設立宗旨、計畫及組織、權責、權利、義務等，它就是這個單位的書面規章，也可以說是「根本法」。製發者及接受者，可立於平等地位，也可立於上對下的地位。對外具有表現性，對內兼有指導性。如「太平洋水泥公司文化基金會章程」。

## 三、規則

規則是機關、學校或人民團體為推動業務，整頓風氣，維持秩序而規定應做或不應做的事項，使大家共同奉行遵守，純粹立於上對下的地位。具有紀律性。如「至善新村住宅管理規則」。

## 四、規程

規程兼有「規則」與「章程」的雙重作用。在規定施行程序中，並規定其應為及不應為的事項。大抵是機關、學校或人民團體為某一特定事件所制訂的，不但具有表現性、指導性，而又具有紀律性。如「專科以上學校訓育委員會組織規程」。

## 五、規約

「規約」亦稱「公約」，是公共團體或機關，或公共團體、機關中的成員，為了互相遵守某種規範而訂立的規章，大都為平衡權利和義務而設，具有約束性。「規約」與「規則」不同之處，是「規則」由上級所制定，由下級遵行；「規約」是訂立者立於平等地位共同訂定，共同遵守。如「臺北市立〇〇國民中學教師服務規約」。

## 六、簡章

「簡章」亦稱「簡則」，和章程的性質相同，它是把「章程」的重要條文摘取出來，用簡單的文字，編成簡單的章則，也就是「章程」的摘要。如「國立空中大學招生簡章」。

## 七、細則

「細則」是「規則」與「條例」的詳解，是將「規則」、「條例」中所載的事項，用詳細周密的文字，編成更多的條文，以逐項說明其施行手續。「細則」又分為兩種：

**㈠施行細則**　是規定「章程」或「辦法」中所規定事項施行程序的。如「學校教職員退休條例施行細則」。

**㈡辦事細則**　是規定機關或團體的內部組織及辦事手續的。如「行政院研究發展考核委員會辦事細則」。

## 八、綱要

綱要又稱「大綱」、「綱領」、或「要綱」。它是就某一事項，提示簡單扼要的方針，做一個概括的規定。其內容側重重大條款，而不及於瑣細節目，和「細則」的性質，正好相反。如「行政院祕書處內部檢覈實施綱要」。

## 九、辦法

「辦法」是針對某種事項，規定其辦理方法，以適應實際的需要。凡各種規章中規定有施行事項，而在規章中並未訂明詳細辦法的，都可另訂「辦法」。如「國民禮儀範例推行辦法」。

## 十、須知

「須知」亦稱「注意事項」，與「辦法」有相輔的作用。凡是要使人對某一事項的程序或辦法，必須知曉並遵守時，均可訂定「須知」。如「國民生活須知」。

## 十一、通則

「通則」亦稱「準則」，就是通用的「規則」，是同性質、同類型的機關或團體所制訂，為處理事務的共同依據。如「報業印刷工廠服務通則」。

## 十二、簡則

「簡則」就是簡單的「章程」，是機關、學校或團體對其某一單位的組織及職掌所訂的規章。如「國立中央大學員工福利委員會組織簡則」。

## 十三、標準

「標準」是對某一特定事項，標明準繩，以為處理依據的規章。如「機關學校及合法社團登山嚮導人員甄選標準」。

## 十四、要點

「要點」是明載某一事項應行注意的重要關鍵及處理辦法的規章。如「改進貨物稅稽徵作業要點」。

## 十五、注意事項

「注意事項」是用來促使與某項事件有關的辦理人員注意：如何處理事項的規章。如「臺北市公職人員選舉警察人員注意事項」。

## 第四節 規章的用語

規章是法律性的文書，其用語與法律相同，而以嚴謹明確為條件，撰寫規章，必須確切掌握這些用語的特定涵義，方不致產生差之毫釐，謬以千里的惡劣後果。茲將規章所經常使用的用語，以表列出其涵義及用法舉例。

### 規章用語及涵義表

| 用語 | 涵義 | 用法舉例 |
| --- | --- | --- |
| 凡 | 泛指一切人、事、物而言。 | 「天然災害發生時停止辦公及上課作業要點」第三條第三項：「豪雨後，各機關學校公教員工，『凡』其住所通往服務機關學校途中，積水已達第二條第三款之標準者，在情況尚未解除前，得自行決定暫不上班及上課。」 |
| 應 | 是「應當」，肯定「非如此不可」的意思，毫無通融餘地。 | 「道路交通管理處罰條例」：第四條「駕駛人駕駛車輛，或行人在道路上」，『應』遵守道路交通標誌、標線、號誌之指示。」 |

| 用語 | 涵義 | 用法舉例 |
| --- | --- | --- |
| 須 | 是「必須」，涵義與「應」相若，而語氣較為和緩。 | 「嘉新水泥公司文化基金會章程」第十六條：「本章程『須』經本基金會原始董事會全體董事一致通過後施行。」 |
| 得 | 是「可以」的意思，有允許之意。也就是說在某種情況下，可以這樣做，但無強制性。 | 「道路交通管理處罰條例」第六條：「警察機關或執行交通勤務之警察『得』禁止或限制車輛或行人通行。」 |
| 不得 | 與「得」的意義相反，肯定絕對不可以。 | 「道路交通管理處罰條例」第六十二條：「汽車駕駛人駕駛汽車肇事後，應即時處理，『不得』駛離。」 |
| 均 | 是「都」的意思，是對兩個或兩個以上的人或機關，兩項或兩項以上的事予以同等看待時使用。 | 「嘉新水泥公司文化基金會章程」第十一條：「董事會每半年開會一次，必要時得開臨時會，『均』由董事長召集之。」 |
| 各 | 對兩個或兩個以上的人或機關，兩項或兩項以上的事予以同等看待而個別敘述時使用。 | 「嘉新水泥公司文化基金會章程」第八條：「原始董事由嘉新水泥股份有限公司董事會就左列『各』款人員與名額聘任之。」 |

| 用語 | 涵義 | 用法舉例 |
| --- | --- | --- |
| 但 | 表示例外的意思，通常稱為「但書」。凡一種原則已經確定，如有例外的事，便加但書，用「但」字開頭。 | 「道路交通管理處罰條例」第九條：「本條例所定罰鍰之處罰，行為人接獲違反道路交通管理事件通知單後，應於十日內到達指定處所聽候裁決。『但』行為人認為舉發之事實與違規情形相符者，得不經裁決，逕依各該條款罰鍰最低額自動繳納結案。」 |
| 如 | 是「如果」、「假使」的意思。 | 「道路交通管理處罰條例」第八十五條：「本條例關於車輛所有人之處罰，『如』應歸責於運送人、租用人、使用人，亦適用之。」 |
| 仍 | 是「仍舊」、「還是」的意思，凡情形相同而範圍不同時使用。 | 「道路交通管理處罰條例」第十七條第二項：「經檢驗不合格之汽車，於一個月內『仍』未修復並申請覆驗，或覆驗『仍』不合格者，吊扣其牌照。」 |
| 並 | 是「並且」的意思，凡事同時並行，或連舉幾個應備的項目時使用。 | 「道路交通管理處罰條例」第十一條：「軍用車輛及軍用車輛駕駛人，應遵守本條例有關道路交通之規定，『並』服從執行交通勤務之警察及憲兵之指揮。」 |
| 及 | 是「以及」的意思，凡事物有聯繫而必不可少者使用。 | 「道路交通管理處罰條例」第九十二條第一項：「對促進交通安全著有成效之學校、大眾傳播『及』公私汽車駕駛人訓練機構。」 |

| 用語 | 涵義 | 用法舉例 |
| --- | --- | --- |
| 暨 | 與「及」相同。 | 「學校教職員退休條例施行細則」第六條第二項：「同條所稱成績優異，係指依公立學校教職員成績考核辦法『暨』校長成績考核辦法考核結果，最近三年均晉支薪給或獎金者。」 |
| 或 | 是「或者」的意思，凡事物不必兼備，具此不必具彼時使用。 | 「道路交通管理處罰條例」第十四條第三項：「行車執照、拖車使用證『或』預備引擎使用證未隨車攜帶者。」 |
| 經 | 是「經過」的意思，凡職權屬於另一人物或機關時使用。 | 「道路交通管理處罰條例」第十五條第一項第一款：「『經』通知不依規定期限換領牌照而又未申請延期者。」 |
| 由 | 是職權屬於某一特定人物或機關時使用。 | 「道路交通管理處罰條例」第四條第二項：「車輛之分類及車輛行駛車道之劃分，『由』交通部會同內政部定之。」 |
| 時 | 是時間上的用語，在指出某種情形時使用。 | 「道路交通管理處罰條例」第六十二條第三項：「前項汽車駕駛人肇事『時』，如汽車所有人同車，不命駕駛人停車處理者，吊扣所駕車輛牌照六個月至一年。」 |
| 中 | 也是時間上的用語，在指出某種事實正在進行時使用。 | 「道路交通管理處罰條例」第六十一條第一項第三款：「撞傷正執行交通勤務『中』之警察者。」 |

| 用語 | 涵義 | 用法舉例 |
| --- | --- | --- |
| 即 | 是「即刻」的意思，也是時間上的用語，在事情不可拖延辦理時使用。 | 「學校教職員退休條例施行細則」第十八條：「應『即』退休人員，服務學校未代報請退休或未報請延長服務者，經主管教育行政機關查明後，應『即』令知其服務學校依法辦理，其不依法辦理者，『即』通知審計機關，不予核銷所支薪給待遇。」 |
| 立即 | 意義與「即」相若，而更緊急。 | 「道路交通管理處罰條例」第三條第八項：「臨時停車：指車輛臨時停止未滿三分鐘，並保持『立即』行駛之狀態。」 |
| 應即 | 是「應該即刻」的意思。 | 「道路交通管理處罰條例」第六十二條第二項：「汽車駕駛人如肇事致人受傷或死亡，『應即』採取救護或其他必要措施。」 |
| 逕 | 有「直接」的意思，是職權之屬於直接行動者用的。 | 「學校教職員退休條例施行細則」第二十六條第一項：「函請支給機關簽發支票，『逕』撥原服務學校。」 |
| 逕行 | 與「逕」同義。 | 「道路交通管理處罰條例」第六十四條：「公路主管機關或警察機關得『逕行』裁決之。」 |
| 比照 | 是比同某一規定並照樣辦理的意思。 | 「天然災害發生時停止辦公及上課作業要點」第三條第一項第三款：「其通報程序『比照』前項規定辦理。」 |

| 用語 | 涵義 | 用法舉例 |
| --- | --- | --- |
| 參照 | 與「比照」的意義相似，但有參考的意思，故較有彈性。 | 「學校教職員退休條例施行細則」第十二條：「其年退休金額，得『參照』待遇調整後比率予以調整。」 |
| 視同 | 表示與規定的事項同等看待的意思。 | 「學校教職員退休條例施行細則」第六條第三項：「前項最近三年考核結果，如有一年留支原薪，而其原因確係患重病請假超過規定所致，經准假機關出具證明者，得『視同』成績優異。」 |
| 準用 | 情形並不完全相同，而比照適用某一法條時使用。 | 「道路交通管理處罰條例」第八十九條：「法院受理有關交通案件，『準用』刑事訴訟法之規定。」 |
| 適用 | 是適合應用的意思，與「準用」相若，而更確切肯定。 | 「道路交通管理處罰條例」第九條第二項：「前項罰鍰繳納處理程序及『適用』範圍，由交通部會同內政部定之。」 |
| 其他 | 凡列舉不盡或不能確定的事項，都用「其他」來概括。 | 「學人住宅管理規則」第四條第一項：「得由該機關斟酌事實需要，准許『其他』資深學人暫時居住。」 |
| 施行 | 即「執行」或「實行」的意思。 | 「道路交通管理處罰條例」第九十三條：「本條例『施行』日期，由行政院以命令定之。」 |
| 修正 | 是修改而使之更完美、更正確的意思。 | 「嘉新水泥公司文化基金會章程」第十六條：「本章程……『修正』時須經董事會三分之二之決議，並徵得創立人之同意行之。」 |
| 必要時 | 即「有一定需要的時候」。 | 「道路交通管理處罰條例」第五條：「公路或警察機關於『必要時』得發布命令，劃定行人徒步區。」 |

| 用語 | 涵義 | 用法舉例 |
| --- | --- | --- |
| 「另訂之」或「另定之」 | 即「另外訂定」的意思。凡本規章未能或不宜容納的規定，需另訂規章作規定時使用。 | 「學校教職員退休條例施行細則」第四十四條：「本細則所定各種書表格式『另定之』。」 |
| 不在此限 | 即「不在此一限制範圍以內」的意思。 | 「道路交通管理處罰條例」第三十九條：「汽車駕駛人不在未劃分標線道路之中央右側部分駕車者，處一百元以上、二百元以下罰鍰；單行道或依規定超車者，『不在此限』。」 |
| 「作……論」或「以……論」 | 與「視同」相似，表示與規定事項同等看待的意思。 | 「報業印刷工廠服務通則」第五條第一項第三款：「遲到或早退三次『作』為曠工半日『論』。」 |
| 遇……時 | 相當於「必要時」，有時指原則以外的特殊規定，有時就特殊情況而言。 | 「天然災害發生時停止辦公及上課作業要點」第三條第一項第三款：「如『遇』狀況特殊，仍無法恢復辦公及上課而必須延長『時』，……」 |
| 除……外 | 是兩面俱到的規定用語，有「規定例外」及「增加項目」兩種作用。 | 「道路交通管理處罰條例」第十條：「車輛所有人……依法應負刑事責任者，『除』依本條例之規定處罰『外』，並依法移送法院處理。」 |
| 非……不得 | 是：如果不是在某種情況下便不可如何的意思，也是原則以外的規定。 | 「國立政治大學學生社團輔導辦法」第三十四條：「學生社團活動經費……，『非』經學生事務處核准，『不得』以任何方式接受校外補助。」 |

| 用語 | 涵義 | 用法舉例 |
| --- | --- | --- |
| 以……為限 | 凡符合某一條件，方能納入此一範圍的用語。 | 「學校教職員退休條例施行細則」第八條：「本條例所稱公立社會教育機關，『以』由各級主管教育行政機關依法令規定設置者『為限』；學術機關，『以』依法設置者『為限』。」 |

（本表資料來源：《國學常識與應用文(二)》，空中大學印行）

## 第五節 規章的作法

規章的種類很多，作用也各有不同，所以撰擬規章的方法，也不可能千篇一律，一成不變，以下提出需要特別注意的四點，加以說明。

### 一、確定名稱

凡作規章，必先定名，可從「訂定的機關」、「施行的效用」、「適用的範圍」、「規章的類別」四方面考慮。例如「國立中央大學學生社團輔導辦法」，「國立中央大學」是規章訂定的機關，「學生社團」是規章適用的範圍，「輔導」是規章施行的效用，「辦法」是規章的類別。但是，這四點要素並不是每一分規章都得全數具備；最少須具備兩點，例如本章第六節範例章程「嘉新水泥公司文化基金會章程」，就祇有訂定的機關及規章的類別兩項。而且通常名稱的字數不宜過多，必須用很少的字概括全文，音節也要諧適而響亮，使人留下深刻的印象。

## 二、分配章節

規章的內容必須層次分明，所以在形式上，章節的分配要適當。最繁的形式，可以分為編、章、節、目、條、項、款七級，普通分為章、節、條、款四級，最少的僅有一級。分配章節時，應斟酌事實需要，既不可有意求繁，也不必勉強求少，要以分配適宜為度。

## 三、規畫結構

一般規章的結構，大體可分三部分，一是總則，二是分則，三是附則。規章的依據、定名、宗旨、會址等，大都列在總則部分；各種特殊事項，如會員、組織、職權、任期、會期、經費等，大都列在分則部分。至於規章的通過、公布、施行、修訂等規定，大都列在附則部分。但所謂總則、分則、附則等字樣，並不一定要標明，通常只須按照各種性質編列就可以了。

## 四、撰擬條文

撰擬條文時，要注意下列四點：

㈠**根據法規** 規章雖為行政命令，但具有法律性質的約束力，所以一定要有法律的根據；一般規章在第一條就把所依據的法令述明，就是這個道理。如果法規沒有明文可資引據，撰寫時要注意不可與現行法令相違背。

㈡**考慮周密** 規章有其規範性、約束性、指導性、標準性，其作用為：規定辦法，使大眾遵行，故一切有關事項，都要顧慮周到，設想詳密，逐一規定；如有列舉事項，更要切合事實，將可能發生的情況一一舉出，不可遺漏。

㈢**條理清晰** 全部規章的大體結構，要依重輕急緩而安排條文次序，已如前述；撰寫時，更要注意使其前後連貫，脈絡分明。而每一條文，更要自成段落，不可前後牽涉，混淆不清。

㈣**文字明確** 規章的文字，要言簡意賅，明確具體，語氣肯定，絕對避免過於藻飾，更不可模稜兩可。凡「大概」、「或許」之類範圍不定的詞語，均應避免使用。

# 第六節 規章舉例

## 一 條例

### 姓名條例

中華民國四十二年三月七日公布施行
中華民國五十四年十二月一日修正第六條條文
中華民國八十四年一月二十日修正第一條條文
中華民國七十二年十一月十八日修正第六條條文
中華民國九十年六月二十日修正公布

**第一條** 中華民國國民之本名，以一個為限，並以戶籍登記之姓名為本名。

臺灣原住民族之姓名登記，依其文化慣俗為之；其已依漢人姓氏登記者，得申請回復其傳統姓名；回復傳統姓名者，得申請回復原有漢人姓名。但以一次為限。

有戶籍國民與外國人、無國籍人結婚，於辦理登記時，其配偶之中文姓氏，應符合我國國民使用姓名之習慣。

無國籍國民與外國人、無國籍人結婚，其在臺灣地區出生子女之中文姓氏，或外國人、無國籍人申請歸化我國國籍者，其中文姓氏，準用前項之規定。

**第二條** 戶籍登記之姓名，應使用教育部編訂之國語辭典或辭源、辭海、康熙等通用字典中所列有之文字。但原住民之傳統姓名得以羅馬拼音並列登記，不受前條第一項之限制。
姓名文字未使用前項通用字典所列有之文字者，不予登記。

**第三條** 國民依法令之行為，有使用姓名之必要者，均應使用本名。

**第四條** 學歷、資歷、執照及其他證件應使用本名；未使用本名者，無效。

**第五條** 財產權之取得、設定、喪失、變更、存儲或其他登記時，應用本名，其未使用本名者，不予受理。

**第六條** 有下列情事之一者，得申請改姓：
一、被認領者。
二、因被收養或終止收養者。
三、其他依法改姓者。
夫妻之一方得申請以其本姓冠以配偶之姓或回復其本姓；其回復本姓者，於同一婚姻關係存續中，以一次為限。

**第七條** 有下列情事之一者，得申請改名：
一、同時在一機關、機構、團體或學校服務或肄業，姓名完全相同者。
二、與三親等以內直系尊親屬名字完全相同者。

三、同時在一直轄市、縣（市）居住六個月以上，姓名完全相同者。
四、銓敘時發現姓名完全相同者，經銓敘機關通知者。
五、與經通緝有案之人犯姓名完全相同者。
六、命名文字字義粗俗不雅或有特殊原因者。
依前項第六款申請改名者，以二次為限。但未成年人第二次改名，應於成年後始得為之。

**第八條** 有下列情事之一者，得申請更改姓名：
一、原名譯音過長或不正確者。
二、出世為僧尼者或僧尼而還俗者。
三、因執行公務之必要，應更改姓名者。

**第九條** 在本條例施行前，有第四條、第五條所定未使用本名情事者，應於本條例施行後，向原權責機關（構）、學校、團體申請更正為本名；有第四條所定未使用本名情事者，得以學歷、資歷、執照、其他證件或其他足資證明文件之名字為準，向戶政事務所申請更正本名。
前項之申請以一次為限。

**第十條** 依前四條規定申請改姓、冠姓、回復本姓、改名、更改姓名或更正本名者，以當事人或法定代理人為申請人。

**第十一條** 依本條例申請改姓、冠姓、回復本姓、改名、更改姓名或更正本名者，除法律另有規定外，自戶籍登記日起，發生效力。

**第十二條** 有下列情事之一者，不得申請更改姓名：

一、經通緝或羈押者。

二、受宣告強制工作之判決確定或交付感訓處分之裁定確定者。

三、受有期徒刑以上刑之判決確定而未經宣告緩刑或未執行易科罰金者。但過失犯罪者，不在此限。

**第十三條** 本條例施行細則，由內政部定之。

**第十四條** 本條例施行日期，由行政院定之。

## 2 章程

財團法人
臺北市嘉新水泥公司文化基金會章程

**第一條** 本基金會由嘉新水泥股份有限公司創立之。

**第二條** 本基金會定名為財團法人臺北市嘉新水泥公司文化基金會，簡稱為嘉新水泥公司文化基金會（CHIA-HSIN FOUNDATION）。

**第三條** 本基金會會址設在臺北市。

**第四條** 本基金會以獎助文化事業為目的，包括左列各事項：

一、中等以上學校獎學金額之設置。

二、大學及研究所講座之設置。

三、學術著作及發明之獎助。

四、專題研究之獎助。

五、特殊人材出國研究之獎助。

六、其他有關文化事業之獎助或舉辦。

**第五條** 本基金會由嘉新水泥股份有限公司一次捐款新臺幣壹仟萬元創立之。

前項基金得由嘉新水泥股份有限公司隨時續以捐款補充之。

**第六條** 本基金會設董事會管理之。

**第七條** 董事會之職權如左：

一、關於基金之保管事項。

二、關於基金之投資生息事項。

三、關於基金之撥用事項。

四、關於文化事業獎助之決議事項。
五、其他有關基金管理事項。

**第八條** 董事會設董事九人，原始董事由嘉新水泥股份有限公司董事會就左列各款人員與名額聘任之。
一、嘉新水泥股份有限公司董監事及高級職員三人。
二、文化教育界四人。
三、工商界一人。
四、金融界一人。

**第九條** 董事皆為名譽職，任期無定，如有出缺或因故辭職，由全體董事三分之二之同意票，分別就該款缺額選補之。

**第十條** 董事會設董事長一人，財務董事三人，由董事互選之。董事長及財務董事任期為二年，連選得連任。但財務董事三人中須有一人不連任。

**第十一條** 董事會每半年開會一次，必要時得開臨時會，均由董事長召集之。

**第十二條** 董事會對於基金孳息限度內之撥款，及一般事項之決定，以全體董事過半數之決議為之。但董事長或財務董事任一人認為必要時得以三分之二之決議為之。

**第十三條** 基金會設執行祕書一人，祕書及會計各一人，由董事長提名，經董事會同意後聘任之，必要時得增聘助理員若干人，由執行祕書提請董事長決定之。

前項人員皆為專任有給職。

**第十四條** 本基金不得移供本章程第四條規定以外之用途。

本財團組織解散後，其剩餘財產不以任何方式歸屬任何個人或私人企業。

**第十五條** 本章程未規定事項悉依有關法令辦理。

**第十六條** 本章程須經本基金會原始董事會全體董事一致通過後施行，修正時須經董事會三分之二之決議，並徵得創立人之同意行之。

**3 規則**

㈠○○大學考試規則

一、本校學生參加考試，必須遵守本規則之規定及主監試人員之監督。

二、各科考試之開始及終止，均以打鐘為號，每節開始後遲到十分鐘者，即不得參加考試。

三、各科目第二、四兩節考試，在規定時間前，不得進入試場。

四、考試時須隨身攜帶學生證，以便查驗，如無學生證或學生證之照片與本人不符者，除不准參加考試外，並另行議處。

五、考試時，除筆墨、繪圖用具及透明無任何文字之墊板外，其他任何書籍紙片一概不得攜入試場。

六、各科試卷須用毛筆或鋼筆書寫，除繪圖外不得使用鉛筆，否則該科成績以零分計算。

七、各科目試卷，除外國文、數學、理化、樂譜等得橫寫外，其他各科目均須由上向下，由右向左書寫，否則該科成績不予計分。

八、學生到達試場，必須按照編訂行次就座，依順序在「到考簽名表」簽名，否則以未到考論處。

九、考試試題如字句有不清楚時，可在考試開始十分鐘內，向該考試科目主試詢問，但不得要求解釋。

十、學生在考試時，必須肅靜，不得有傳遞、交談、夾帶及左顧右盼等舞弊情事，違者除該科以零分計算外，酌記大過或勒令退學。

十一、每科考試完畢，學生應即將試卷繳交主（監）試人員，並應立即出場，不得逗留場內。

十二、本規則經核准後公布施行。

## ㈡修正公務人員請假規則

**第一條**　本規則依公務員服務法第十二條之規定制定之。

**第二條**　公務人員請假，依左列之規定：

㈠因有事故必須本身處理者，得請事假，每年合計准給三星期。

㈡因疾病必須療治或休養者，得請病假，每年合計准給四星期。

㈢因結婚者給婚假二星期。

㈣因分娩者給娩假六星期。

㈤因父母、祖父母、翁姑或配偶死亡者，給喪假三星期。

**第三條** 公務人員有左列各款情事之一者，給予公假，其期間視實際需要酌定之：

㈠參加政府舉行之考試或訓練者。

㈡派遣國內外實習或考察在一年以內者。

㈢因執行職務所生之危險而致傷害者。

**第四條** 請假人員須親筆填具請假書，遞呈機關長官核准後，方得離職，但各機關得依分層負責精神，授權各級主管人員核准假期。

**第五條** 請假逾原准期限者，應呈請續假。

**第六條** 請假人員經辦事項，得託由同事代理，但須機關長官核准，必要時得逕行派代。公假或休假，經核准後，原經辦事件，應由機關長官派員代理之。

**第七條** 未經請假而擅離職守，或假期已滿仍未銷假工作者，以曠職論。

**第八條** 曠職人員應按日扣除俸給，每年合計逾十日者，並視情節輕重予以懲處，曠職不滿一日者，以一日論。

**第九條** 請事假已滿第二條第一款規定之期限，如有特別事故，得經機關長官核准，給予特假，每年合計逾二星期者，應按日扣除俸給。

**第十條** 請病假逾第二條第二款之期限者，得以事假抵銷，但患重病非短時間所能治癒者，經機關長官核准得延長之，其延長時間不得超過一年。前項延長期限，應合併計算，但延至次年時，其次年應給假期，得予扣除。

**第十一條** 因重病經延長假期已達前條規定期限尚未治癒者，除法律另有規定外，應令退職，由機關長官查酌情形，給予三個月俸給以內之醫藥補助費。前項退職人員，在病癒後一年內，得申請復職。

**第十二條** 請假須離任所者，得按其路程遠近，交通情形，酌給路程假。

**第十三條** 公務人員依本規則所請各假，如發現有虛偽情事，除以曠職論處外，並依法移付懲戒。

**第十四條** 公務人員至年終時，在同一機關服務滿三年者，第四年起每年應准一次休假二星期，滿六年者，第七年起，每年應准一次休假三星期，滿九年者，第十年起每年應准一次休假四星期，其在休假之前一年年考考績列特等者，得增加休假一星期。前項休假人員，其年資之計算，以民國三十六年八月二日本規則公布之日起算。休假不止一人時，得由機關長官按年資長短，考績等第酌情輪流休假，但確係其於公務上需要，而又無人代理者，應比照休假日數所得之俸給，改發獎金。

**第十五條** 公務人員在休假期間，如服務機關遇有緊急事故，得隨時令其銷假工作，並保留其假期。

**第十六條** 公務人員在休假之前一年，有左列各款情事之一者，不予休假：

㈠年考列三等以下者。

㈡曾受懲戒處分者。

㈢曾依考績法受記大過之懲處。

**第十七條** 各級機關長官之請假、公假及休假，均應呈請上級機關長官核准。

**第十八條** 本規則自公布日起施行。

## 4 規程

### ㈠考試院法規委員會組織規程（民國九十一年八月十四日修正）

**第一條** 考試院（以下簡稱本院）為處理法制事務，依本院組織法第十條第二項規定設法規委員會（以下簡稱本會）。

**第二條** 本會掌理事項如下：

一 關於法規案件制（訂）定、修正、廢止之研議或審議事項。
二 關於法規疑義之研議、解釋事項。
三 關於國家賠償事件之處理事項。
四 關於法規之整理及編印事項。
五 關於法規資料之蒐集、建立及管理事項。
六 關於法規動態之登記、統計及管制事項。
七 關於法制作業之協調聯繫事項。
八 其他有關法制事項。

**第三條** 本會置主任委員一人，由秘書長兼任；副主任委員一人，由副秘書長兼任；委員十人至十八人，由院長就本院高級職員遴派兼任，必要時並得聘請學者、專家兼任之。

前項委員任期二年，期滿得續派（聘）之；任期內出缺時，得補行遴派（聘），其任期至原任期屆滿之日為止。

**第四條** 本會置執行秘書一人，承主任委員之命，處理本會日常事務，由院長指派本院高級職員兼任之；工作人員若干人，由本院法定員額內調用之。

**第五條** 本會會議由主任委員召集並為主席，主任委員不能出席時，由副主任委員代理之。

**第六條** 本會會議須有委員過半數之出席，始得開會；出席委員過半數之同意，始得決議；可否同數時，取決於主席。不同意之委員及其異議，得列入紀錄，以備查考。

**第七條** 主任委員視議案之需要，得指定委員若干人先行審查或作專案研究，並於開會時提出報告。

**第八條** 本會會議得通知議案有關單位派員列席，必要時並得邀請學者、專業或有關機關代表列席。

**第九條** 本會兼任人員均為無給職。但外聘委員及受邀列席會議之學者、專家，得依規定支給交通費或出席費。

**第十條** 本規程自發布日施行。

## 5 規約

### (一)○○市立○○高級中學教師服務規約

一、教師須服膺三民主義，奉行教育法令，遵守本校章則，盡忠職守，熱心教育。

二、教師任課班級及授課時間由本校依規定及教學需要編排，不得要求指定或任意更改。

三、教師須參加週會升降旗典禮及各種有關會議或集會，並服從會議之決議案。

四、教師有擔任導師及其他行政職務之義務，並應共負訓育責任，指導學生各種課外活動。

五、教師須專心服務，未經校長同意，不得私自在校外兼任有給職務。

六、教師不得向學生收費補習，或推銷書刊。
七、教師於寒暑假期間，如遇本校有重要工作，應隨時到校處理，不得藉故拒絕。
八、教師經校方同意中途離校或離職時，均應依照規定辦妥離校手續。
九、教師請假未滿一週者，所遺課務應自行補授；滿一週者，由本校另遴合格教師代課，其代課費依規定辦理。
十、教師若不依本規約履行職務者，得隨時報請解聘。
十一、本聘約期滿收到聘書後，請於十日內將應聘書簽章，送回人事室；逾時未送者，以不應聘論。未收到聘書時，即以不續聘論。
十二、其他未盡事宜，悉遵有關法令規定辦理之。

## ㈡○○鄉公所禁賭規約

一、本規約由本公所召集各村村長共同議決，凡在本鄉區域以內居住之人民均須切實遵守，如有違犯，照約處辦。
二、凡在本鄉區域內設局聚賭，處○○元以上○○元以下之罰金。
三、本鄉區域以內不論何家房屋或空地，如有租借與人開場聚賭，除賭博者已按第二條處罰外，該房屋或空地之主人連帶處以○○元以上○○元以下之罰金。

四、凡居住本鄉者不論何家子弟，如在本鄉區域以內或其他地方賭博者，經本公所查明證實，即通知其家長嚴加訓誨，並罰金〇〇元。

五、所受罰金概由本公所專帳儲存，以充公益或慈善經費。

六、本規約呈奉本縣縣政府核准後施行。

## 6 簡章

世界華文教育協進會華文教學研習班第47、48期招生簡章

一、宗旨：輔導華僑青年及有志華文教育工作者，提高華文教學能力，加強推行華文教育。

二、資格：大專以上程度。

三、研習時間：

47期：每週一～週五下午二時至四時二十分。

48期：每週一～週五晚上七時至九時二十分。

為期均為八週。另有三個星期六下午一時卅分至四時卅分專題演講。

研習日期：自七月六日至八月二十八日。

四、學雜費：僑生五千元，非僑生七千元（含講義）。

五、報名及上課地點：臺北市舟山路二四三號僑光堂（電話：三九四〇一四六）。

六、報名時間：即日起，四十二名為限。

七、請攜帶：身分證（或外僑證）、學歷證件、學雜費、一吋照片二張、二吋照片一張。

八、研習內容：

(一)華語教學專業課程：

(1)華語教學

(2)華語語音

(3)華語語法

(4)華語正音

(5)視聽教學

(6)參觀教學

(7)試教

(8)教學錄影帶觀摩

(9)注音符號（測驗未達九十分者必修）

(二)文化相關課程：

(1)文字結構

(2)中國文學

(3)歷代文物
(4)中國民俗

九、注意事項：
㈠期滿成績合格者發給中英文結業證書。
㈡本班隨時點名，凡缺席日數逾六天（十二節課）以上，概以自動退學論。
㈢因故需退費時，請於開課前一星期內辦理（扣手續費一成），開班上課後概不受理。

7 細則
㈠行政院研究發展考核委員會辦事細則
**第一條** 本細則依行政院研究發展考核委員會組織規程第十三條之規定訂定之。
**第二條** 本會設研究發展組、管制考核組、資料室、祕書室等組室，分別辦理有關業務。
**第三條** 研究發展組職掌如左：
一、關於本院施政方針之研議事項。
二、關於本院重要施政措施之研議事項。
三、關於本院所屬各機關施政計劃或業務計劃之初步審查事項。
四、關於本院所屬各機關組織調整之研究事項。

五、關於本院所屬各機關研究發展工作之推動、督導事項。
六、關於改進行政業務，提高行政效率之研究事項。
七、關於便民措施之研究事項。
八、其他有關研究發展事項。

**第四條** 管制考核組職掌如左：
一、關於本院所屬各機關一般行政業務管制考核之統籌策劃與協調配合事項。
二、關於本院所屬各機關年度施政計劃之編審彙辦事項。
三、關於本院所屬各機關年度施政計劃內列管項目之審定、管制、督導、考核事項。
四、關於本院所屬各機關管制考核工作之督導、考核事項。
五、關於本院所屬各機關年度考核及半年檢討案之簽擬彙辦事項。
六、關於本院所屬各機關管制考核工作制定之建立事項。
七、關於本院所屬各機關管制考核工作人員之講習、訓練事項。
八、關於一般行政、經濟建設、科學發展管制考核業務之綜合協調事項。
九、其他有關管制考核事項。

**第五條** 資料室職掌如左：
一、關於本院所屬各機關組織、編制、職掌等資料之收集、整理、保管、供應事項。

二、關於研究發展、管制考核等資料之收集、整理、分析、統計、編纂、保管、供應事項。

三、關於各級政府出版刊物、研究報告等資料之收集、整理、保管、供應事項。

四、關於政績、簡報等應用圖表、幻燈、照片、影片、錄音、錄影等展示方式之設計及製作事項。

五、關於列管案件追蹤考核圖表、幻燈、照片、影片、錄音、錄影等展示方式之設計及製作事項。

六、圖表簡報陳列佈置等之管理事項。

七、其他有關資料之收集、整理、保管、供應事項。

**第六條** 祕書室職掌如左：

一、關於本會公文之收發、登記、繕校、稽催事項。

二、關於本會檔案之整理、保管等事項。

三、關於本會印信之典守事項。

四、關於本會會議開會通知、議案議程之編擬及會議紀錄事項。

五、關於本會財產物品之購置、保管及財產目錄之編製事項。

六、關於本會辦公用品、器材、機具之供應事項。

七、關於本會公務車輛之管理及油料之核發事項。
八、關於本會司機、技工、工友之管理事項。
九、關於本會辦公室之分配、修繕、及其清潔管理事項。
十、關於本會經費出納之委洽辦理事項。
十一、不屬於其他組室主管之事項。

**第七條**　本會人事業務，由本院人事室兼辦；並依照有關人事法規辦理。

**第八條**　本會會計業務，由本院會計室兼辦；並依照歲計、會計及有關法規辦理。

**第九條**　本會安全業務，由本院安全室兼辦；並依照有關保防法規辦理。

**第十條**　各組室員額之配置，由主任委員視本會各工作人員之職稱、學識、能力及業務需要，分別指派之。

各組室得設副主任一人，襄助主任處理業務，並得分科辦事。

**第十一條**　本會為加強各組室間業務協調與聯繫，每週舉行業務會報一次。

前項業務會報，依本會業務會報注意事項之規定行之。

**第十二條**　本會為處理特殊性案件，得成立專案小組。前項專案小組人選，由主任委員就有關人員指定之。專案處理完畢，小組即予撤銷。

**第十三條**　本會文書處理，依本會文書處理辦法之規定。

**第十四條** 本會各組室業務處理程序，分別依照有關法令規定辦理。

**第十五條** 本細則呈奉行政院核定後施行。

㈡師資培育法施行細則（民國九十二年八月十一日修正）

**第一條** 本細則依師資培育法（以下簡稱本法）第二十五條規定訂定之。

**第二條** 師資培育之大學依本法第六條第二項規定合併規劃之中小學校師資類科，其教育專業課程、教育實習課程之修習及教師資格檢定之實施方式與內容，經師資培育審議委員會審議通過後，由中央主管機關定之。

**第三條** 本法第七條第二項規定用詞定義如下：

一 普通課程：學生應修習之共同課程。

二 專門課程：為培育教師任教學科、領域專長之專門知能課程。

三 教育專業課程：為培育教師依師資類科所需教育知能之教育學分課程。

四 教育實習課程：為培育教師之教學實習、導師（級務）實習、行政實習、研習活動之半年全時教育實習課程。

前項第三款教育專業課程及第四款教育實習課程，合稱教育學程。

**第四條** 依本法第八條、第九條第一項至第三項規定修習師資職前教育課程之學生，符合下列情形之一，始得參加半年之教育實習課程：

一　依大學法之規定，取得畢業資格，並修畢普通課程、專門課程及教育專業課程者。

二　取得學士學位之碩、博士班在校生，於修畢普通課程、專門課程及教育專業課程且修畢碩、博士畢業應修學分者。

三　大學畢業後，依本法第九條第三項規定修畢普通課程、專門課程及教育專業課程者。

**第五條**　本法第八條、第九條第三項及第十條第一項所定半年教育實習，以每年八月至翌年一月或二月至七月為起訖期間；其日期，由各師資培育之大學定之。

**第六條**　依本法第八條、第九條第一項及第二項規定修習師資職前教育課程之學生依大學法之規定，取得畢業資格者，得不繼續修習師資職前教育課程，先行畢業。

本法第九條第三項所定師資培育之大學招收大學畢業生，修習師資職前教育課程者，稱為學士後教育學分班。

前二項已修畢普通課程、專門課程及教育專業課程，未參加教育實習課程者，得自行向師資培育之大學申請參加半年教育實習課程，成績及格者，由該師資培育之大學發給修畢師資職前教育證明書。

**第七條**　已取得本法第六條中等學校類科合格教師證書並依本法第十一條第三項規定修畢其他任

教學科、領域專門課程者，由師資培育之大學發給任教專門課程認定證明書及專門課程學分表。

符合前項所定情形者，得免參加半年之全時教育實習，由師資培育之大學造具名冊，報請中央主管機關發給教師證書。

**第八條** 本法第十三條第一項所定偏遠或特殊地區學校，由各級主管機關自行認定。

**第九條** 本法第十五條第一項所定實習就業輔導單位，應給予畢業生適當輔導，並建立就業資訊、諮詢及畢業生就業資料。

中央主管機關得協調師資培育之大學共同劃定輔導區，辦理地方教育輔導工作。

**第十條** 師資培育之大學應遴選辦理教育實習課程之高級中等以下學校、幼稚園及特殊教育學校（班）（以下簡稱教育實習機構），共同會商簽訂實習契約後，依本法第十六條規定配合辦理全時教育實習。

**第十一條** 師資培育之大學為實施教育實習課程，應訂定實施規定，其內容包括下列事項：

一　師資培育之大學實習指導教師、教育實習機構及其實習輔導教師之遴選原則。

二　實習輔導方式、實習指導教師指導實習學生人數、實習輔導教師輔導實習學生人數、實習計劃內容、教育實習事項、實習評量項目與方式及實習時間。

三　學生實習時每週教學時間、權利義務及實習契約。

四 教育實習成績評量不及格之處理方式。

五 其他實施教育實習課程相關事項。

教育實習成績之評量，應包括教學演示成績，由師資培育之大學及教育實習機構共同評定，其比率各占百分之五十。

**第十二條** 師資培育之大學辦理半年之教育實習課程，得依本法第十八條規定，向學生收取相當於四學分之教育實習輔導費。

**第十三條** 師資培育之大學依本法第十九條第二項所設教師在職進修專責單位辦理之各項進修，其授予學位或發給學分證明書，除依本法相關規定外，並依大學法及學位授予法相關規定辦理。

**第十四條** 本細則自中華民國九十二年八月一日施行。

## 8 綱要

(一)全國公務人員體育實施綱要

**一、實施宗旨：**

以增進全國公務人員身心健康，發揮工作效能為宗旨。

**二、參加人員：**

中央及地方各級機關暨公營事業機構之年齡在四十五歲以下者，均須參加，超過四十五歲者，自由參加。

**三、推行機構：**

㈠全國公務人員體育委員會由總統府參軍長、行政院祕書長、國防部部長或參謀總長或總政治部主任、教育部部長、臺灣省政府主席組成之，由教育部部長為主任委員，下設督導小組、內設總幹事一人，督導員六人，掌理設計及督導事宜，並得設幹事若干人，協助辦理各項事務（仍由各機關調用）。

㈡中央及地方機關各該機關體育委員會及督導小組，受全國公務人員體育委員會及上級機關體育委員會督導之。

**四、實施辦法：**

㈠教材：體操教材由全國公務人員體育委員會督導小組編訂頒發之，其他運動教材，由各機關酌量環境之需要編訂之。

㈡指導人員：由各機關聘請體育專門人員或體育活動具有經驗者擔任之。

㈢時間：體操各機關必須舉行，每日以二十分鐘為原則，其他體育活動，得視環境實際情形，每日實施一小時為原則，舉行時間由各機關自行訂定。

㈣督導：

1.全國公務人員體育委員會定期派員前往其所屬機關督導。
2.各機關體育委員會定期派員前往各機關督導。
3.為體操之領導及操法畫一起見，全國公務人員體育委員會定期召集各機關團體體育指導人員集訓。至於其他體育活動之指導方法，得視需要情形召集各機關人員舉行集訓。

(五)競賽：其他各項體育活動，得定期分別舉行競賽。

(六)考核：
1.規定參加之人員，體操必須出席，全年從未缺席者，記功一次。無故缺席八次作曠職一日，均列入年終考績。
2.其他體育活動之考核，由各機關視情形自行辦理。
3.每年年中及年終由各機關體育委員會派員分區視察所屬機關各一次。每年年終由全國公務人員體育委員會指定地區校閱一次，成績優異者，予以獎勵；低劣者，予以處分。

**五、經費：**

推行經費，由各機關在其經費內自行勻支。

**六、附則：**

本綱要經行政院核准施行。

## ㈡行政院祕書處內部檢覈實施綱要

一、行政院祕書處（以下簡稱本處）為厲行行政革新，加強內部管理功能，促使各種既定工作獲致最大績效及交辦事項能徹底有效執行，實施內部檢核，特訂定本綱要。

二、內部檢核項目如左：

㈠文書處理檢核。

㈡財產物品使用管理檢核。

㈢績效預算成果檢核。

㈣其他經指定實施檢核事項。

三、內部檢核以左列方式行之：

㈠定期檢核：由檢核單位派員向受檢核單位作定期檢核，提出報告。

㈡專案檢核：由檢核單位指定專人向受檢核單位作特定事項檢核，提出專案檢核報告。

四、檢核報告應載明左列事項：

㈠檢核項目。

㈡檢核經過。

㈢優點及缺點。

㈣建議或改進事項。

檢核報告內容如涉及其他有關單位時，應先行會核。

五、實施內部檢核所需之圖表、卡片、簿冊等格式，除由檢核單位規定基本格式外，可由受檢核單位自行研訂補充備用。

六、檢核工作由本處研究發展小組暫行兼辦。

七、研究發展小組得以事實需要簽請指派有關人員參加檢核工作。

八、檢核人員因工作需要，得逕行洽商受檢核單位或有關單位提供補充資料或說明。

九、檢核報告由研究發展小組簽請祕書長參考核奪後分送受檢核單位及有關單位。

十、參與檢核人員對檢核事項應負保密之責。

十一、本綱要奉核定後施行。

## 9 辦法

### ㈠行政院禁止所屬公務人員治遊賭博辦法

**第一條**　行政院（以下簡稱本院）為革新政治風氣，加強執行公務員服務法第五條規定，特制定本辦法。

**第二條**　本院暨所屬各機關公務人員（以下簡稱公務人員）除執行公務外，不得有左列情事：

一、涉足酒家、酒吧、舞廳及有女性陪侍之茶室與咖啡館暨其他冶遊之場所。
二、賭博財物。

**第三條** 公務人員冶遊、賭博財物（經法院或警察機關處理有案者），視其動機原因及影響，依法予以申誡記過或記大過，同一考績年度內記大過達兩次者，應即免職。

**第四條** 各級主管人員對屬員是否有冶遊、賭博財物情事，應本監督職責，嚴加考核，其有知情而不處置者，視其情節輕重，依法懲處。

**第五條** 治安人員執行勤務時，如發現公務人員冶遊、賭博財物時，應報請機關長官轉知該公務人員之所屬機關處理。

**第六條** 本辦法自公布日施行。

## (二)國民禮儀範例推行辦法

內政部60.5.25臺內民字第四一八一五四號令

**第一條** 本辦法依據國民禮儀範例第七十八條訂定之。

**第二條** 國民禮儀範例訂定事項，全國各級政府機關學校及人民團體廠商行號暨公共處所，應倡導推行。
軍事單位由國防部視實際需要併中華民國軍人禮節實施。

**第三條** 國民禮儀範例推行方法如左：

一、國民禮儀範例訂定事項列為中華文化復興運動之項目。
二、國民禮儀範例事項，應擇要列為國中、國小公民課程教材。
三、各種訓練機構，應將國民禮儀範例重要事項列為訓練科目。
四、省市縣市應廣為宣導推行。並印製國民禮儀範例贈與人民閱讀，以每戶一冊為準。
五、縣市政府應召集所屬有關機關人員暨地方領導人士舉行國民禮儀範例推行會議，全面倡導實踐。
六、村里民大會暨動員月會，鄉鎮區公所應聘請或指定專人講解並示範禮儀範例有關事項，或製作影片、幻燈片放映。
七、各級首長或學校團體公司廠商負責人應邀請主持各種禮節儀式時，應照國民禮儀範例規定事項行之。
八、發動家庭推行實踐國民禮儀範例之一般禮節，訓練子女自幼嫻習禮儀，以養成國民之基礎。
九、全國大眾傳播機構應協助推行國民禮儀範例：
㈠報紙：國民禮儀範例內容之刊登，有關推行事項之報導、表揚及專欄評論等。
㈡刊物：徵集評介並闡揚有關國民禮儀範例專論、散文、詩歌、短評、小說及實踐心得等文稿刊登之。

㈢廣播：經常製作專題節目播出，或插播國民禮儀範例內容。

㈣電視：經常插播國民禮儀範例內容，並製作短劇播映。

㈤電影：攝製有關宣導實踐國民禮儀範例之影片或短片或製作幻燈片，在正片前放映。

十、縣市社教機關、各鄉鎮（區）公所暨各村里辦公處，均應備置國民禮儀範例若干本，以供民眾閱覽，並解答內容。

十一、機關、學校、團體之圖書室均應備置國民禮儀範例，供員工閱覽。

十二、凡供租借辦理婚喪禮之場所及殯儀館火葬場等，應依照國民禮儀範例規定並繪製有關儀式程序單及佈置圖表，俾便採用。

十三、各級機關、團體、學校應利用刊物於適宜部位插刊國民禮儀範例內容，以簡潔醒目為原則。

**第四條** 縣市社教機關、各鄉鎮（區）公所、村里民辦公處、學校團體等推行或實踐國民禮儀範例確有具體績效者，由主管機關予以表揚，其所屬員工，並得酌予獎勵。

**第五條** 闡揚或評介國民禮儀範例有重大貢獻且產生深遠影響者，得由主管機關表揚或酌給獎金。

**第六條** 國民禮儀範例訂定之訂婚結婚證書，由內政部規劃統一格式，由廠商印製發售。

**第七條** 各級政府機關對於推行國民禮儀範例所需經費，應寬列預算，或動支預備金。

**第八條** 海外僑胞推行國民禮儀範例之方式，由僑務委員會另訂之。

**第九條** 為督導考核推行國民禮儀範例，中央與地方政府均得成立推行國民禮儀範例督導小組，實地視察，並督導其推行工作。

**第十條** 本辦法之主管機關，中央為內政部，省市為省市政府，縣市為縣市政府。

**第十一條** 各級地方政府，得視實際需要，參照本辦法，訂定推行國民禮儀範例實施計畫。

**第十二條** 本辦法自公布日實施。

## 10 須知

### (一)○○機關營繕工程監工人員須知

一、監工員在奉派監工期間，應受經辦部門主管直接指揮。

二、監工員應絕對忠於職守，在監督指定工作期間，須長期駐在工程地點，未經奉准，不得擅離；經指定駐宿工地者，不得在外留宿。

三、監工員應詳閱並熟記所發工程設計圖說及工程合同等全部文件內所載各節，如有不甚明瞭者，應事先請求原設計人、建築師、或所屬主管人員詳為解釋，倘事後因此發生工程不實情事，監工員不得諉稱不知。

四、監工員應切實依照圖說監督工作進行，如對圖說所載有不符，或錯誤，或疑問時，應立即報告機關主管或建築師聽候指示，該部份工程，在技術上如認為必要，監工員得先令暫停進行。

五、監工員對於工場內一切材料，有監督之權，凡經查驗不合格之材料，應責令包商立即移出工場，凡經查驗合格者，於未完工前應禁止包商搬移出場。

六、監工員對進場材料應妥為指定存放地點，對於容易受潮受損之材料，應責令包商妥為保護。

七、監工員對工場內工人行為認為不合，而致危及工程安全，或工場衛生，或工場秩序者，應隨時糾正之。

八、包商如須在工場內開取土方，監工員應先繪具擬開地點圖，呈報其所屬主管人員核准。

九、監工員應自備日記，記載每日工程進行情形，依式填具「工程日計表」一式二份，送由所屬直接主管核轉。

十、如查所施工作與原設計不符，或以劣貨混充，或尺寸不足，或成份不合，或施工方法不合，及一切希圖偷工減料等情弊，監工員應隨時責令包商糾正，包商即日遵照改正者，應填入工程日計表「記事」欄，未遵辦者，除記入工程日計表外，並應以書面報告直屬主管人員備核。

十一、凡建築師或直屬主管人員到場口頭囑辦，技術上必需之更改，均應在工程日計表「指定事項」欄內載明。倘更改事項涉及工程費用之增減者，應報由直屬主管核辦，不得逕交包商辦理。

十二、監工員應維持工場秩序，並應力求避免與包商發生爭執或口角，如有不能解決情事，應隨時請示建築師或呈報直屬主管核辦。

十三、監工員非經奉准，不得通知包商增減工程，或允許換用材料，但如有技術上必須增減或更改，而未載明於圖說或估價單，而係急不容緩者，得先從權酌情辦理，事後仍應以書面隨附工程日計表報告直屬主管及建築師備核。

十四、監工員於開掘基礎工程時，對於全部地質應縝密檢查，如發現土質鬆軟，必須加打木樁，或放寬牆基，或掘深基礎等必需之更改時，應即報告直屬主管及建築師核辦，並於必要時通知包商暫停工作，聽候決定。

十五、監工員對於工程上各項尺寸（包括水泥沙石量器等尺寸），地面樓面之水平，混凝土、三合土之成份比率，及鋼筋混凝土工程之鋼筋尺寸、品質、與排紮位置、方法等，均應事先隨時縝密檢查，不得有誤。

十六、監工員不得接受包商任何禮物及招待，並不得向包商要求供給或要求代包伙食，代覓在工場以外之住所。

十七、監工員應勸止閒人進入工場；危險地帶，尤應特別注意。

十八、監工員對於各級主管人員或奉派查勤人員入場查勘人員入場查視工程，應予盡力指引，並協助避免場內一切危險。凡有所詢問，應詳細解答，倘遇不諳工程技術之主管，對包商或本人有誤責之處，應於事後書面陳訴或解釋，不得當場聲辯。

十九、如遇不適宜工作之天時，監工員應隨時檢查包商對已完成之工作是否妥為保護，免致損壞或受凍。

二十、如在工場土地下面掘出物件，監工員應通知包商妥慎保管，並報請直屬主管人員處置，不得任意毀棄或攜走。

二十一、監工員應備晴雨紀錄表，在工程進行期間，每半日記載天氣情形（晴、雨、陰、大風及溫度），核算日期，如發現與預定工程進度表有落後情形，應即通知包商趕工，但技術上不能允許趕工之工作，不得任令包商趕做。

## ㈡臺灣鐵路局警報時旅客須知

一、警報時旅客應聽從站長及防護人員之指導。

二、警報時行動要敏捷，精神要鎮靜，不可慌亂。

三、有防空警報時，在站旅客應作隨時疏散之準備，不必要之旅行，可即停止。

四、空襲警報時，所有在站旅客，應儘速離開車站，往指定較遠疏散區躲避，切勿在站逗留。

五、緊急警報不及避往較遠疏散區時，應避入車站規定之附近地點，不得站立明顯處所張望。
六、飛機臨頭不及躲避時，應即伏地，切勿倉皇亂跑。
七、到站旅客應速出站，不得逗留。
八、車上旅客隨原列車疏散時，於列車停妥後，聞機車發放適度汽笛一聲，短急汽笛一聲，應即下車隱避安全地點（以向列車前後較遠之處疏散為宜）。
九、旅客切勿攜帶大件行李上車，或將攜帶物件阻塞通路，以免妨礙自身及全體旅客行動。
十、疏散時，旅客應遵守秩序，依次下車，不要互相擁擠，以免阻塞車門。
十一、疏散時，對於老弱婦孺應予協助，受傷者，予以救護；並通知車上服務人員處理。
十二、疏散時，重要物件，應隨身攜帶，以免遺失。
十三、雖在警報時間，列車未經停妥，切勿跳車，以免發生不幸。
十四、警報時間內行駛之列車，旅客應將玻璃窗啟開，木老窗關閉。
十五、列車行駛時，如有被炸之虞不及下車時，旅客應將隨身攜帶物品靠車廂堆放，以作掩護，並將身體臥伏車內，雙臂掩護頭部。
十六、警報解除，一切恢復常態，隨車疏散旅客，聞機車所放長聲汽笛，應即返回車上。

## 三通則（也稱準則）

### (一)經濟部水利署各河川局組織通則（民國九十一年一月二十五日公布）

**第一條** 本通則依經濟部水利署組織條例第十三條第一項規定制定之。

**第二條** 經濟部水利署第一至第十河川局（以下簡稱各局），掌理下列事項：

一 水文與規劃基本資料之測驗、調查、統計分析及管理事項。

二 河川治理、排水治理與海岸防護計畫之擬訂、執行及督導事項。

三 河川、排水與海岸防護設施之檢查、維護管理及災害防救事項。

四 河川、海堤區域之勘測、擬訂及管理事項。

五 河川、排水與海堤工程之興辦、設計、用地取得、工務行政及監工事項。

六 其他有關水利行政事項。

**第三條** 各局設四課，分別掌理前條所列事項。

**第四條** 各局設秘書室，掌理研考、議事、公共關係、文書、檔案、印信、出納、事務管理、財產管理及不屬於其他各課、室事項。

**第五條** 各局置局長一人，職務列簡任第十職等至第十一職等，綜理局務，並指揮監督所屬員工；副局長一人，職務列薦任第九職等至簡任第十職等，襄助局務。

**第六條** 各局置秘書一人，正工程司九人至十八人，職務均列薦任第八職等至第九職等；課長四人，職務列薦任第八職等，其中三人由正工程司兼任；副工程司八人至二十一人，職務列薦任第七職等至第八職等；工程員十八人至二十八人，課員三人至六人，職務均列委任第五職等或薦任第六職等至第七職等；辦事員二人或三人，職務列委任第三職等至第五職等；書記一人，職務列委任第一職等至第三職等。

**第七條** 各局設人事室，置主任一人，職務列薦任第七職等至第八職等，依法辦理人事管理事項；其餘所需工作人員，就本通則所定員額內派充之。

**第八條** 各局設會計室，置會計主任一人，職務列薦任第七職等至第八職等，依法辦理歲計、會計及統計事項；其餘所需工作人員，就本通則所定員額內派充之。

**第九條** 各局設政風室，置主任一人，職務列薦任第七職等至八職等，依法辦理政風事項；其餘所需工作人員，就本通則所定員額內派充之。

**第十條** 第五條至第九條所定列有官等、職等人員，其職務所適用之職系，依公務人員任用法第八條之規定，就有關職系選用之。

**第十一條** 各局辦事細則，由各局擬訂，層請經濟部核定之。

**第十二條** 本通則施行日期，由行政院以命令定之。

## ㈡正字標記規費收費準則（民國九十五年五月五日修正）

**第一條** 本準則依標準法第十二條第三項規定訂定之。

**第二條** 本準則所定規費包括申請規費及查核規費。

**第三條** 申請使用正字標記之各項規費如下：

一、申請費每件新臺幣五千元。

二、證書費每件新臺幣一千元。

三、補發證書費每件新臺幣一千元。

四、換發證書費每件新臺幣一千元。

五、證書英文譯本費每件新臺幣一千元。

六、申請品質管理系統驗證相關規費，適用商品檢驗規費收費辦法第十九條規定。

七、產品檢驗相關規費如下：

㈠產品檢驗作業規費，準用商品檢驗規費收費辦法第七條至第九條規定。但本準則另有規定者，不在此限。

㈡產品項目及檢驗費額如附表。

**第四條** 正字標記各項查核規費如下：

一、品管追查相關規費，準用商品檢驗規費收費辦法第十九條第一項第二款至第四款及第二項規定。

二、不定期抽樣之產品檢驗或改正期限屆滿後之再實施產品檢驗，其相關規費如下：

㈠產品檢驗作業規費，準用商品檢驗規費收費辦法第七條至第九條規定。但本準則另有規定者，不在此限。

㈡產品項目及檢驗費額如附表。

三、依正字標記管理規則第十五條第一項規定之不定期市場採購樣品所需費用。

**第五條** 依正字標記管理規則第十條第二項、第十五條第三項及第十六條第一項規定，實施監督試驗或重新抽樣時，廠商應繳付每人每次臨場監督費新臺幣五百元。

**第六條** 依正字標記管理規則第七條規定認可試驗室之規費，準用商品檢驗規費收費辦法第十八條規定。

**第七條** 本準則自發布日施行。

## 12 簡則

國立政治大學員工福利委員會組織簡則

一、本校為辦理員工福利事項特組織員工福利委員會（以下簡稱本會）。

二、本會設委員十五人，除總務長，人事室主任，會計室主任為當然委員外，另選教員七人，職員四人，技警工役一人。

前項委員之產生，均用通訊票選方式按規定人數選舉之並互推一人為主任委員。

三、本會委員任期為一年，期滿前一月內選舉下屆委員。

四、本會每逢雙月開會並由主任委員任主席，必要時得召集臨時會議。

五、本會設業務、康樂、財務三組，各組設組長、副組長各一人，組長由委員互推三人分別兼理之。副組長由本會聘請有關單位人員兼任之。

本會必要時得設專任總幹事承主任委員之命辦理會務。

六、本會經費收支及行文通知由主任委員名義行之。

七、本簡則呈請　校長核定後施行。

## 13 標準

### (一)大貿易商標準

中華民國七十五年十月十七日行政院臺(七五)經字第二一三五一號函修正發布

**第一條**　本標準依獎勵投資條例第十五條第二項之規定訂定之。

**第二條**　貿易商符合左列標準者，由經濟部於每年四月底前認定公告為大貿易商：

一、民國七十五年以其前一年度出進口實績美金一億元為準。民國七十六年及其以後各年度之出進口實績，依前一年度出進口貿易成長率逐年由經濟部國際貿易局核定之，貿易總額未成長時不調整。

二、實收資本額在新臺幣二億元以上。

三、其組織為股份有限公司並專營出進口業務。

四、國外分支機構設立三處以上。

前項出口實績依稅捐稽徵機關核定之外銷營業額核計，進口實績依海關通關統計資料認定。

**第三條** 華僑或外國人申請投資設立大貿易商，應具前條第一項第二款至第四款之條件，並依華僑回國投資條例或外國人投資條例向經濟部投資審議委員會提出申請，經核准並匯入資本，於辦妥公司登記及營利事業登記證後，憑核准函及公司執照暨營利事業登記證等函件，向經濟部國際貿易局辦理大貿易商登記。

華僑或外國人大貿易商經登記後，其出進口實績應符合前條第一項第一款之標準。但設立未滿一年者，得自辦妥大貿易商登記之日起按比例核計之。

**第四條** 每年經認定公告或經核准設立之大貿易商，其各該年之營利事業所得稅，適用獎勵投資條例第十五條第一項之規定。

**第五條**　華僑及外國人投資設立大貿易商，僱用之副總經理及各部門主管最少應有二分之一具有中華民國國籍。

**第六條**　華僑或外國人大貿易商，未符合第三條及第五條規定者，由主管機關依華僑回國投資條例或外國人投資條例為左列方式之處分：

一、當年未達規定者，除取消大貿易商資格外，並取消所得淨利孳息之結匯權利。

二、取消大貿易商資格後之次年，仍未符合第二條之標準者即撤銷其投資案。

**第七條**　本標準自發布日施行。

㈡機關學校及合法社團登山嚮導人員甄選標準

一、為防範山難事故發生，特定登山嚮導人員甄選標準，以期達成登山安全之目的。

二、凡申請擔任登山嚮導人員，必須思想純正，素行良好，身心強壯，年在二十歲以上五十五歲以下，具有左列條件之一者為合格。

㈠攀登三千公尺以上山岳，具有二年以上豐富經驗，經登山團體證明有案者。

㈡曾經擔任以上高山地區領隊，有紀錄工作三次以上，經登山團體證明有案者。

㈢熟悉以上高山地區，地理環境，及四季氣候，且有安全常識，及防救山難應變能力，經登山團體證明認可者。

擔任外國人士登山嚮導者，除具備上列條件外，並須熟諳適應外人之語言。

三、各登山團體申請嚮導人數，以會員十人配以嚮導一人為原則，每一團體最少十人，最多以一百人為準，必要時得視實際情形酌予增減之原申請單位並負有聯絡通知之義務。

四、各登山團體申請嚮導，應檢送申請擔任嚮導人員名冊，及登山會員名冊各三份（格式如附件一、二）連同嚮導本人國民身份證（影印本），公立醫院體格檢查證明書，函送該管警察局初核後轉報內政部警政署，或台灣省警務處核定。

五、各有關警察局，辦理申請嚮導，應根據本標準第二條規定，詳為查核有關證件及其素行，並於名冊內加註審核意見，於收文後一週內，函報內政部警政署或台灣省警務處核辦。

六、凡經內政部警政署或台灣省警務處核定各登山團體之嚮導人員，應由各該登山單位依照規定自行製作嚮導識別證，其式樣如附件㈢，並檢同內政部警政署或台灣省警務處核准嚮導文件，函送該管警察局核對完妥，在其識別證照片上面加蓋警察局鋼印，發還持用。

七、各警察局對登山嚮導人員之識別證，每年年終時應辦理校正一次，校正時應加蓋，「嚮導校正章」，校正時間由內政部警政署統一規定。

八、各警察局辦理校正嚮導人員識別證時，發現年齡超過五十六歲以上者，或由原單位撤銷有案者，不得再擔任嚮導工作，其識別證收回作廢，並函報內政部警政署或台灣省警務處核備。

九、各警察局每年辦理校正完畢後一週內，應造具校正嚮導人員名冊（格式如附件四）二份，函報內政部警政署或台灣省警務處備查。

十、各登山單位，未依照本標準申請嚮導，或嚮導識別證不照規定辦理，對申請攀登高山地區，台灣省警務處及有關各縣警察局應根據「台灣省高山地區防範救護山難注意事項」第七條規定，不予核發入山許可證。

## 14 要點

### ㈠行政院及所屬機關學校推動公務人員終身學習實施要點

行政院96年6月5日院授人考字第0960062213號函修正

一、行政院（以下簡稱本院）為建構核心能力導向之學習機制，並營造豐富、多元學習環境，且符合公務人員訓練進修法（以下簡稱本法）第十七條，廣納公務人員終身學習機會之意旨，訂定本要點。

二、本要點適用對象為本院及所屬各機關（構）、學校（以下簡稱各機關）之下列人員：

㈠依法任用、派用之有給專任人員。

㈡依法聘任、聘用及僱用人員。

㈢公務人員考試錄取人員。

前項機構不包括公營事業機構；前項第二款人員，不包括公立學校教師。

三、本要點所稱學習機關（構）如下：

㈠政府機關及其所屬訓練機構。

㈡立案之學校、公立社會、文化、教育機構。

㈢直轄市、縣（市）政府辦理或委託辦理之社區大學。

㈣教育部核准設立之學術研究機構。

㈤經政府機關委託辦理學習課程之民間學習機構。

四、各機關公務人員參與學習機關（構）所開設學習課程，每人每年最低學習時數、數位學習時數及業務相關學習時數，均由本院人事行政局報經本院定之。

公務人員請延長病假或公（傷）假、停職、留職停薪或其他原因，致實際上無法從事學習活動者，學習時數均依其在職月數按比例計算。

公務人員每年參加學習時數（含最低學習時數、數位學習時數及業務相關學習時數）均超過規定，且平時服務成績具有優良表現者，得由各機關酌予獎勵。其參加學習時數之多寡，並作為公務人員年終考績及升遷之評分參據。

經機關指派或核准參加訓練進修者，依相關規定給假。

五、各機關人事機構應於所屬公務人員報到任職或職務異動時，主動協助其成為公務人員終身學習入口網站（以下簡稱入口網站）會員及更新相關人事資料，並定期檢視所屬公務人員年度最低學習時數，將相關學習紀錄下載轉錄各機關公教人員人事管理資訊系統，以建構完整公務人力資料庫。

六、學習機關（構）應於入口網站新增、維護學習資訊，並於每項學習課程完成後，詳實辦理課程時數、日數或學分數登錄及計算事宜。

時數之計算以小時為單位者，滿五十分鐘得以一小時計算，連續學習九十分鐘得以二小時計算；以日數登錄者，每日以六小時計算；以學分數登錄者，每學分以十八小時計算。學習機關（構）辦理教育主管機關核定之各種教育學制或推廣教育班次，得衡酌教學業務及實際學習情形登錄學習時數，或於學期結束後，登錄及格學科之學分數。

學習課程可以多元化方式進行，以組織學習、數位學習、讀書會、學術研討會及專書閱讀、研究、寫作等方式進行者，其時數由學習機關（構）自行認定。但公務人員於數位學習上線時間未達該課程學習總時數之半數或未通過該課程評量者，均不予登錄學習時數。

公務人員奉派或以公假教授課程活動，如透過教學過程，提升自身專業能力，得由服務機關（構）登錄學習時數。

七、各機關應依據本法第七條第二項及第十三條規定，依其核心能力及業務需要，訂定訓練進修計畫，並得依本法第十七條規定，視業務需要依相關法令規定選擇優質學習資源，提供公務人員學習機會，並作客觀評量。

八、各機關委託提供學習課程之民間學習機構，應為各目的事業主管機關核准立案之經常性組織，並提供相關證明文件，由委託機關審查之。

九、各機關約僱人員得準用本要點之規定。

十、直轄市政府、縣（市）政府、地方立法機關及公營事業機構得準用本要點之規定。

## ㈡改進貨物稅稽徵作業要點

中華民國六十八年四月十一日財政部（六八）臺財稅字第三二二六八號函發布

一、為配合經濟發展，擴大貨物稅查帳徵稅及簡化徵稅範圍，以減少駐廠徵稅廠商，特依「增進稅（關）務行政效率方案」訂定本作業要點。

二、本要點未規定事項，應依照有關法令規定辦理。

三、實施查帳徵稅部分：

貨物稅產製廠商，財務及會計制度健全，無欠稅或重大違章漏稅未結案件，具有左列情形之一者，得由省市主管機關核定實施查帳徵稅並報財政部備查。

㈠股份有限公司組織，其股票上市者。

㈡生產裝備具有自動計數器，對產量易於管制稽徵者。
㈢產品品質及規格劃一，包裝訂有一定標準，易於稽考者。
㈣公營事業。
㈤產品另有其他管制方法而無逃漏之虞者。
㈥產品百分之九十以上外銷者。
㈦經稽徵機關認定納稅情形良好者。

四、實施簡化徵稅部份：

未經核定實施查帳徵稅之貨物稅產製廠商，具有左列情形之一者，予以核定實施簡化徵稅。

㈠產品貼用查驗證，全年納稅額在新臺幣一百萬元以下者，一律實施簡化徵稅；全年納稅額超過新臺幣一百萬元未超過新臺幣二百萬元者，得視實際情況，專案報由省市主管機關核定簡化徵稅。
㈡不含實施查帳徵稅條件之車輛類廠商。
㈢產品果汁全部合於國家標準，免徵貨物稅者。
㈣經主管稽徵機關認為納稅情形良好者。

五、駐廠徵稅部分：

貨物稅產製廠商，具有左列情形之一者，主管稽徵機關應派員駐廠徵稅：

㈠未經核定查帳徵稅及實施簡化徵稅者。
㈡涉嫌違章漏稅情節重大，或經常有逃漏情事者。
㈢有貨物稅稽徵規則第一二一條規定之情形者。
㈣有其他原因必須加強管理者。

六、實施簡化徵稅廠商應依照左列規定辦理納稅領用照證：
㈠凡有關申請納（免）稅及換領完（免）稅照，查驗證事宜，由廠商逕洽稽徵機關或服務區稅務人員辦理。
㈡應稅貨物，應於出廠前，依照政府公布當月份完稅價格，依率自行計算應納稅額，填具「貨物稅自動報繳繳款書」，向公庫繳納稅款後，檢具繳款書通知聯，連同納稅申報書，向稽徵機關換領完稅照及查驗證。
㈢廠商每日產製應稅貨物之銷售、存儲、納稅暨原料、半製品之進廠、使用、結存情形，應逐日填載日報表，並按年度自行編號，備供主管稽徵機關查核。
㈣廠商之日報表，應於每旬終了後三日內彙送稽徵機關查核。月報表，應於次月三日內送稽徵機關備查。
㈤廠商所送之日、月報表，稽徵機關應分析其產銷納稅情形，如發現有不正常情況時，應即派員查核。

㈥廠商領取之查驗證，應自行依規定實貼於貨件上，始准出廠。稽徵機關應在完稅照背面加蓋「本批貨物之查驗證交由廠商於貨物出廠前，自行實貼」戳記。

㈦稽徵機關核發小型查驗證時，應於查驗證上加蓋品名、規格，以免流於套用。

㈧稽徵機關核發大型查驗證時，應加蓋品名、規格、數量或重量。廠商應於貼證後，自行加蓋刻有廠名、日期之查驗戳記於騎縫處。此項查驗戳記之型式，由省市主管機關統一規定，交由廠商自行刻製，並檢附印模四十份函送主管稽徵機關備查。

㈨廠商所領之完（免）稅照，應於貨物出廠時，在完（免）稅照背面加蓋查驗戳記，以利稽考。

## 15 注意事項

### ㈠臺北市公職人員選舉警察人員注意事項

（57）4北市民二字第二〇三二二號令

一、各種公職人員選舉，警察人員應切實守法，不得利用職權或職務上之機會，協助候選人作競選活動。

二、警察人員對候選人之競選活動，除依法應行取締都外，應保持超然立場，不得干預。

三、各種公職人員選舉候選人發表政見演講時，警察人員應負責維持秩序。

四、各種公職人員選舉投（開）票所之警衛事宜，由主辦選舉機關洽各該地警察單位指派警察人員擔任。

五、各種公職人員選舉投（開）票所警衛人員受投（開）票所主任管理員之指導監督及主任監察員之監察，辦理左列事項：

㈠投票人如有擁擠或不守秩序之勸導事項。

㈡投票所外如有向投票人拉票情事之制止事項。

㈢非投票人或未佩帶選務或監察機關製發標誌而欲進入投票所者之制止事項。

㈣投票人有臺北市公職人員選舉罷免規程第卅五條第一項各款情事之一，經投票所主任管理員或主任監察員令其退出投票所之執行事項。

㈤投票所內外有人喧嚷吵鬧情事之勸阻事項。

㈥投（開）票所內外發生足以妨礙投票或開票情事之制止事項。

㈦經投（開）票所主任管理員指示糾正或制止事項。

六、各種公職人員選舉，投（開）票所警衛人員不得有左列情事：

㈠非有必要或經主任管理員之指導，不得無故進入投票所或開票所唱票記票處範圍。

㈡指示投票人圈選一定之候選人或其他助選行為。

(三)窺探投票人投票祕密。

(四)催促投票人前往投票所投票。

七、各種公職人員選舉候選人競選活動，如有影響交通、公共秩序、地方治安或其他違法情事，警察人員應依其職權糾正制止或取締。

## (二)舊貨商課徵營業稅注意事項

中華民國六十八年二月二十八日財政部（六八）臺財稅字第三一二四五號函發布

一、為輔導舊貨商經營業務，按實取具進貨憑證及開立統一發票，特訂定本注意事項。

二、本注意事項所稱舊貨商，係指經營廢舊生財家具或提供直接出產廠商可充作再製料品，而向肩挑負販收購之廢舊物品，並經依法登記或設籍課稅之營利事業屬之。

三、舊貨商經營項目範圍如下：

(1)破舊家庭用品，生財器具。(2)廢紙箱。(3)羽毛類。(4)各種廢舊屬品。(5)舊飲料瓶類。(6)塑膠類廢舊品。

四、舊貨商收購廢舊料品，應設有堆存場所，並設置包括品名、單位、數量、單價及金額欄之「收購舊貨登記簿」，於使用前送經稽徵機關驗印逐日翔實記載，以備查核。

五、舊貨商進貨應依照左列規定取得憑證：

㈠向營利事業進貨，應取得書有擡頭之統一發票。
㈡向未辦登記之營利事業進貨，應取得出售者普通收據及營業稅扣繳稅款憑證。
㈢向肩挑負販進貨，應取得出售人書立載有姓名、住址、身分證統一編號、品名、單位、數量、金額、年月日並經簽名蓋章之普通收據。如未能取得普通收據，進貨商之經手人應於收購舊貨登記簿備註欄內簽章證明。

六、出售舊貨者，如事後否認交易事實並提起訴訟者，稽徵機關得依法院裁判確定之事實為準，依照稅法規定辦理。

七、營利事業向舊貨商購進廢舊品時，應取得書有抬頭之統一發票，如舊貨商經核定為免用統一發票者，應取得普通收據。

八、舊貨商接受直接生產廠商之委託，代購廢舊料品時，應於訂約後十五日內由約定雙方，分向管轄之稽徵機關報備。

九、舊貨商受託代購廢舊料品，應將原始憑證併同所開立之佣金統一發票，交付委託廠商作為進貨憑證。

前項所稱原始憑證，其向營利事業購進者為統一發票，向未依法辦理設立登記之營利事業購進者，為代扣營業稅款報繳書扣繳憑證聯及貨款收據；向肩挑負販購進者，為書有出售人姓名、住址及身分證統一編號之普通收據。

十、舊貨商如經查明有涉嫌虛開統一發票或逃漏稅者，除依法處理外，稽徵機關主辦人員應即報機關首長核准，停止其領用統一發票。

# 第五章　契約

## 第一節　契約的意義

現代社會活動頻繁複雜，一般人無論在生活或工作上均感忙碌，凡事很容易遺忘，所以過去的一諾千金、講信守義的道德觀念已經不能完全依賴了，因此應該要有書面的契約文件來保障自己的權益。

契約，古人名之為「券」，後來又有「契據」、「合約」、「合同」、「文契」、「契券」、「字據」等名稱。訂立契約，是一種法律行為，用來規定當事人的權利與義務，凡是二人以上，就某一事項，在不違背法律或一般習慣的原則下，彼此商訂條件，相互遵守，而用文字寫明作為憑證的，都叫做契約。契約文書在訴訟上是一種當然的證據，而且以文字書寫，由當事人簽名或蓋章，可以促使當事人在訂約時謹慎從事，避免以言詞作輕率承諾。訂約後，不能隨意擺脫責任，自應遵守契約條款，就是契約的最大功能。

## 第二節 契約的法律要件

訂立契約是一種法律行為，故須依據法律，具備下列各要件：

一、訂約當事人必須有行為能力，凡未成年或有精神病及「禁治產」者，所訂契約不生效力。

二、不得違背法律規定及妨害公共秩序，如訂約販運毒品、違禁品及走私等。

三、凡不能交付之物品（如訂約搬運山川）或不能有的行為（如訂約買賣耳、目、口、鼻等）不得訂約。

四、必須經要約之程序。契約之成立，由一方要約，一方承諾，乃為同意。故契約之訂立，須經雙方同意的程序。即書面出於「同意」、「合議」或「自願」。

五、必須具備法定的程序和方式。法定方式，指契約中必須有之事項，如雙方姓名，立約原因，標的物名稱及內容，約定條件、時間、身分證統一號碼、簽章、證人等。無此等則契約無效。

## 第三節 契約的種類

契約的種類甚多，可約分為下列十四種：

**一、買賣契約** 房屋、土地等不動產，經賣方將財產權讓與買方，由買方交付代價所訂立之約據。

**二、承攬契約** 一方為他方完成工作，由他方付與報酬所訂立之約據。

**三、借貸契約** 依照《民法．債編》第四七四條規定：「當事人一方移轉金錢或其他代替物所有權於他方，而他方以種類、品質、數量相同之物返還之契約。」雙方所約定之條件，如利息及損害賠償等，皆須載明於契約內。」

**四、保證契約** 凡當事人之一方（債務人）對他方（債權人）不能履行債務時，由其代為清償所訂立之約據。

**五、僱傭契約** 雙方當事人之一方在一定或不一定期限為他方服務，由他方付與報酬所訂立之約據。

**六、租賃契約** 即以物租與他人使用收益，由他方支付租金所訂立之約據。

**七、抵押契約** 債務人之財產暫時由債權人保管，債務清償後立即收回所訂之約據。

**八、合夥契約** 由當事人二人以上共同出資經營事業所訂立之約據。

**九、贈與契約** 將所有財產贈與受贈人所訂立之約據。

**十、收養契約** 將親生子女出讓與他人為養子女所訂立之約據。

**十一、出典契約** 將不動產典給他人，而取得典價的契約。

**十二、出版契約** 當事人約定，一方以文藝學術或美術之著作物，為出版而交付於他方，他方擔任印刷及發行之契約。

**十三、和解契約** 當事人約定，互相讓步，以終止爭執或防止爭執發生之契約。

**十四、委任契約** 凡由當事人表示一致的意願，並且不違反法律所訂之契約，均有契約的效力，如借據、協議書、同意書等。

## 第四節 契約的結構

使用文字訂定契約，其內容可有十二項：

**一、契約名稱** 在契約正文之前，以簡明文字，概括標示契約的種類或性質。如「房地買賣契約書」、「抵押契約」。

**二、當事人姓名** 契約必須書明雙方當事人的真實姓名；如為法人，應書明法人名稱。

**三、當事人自願** 契約訂立須經要約承諾，二者雖有主動與被動的不同，皆須出於當事人的自願，舊式契約中的「此係兩廂情願」，新式契約中的「雙方一致同意」，即在表示當事人的自願。

**四、立契約原因** 訂立契約，必有其原因。原因須正當，或合乎法律規定，或不妨害公共秩序、不違背善良風俗。此正當原因，在契約中應有所表明。如「茲為買賣房屋事，經雙方同意，訂立左列條款。」則買賣房屋為訂立契約的原因。

**五、標的物內容** 標的指法律行為所欲發生的法律效果，如買賣房屋以產權的移轉為標的，而此房屋即標的物。其他如借貸金錢，金錢為其標的物；承攬工作，則勞務為其標的物。標的物內容是訂契約事項之主體，必須書明，以免事後發生糾紛。

**六、標的物價格數目** 標的物無論為動產或不動產，均須將當時議定的價格，用大寫數字，詳細寫明。價款如係一次付清，則寫明付清的時日；如係分期交付，則寫明期數、期限以及各期交付之數目。如有出賣人須出具受款收據的約定，亦應在契約上寫明。

**七、訂約後之保證** 即對契約標的物之權利的保證，如買賣契約的「此係自產自賣，並無爭執糾葛，亦無重疊交易，日後如有上項情事，概由賣主一面承當，與買主無涉。」

**八、雙方應守之約束** 針對契約標的，當事人一定有若干相互同意的約定，這些約定，必須在契約中詳細載明，不可遺漏，如約定項目很多，可以分條分項寫明。

**九、契約之期限**　出典、抵押、租賃、借貸、僱傭、合夥一類的契約，都有一定的期限，必須書寫明白，繼續與否，予雙方選擇之權利。

**十、當事人簽名蓋章**　當事人在契約開端，本已書寫姓名，如「立租約人〇〇〇」，而在契約末尾年月日之前，仍須簽名或蓋章，並寫下身分證統一編號和住址，表示信守負責。當事人如為機關團體，則除蓋機關團體長戳或圖記，其負責人也要簽名蓋章，寫下身分證統一編號。

**十一、見證人或保證人簽名蓋章**　見證人類似從前的中人，他的義務是證明契約的真實。舊式契約裡常有「三面言明」、「三面議定」的話，所謂「三面」，指的就是雙方當事人和中人。現在的契約，當事人如果認為需要，在契約上也是要保證人的。如借貸契約中，債務保證人是保證債務的清償。所以，見證人或保證人必須在契約上簽名蓋章，或至律師事務所辦理，或至法院公證，亦應簽名蓋章。

**十二、訂契約之年月日**　此為契約效力計算之起訖標準。一般用大寫數字以防塗改。此外應貼印花。

## 第五節 契約的作法

契約關係當事人雙方之權利與義務，坊間雖有現成格式，然因事因物因地之異，仍宜細加考量。一般作法，宜注意下列數項：

**一、用紙** 契約往往須長期保留，故所用紙張，宜堅韌耐久，不易塗改挖補。若政府有規定的用紙，則應善加利用。

**二、遣辭** 契約的遣辭應簡潔、周詳、明白、確定。

**三、格式** 契約依習慣及法律，已形成某些類型，以條理清晰為最重要，宜採取分條列舉的方式；如果契約內容簡單，則可依舊式契約格式，不必分條分項。（參看：本章第六節「契約的格式」）

**四、繕寫** 契約繕寫時應注意字跡工整，筆畫無誤。數目字除證件資料可按原件字體，其餘一律使用大寫。如有塗改、添注、刪去的字，必須在上面蓋代筆人或當事人的印章，並在文後批明「本件塗改（添注、刪去）若干字」。如塗改太多，宜重寫。契約寫成後，如有增列條款，可在文後空白處另寫，用「再批」二字開始，用「又照」或「並照」作結，並在「又照」或「並照」下蓋章。

**五、標點**　一律用新式標點符號（參看：第二章第十一節〈公文、現行公文用語、標點符號用法表〉）

**六、騎縫章**　契約在二頁以上時，裝訂後於接縫處蓋雙方當事人的印章，以防抽換。

**七、印花與契稅**　每一契約，皆須按印花稅法，貼足印花，並予蓋銷，同時應依法令規定，繳納契稅。

**八、公證**　重要契約，最好經法院公證，以使法定要素完備，證據力增強，永久有案可稽，並具備強制執行的效力。

## 第六節　契約的格式

契約撰寫的格式，在以前多由當事人一方的債務人，以敘述的方式書寫，我們姑稱之為「單方敘述式」。後來改採由當事人雙方逐條列舉的方式，這種訂約的方式，眉目清楚，層次井然，已較前式進步，不過有的時候，因事實的需要，如撰寫簡單的借條或委託書等，仍須採用敘述式。此外，有的金融機構，對其所經營的業務與人訂約時，採用「表列式」，但採用這種格式的先決條件，是必須同一項目，且經常的應用。這種格式，都是印妥備用的。

## 1 單方敘述式契約

### 借據

立借據人○○○，茲因急需，憑中借到○○○先生新臺幣○萬圓整；言明月息○分，息金按月付清。借期壹年，至民國○○○年○月○○日還本，屆期絕不拖延短欠，恐後無憑，立此借據存照。

立借據人 ○○○ 印
身分證 ○○○○○○號
住址 ○○市○○街○號
中保人 ○○○ 印
身分證 ○○○○○○號
住址 ○○市○○路○號

中華民國○○○年○月○○日

## 2 雙方條舉式契約

合約書

立合約人 ○○○<br>○○印刷廠（以下簡稱甲方<br>乙方）茲經雙方同意，議定合約如左：

一、品名：中國文學史

二、規格數量：

㈠二十四開本，直式。

㈡封面用○○○磅花紋書面紙，內文○○○張，用○○磅○○紙。

㈢○○本。

三、價款：每本新臺幣○○圓○角，共計新臺幣○萬○仟○佰○拾○圓整。

四、付款辦法：交稿時（訂約日），先付定金新臺幣○仟○佰圓整，餘款俟交貨時，一次付清。

五、交貨日期：交稿後十四天（○月○○日）印竣交貨。

六、罰則：乙方如到期不交貨時，每延誤一天，願付總價○分之○罰款。

七、本合約一式兩份，甲、乙方各執一份為憑。

甲方○○○ 印

乙方○○印刷廠 店章

經理○○○ 印

地址：○○市○○路○號

電話：○○○○○○○號

中華民國○○○年○月○○日

## 3 表列式契約

# ○○○○○訂購貨物合約

案　　號：○字第○號　　簽約日期：中華民國○○年○○月○○日

合約編號：○字第○號　　決標日期：中華民國○○年○○月○○日

○○○○○（購方）訂購下列貨品今與

○○○公司（售方）雙方議訂買賣貨物條款如下：

<table>
<tr><td>品　　名</td><td>規格及品質</td><td>單位</td><td>數量</td><td>單　價</td><td>總　　價</td></tr>
<tr><td></td><td></td><td></td><td></td><td></td><td></td></tr>
<tr><td>總　　計</td><td colspan="5"></td></tr>
<tr><td>交貨地點</td><td colspan="5"></td></tr>
<tr><td>交貨期限</td><td colspan="5"></td></tr>
<tr><td>付款辦法</td><td colspan="5"></td></tr>
<tr><td>交貨方法</td><td colspan="5"></td></tr>
<tr><td>驗收方法</td><td colspan="5"></td></tr>
<tr><td>罰　　則</td><td colspan="5"></td></tr>
<tr><td>履約保證金</td><td colspan="5"></td></tr>
<tr><td colspan="6"></td></tr>
<tr><td colspan="2">（承售廠商及負責人簽印）<br><br>地址：○○市○○路○號<br>電話：○○○○○號</td><td colspan="2">（本○簽印）</td><td colspan="2">（監標人員會章）</td></tr>
</table>

本合約正本一式二份。由購售雙方各執一份，並各貼銷印花稅票。

# 第七節 契約範例

現行的契約，大部屬於《民法．債篇》，一小部分屬於《民法．物權篇》和〈繼承篇〉，約有三十種。茲選擇較常用者十四種，舉例如下：

## 1 買賣契約

房地買賣契約書

立房地買賣契約人 買主：○○○ 賣主：○○○（以下簡稱為甲方 乙方）

本約房地產權買賣事項經甲乙雙方一致同意訂立條款如后，以資共同遵守：

**一、房地標示：**

㈠土地坐落：○○縣市○○鄉鎮○○段○○小段○○地號建築基地面積○○平方公尺（○○坪）所有部分之○分之○。

㈡房屋坐落：○○縣市○○鄉鎮○○路街○○段○巷○弄○號第○棟第○樓房屋面積○○平方公尺（○○坪）（包括陽臺、走道、樓梯間、電梯間、電梯機房、電氣室、機械室、管理室……等共同使用部分之分擔）。

二、**面積誤差**：前條房地面積（如附件㈠）以完工後地政機關複丈並登記完竣之面積為準，如有誤差超過百分之一時，應就超過或不足部分按房屋及其土地單價相互補貼價款。

三、**房地總價**：房屋價款（包括本約所載之附屬設備及其他設施）為新臺幣○○元正，土地價款為新臺幣○○元正，合計總價款為新臺幣○○元正。其付款辦法依附件㈡分期付款表之規定。

四、**地下層權屬**：本約房屋共同使用之地下第○層總面積○○平方公尺（○○坪）按買受主建物面積比例隨同房屋一併出售，為買受人所共有。

地下層非屬共同使用之部分計面積○○平方公尺（○○坪）應歸屬○方。

五、**屋頂權屬**：屋頂突出物除電梯間、機房、樓梯間、水箱……等共同使用部分外，其餘非屬共同使用部分（即○○）應歸屬○方。屋頂平臺除共同使用部分（即○○）外，全部歸○方使用。

六、**設備概要**：本約買賣房屋規格除依照主管建築機關核准○○年○○月○○日第○字號建造執照（如附件㈣）之圖說為準外，核准圖說上未予註明之建材、設備或其他設施（如道路、路燈、溝渠、花木等），其廠牌、等級或規格如附件㈢。

七、**交房地期限**：乙方應自本約簽訂之日起〇天（日曆天）內將使用執照及所有權狀併同房地交付甲方，但因不可抗力致不能如期交出房地者，由雙方視實際需要協定期限予以延展。其延展期限不加收滯納金。

八、**保固期限**：乙方對本約房屋之結構及主要設備應負責保固一年，但因天災或不可歸責於乙方之事由而發生之毀損，不在此限。

九、**貸款約定**：本約第三條房地總價內之尾款新臺幣〇〇元整，由甲方以金融機關之貸款給付，並由甲乙雙方另立委辦房地貸款契約書，由乙方依約定代甲方辦妥一切貸款手續。其貸款金額少於上開預定貸款金額時，差額部分由乙方按金融機關之貸款利息及貸款期限貸給甲方，並辦理第二順位抵押。但因金融機關基於法令規定停辦貸款或其他不可歸責於乙方之原因致不能貸款者，甲方應於接獲乙方通知之日起〇天內以現金一次（或分期）向乙方繳清或補足，但甲方因而無力承買時應於接獲通知之日起〇天內向乙方表示解除契約，乙方應同意無條件解約並無息退還已繳款項予甲方。

十、**產權登記**：房地產權之登記由甲乙雙方會同辦理或委任代理人辦理之。辦理房地產權登記時，其應由甲方或乙方提供有關證件及應繳納稅捐，甲方或乙方應依規定期日、種類、內容及數額提供及繳納，如因一方延誤，致影響產權登記者，因而遭受損害，應由延誤之一方負其賠償責任。

**十一、稅捐負擔**：甲乙雙方應負擔之稅捐除依有關法律規定外，並依左列規定辦理：

㈠土地移轉過戶前之地價稅及移轉過戶時應繳納之土地增值稅由乙方負擔。

㈡產權登記費、印花稅、契稅、監證費、代辦費、各項規費及臨時或附加之稅捐由甲方負擔。

**十二、違約處罰**：

㈠乙方除因不可抗力之事由外，其逾期交付房地每逾一日按房地總價千分之○計算違約金與甲方。乙方不履行契約經甲方催告限期履行，逾期仍不交付房地時，甲方得解除本契約。解約時乙方除應將既收價款全部退還甲方外，並應賠償所付價款同額之賠償金與甲方。

㈡甲方全部或一部分不履行本約第三條附件㈡付款表之規定付款時，其逾期部分，甲方應加付按日千分之○計算之滯納金於補交時一併繳清。如逾期經乙方催告限期履行，仍逾期不交付時，乙方得按已繳款項百分之五十請求損害賠償，但以不超過總價款百分之三十為限。如甲方仍不履行時，乙方得解除本契約並扣除滯納金及賠償金後無息退還已繳款項。

㈢交付房地前甲方如發現房屋構造或設備與合約規定不符並經鑑定屬實者，乙方應負責改善或給予相當之補償，甲方於受領乙方交付房地前毋庸再向乙方瑕疵擔保之通知，得依民法第三百六十條規定行使權利，如結構安全發生問題，甲方得解除本契約，解約賠償依第㈠款之規定。

**十三、乙方責任：**本約房地乙方保證產權清楚，絕無一物數賣或佔用他人土地或與工程承攬人發生財物糾紛等情事。如設定他項時，乙方應負責清理塗銷之。訂約後發覺該房地產權有糾紛致影響甲方權利時，甲方得定相當期限催告乙方解決，倘逾期乙方仍不解決時，甲方得解除本契約，乙方除退還既收價款外，並依本約第十二條所定標準為損害賠償，交接房地後始發覺上開糾葛情事時，概由乙方負責清理，甲方因此所受之損害，乙方應負完全賠償責任。

甲方履行本約第十四條時，乙方應同時交付房地及其所有權狀與使用執照。

**十四、甲方義務：**

㈠付清房地價款。

㈡付清因逾期付款之滯納金。

㈢付清辦理產權登記所需之手續費及應付之稅捐與應預繳之貸款利息。

㈣經乙方通知交付房地之日起發生之本戶水電基本費及共同使用設備應分擔之水電費。

㈤經乙方通知交付房地之日起屬於安全防衛、保持清潔、共同使用設施及設備之整理操作及維護等應分擔之管理費用。

**十五、未盡事宜：**本約如有未盡事宜，依有關法令、習慣及誠實信用原則公平解決之。

**十六、契約分存：**本約之附件視為本約之一部分。本約乙式貳份，由甲乙雙方各執存乙份為憑，並自簽約日起生效。

**附件：**㈠標明尺寸之建築物平面圖及基地地籍圖謄本各乙份。

㈡分期付款表乙份。

㈢房屋設備概要乙份。

㈣建造執照影本乙份。

立契約書人：

甲　方

姓　　名：○○○（簽章）

住　　址：

身分證統一編號：

乙　方

公司名稱：
公司地址：
負責人：○○○（簽章）
住址：
身分證
統一編號：
公會會員
證書字號：

中華民國○○○年○○月○○日

〔說明〕

①本契約書適用於土地及房屋之所有權屬同一人所有者（房屋尚未建築完成辦妥產權登記以前，土地所有權人及建造執照所載之起造人應屬同一人）。

②本契約書適用於預售之房屋，亦可適用於興建中之房屋買賣。至於已興建完成，辦妥產權登記的房屋，應依據地政機關之土地及建築改良物登記謄本關於該不動產權利之記載事項，參考本契約範本有關條文訂定買賣契約。

③第四條有關地下層屬於法定防空避難設備部分，遇有空襲或防空情況時應開放供全體住戶避難使用。

④第五條有關屋頂平臺及突出物非供共同使用部分依習慣得約定歸屬於最上層之一方使用。

⑤第八條保固期限，文內所稱主要設備於本契約中係指那些設備（電氣、煤氣、給水、排水、空氣調節、昇降、消防、防空避難及污物處理等），宜於條文中寫明，以免日後發生糾紛。

⑥第十四條有關甲方義務，如乙方代辦之貸款未向金融機關領得以前，申辦貸款手續期間對於該項貸款金額之利息如需由甲方於辦理產權登記前預繳與乙方時，得於本條款內由雙方約定之，寫明貸款利息預繳幾個月，多退少補。

⑦本契約書之不動產於申辦產權登記時，應使用內政部61.7.26臺內地字第四七五一八六號函頒之契約書格式，本契約書之約定事項得為該契約書之特約事項。

⑧本範例係臺北市建築投資商業同業公會擬訂，並經內政部68.10.22臺內營字第四九四七七號審定。

## 不動產（房屋）買賣契約書

出賣人○○○簡稱甲方，買受人○○○簡稱乙方，茲為房屋買賣，兩方同意訂立契約條件如左：

**第一條** 甲方願將其所有後開不動產房屋產權出賣乙方，而乙方願意依約付價承買之。

**第二條** 本件買賣價格，雙方議定為新臺幣○○○元正，於本契約經○○法院公證生效後，由乙方一次交付，另具收據。

**第三條** 甲方於本買賣成立同時，應將買賣標的之房屋，及所附著門窗戶扇、屋內隔屏添造物、電氣施設等，一併包括在內，全部交付乙方掌管為業。

**第四條** 本件買賣成立後，甲方應備齊其他登記有關文件，於乙方指定日時會同乙方，向地政機關申請本件買賣房屋產權移轉登記手續。

倘若手續上應另出立字據，或需要甲方之簽蓋等法律行為時，甲方自當無條件應付之，斷無刁難推諉，或藉他故向乙方要求任何金品之給付補貼加價等情。

**第五條** 本件買賣標的房屋產權於甲方確認為自己所有，保證與他人毫無糾葛不明情事。嗣後如有第三人出為異議或發生故障時，甲方自應出首抵禦，並即理直排除一切障礙，不得有使乙方蒙受任何虧損。

**第六條** 甲方保證本件買賣標的房屋所有權並無與他人經過訂立買賣契約，及抵押權、典權等他項權利之設定，抑或供為任何債權之擔保等瑕疵在前為礙。

如於日後發現此等瑕疵時，甲方願負責理清；倘因而致受損害時，仍應負其賠償之責任。

**第七條** 如甲方於違反前二條契約條件時，乙方除依債務不履行之規定行使其權利外，並應由保

第八條　本件買賣成立前該房屋應負擔課征之稅捐，如有積欠時，甲方應即負責繳清；因此致乙方受有損害時，乙方得向甲方請求損害賠償。證人負連帶賠償責任。

第九條　本件買賣標的物所使用之基地係向○○○租用，應由甲方負責辦理換約；而其出賣以前應納之基地租金如有欠數未清，由甲方負責補繳，並將繳清之收據一併交由乙方存查。

第十條　本件買賣費用之負擔約定如下：

××××××

第十一條　本件買賣標示如後：

一、房屋所在地、門牌××××××

二、房屋坪數及建築形式××××××

第十二條　本契約如有未盡事宜，悉依有關法令規定處理，如涉訟則以○○地方法院為第一管轄法院。

第十三條　上開契約事項係雙方同意，恐口無憑，特立本契約書，正本貳份，甲乙雙方各執壹份。

立契約書人：出賣人（甲方）：○○○　印

住址：○○市○○路○號

身分證統一編號：○○○○○○○○○○

買受人（乙方）：○○○　印

住址：○○市○○路○號

身分證統一編號：○○○○○○○○○○

中　華　民　國　○　○　○　年　○　月　○　○　日

不動產（房屋）預售契約書

立契約人買方：○○○（以下簡稱甲方），賣方：○○建設股份有限公司（以下簡稱乙方）。本約標示買賣事項，經甲、乙雙方一致同意，訂定買賣契約條件如左以資遵守。

**第一條**　預定買賣標示：

房屋：坐落於○○市○○區○○段○段○小段○562地號基地上，編號B1棟第肆層樓房屋壹戶，建坪約○○○坪，含公共設施。（詳如附件）上開房屋面積若與地政機關複丈後核准登記之面積誤差不超過百分之一時，仍以地政機關核准登記之面積為準，雙方各無異議。後開第四條之買賣價款概不退補。

**第二條**　本買賣房屋包括內部隔間及裝修。（設備概要如附件）

**第三條** 房屋完工標準：本件房屋之建築工程以工務局（建設局）發給之建築物（房屋）使用執照為合格標準。

**第四條** 本不動產預定買賣價款議定為新臺幣〇〇萬〇仟元整。
房屋價款：按工務局（建設局）發給之建築物（房屋）使用執照，經當地不動產價格評議委員會評定之標準核計之房屋現值為其價款，並為申報契稅之價格，餘款作為營建本建築工程有關之地上物清除及公共設施工程等之費用。若房屋移轉登記申報現值法令有所變更時，乙方得依變更後之規定辦理之。

**第五條** 付款辦法：甲方同意第四條之買賣價款，並按左列日期至乙方公司以現金或即期支票付款，絕不藉故拖延短欠。
1.訂購金：甲方於訂購時交付乙方新臺幣〇萬元整為訂購金
2.簽約金：甲方於簽約時交付乙方新臺幣〇萬〇仟元整為簽約金
3.第一期期款：民國〇〇年〇月〇日付款新臺幣：〇萬〇仟元整
4.第二期期款：民國〇〇年〇月〇日付款新臺幣：〇萬〇仟元整
5.第三期期款：民國〇〇年〇月〇日付款新臺幣：〇萬〇仟元整
6.第四期期款：民國〇〇年〇月〇日付款新臺幣：〇萬〇仟元整
7.第五期期款：民國〇〇年〇月〇日付款新臺幣：〇萬〇仟元整

8.第六期期款：民國○○年○月○日付款新臺幣：○萬○仟元整

9.第七期期款：民國○○年○月○日付款新臺幣：○萬○仟元整

10.第八期期款：民國○○年○月○日付款新臺幣：○萬○仟元整

11.尾款：新臺幣○○萬元整

(1)甲方應於接到乙方通知交屋日起十天內將尾款付清，乙方應將買賣房屋交付甲方。

(2)甲方如委託乙方代辦貸款以資交付尾款者，乙方保證代辦二十年期抵押貸款。除應照金融機關之規定辦妥一切手續及將本宗房屋併同土地提供擔保辦理抵押設定外，並應於交屋時預付自通知交屋日起至貸放抵押貸款日止依照金融機關抵押放款利率計算四個月利息（多退少補）後始得遷入。倘因金融機關處理措施變更，或其他原因，致貸放日期逾四個月時，甲方亦同意補付至貸款完成時止之利息。前項貸款如因金融機關停辦或變更貸款年限或其他有關法令變更或非可歸責於乙方之事由，致不能貸款時，甲方於收到乙方通知之日起十五日內得請求解除本契約。而甲方如解除本契約者，乙方應將甲方所繳價款加計利息（按中央銀行一年期定期存款利率）退還甲方，甲方不得另外請求任何賠償。倘甲方不依上開期限內請求解約者，即喪失解除權而應於上開期限翌日起十五日內，以現金一次付清。但甲方如因未成年，或未如期提供辦貸款所需之全部證件，或可歸責於甲方之事由，致不能核准貸款時，甲方應於乙方通知日十五天內以現金一次向乙方付清，逾期未繳時，視同違約。

**第六條** (1)本件不動產預定民國〇〇年〇月間交屋（不包括公共設施），但若甲方要求變更設計，或起因自來水廠、電力公司延誤裝設水電或因代辦貸款手續之延誤或不可歸責於乙方之事由，致影響交屋期日者不在此限。

(2)乙方通知甲方交屋時，甲方應於十五日內前來辦理交屋手續，如逾十五日，甲方仍未交屋時，乙方不再負保管之責，若因此房屋遭致毀損，由甲方自行負責，與乙方無涉。

**第七條** 乙方於本房屋或土地標示確定後，得隨時分別通知甲方於五日內到乙方公司訂定房屋買賣契約（公定契紙），其產權移轉登記及貸款抵押設定等之手續由乙方指定代書代為辦理。同時甲方預付左列款項。倘甲方逾期不辦理者，視同違約。

1.預付房屋契稅、監證費、登記費、印花稅及代書代辦費、抵押設定費用、保險費，以及預付利息等費用。倘甲方不依期限預付，以致發生契稅怠報金，及滯納金，亦悉由甲方負擔。如預付金額不足繳納時，甲方同意隨時補足，不得藉故推諉。

2.本房屋之房屋稅、水電費，於使用執照核准日以前由乙方負擔，使用執照核准日以後由甲方負擔。若因甲方遲延交屋或怠繳水電費用，以致停水或停電，則一切復電、復水費用概由甲方自行負責與乙方無涉。

**第八條** 關於本件產權移轉登記及辦理貸款手續，日後如需要甲方或乙方出面，或補蓋印章與補具證件時須立時照辦，不得藉故刁難或延宕。

**第九條** 本契約與甲方和地主所簽定「○○○○土地預定買賣契約」有連帶之權利與義務。甲方對本約如有違約情事，亦視同對甲方與地主所定「○○○○土地預定買賣契約」違約。本約如未附甲方與地主簽定之土地預定買賣契約時，則本約雖經雙方簽章亦不發生效力。

**第十條** 甲方應按第五條約定之期日付款，倘有不按期日付款時，自應繳日第五日起按銀行信用放款利率加計利息付給乙方，期款如逾十五日未繳付時，除加計利息外，按日息千分之二加計滯付金，逾三十天經催告仍不繳付者，視同違約。

**第十一條** 本約悉經雙方同意所簽定，倘甲方違約時，願將甲方交付乙方款項全部由乙方無條件沒收作為懲罰性違約金外，乙方並得解除本契約，收回房地自行處分。倘乙方不賣時應將所收之款項加倍退還甲方，各無異議。

**第十二條** 本約房屋移轉登記時，甲方之權利人名義應與土地甲方之權利人名義相符，俾使產權清楚一致，而利貸款之辦理及登記。

**第十三條** 本約房地乙方保證產權清楚，絕無一物數賣或佔用他人土地或與他人財務糾紛等情事，如有上述情事乙方願負完全責任，甲方因此所受之損害乙方應負賠償責任。

第十四條 其他事項：

1.本約之施工標準悉依所附圖說及設計辦理，甲方如要求變更設計，須於後附變更期限前提出，且其變更不得改變房屋之結構安全、主要管道、外觀設計及影響其他房屋之安全及私密為限。前項設計之變更須先徵得乙方同意後始予辦理，其因而發生費用以不減少原訂價款為原則另行議定，其因此而增加之費用於乙方通知後五日內由甲方付給乙方。

2.乙方為實施其服務工作，對本房屋工程及設備倘須從甲方屋內檢修時，甲方須無條件同意進入檢修，惟若因檢修工作而損害或移動甲方裝修時，乙方應負責修復及恢復原狀。

3.甲方同意受電室及供水設備，或瓦斯供氣設備，依照工務局核發之建築執照藍圖，或本契約所附圖說標示位置安裝。倘各該公共事業機構正式設計變更指定位置或增設時，甲方亦無條件同意不得異議。

4.地下室除放置公共設施和管理員室外，並設有汽、機車停車場，供社區住戶共同管理使用，但空襲時得提供作避難使用，其餘本公司得保留為其他用途。一樓有庭院者除設置公共設施外，為各該一樓住戶管理使用，但不得違章使用。屋頂A1A

12B1B6B7B12各設瞭望臺，歸A1A12B1B6B7B12頂樓住戶個別管理使用，其餘屋頂除設置公共設施外，為頂樓住戶管理使用，但均不得違章使用。

5.為保持本社區公共設施，公共通道之安全暢通及環境衛生之整潔，社區住戶不得設置任何固定或非固定造作物及放置任何危險髒亂物品。

6.為維護本社區建築物外部之壯觀，在住戶管理委員會成立執行管理任務以前，住戶不得於建築物外牆裝設廣告招牌，或鐵窗架等任何型式之物體。

**第十五條** 保固期限，乙方對本約房屋之結構及主要設備，自使用執照領取後負責保固一年。但因天災或不可歸責於乙方之事由而發生之毀損不在此限。

**第十六條** 本買賣房屋倘因政令禁建或須變更原來設計或其他不可抗力之事由，致不能照原設計繼續興建或交付房屋時，乙方得隨時解除契約，應將甲方所繳價款加計利息（按中央銀行一年期定存利率）退還甲方。甲方不得請求任何損害之補償。

**第十七條** 甲乙雙方之通信地址，均以本約所載為準。若有遷移變更，應即書面通知對方，否則若無法送達或拒收致使函件退回者，均以郵局第一次投遞日期，視為送達日期。

**第十八條** 本契約如有未盡事宜，悉依有關法令規定處理，如涉訟則以臺灣臺北地方法院為第一審管轄法院。

**第十九條** 上開契約事項係雙方同意，恐口說無憑特立本契約書，正本貳份，甲乙雙方各執壹份，待交屋時本契約由乙方收回作廢。

立契約書人：買主（甲方）：○○○（簽章）

住址：○○市○○路○○號

身分證統一編號：○○○○○○○○○○

法定代理人：

住址：

身分證統一編號：○○○○○○○○○○

賣主（乙方）：○○建設股份有限公司 印

董事長：○○○（簽章）

地址：○○市○○路○段○○○號

中 華 民 國 ○ ○ ○ 年 ○ 月 ○ ○ 日

## 2 工程契約

### (一)工程契約

立工程契約書人 臺灣省立○○農業職業學校（以下簡稱甲方）
○○營造廠（以下簡稱乙方）茲經招標方式決定由乙方承包甲方

農場場房一棟建築工程，並經雙方同意特簽訂本契約書以資遵守，條款如後：

一、**工程名稱**：○○農業職業學校農場場房一棟（共○間）建築工程。

二、**竣工期限**：自開工日起○○○工作天工作全部完竣，由乙方報請甲方驗收。甲方接獲乙方工程完工驗收報告時，須於○日內驗收完畢；如遇天雨、風暴或非人力所能抗禦之事故，經甲方監工人員證明屬實者，乙方因之不能如期完工時，乙方應用書面向甲方申請順延。

三、**工程總價**：新臺幣○萬○仟○佰圓整（詳標單），不論物價及幣值之波動，乙方應依照本工程圖說及現場說明（電燈裝置包括開關燈頭○個及全部電路）施工。

四、**工程付款**：立約及對保後○日內，由乙方將工程材料運到工程地點後，由甲方先付工程總價五○％，於工程完成十分之七時，再付二五％，工竣驗收後，付清二五％。

五、**工程增減**：甲方對本工程之圖標、說明書及現場說明有變更增加工作時，乙方得向甲方依照時價請求增加工程價款。

六、**動工日期及材料處理**：本契約簽訂後乙方應於○日內動工，材料及工數按照工程內開有餘量及餘額時，甲方得無價收用或扣抵工資。

七、**工場清理**：建築施工所用場地於工程完工後，乙方需負責恢復原狀。

八、**保固期限**：本工程全部完工經甲方驗收後，乙方另書具工程保固書切結，擔保所承造工程於三月內毫不走樣傾坍，一年內如有裂痕、漏雨及人工草率以致損壞時，一經甲方通知，乙方即應派工無條件修復，不得藉故推諉。如係甲方自行損壞者及天災或非人力所能抗禦之災害（中型颱風不在此限），乙方不負責任。

**九、工程保證**：乙方為對本契約一切義務之擔保起見，必須向甲方提供領有新臺幣○○元以上資本額之營業牌照者舖保兩家，保證本契約之切實履行並負本工程完工及賠償責任。

**十、工程罰款**：乙方如不能按照第一條規定期限竣工時，甲方得處以延遲罰金，超過○○個工作天以後，每逾一日，罰工程總價之二○%；逾限十日後，認為乙方無力完成時，甲方即行追保，由保證人負責完工或賠償甲方因此所受之一切損失。

**十一、工程變故**：本工程如乙方無力完工，除應由保證人負完全責任外，倘有負責人因疾病、逃亡及發生其他不幸事件時，其合法繼承人應由保證人負責監督選出，用書面通知甲方存查。原保證人仍應繼續保證至工程全部完成或驗收為止，如乙方偷工減料攜款潛逃及中途發生宣告破產等事件，保證人應負完工之一切責任。

**十二、工程合約**：本契約書共貳份（附圖說、估計單、保證書），由甲乙兩方各執一份。

**十三、合約效期**：本契約自雙方簽訂對保無訛後生效，至工程保固期滿廢止。

立契約書人（甲方）○○農業職業學校校長○○○ 印

（乙方）○○營造廠總經理 ○○○ 印

保 證 人：商號：○○○貿易公司

（負責人）○○○ 印

身分證統一編號：○○○○○○○○○○

地址：臺北市○○路○號

商號：○○行

（負責人）○○○ 印

身分證統一編號：○○○○○○○○○○

地址：臺北市○○路○號

對保人：○○○ 印

監約人：○○○ 印

中華民國○○○年○月○○日

## (二)工程契約

本工程契約由○○○○大學○○○○○○○（以下簡稱甲方乙方）依據左列條款訂定之：

本工程設計監造之建築師為○○○建築師事務所（以下簡稱建築師）

一、**工程名稱**：本工程名稱為○○○年度大學部學生宿舍二期（男十四舍）建築新建工程。其範圍包括本工程之全部人工、材料、工具、設備等並須依照本契約所附之圖樣及施工說明施做。

**二、工程總價：**本契約總價承包。按照標單及圖說所列，並經雙方同意新建工程總價為新臺幣○○○元整。

**三、工程期限：**本工程工期採日曆天計算，其準則如下：

㈠本次招標之工程自開標次日二十天內或建照領取後五日內開工，如因甲方因素而致無法如期開工則不在此限，本工程限於玖佰貳拾個日曆天內完工（星期日、選舉日及國定假日不計算日曆天）。

㈡如因工程數量臨時增加，或因天災、人禍確為人力所不可抗拒而須延長完工日期時，乙方得函請建築師簽證轉甲方核定延期或該期間不計工期。

㈢如因基地遇有地下管線及樹木之需遷移者，而該遷移工程不包括原合約中且確實影響工程進度者，其所延誤之工期，乙方得拍照存證函報建築師簽證轉甲方核定延展工期。

㈣如因甲方之需要例如舉辦重要活動（如校慶、運動會、畢業典禮或重要會議等等）、遷移花草樹木、停電停水維修（含電力公司停電）而以書面通知乙方暫停施工，乙方應遵照辦理，該書面通知之暫停時間不論上午或下午均不計工期一天。

㈤如因颱風（以氣象局發佈之陸上颱風警報及解除為準）及防空演習（以演習起迄時間為準）等因素，該期間不列入工期之累計。

㈥臨時而無書面通知之停水停電其為甲方之因素或因甲方其他工程施工致管線之挖斷，期間所延誤則不計工期，此突發狀況以登載於日報表並向監工人員報備轉校方查明原因為準。

**四、付款辦法**：得標廠商於簽訂承包工程合同並施工後，其領款手續按照投標須知第十五條規定辦理。

**五、工程圖說**：本契約所附之投標須知、開標記錄、施工說明書、標單、圖樣等，均為本契約之一部分，其中條文一律同等有效。在施工過程中如發現任何缺點，或各文件彼此間互有差別時，應以建築師解釋為依據，如圖樣或施工說明書均未載明而為完成本工程所必需或工程慣例所應為之零星事項或工程，乙方亦得按甲方及建築師指示履行不得推諉或要求加價。

**六、變更工程**：甲方認為工程有變更之必要時，一經通知乙方，乙方應即照辦。因工程之變更而有數量之增減者，其工程費之增減計算仍以原訂單價為準，如有新增之工程項目應由雙方共同議定合理單價，其工作期限亦得視實際情形予以延長或縮短，是項增減工程價款及工程期限經雙方議定後用書面附入本契約內作為有效之附件。

**七、契約保證**：

㈠本工程需有二家同等同業之保證，並向銀行（局、庫）辦理定期存款質押本校作為履約保證金且銀行須拋棄該存單之抵銷權，或取公營金融機構之書面保證或以現金或等值之政府公債繳納（履約保證金佔合約總價百分之十）。

㈡如以現金或公債或定期存單繳納之履約保證金俟工程完成百分之廿五、五十、七十五及全部完工時（按估驗工程款佔總工程款比例計算為準），按比例退還其履約保證金。如以公營金融機構之書面保證則於本工程完工並經初驗合格後以書面通知該金融機構解除保證責任。

㈢乙方與甲方訂約後如有違背工程契約書各條款情事者，甲方得隨時解除契約並沒收履約保證金，乙方不得提出任何異議並放棄先訴抗辯權同時自動解除其履約保證責任，甲方得不經任何法律或行政程序自行處理該款。

## 八、工程管理：

㈠乙方應派富有工程經驗之全權代表及具有豐富工程經驗之管工經常駐在工地，依照預定施工進度程序表確實執行，並隨時遵照甲方建築師及監工人員指示施工。

㈡在工程進行中甲方認為所派人員不能稱職時得通知乙方更換之。上開工程預定施工進度程序表及施工計劃書於契約簽訂前由乙方擬定經甲方核可後視同合約辦理。

㈢乙方應按日填寫工程日報表詳實記載工作情形，並由建築師及專任監工員核簽後留兩份由甲方存查。

㈣為明瞭工作一般品質與其進度決定工程是否依契約之規定實施，建築師須定期勘查建築基地，就其實地視察結果每週提供甲方關於工作進度情況報告，建築師應盡力防止乙方之工作發生瑕疵並適時簽發工地指示。

㈤材料設備或假設工作物之檢驗如須委託其他機構辦理者其費用由乙方負擔，檢驗結果經建築師判定不合格之材料乙方應即撤離工地或另依建築師指示辦理。檢驗合格已運入工地材料非經甲方同意不得撤離工地。經檢驗合格之材料僅代表該試樣合格，乙方仍不得主張免除瑕疵擔保責任。

㈥如非天災人禍影響本工程之進行，並經建築師判定及甲方同意者乙方不得停工；乙方停工之事實認定由建築師按工程慣例公正判定之。緊急必要時甲方有權會同建築師及有關單位強制工地現場保持停工時原狀及必要時之維護。

㈦乙方應遵守一切法令規章依規定辦理各種必要之申報手續；除建築執照由甲方負擔外，其他因施工必需之各種執照許可證及使用執照等皆由乙方負責獲得並負擔一切費用。

㈧乙方應隨時清除因其作業所產生之廢料與垃圾，勿令堆積施工場所內外。工程完成後施工場所內外之廢料與垃圾以及乙方之工具、建築機具、剩餘材料等皆由乙方逕行運離施工場所（校區以外之適當場所）。

## 九、工程驗收：

㈠乙方完成全部工程應立即正式備文函建築師查驗並以副本通知甲方，建築師在三日內完成查驗報告並核算工期（逾期與否）。除建築師有特別指示外，乙方應就建築師查驗所列缺點於十日內一次改善完竣，並報請建築師查驗同意後始得函請甲方會同有關單位辦理正式驗收手續。

㈡正式驗收、複驗、分項中途查驗、驗收及政府主管機關會勘查驗之缺點改善程序比照前款規定辦理。

㈢全部完工期限屆滿日起三十天後無論是否已驗收結案，乙方不得以任何理由拒絕或妨害甲方使用，因甲方正常使用下致妨害乙方之修繕工作者得另行協議，但乙方不得主張損害賠償或推諉加價。

㈣工程缺點如經甲乙雙方同意以減少報酬（缺點減賬）方式結案者，應以建築師所核算工程缺點與標準工程品質之差價乘以三倍作為「缺點減賬金額」在乙方應領工程款內減賬結算之，乙方對於建築師之計算式不得異議。

㈤乙方虛報完工日期應負偽造文書責任。

㈥驗收結算明細表由建築師現場監工按乙方實做數量確實製作，送建築師查核簽證經甲方會同有關單位核定後結案。

㈦工程驗收或施工期內之檢查及抽驗時所需之人工、工具或其他措施應由乙方無償提供，乙方不得異議。

㈧甲方驗收時發現之缺點應改善之處，乙方應於甲方指定時間內改善完成，俟改善完成後再報請複驗，經複驗合格才得視為通過，如乙方無法於指定時間內改善完竣，甲方得自行僱工辦理，凡所需之工作費及甲方所遭受之損失概由乙方全部負責，甲方得在乙方未領工程款或保留款內扣除，不足之數並得向乙方追繳之。

㈨驗收時發現有與設計圖說不符者，乙方應在甲方指定期限內照圖說修改完善否則以逾期論，並按本契約第十一條規定辦理。

㈩本工程全部完竣後，乙方應將所有剩餘材料及設備一律遷離工地（乙方使用之工棚及辦公設施，可於工程完工正式驗收合格後一個月內，自行拆除），並清理工地，始得報請驗收，驗收時除由乙方供給竣工管路位置圖樣外，如甲方認為有挖開或拆除一部份以便利驗收時，乙方應即照辦不得推諉，於驗收後並負責免費修復。

十、**工程結算**：本工程完竣後如無變更設計即按照本契約第二條總價結算，如因設計變更而增減時，其工程費結算辦法按第六條規定辦理。

十一、**逾期罰款**：乙方如不能於規定期限內竣工，每逾一個日曆天罰款新臺幣○○○元整（按工程總價千分之一計算並按本契約第三條之工期準則推算），此項罰款由乙方另行以現金繳交。

十二、**工程保管**：本工程自開工之日起至甲方接管之日止，工程所有之材料、未成品、或已成品均由乙方負責保管。

十三、**契約終止**：甲方認為有終止之必要時得解除契約全部或一部份，一經通知乙方應即遵辦，其已完成部份及專用於本工程之合格料且經甲方實地驗收認可後，由甲方按照原訂單價及相當料價給直接收之。

**十四、解除契約：**乙方如有左列情事之一時甲方得解除本契約，甲方因此所受一切損失乙方應負責賠償之全責，如乙方無力賠償時得依本契約第七條之規定辦理之。

㈠乙方未能提出正當理由亦未經甲方認可而延誤工程進度，不能依照本契約之規定日期開工者。

㈡乙方對本工程不能按照甲方核定之預定施工進度表之施工計劃進行施工或工作草率不聽從甲方之指示改正者。

㈢乙方理由充分要求解除本契約經甲方同意者。

㈣乙方未經甲方許可私將本工程之全部或一部份轉包或分包與他人承辦，經甲方查明屬實者。

㈤乙方無故停工或延緩履行本合約經甲方通知後三日內仍不遵照辦理時或工料機具設備不足，甲方認為不能依期完工時。

㈥乙方違背合約不履行合約責任時。

**十五、加開夜工：**乙方不能按照施工進度表進行，而工程有緊急需要且甲方認為必要時，得指定乙方加開夜工，因加開夜工所需一切設備費用及其他增加費用概由乙方負擔，如遇工程須提前完成乙方應儘速趕辦，其有加開夜工必要時乙方應即照辦，在此一項特殊情形下因加開夜工所增之費用得由雙方另行協商由甲方補償之。

十六、**保固期限**：本工程自驗收合格之日起乙方應出具保固兩年證明書，在保固期內如本工程之全部或一部份發生漏水、裂縫、龜裂、各種控制開關不靈等情事時，經查明確係施工不良、用料不佳所致者，一經甲方通知，乙方應即派工攜料於十日內按照圖說無價修復。

註：按投標須知第十八條規定辦理。

十七、**意外災害**：本工程在未交甲方接管前，無論已完成之工程或材料器具等，除人力不可抵抗者外，如遭受意外災害概由乙方自行負責，不得向甲方提出任何補償。另本工程於施工時損壞任何供水、電、瓦斯等管線乙方需負一切修繕恢復責任，不得提出任何補償。

十八、**轉包及分包**：

㈠乙方未經甲方許可不得將本工程之全部或一部份轉包與他人。

㈡乙方基於正常確切理由須將一部份工程分包他人承辦時，須於施工前將該次包之有關文件資料提送甲方審查通過後再由甲方通知乙方辦理。

十九、**用人限制**：乙方不得僱用治安當局認為有危害治安嫌疑之工人或職員。

二十、**同等品**：本工程中所有建築師規定使用之材料，乙方遇有左列情形之一時得申請採用同等品，並須於簽約後六個月內提出材料品質、性能均不低於原合約指定廠牌水準之同等級證明文件及得標時市價報價單送建築師審核函業主，待建築師和業主確認同意後方得進場使用，否則不予計價及驗收，該同等品市價低於合約單價時應依市價扣減。

㈠指定之建材市場缺貨，經公會證實者。

㈡指定之建材受廠商壟斷，其價格高於設計單價顯有抬高價款形成壟斷之情形。

㈢指定之建材廠商無法於工程所需時間內供貨者。

**廿一、送樣**：本工程得標廠商於得標後施工前得將本工程合約內所規定之材料樣品或樣本全部送建築師審核蓋戳後，連同審核樣品清單一併送交本校複審，待建築師及業主確認同意後方得進場使用，倘被查覺有未同意而使用之材料或器具，廠商應自行負全責更易之，否則本校得對該部份不予計價及驗收。

**廿二、仲裁條款**：

㈠甲乙雙方如對契約條款發生爭議且不同意建築師之裁決時，得依商務仲裁條例之程序提請仲裁。

㈡仲裁由當事人雙方各選一適任之仲裁人，再由雙方選出之仲裁人共推另一仲裁人，如不能共推時得聲請管轄法院（甲乙雙方以約定之法院為本契約之管轄法院）為之選定，當事人選定仲裁人後應以書面通知他方及仲裁人。選定經通知後不得撤回，已選定仲裁之一方得催告他方於受催告之日起七日內選定仲裁，受催告之逾期于選定仲裁人者，催告人得聲請法院為之選定仲裁人。

㈢仲裁人應於被選定之十日內決定仲裁處所及詢問日期，通知雙方出席陳述並就事件關係作必要之調查後試行和解，和解不成，於三個月內以過半數之意見決定其判斷，必要時得延長三個月。

㈣仲裁人判斷除送達雙方當事人外並送請法院備索，對雙方具約束效力，雙方均應共同遵守，否則可聲請法院裁定而強制執行。仲裁人逾期前項期間未作成判斷者，當事人得逕行起訴，仲裁人意見不能過半數者應將其事由通知當事人，仲裁程序視為終結。

㈤仲裁費用之負擔，應記明於仲裁判斷書或和解筆錄。

㈥仲裁期間非經甲方同意，乙方不得停工，並須繼續履行本契約義務。

**廿三、契約時效**：自簽訂之日起生效，保固期滿後失效。

**廿四、契約分存**：本契約正本乙式兩份，雙方各執乙份，副本拾份，甲執玖份，乙方執壹份。

監約人：〇〇〇

甲　　方：

法定代理人：

住　　址：

電　　話：

乙　　方

法定代理人
住　址：
電　話：
建築師：
住　址：
電　話：

中華民國○○○年○月○○日

〔說明〕

①本例最後立契約書人及保證人之學校、商號名上，均應加蓋學校鈐記及商號印章。

②對保人經查驗擔保商號營業執照無誤及無其他可疑之點後，應命其再加蓋原印章一次，並須書明對保日期。

## 3 借貸契約

(一)借款

茲借到
○○○先生新臺幣○○○圓整，承 慨允無息貸與，決於本年○○月○○日以前清償，特立此據。

借用人 ○ ○ ○ 印
身分證統一編號 ○○○○○○○○○○
住址 ○○市○○街○○號

中華民國○○○年○○月○○日

借據
一、新臺幣○○元整。
二、利率約定按每百元日息○角○分計算。
三、定於本年○○月底以前清償。
台端收執為憑。
債權人○○○先生存照。

借款人 ○ ○ ○ 印
身分證統一編號 ○○○○○○○○○○
住址 ○○市○○街○○號
保證人 ○ ○ ○ 印
身分證統一編號 ○○○○○○○○○○
住址 ○○市○○街○○號

中華民國○○○年○○月○○日

立借款契約人○○○（以下簡稱甲方）、○○○（以下簡稱乙方）訂立本契約，條款如下：

一、甲方願貸與乙方新臺幣○佰萬元整。

二、借貸期限為○年，自中華民國○○年○月○日至○○年○月○日。期滿之日，乙方應連同本利壹次還與甲方。

三、利息每月新臺幣○○元，於每月○日付給甲方。甲方出具收據。

四、遲延利息及逾期違約罰金，依新臺幣每佰元日息壹角貳分計算。

五、乙方及保證人不依約履行時，願受法院之執行，不得異議；因此而發生之費用悉由乙方及保證人負擔。

六、本契約壹式伍份，請求法院公證，除存案一份外，當事人各執乙份存照。

甲　方：○　○　○（簽章）

身分證統一編號：○○○○○○○○○○

乙　方：○　○　○（簽章）

身分證統一編號：○○○○○○○○○○

保證人：○　○　○（簽章）

身分證統一編號：○○○○○○○○○○

保證人：○　○　○（簽章）

身分證統一編號：○○○○○○○○○○

中　華　民　國　○　○　○　年　○　○　月　○　○　日

## ㈡借物

立契約書人〇〇〇（以下簡稱甲方）、〇〇〇（以下簡稱乙方）訂立本契約，條款如後：

一、乙方向甲方借用〇〇版二十五史壹套，共〇〇本，連同木質書箱〇只。
二、借期壹年，自民國〇〇年〇月〇日至〇〇年〇月〇日止。
三、甲方不取借用費。
四、乙方有妥善管理借用物之責任，倘有毀損失落應負損害賠償之責。
五、乙方不得於書頁上書記任何文字符號或摺疊，亦不得轉借他人。
六、期滿日，乙方即將借用物壹次交還甲方。
七、甲方如需於未期滿內收回借用物，須於期限屆滿一個月前通知乙方；乙方須送交甲方。
八、屆期如乙方違約，應付甲方違約金每日新臺幣〇佰元。甲方訴訟費亦由乙方負擔。
九、本契約書壹式貳份，甲乙雙方各執壹份為憑。

甲　方：〇〇〇（簽章）
身分證統一編號：〇〇〇〇〇〇〇〇〇〇
乙　方：〇〇〇（簽章）
身分證統一編號：〇〇〇〇〇〇〇〇〇〇

中　華　民　國　〇〇〇年〇〇月〇〇日

## 4 保證契約

### (一)保證書

立保證書人○○○，今保證○○○君在○○公司服務期間，經手銀錢財物，如有虧欠挪用等情事，概由保證人負責照數賠償，恐後無憑，立此保證書存照。

保證人○○○印

中華民國○○○年○月○○日

### (二)保證契約書

立契約書人○○貿易股份有限公司（以下簡稱甲方），○○○（以下簡稱乙方）○○○（以下簡稱丙方），就債務保證事宜，訂立本契約條款如下：

一、乙方對甲方之左列債務，丙方願負保證乙方履行之責任。

(一)債務性質：借款。

㈡債務金額：新臺幣〇〇萬元整。
㈢債務憑證：民國〇〇年〇月〇日簽訂之「借貸合約書」。
㈣利息：每百元日息〇分，於每月首日給付甲方。
㈤清償日期：民國〇〇年〇月〇日。
㈥其他條件：依「債務憑證」之記載。
二、乙方如違約，丙方負本利一次清償之責。
三、本契約書一式三份，當事人各執一份為憑。

甲方：〇〇貿易股份有限公司
代表人：〇 〇 〇 （簽章）
身分證統一編號：
乙方：〇 〇 〇 （簽章）
身分證統一編號：
丙方：〇 〇 〇 （簽章）
身分證統一編號：

中 華 民 國 〇 〇 〇 年 〇 月 〇 〇 日

## 5 僱傭契約

### 僱傭契約書

立僱傭契約人○○／○○（以下簡稱甲方／乙方），因僱傭事，雙方同意，訂立條件如左：

一、乙方受僱於甲方，擔任○○工作。甲方按月給付乙方報酬新臺幣○○元整。

二、僱傭期限自○○年○○月○○日起，至○○年○○月○○日止。

三、僱傭期間，甲方為本身利益，得對乙方為必要之管束，但不得以約定工作範圍以外之事務或不正當之行為加諸乙方。

四、僱傭期間，乙方應遵守甲方規定，勤勞工作，不得有怠惰或其他不法行為，並不得為他人服行勞務。如有上開情事，甲方得隨時解僱，乙方不得異議，亦不得請求任何補償。

五、僱傭期間，倘一方因特殊事故必須解僱或辭職，應於一個月前通知對方。

六、本契約乙式貳份，經甲乙雙方簽字後生效，並各執乙份存照。

立契約人

甲方：○○○（簽章）

身分證統一編號：

乙方：○○○（簽章）

身分證統一編號：

中華民國○○○年○月○○日

## 6 租賃契約

租賃契約書

立房屋租賃契約人○○○ ○○○（以下簡稱甲方 乙方），今承○○○先生介紹，為房屋租賃事，雙方同意，訂立條件如左：

一、甲方將自有坐落○○縣○○鎮○○街○○號二層樓房乙幢，租與乙方使用。

二、房屋底樓面積○○平方公尺（○○坪），二樓面積○○平方公尺（○○坪），合計總面積○○平方公尺（○○坪）。主要柱牆樓梯走道陽臺形式，共照照片○○幅，每幅均乙式貳張，甲乙雙方各執乙套備查。上開主要結構，乙方不得改動。

三、租期自民國○○年○○月○○日起，至民國○○年○○月○○日止。屆期甲方如收回自用，乙方須將房屋交還甲方，逾期不交，乙方應每日繳違約金○○元與甲方。倘甲方繼續出租，乙方有優先承租權，惟須另訂新約。甲方不願繼續出租，或乙方不願繼續承租，均應於租期屆滿前一個月，即〇〇年〇〇月〇〇日以前通知對方。

四、租金每月〇〇元正，於每月〇〇日前以現金付清；押租〇〇元正，於簽約當日以現金一次付清。租賃期滿，乙方遷出當日，甲方應將押租全數無息以現金退還乙方。乙方如積欠租金達〇個月，甲方得終止租賃，並得自應退押租中扣抵，乙方不得異議。

五、租賃期間，如發生產權糾紛，概由甲方負責，如乙方因而受損，甲方並須負賠償之責。

六、租賃期間，房屋土地等稅捐及修繕費用，概由甲方負擔；水電費用由乙方負擔。

七、租賃期間，乙方不得將房屋轉租、分租或出借與第三人。

八、乙方對房屋之裝修設備，不得故意破壞，如有毀損，除因不可抗力之事故，乙方應負賠償之責，或負責修理復原。如為居住方便，而欲改裝增建，應事先徵得甲方同意，並自行負擔所需費用，租期屆滿，或退租時，須恢復原狀，交還甲方。

九、乙方不得使用電爐或超負荷使用電力，亦不得在室內及房屋周圍堆置易燃、易爆物品，如不遵守，甲方得隨時終止租賃，乙方不得異議。

十、本契約乙式貳份，甲乙雙方各執乙份為憑。

立契約人

甲方

姓名：○○○（簽章）
住址：
身分證統一編號：

乙方
姓名：○○○（簽章）
住址：
身分證統一編號：

介紹人
姓名：○○○（簽章）
住址：
身分證統一編號：

中華民國○○○年○月○○日

## 7 抵押契約

### (一) 抵押契約書

立抵押借款契約人○○○○○○（以下簡稱甲／乙方），就抵押借款事項，經雙方一致同意，訂立條款如左：

一、乙方貸與甲方新臺幣○○萬元整，於訂約日由乙方以現金一次付與甲方，甲方出具正式收據交付乙方為憑。

二、甲方將座落○○市○○路○段○巷○弄○號第○樓房屋面積○○平方公尺（○○坪）作為抵押，以擔保前開債務。

三、甲方於訂約次月起，每月○日按前開債務金額月息○分之利率，以現金付息與甲方，不另掣據。

四、抵押期限○年，即自○○年○○月○○日起，至○○年○○月○○日止。甲方如屆期不清償債務，乙方得依法申請拍賣抵押物以抵償債務。

五、本約自成立後○天內，乙方須將一應證件交付甲方，以辦理抵押權設定登記。

六、本約經雙方簽字後生效。

立契約人

甲方

姓名：○○○（簽章）

住址：

身分證統一編號：○○○○○○○○○○

乙方

姓名：○○○（簽章）

住址：

身分證統一編號：○○○○○○○○○○

中　華　民　國○○○年○○月○○日

(二)

茲借

○○○先生新臺幣○萬圓整，提供本人所有九·九三成色黃金○○壹兩整作為抵押，約定○年○○月底歸還；利息每百圓日息○角○分，至期本利清償，逾期以抵押品作抵，決無反悔，此據。

借款人 ○○○ 印

身分證統一編號 ○○○○○○○○○○

住址 ○○市○○街○○號

見證人 ○○○ 印

身分證統一編號 ○○○○○○○○○○

住址 ○○市○○路○○號

中華民國○○○年○○月○○日

## 8 合夥契約

合夥契約書

立契約書人○○○（以下簡稱甲方）、○○○（以下簡稱乙方）、○○○（以下簡稱丙方）、

○○○（以下簡稱丁方）、○○○（以下簡稱戊方），茲就合夥經營餐廳（以下簡稱本餐廳）事宜，訂立本件合約，條款如後：

一、本餐廳定名為○○川菜餐廳，地址設於○○市○○路二三五號一樓。

二、本餐廳資本總額定為新臺幣伍佰萬元正，合夥人出資數目詳列如左：

甲出資貳佰萬元正。

乙出資壹佰萬元正。

丙出資柒拾伍萬元正。

丁出資柒拾伍萬元正。

戊出資伍拾萬元正。

三、職務分配：甲方擔任行政事務總負責人，乙方擔任總經理，丙方擔任財務經理，丁方擔任業務經理，戊方擔任廚房領班。

四、廚房由戊方負責一切事務，惟掌廚及各式茶點之師傅人選及聘僱事宜，應經甲方及乙方同意。

五、業務經理負責業務推廣及前堂人事管理。

六、財務經理兼負責對外公共關係（如警察局、衛生局、稅捐處、銀行）等，對內負責餐廳之一切安全及總務。

七、副理、顧問及會計人員由甲方聘用。
八、領班、組長、服務生、服務臺、總機服務人員由乙方聘任。
九、合夥人會議每月開會一次，由甲方召集之。遇有必要時，甲方或乙方均得召集臨時會議。
十、合夥人會議，應有合夥人半數出席，以出席過半數表決之同意作成決議。
十一、合夥人之表決權分為二十個單位，每出資貳拾伍萬有一表決權。
十二、合夥人對持分權如有意轉讓時，應經過合夥全體同意，方為有效。
十三、合夥人不得對本餐廳借款。如有私人對外借款時，均由私人負責償還，不得連累本餐廳；本餐廳之支票，禁止任何合夥人私人使用。
十四、凡需臨時添購物品總費用在新臺幣伍仟元以下時，由甲方或乙方決定支付；如超過上述金額時須召集臨時合夥人會議決之。
十五、本餐廳每三個月分配盈餘壹次，按出資額之比率分配之；如有虧損，亦按出資額比率分擔。
十六、本合約內未訂定事項，悉依民法及其他有關法令辦理之。
十七、本合約書簽訂同時，甲、乙、丙、丁、戊各合夥人應將出資額一次繳清。
十八、本合約書壹式伍份，甲、乙、丙、丁、戊各執一份為憑。

甲方：○○○（簽章）
身分證統一編號：
乙方：○○○（簽章）
身分證統一編號：
丙方：○○○（簽章）
身分證統一編號：
丁方：○○○（簽章）
身分證統一編號：
戊方：○○○（簽章）
身分證統一編號：

中　華　民　國　○　○　○　年　○　月　○　○　日

## 9 贈與契約

贈與契約書

次女○○，幼年患麻痺症，致右足殘廢，行動維艱，良堪痛惜。茲將本人所有座落○○市○

○路○○號舖房一幢贈與該女○○○○名下為業，俾其日後生活有所保障。嗣後任何人不得藉故要求分享權利，除向主管機關登記辦理產權移轉外，特立本約付與○○收執為憑。

贈與人○○○ 印

中 華 民 國 ○ ○ ○ 年 ○ 月 ○ ○ 日

## 10 收養契約

收養契約書

茲者雙方議定收養條件如下：

一、○○等同意將生女○○（民國○○○年○月○日生）出讓與○○等為養女。

二、○○等對於養女應善為撫養，到達入學年齡以後，應盡可能使之多受教育，不得有虐待、轉賣、轉讓或其他違法情事。

三、日後○○之婚事俟其成年時自行決定，雙方皆不得包辦干涉。

特立本收養契約分執為憑。

生父〇〇〇 印
生母〇〇〇 印
養父〇〇〇 印
養母〇〇〇 印
證人〇〇〇 印

中　華　民　國　〇　〇　〇　年　〇　月　〇　〇　日

## 三出典契約

### 出典契約書

立出典房屋契約人〇〇〇（以下簡稱甲方），茲將座落〇〇市（鄉、鎮）〇〇街〇段〇〇號三層樓房一幢，出典與〇〇〇（以下簡稱乙方）使用，並經三面議定條件如下：

一、出典房屋之四至為東至〇〇處，西至〇〇處，南至〇〇處，北至〇〇處。底樓面積為〇〇平方公尺，三樓總面積為〇〇平方公尺。

二、出典房屋內部牆柱門窗走道陽臺等結構形狀，拍存照片〇〇張，每張均一式兩張，甲乙方各執一套為憑。此等建築主要結構形狀，乙方不得改動，藉以維護房屋之安全。

三、出典期限○年，自○○年○月○日至○○年○月○日止。

四、典價新臺幣○○○元整，於本契約成立後，由乙方一次付與甲方。

五、典期屆滿，甲方將原典價無息交還乙方，乙方將原典物無損交還甲方。

六、出典期間，乙方對典物應妥為保持維護，如有故意或過失使典物遭受毀損時，應負賠償責任。倘係出於不可抗力，則依國家法律處理。

七、出典期間，乙方為利用方便，對於表面裝修，須予改動，事先必須徵得甲方同意。典期屆滿將典物交還甲方時，並應負責恢復原狀。

八、典期屆滿，甲方如不贖回典物，乙方得繼續無償使用，經一再催促，甲方仍不贖回，乙方得依法拍賣典物，抵償典價。

九、典期屆滿，乙方必須如期交還原典物與甲方，否則依法追究，過期交還者，應給付違約金每日○○元整，以賠償甲方之損失。

十、乙方非經甲方同意，不得將典物轉典或出租與他人。

十一、本契約一式二份，甲乙方各執一份為憑。

立契約人

甲方

姓名：○○○（簽章）

住址：
身分證統一編號：
乙方
姓名：○○○（簽章）
住址：
身分證統一編號：
見證人
姓名：○○○（簽章）
住址：
身分證統一編號：

中華民國○○○年○月○○日

## 12 出版契約

出版契約書

立出版權授與契約書人○○○（以下簡稱甲方）、○○圖書出版股份有限公司（以下簡稱乙方）就出版權授與事宜，訂立本契約，條款如後：

一、甲方願將如附件記載之著作物（以下簡稱本著作物）交付乙方刊行，自本契約簽訂日起，該著作物之出版權歸屬乙方，但著作權仍屬於甲方，所有著作物上之一切責任，亦由甲方負責。

二、本契約成立後，甲方不得將本著作物之全部或一部份，加以刪改或更換名目，再交他人或自己出版。甲方倘違反此規定，致乙方受損害時，應負賠償責任。

三、因不可歸責於乙方之事由，致本著作物或其附件之各種底稿等毀損滅失時，乙方不負賠償責任。

四、乙方願意照本著作物之定價百分之十計算版稅報酬與甲方，並於每年六月及十二月終，按照售出部數結算，交付甲方。

五、乙方給付甲方版稅報酬期間，以本著作物享有著作權之年期為限。倘甲方於期滿前身故者，應由甲方指定之承繼人通知乙方代辦承繼人註冊；如其承繼人不通知註冊者，其著作權視為消滅。

六、本著作物出版時，甲方得於每書之版權頁上，蓋一著作權印章，以為憑證。

七、本著作物出版時，由乙方贈送甲方樣本拾冊；此項贈書不付版稅。以後甲方如欲購買本著作物者，得照同業折扣計算，但以總數不超過二百冊為限；此項購買之書亦不付版稅。

八、甲方於不妨礙乙方之利益或增加其責任之範圍內，得訂正或修改本著作物；但對乙方因此所生不可預見之費用，應由甲方擔負。

九、本著作物有礙銷行之處，得由乙方函請甲方修改之；其對乙方因此所生不可預見之費用，應由乙方自負。

十、本著作物呈報註冊手續，由乙方代辦，以著作者名義行之；呈送審查亦然。其註冊執照及審查證，均由乙方保管。

十一、本著作物如乙方認有發售預約或持續之必要者，除於訂約時，雙方業已商定外，應於兩個月前通知甲方，請求同意。

十二、本著作物出版半年後，乙方如認為銷路不佳，得減價發售或要求解約；但應於兩個月前通知甲方，請求同意。

十三、本著作物凡售預約特價或減價之部數，均各照該預約特價或減價之價目計算版稅。

十四、如甲方對於第十二條及第十三條之請求不同意時，乙方得向甲方要求解除本契約。本契約解除時，雙方對於本著作物之圖版、刊本、執照審查證，依照左列方法處分之：

㈠餘存之刊本，由雙方照比例分配之。（例如版稅為定價百分之十時，所餘刊本，甲方取百分之十，乙方取百分之九十。）

㈡餘存之圖版，照願價折半，歸甲方備款承受；如甲方不願承受者，則仍由乙方保存或以他法處理之。但不得再以之印刷本著作物。

㈢註冊執照及審查證，應交還甲方。

十五、甲方住址或通信處有更動時，應即通知乙方；如因未經通知，致第十二、第十三各條之通知不能到達時，乙方不負責任。

十六、本契約第十二、第十三各條對於甲方之通知書，如經過兩個月尚未接到甲方異議之聲明時，應即視為默許。

十七、本契約規定之版稅為不可分割；其著作權如為數人共同所有時，應推及一人為代表，向乙方支取版稅及接洽一切。

十八、無論甲方或乙方，非經雙方同意，不得將本契約之權利讓渡與第三者；但法定繼承人不在此限。

十九、保證人應與甲方負連帶責任。

二十、本契約壹式參份，甲乙及保證人各執壹份存照。

甲方：〇〇〇（簽章）

身分證統一編號：

乙方：〇〇圖書出版股份有限公司

代表人：〇〇〇（簽章）

身分證統一編號：
保證人：〇〇〇（簽章）
身分證統一編號：

中　華　民　國　〇　〇　〇　年　〇　月　〇　〇　日

## 13 和解契約

### (一)和解契約書

立和解契約書人債權／債務人（以下簡稱甲／乙方），因債務糾葛事，雙方同意訂立和解條件如下：

一、乙方所欠甲方票款新臺幣〇〇萬元正，約定分三期償還：第一期於本契約簽字之日還新臺幣〇〇萬元正，第二期於本年〇〇年〇〇月〇〇日還新臺幣〇〇萬元正，第三期於本年〇〇月〇〇日將餘數〇〇萬元一次還清。

二、前條各期歸還款項，第一期應付現金，第二及第三期款，由乙方簽發〇〇銀行支票乙張，〇〇先生加蓋背書，於本契約簽字之日一次交付甲方收執。

三、甲方對前條所記票款願免除其利息。

四、甲方於本契約簽字後三日之內，具狀向〇〇地方法院撤回請求判令乙方清償票款及准予執行之案件，並將所持有乙方原簽付之支票參張，於本契約簽字之日交付乙方。

五、乙方應償付甲方已繳〇〇地方法院之裁判費，及負擔甲方因本案所付律師費，合計新臺幣〇〇元正，於本契約簽字之日一次付清。

六、本契約乙式肆份，甲乙雙方當事人及見證人各執乙份為憑。

立契約人

甲　方　〇〇〇（簽章）

乙　方　〇〇〇（簽章）

見證人　〇〇〇（簽章）

中　華　民　國　〇〇〇年〇月〇〇日

㈡

立和解書人□□□（以下簡稱甲方）□□□（以下簡稱乙方），緣甲方曾因細故毆傷乙方，茲經友好從中調解，兩願息事，成立和解，條件如次：

一、甲方願付乙方醫藥費新臺幣□□元。

二、乙方放棄刑事告訴權。

三、嗣後雙方保持和睦相處。

四、本和解書雙方簽字後，各執一紙為憑。

立和解人　甲　方　□□□　印

乙　方　□□□　印

調解人　□□□　印

□□□　印

中　華　民　國　○○○年○月○○日

## 14 委任契約

### (一)委任契約書

委任契約書

委任人○○○以下簡稱為甲方，受人○○○以下簡稱乙方，茲為委任契約，經雙方同意訂立條件如左：

**第一條**　甲方將左列行為委任乙方，而乙方受任之。

**第二條**　委任事項及權限如左：

(1)甲方從來貸放之金錢及穀物對於各債務人（詳見另紙明細表）請求索取之事宜。

(2)甲方所有座落○○市○區○里○路○巷○號地上建設木造蓋瓦二層建店鋪一棟，其建坪○坪○合○勺○才之出租並訂約，及從來該項租金之收取，或請求並收回租房等事宜。

(3)前列記載事項有關裁判上及裁判外一切之法律行為。

**第三條** 甲方概同意乙方不得已事由時得選任復代理人。

**第四條** 本委任契約有效期間，以本契約成立之日起至民國○年○月○日止滿○年。

**第五條** 本契約之委任，於甲方每月給付新臺幣○○元與乙方為報酬。

前項報酬支付期約定每月十五日。

**第六條** 本委任關係終止時，乙方應將所收取之金錢物品及孳息全部交付於甲方。

**第七條** 乙方依前條規定利益之交付時，得將受任處理事務所墊付費用，就應應付甲方利益內扣除之。

**第八條** 乙方受任處理事務，應與處理自己事務為同一之注意，並應以善良管理人之注意為之。

**第九條** 本契約一式二份，甲乙方各執一份為憑。

甲方：○○○（簽章）

立契約人

身分證統一編號：○○○○○○○○○○

乙方：〇〇〇（簽章）

身分證統一編號：〇〇〇〇〇〇〇〇〇〇

中　華　民　國　〇　〇　〇　年　〇　月　〇　〇　日

## (二)授權書

授權書

授權人〇〇女〇歲，業無，臺灣省，住〇〇市〇〇路〇號。

受權人〇〇男〇歲，業農，臺灣省，住〇〇市〇〇路〇號。

竊授權人與〇〇〇間為不動產買賣關係，聲請公證事件，因事務繁忙，不能親自到場。茲授權〇〇為代理，辦理前項不動產買賣契約及公證手續，有關一切法律行為，爰依民法第五三一條及公證法第十九條之規定，特此授權是實。

××××××（公證處）　公鑒

授權人　〇〇〇（簽章）

受權人　〇〇〇（簽章）

中　華　民　國　〇　〇　〇　年　〇　月　〇　〇　日

## 三委託書

委託書

茲本人因事務繁忙，未克出席○○○有限公司民國○○年○月○日在該公司召開之第○屆第○次股東大會，特委託○○○為代理人，代理本人行使關於○○年度收支決算審議○○年度收支預算案等一切之表決權及董監事選舉權。

此致

○○○有限公司　台照

委託人　○○○（簽章）

住　所　○○市○○路○○號

受託人　○○○（簽章）

住　所　○○市○○路○○號

中　華　民　國　○　○　○　年　○　月　○　○　日

## 四同意書

子女結婚同意書

立同意書人〇〇〇，係〇〇〇（性別、籍貫、民國〇〇年〇月〇日出生，現年〇〇歲）之父親。今小子（女）〇〇〇與〇〇〇（性別、籍貫、民國〇〇年〇月〇日出生，現年〇〇歲）結婚，因小子（女）尚未成年，依法須法定代理人之同意，本人茲依據民法第九百八十一條之規定表示同意，特立此同意書為證。

立同意書人〇〇〇（簽章）

性別〇　年齡〇　職業〇　籍貫〇〇

住所〇〇市〇〇路〇號

身分證統一編號〇〇〇〇〇〇〇〇〇〇

中　華　民　國　〇　〇　〇　年　〇　月　〇　〇　日

## ㈤協議書

# 離婚協議書

立協議離婚書人〇〇〇簡稱男方，〇〇〇簡稱女方，茲因雙方意見不洽，難為偕老，爰共請〇〇〇、〇〇〇兩位先生為證人，經協議同意離婚，其應遵守履行條件如左：

**第一條** 男女雙方經商妥兩願仳離，自本書成立日起，婚姻關係即歸於消滅，嗣後男婚女嫁，各聽自由。

**第二條** 男女雙方之夫妻財產，乃女方之特有財產，均經雙方結處清楚，毫無芥蒂不清，自本書成立後，雙方均不得為任何之主張或請求，各無異議。

**第三條** 男女雙方在婚姻關係存續期間所生長女〇〇〇歸男方監護教養。

**第四條** 女方現在有懷孕〇個月，將來出生子女之監護歸女方負擔，至其產褥費用，由男方負擔之。

**第五條** 男女雙方均得隨時互為探視子女之權利，雙方及其家屬均不得拒絕。

**第六條** 男方對於女方現時懷孕而將來所生子女之養育及教育諸費之資，願將座落〇〇〇地號不動產土地及房屋贈與女方，而女方允受贈，並於本書成立同日由男方移轉與女方掌管收益納稅。

**第七條** 關於前條不動產贈與之移轉登記，男方應負責於一星期內，與女方會同向地政機關辦理登記手續，其費用女方負擔之。

**第八條** 自本書成立後，女方不得向男方再請求生活費用，或其他任何名義款項。

**第九條** 男女雙方於本書成立後〇日內，應會同向管轄公所辦理離婚戶籍登記手續。

**第十條** 本協議離婚書各條項純出自男女雙方之自由意志，並無脅迫強制，或受第三人之唆誘情事。

**第十一條** 本離婚書經雙方簽字後生效。

立協議離婚書人　男方：〇〇〇（簽章）

女方：〇〇〇（簽章）

證人：〇〇〇（簽章）

〇〇〇（簽章）

中　華　民　國　〇　〇　〇　年　〇　月　〇　〇　日

## 15 借用契約

## ㈠餐廳承辦及借用房屋設備契約書

立契約人　○○○○代表（以下簡稱甲方）
　　　　　代表人　（以下簡稱乙方）　因辦理供應學生伙食由甲方提供○○餐廳一所及餐廳設備用具（清單如附表），供乙方承辦學生伙食，雙方願遵守並履行左列條款：

一、有效期間：
　自○○年○○月○○日至○○年○○月○○日止，期滿後之是否續約，完全由甲方決定，乙方不得提出異議。

二、合約期限內甲方如認為乙方未能達到預期任務時，單月罰款累計達貳萬元整得隨時終止本契約，乙方不得異議，乙方如有特殊原因無法繼續承包時，應於一個月前以書面向甲方提出終止契約之要求，並俟甲方覓妥經營者，始得終止契約，違者每日罰款壹仟元。

三、乙方繳保證金新台幣貳拾萬元整給甲方，做為乙方違約或賠償之用，於契約期滿（或解約）時，乙方如無違約或賠償情事，並完成一切必要手續後一個月內，憑原收據向甲方無息領回。

四、乙方於契約期滿之日且未獲預約，或甲方通知終止契約，應即行停辦，並於十日內將場所及設備用具清潔後，交還甲方點收不得有誤。若逾期未交還除由甲方沒收保證金外並逕行收回場所及設備用具，並依本契約第八、九條辦理。（場地及設備如未清理乾淨，甲方得僱工清理，所需費用由乙方保證金內扣除不得異議。）

五、乙方及其工作人員應於每學期開學前提出公立衛生機關之體檢證明交甲方審查，其項目應包括：胸部X光檢查、血清檢查、皮膚病檢查、糞便檢查等，患有肺病、性病、砂眼、精神病、肝病、皮膚病及其他傳染性疾病、及不適於餐廳工作者，不得從事是項工作（中途更換餐勤工作，亦須遵守本項規定），若人員有所更動時新進者亦須完成上述健康檢查並列冊通知甲方取得工作證後方得僱用。若體檢證明未交予甲方，則甲方得要求停止營業並解約，乙方不得提出任何異議。

六、在承辦期間：

①乙方應親自經營，營業負責人於營業時間內必須留駐餐廳以便隨時協調及處理問題並且需與甲方完全配合，乙方不得擅自轉讓他人，或由他人頂替營業，及收取轉讓權利等事情，如經查獲，除立即解約外，並依本契約第四條辦理各項手續，乙方不得提任何異議，又於解約離去時，不得向新來承包人索取任何費用。

②乙方及其工作人員不得留宿營業處所（若有必要至多以二人為限，但須事先徵得甲方同意），外客更不准留宿或進入學生宿舍，亦不得於校內賭博、酗酒、滋事或做出其他非法

行為，違者每次罰款新臺幣伍仟元整，甲方並得視需要將其送警究辦。

③乙方不得利用承辦膳食名義，對外賒欠貨物及借貸銀錢，若對外有銀錢糾紛，則甲方概不負責。

④乙方應接受甲方所指定之督導小組，伙食委員會，各衛生機構及其他相關單位定期及不定期之檢查及督導。

⑤乙方應於營業前將工作人員資料（如體檢表、照片、身分證影本等）造冊送至甲方事務組以便辦理工作識別證，每張識別證需繳交新臺幣參佰元整，持有人中途離職或期滿解約時，憑證無息退還。

⑥乙方及其工作人員之車輛進出本校，須辦理汽車通行證（汽車通行證至多二張，機車通行證至多五張），汽車通行證每張需繳交新臺幣壹仟元整，機車通行證每張伍佰元整，並須遵守本校警衛人員之督導及規定；於持有人中途離開，或期滿解約時憑證無息退還。

七、乙方對甲方提供之場地及現有設備有維護保養之責任，並保持完整，如遇損害（除自然損壞或天災，需即刻書面報告甲方）餘概由乙方負責修護乙方如需修改或增加設備須先提出書面報告說明，經甲方同意後，始得辦理，且費用悉由乙方負責。

八、由乙方具領保管使用之甲方設備用具，於契約屆滿時，如有短少或損害，乙方應照原數補足，或按原樣修護，或經甲方同意後依市價自保證金內扣除。

九、因業務需要，而由乙方增置之設備，於契約屆滿（或因故解約）後之三日內，由乙方自行無條件搬離，不得要求甲方收購，如有留置，以放棄論。

十、乙方不得與學生發生衝突，若有問題應循經訓導處處理之。

十一、乙方在承辦期間內之營業管理，應遵守下列條款，及伙食委員會管理細則，（見附件一）如有違規情事，經甲方一次書面通知而未改善者，視同違約論：

㈠營業項目由乙方負責設計，甲方若有建議，乙方應無條件接受。

㈡乙方未經甲方同意，不得以任何理由擅自停業。違者罰款，每日壹仟元。

㈢乙方所供應之食物，未經甲方同意，不得擅自漲價或偷工減料變相漲價。食物單價最高不得超過廿五元，違者罰款。

㈣乙方違反伙食委員會管理細則第四章各款規定者，罰款加倍。

十二、乙方應列席由甲方所召開有關督導伙食之會議，並確切遵守會議決議，如乙方因故不能列席，應指定全權代理人，乙方或其代理人未列席者以棄權論，並應確切遵守會議之決議，不得異議。

十三、廢棄物及垃圾，乙方應每日自行處理，不得拋棄在甲方之土地範圍內。

十四、甲方提供乙方洗碗機壹臺、洗滌餐具、使用及管理辦法（見附件二）。

十五、本校第七第九餐廳水電全部包商自付。

乙方於收到繳費通知後，須於五日內至甲方事務組繳交，逾期每日罰款應繳金額之百分之十。如逾三十天仍未繳者，甲方得自保證金中扣繳，並立予解約，乙方絕無異議。

十六、甲方教職員工生如因食用乙方製備之食物而發生中毒事件者其所需醫藥費悉由乙方負擔，並嚴加追究責任。

十七、乙方工作人員與甲方無雇傭關係，乙方工作人員因工作而遭受之一切意外傷亡或損害，概與甲方無關，其費用由乙方負擔。

十八、乙方願切實履行本契約各項條款，如有違反各條款，可視為解除契約，甲方得沒收其保證金並無條件收回借用之場地及設備。

十九、立約人等對本契約發生爭端，同意以桃園地方法院為管轄法院，雙方不得異議。

二十、應逕受強制執行事項：借貸人於約定借用期間屆滿不交還借用房屋及設備。

甲方：

國立○○大學

法定代理人：

委任代理人：

乙方：

身分證統一編號：

住址：
電話：

中　華　民　國　○　○　○　年　○　月　○　○　日

## ㈡履約契約

立契約書兩方　甲方：○○○
　　　　　　　乙方：○○○

乙方應徵至甲方第○餐廳經營自助餐，於中華民國○○年○○月○○起開始經營，乙方願付履約保證金○○萬元予甲方，以保證第○餐廳能維持正常運作，屆時如未依時經營，甚或放棄，致使甲方權益受損，則保證金○○萬元，得無條件由甲方沒收，絕無異議。

立契約人　甲方：
　　　　　乙方：

中　華　民　國　○　○　○　年　○　月　○　○　日

## 16 委託契約

### 委託經營契約

立合約書人：國立○○大學校長○○○委託合作社○○○（簡稱甲方）
　　　　　　○○○○○（簡稱乙方）

茲甲方同意將○○小吃部之攤
　　　　　　○○○廣場之攤　委託乙方經營，並議定條款如左：

一、經營期限：自民國○○年○○月○○日起至○○年○○月○○日止。

二、乙方營業對象為甲方師生員工及眷屬。

三、乙方營業所需器材、貨物等不得使用甲方名義向外賒欠，如發生債務糾紛時，應由乙方及乙方的保證人負完全責任，與甲方無涉。

四、乙方營業食品之價格應低於市價，並應事先請甲方會同有關單位評定後公佈在營業場所設置之標示牌，未經甲方同意，不得變更價目及質量。

五、甲方指定之場所設備詳如附表，乙方應於簽約時當面點清，日後如有缺少或損壞，乙方應照甲方規定之保管年限如數賠償不得異議。

六、甲方財物設備除不可抗拒事故，或超過年限由甲方修理或補充外，其餘應由乙方負責修護，合約期滿時，如有遺失或損壞情形，乙方應照價賠償。

七、乙方認為甲方設備有改造必要時，須商得甲方同意，經改造後之設備，解約時必須恢復原狀，如係固定設備未經甲方同意不得拆除。

八、甲方師生員工及本合約書第十三條第三項規定之督導人員對乙方經營服務之意見，為甲方對乙方平時考核主要資料之一，若經同表不滿意足證乙方經營不善時，甲方得隨時提出解約，乙方不得異議。

九、乙方經營權不得轉包，如違反甲方即可中止合約，乙方不得異議。

十、乙方應尊重甲方之信仰立場，不得在營業區或其他空間設立神位。

十一、乙方繳納費用按下列各項規定辦理：

1.訂約時乙方一次繳保證金新臺幣〇〇拾〇〇萬〇〇仟元整，於合約期滿並向甲方辦妥解約手續後，甲方憑據無息一次退還之。

2.經營期間乙方需繳交甲方管理費新臺幣〇〇拾〇〇萬〇〇仟元整，並須於〇〇年〇〇月〇〇日及〇〇年〇〇月〇〇日分兩次以現金繳付之。

3.營業所用之各項費用（如水電費等）均應按學校有關規定自行繳納。

十二、管理方面：

1.甲方對乙方之業務經營有完全監督權，並接受甲方委託人及甲方膳食管理委員會之指導。

2.為保服務品質，舉凡一些公共事務如冷氣之開放及營業時間，營業項目之更換，休假之調度均由甲方規定，乙方不得異議。

3.乙方僱用人員應造具名冊按姓名、籍貫、年齡、職掌、身分證字號、地址等，交由甲方備查，如有異動隨時以書面通知甲方。

十三、衛生方面：

1.乙方工作人員（含工讀生）須繳驗公立醫院出具之體格檢查表，無肝肺等傳染病，經甲方同意後始得簽約，簽約後每滿半年檢驗一次。於經營期間乙方若染患肝肺等傳染病立予解約。

2.乙方與其工作人員應注意個人整潔與衛生，尤其注意頭髮指甲之修剪，執行工作時須戴帽、戴口罩、著工作服，工讀生亦同。

3.乙方應接受甲方暨有關人員（含餐飲督導小組成員）之督導，並隨時注意維護攤位及四周環境整潔。

4.乙方必須保證所售食物之清潔，若有人因食用乙方所售之不潔食物而導致身體疾病或傷害，乙方除須負擔醫療費用外，並必須負民事賠償責任，甲方並得逕行解約，並沒收保證金，乙方不得異議。

5.甲方提供乙方之洗碗機，乙方應依甲方所訂定之洗碗機使用及管理辦法辦理。

十四、合約有效期間內乙方如欲解約，須在一個月前書面通知甲方，並須經甲方書面同意，如未經甲方同意擅自停辦，甲方得沒收保證金，乙方不得提出任何異議並放棄先訴抗辯權。

十五、乙方如違反本合約各條款經甲方通知改進，乙方應自受知日三日內依照改進，未能依照改進時，此後每逾一日罰款新台幣一千元整，一個月之內未能依照改進時，立即解除合約，其應繳之款項甲方均得自乙方所繳保證金內扣除，乙方不得異議。

十六、本合約期滿或因故解約，乙方人員及其自置各項器具均須於約滿終止或解約之日起，三日內自行遷離不得藉故拖延逾期，否則甲方得將乙方所有物品視同廢棄物處理，乙方不得要求補償，並沒收保證金，乙方不得提出任何異議，並連同保證人願放棄先訴抗辯權。

十七、本合約乙式貳份，甲乙雙方各持乙份，以資信守，副本三份由甲方分送有關單位。

立合約書人

甲方：國立〇〇大學校長〇〇〇委託合作社理事長

代表人：

乙方：

地址：

電話：

保證商號：
營業登記證：
負責人兼保證人：
身分證統一編號：
地址：
電話：

中華民國〇〇〇年〇月〇〇日

# 第六章 對聯

## 第一節 對聯概說

對聯是中國特有的一種文學作品，也是在應用文中，比較不受時間、空間限制的一種作品。作得好的，雖然是短短的幾句文詞，也可以流傳千秋萬世，比起詩詞歌賦來，也毫不遜色。

對聯所以會成為中國特有文學作品的原因，是由於中國文字的關係，中國文字是方塊字，字字獨立，每一個字都是由「形」、「音」、「義」三部份組成，因此才造成這種在「義」上，必須上、下聯「詞性」、「意義」、「字數」、「句數」要相對；在「音」上，又必須「平」、「仄」相反的一種近乎文字遊戲的文學作品。

對聯的起源很早，相傳是由「桃符」和「宜春帖」演變來的。「桃符」的使用，是在新年的時候，用兩塊桃木，畫上「神荼」、「鬱壘」二神，掛在門旁，來避邪的；「宜春帖」在南北朝時代就有了，在「立春」時，寫「宜春」兩個字，貼在門楣上，企求開春時，一切順遂。所以，「宜春帖」又叫「春書」。「桃符」的演變為對聯，至少在五代的時候，就已經開始了；但是，真正的盛行，是要到宋朝。宋朝時期，宮中就流行「春帖子詞」；在新春時，每一座宮殿大門的兩旁，都要貼上「春帖子詞」；傳入民間，就成為「春聯」了。

對聯的名稱很多，承襲宋代的名稱，叫做「帖子詞」；貼在門上，叫「門聯」；帖在柱子上，就叫「楹聯」；因為是春天過年時貼，就叫「春聯」；平常時，民俗又叫「對子」、「對兒」；後來，隨著用途不同，又有「壽聯」、「賀聯」、「書房聯」、「樓閣聯」、「庭園聯」、「學校聯」等等不同的名稱；依句數來分，每邊三句以上，叫「長聯」；三句以下，叫「短聯」。總括的稱呼，就是「對聯」。

## 第二節 對聯作法

對聯的寫作，要寫得出來，應付應付，並不是難事；但是，要寫得好，就不是一朝一夕的功夫了。對聯的寫作，應該要立求「對仗工穩」、「平仄協調」、「辭義貼切」、「行款正確」四項寫作原則，現在一一說明於下：

## 一、對仗工穩

對聯的寫作，首先就是要對仗工穩；對仗是中國文字特有的對比現象，因為中國字是方塊字，字字獨立，才能對仗；對仗的意義，就是詞性相對，字數相對，句數相對。現在舉一個實例，加以說明：

天增歲月人增壽
春滿乾坤福滿門

這是一副常見的春聯，「天增歲月人增壽」是上聯，「春滿乾坤福滿門」是下聯。所謂對聯，就是上、下聯要相對；如果加以分析一下；就可以知道：上聯「天增歲月人增壽」是七個字，下聯「春滿乾坤福滿門」也是七個字，這就是「字數相對」；上聯「天增歲月人增壽」是一個句子，下聯「春滿乾坤福滿門」也是一個句子，這是「句數相對」；在句子字數的變化來說：如果五言對聯上聯的句子是「一、四」句，下聯也一定要是「一、四」句；要是上聯的句子變成是「二、三」句，那麼，下聯也一定要跟著變成「二、三」句；像這副春聯，是七言句的對聯，上聯是「四、三」句，下聯也同樣的是「四、三」句；總之，上聯是什麼句型，下聯也一定要是什麼句型。在「詞性相對」來說：現在把上、下聯的「詞性」分析一下，就成為這個樣子：

| 上聯 | 「天」 | 「增」 | 「歲月」 | 「人」 | 「增」 | 「壽」 |
|---|---|---|---|---|---|---|
| 詞性 | 名詞 | 動詞 | 名詞 | 名詞 | 動詞 | 名詞 |
| 下聯 | 「春」 | 「滿」 | 「乾坤」 | 「福」 | 「滿」 | 「門」 |

從這個表中，可以知道，這副對聯，是「名詞對名詞」，「動詞對動詞」，這就叫「詞性相對」。

在對句來說，這種上、下聯「名詞對名詞」，「動詞對動詞」的對句，是對句中的「正格」，也就是最簡單的對句。在歷代對聯的寫作來說，對句也是有不少的變化，歸納起來，有三種「變格」：

1. **當句對**

當句對又叫「就句對」、「本句對」、「連環對」，我們也舉一副對聯加以說明：

翠竹黃花皆佛性（司空曙詩）——吳信辰所作集句聯

清池皓月照禪心（李頎詩）

在這副對聯中，可以看得出來，上、下聯的「翠竹」、「清池」及「黃花」、「皓月」，都不相對；在上聯中的「翠竹」和「黃花」，下聯中的「清池」和「皓月」，卻是相對；這種各聯自相成對的對句法，就叫做「當句對」。

2. **蹉對**

蹉對也叫做「顛倒對」、「交錯對」。蹉對是把聯中的詞彙顛倒，表面看來，成為不能相對，比如：

裙拖六幅湘江水
鬢掩巫山一段雲
——李商隱詩

在這個對句內，明顯的可以看出，「六幅」和「巫山」，「湘江」和「一段」，都不能相對；如果把句子顛倒回來，成為「裙拖六幅湘江水，鬢掩一段巫山雲」，那麼，上、下聯的對仗就很工整了。可是，對仗雖然工整了，上、下聯的平、仄卻不相合，為了遷就平、仄，就只有把句子顛倒，用蹉對來解決這種問題了。

3. **假對**

假對又叫「借對」「假借對」，是借同音的字成為對句，比如：

談笑有鴻儒

往來無白丁

——劉禹錫〈陋室銘〉

「鴻儒」、「白丁」是不能相對的；但是，「鴻」和「紅」同音「ㄏㄨㄥˊ」，「鴻儒」和「白丁」就可以相對了；這種借同音字成為對句的，就叫「假對」。

這三種對聯的「變格」，初學者只要懂得欣賞就可以了，寫作的時候，沒有必要一定去用；究竟，這三種「變格」，是在不得已的情況下，造一些自圓其說的說法，來彌補自己的缺失，並不是作對聯正常的方法。寫作對聯，能用正格，還是用正格的好。

## 二、平仄協調

對聯的寫作，最要講究的，是平仄的協調，在講平仄協調以前，首先要明白怎麼樣分辨平仄。平仄是中國特有的聲調分類，原本於古時的平、上、去、入四聲，這四聲和今天的國語一、二、三、四聲略有不同，現在作一聲調表，來說明平、仄的分辨：

| 平仄 | 平 | 仄 | | |
|---|---|---|---|---|
| 古聲 | 平 | 上 | 去 | 入 |
| 國語 | 第一、二聲 | 第三聲 | 第四聲 | 一、二、三、四聲 |

在這一個表中，可以看得出來，平、仄的分辨，最容易分辨的便是古聲中的「平」、「上」、「去」三聲；只要依照國音的第一聲、第二聲屬「平」聲，第三聲屬「上」聲，第四聲屬「去」聲，照著念，就很容易分辨了。可是，最不容易分別的，是入聲字。由於國音已經沒有入聲字，並且，入聲字讀成國音，可以讀為一、二、三、四聲，入聲字又是仄聲字，所以，在國音裡，念來分明是第一聲、第二聲的讀音，理應是屬於平聲的，在詩詞歌賦裡，卻要看作是仄聲字，初學者難免就滿頭霧水了。這入聲字的分辨的方法，如果是南方人，還比較容易分辨，只要注意有些讀音「短」而「促」的，如失、食、矢、室等字，讀音都「短」而「促」，也都屬於入聲字。南方人只要細心一些，大概就能分辨得出來。如果只會國音，那麼就只有多看韻書，查一查入聲表了，是會比較困擾的。

能夠分辨平、仄以後，在對聯中首先要注意到的，是對聯的平、仄，在上、下聯中，平、仄是要相反的，比如先前所舉的例子中：

天增歲月人增壽
春滿乾坤福滿門

這一副對聯的平仄是這樣子的：

平平仄仄平平仄
天增歲月人增壽
平仄平平平仄仄平
春滿乾坤福滿門

這副對聯中，除了下聯的「春」字，應該用仄聲，卻用了平聲，看起來似乎平仄不調；但是，這一種情形，是由於在對句中，另外有一些通融的方法，那就是「一、三、五不論，二、四、六分明」，在對句裡，雖然在五言句的第三個字、七言句的第五個字，有時還是不能馬虎外；在第一個字，以及七言句的第三個字，經常是可以平、仄互用的。所以，這一副對聯的平、仄，可以說是全部相反，也是完全合於平仄的規格。又像是李商隱詩：

裙拖六幅湘江水
鬢掩巫山一段雲

依照正常的對句，應該是：

裙拖六幅湘江水
鬢掩一段巫山雲

在平、仄來說，就成為這樣子：

平平仄仄平平仄
裙拖六幅湘江水
仄仄仄仄平平平
鬢掩一段巫山雲

這樣一來，平、仄就完全不相合；而且，下聯是全不合於近體詩的韻律。遇到這種情形，就要用蹉對，來改變平、仄，成為：

平平仄仄平平仄
裙拖六幅湘江水
仄仄平平仄仄平
鬢掩巫山一段雲

這樣一來，在平、仄來說，就完全相合了。

其次，在對聯中來說，不是平仄相反就可以了；在對聯中，更重要的，是平、仄協調。平、仄協調的對聯，才有韻味，才有可讀性。在幾千年的語句運用，中國人似乎已經找到了共同的語句協調性，像是四言句「平平仄仄，仄仄平平」；五言句的「仄仄平平仄，平平仄仄平」或「平平仄仄，仄仄仄平平」；七言句的「平平仄仄平平仄，仄仄平平仄仄平」或「仄仄平平平仄仄，平平仄仄仄平平」；這都是所謂「平開仄收，仄放平收」的正格，在句子的協調性來說，是得到大家的認同的。其他仍有許多的句法，多看些，自然能熟能生巧，找到各種句型中，平、仄最好的協調性了。

## 三、辭義貼切

對聯的種類雖然很多，但是，在寫作時，主要的是要針對事情，認清對象，選擇出需要的對聯類別，掌握主旨，以流暢妥貼的筆法寫出來；這樣，只要用短短的幾個字、幾句文辭，也能創造出優雅雋永的作品。

## 四、行款正確

對聯的寫作，不同於其他文學作品，是由於對聯必須張掛出來；而且，一般是要用毛筆大楷書寫。因此，也是表現自己書法的時候。這樣一來，就不能不注意行款的正確了，我們也以一副對聯作為例子：

文德吾兄五十大慶

室有芝蘭春自永

人如松柏歲長新

弟周安清敬祝 印

從這一例子中，可以知道，對聯的行款，可分為三部份：

- 上款——文德吾兄五十大慶
- 聯語——室有芝蘭春自永
  - 人如松柏歲長新
- 下款——弟周安清　敬祝 印

### 甲、上款

上款包括「稱謂」、「標聯語」兩項。

#### (1)稱謂

稱謂可以和書信一樣，也可以參照書信的稱謂欄使用。不過，一般的對聯，對男士可以通稱為「先生」；對女士，可以通稱為「女士」。

### ⑵標聯語

標聯語是要表明作者作這一副對聯的作用，也同時要表示自己的敬意。標聯語和書信是一樣的，也有一些術語可以運用，現在也舉出幾種標聯語，以供參考：

⑴一般對聯　清玩、雅玩、雅正、雅鑑、雅屬、屬書、教正、正之。

⑵壽聯　壽辰、壽誕、華誕、誕辰、嵩慶、「幾」秩大慶、「幾」秩晉「幾」榮慶。

⑶婚聯　新婚之喜、結婚之喜、大喜、燕喜、于歸之喜（女）、出閣之喜（女）。

⑷生育　弄璋之喜（男）、麟喜（男）、弄瓦之喜（女）、孿喜（雙生）。

⑸落成　落成之喜、落成之慶。

⑹遷居　喬遷之喜。

⑺開張　開幕之喜、新張之喜。

⑻輓聯　千古、靈右。

## 乙、聯語

聯語就是對聯的本文。通常是上聯一紙，下聯一紙；也可以上、下聯同一紙。一般聯語是一行就寫完，如果字數多，上、下聯也可以各分為兩行寫。但是，不論多少行，一律是自右向左寫，由上向下寫；不可橫書，不用標點。

**丙、下款**

對聯的下款包括「自稱」、「署名」、「署名下的敬辭」、「用印」四項，現在一一說明於下：

(1)**自稱**

對聯的自稱和書信大致相同，也可以參照使用，也是要側書小寫。

(2)**署名**

對聯的署名，一般是「姓」、「名」同時連用，少有只署名的。

(3)**署名下的敬辭**

對聯和書信一樣，在署名的下面，仍然是有敬辭的。下面也舉出幾種署名下的敬辭，以供參考：

①一般對聯　書、敬書、謹書、撰、敬撰、謹撰、拜撰、手書。

②壽聯　祝、敬祝、謹祝、恭祝、拜祝、頌、敬頌、謹頌。

③喜聯　賀、敬賀、謹賀、恭賀。

④輓聯　輓、敬輓、謹輓、恭輓、拜輓、哀輓、泣輓、拭淚敬輓。

### (4)用印

對聯寫好後，除輓聯外，一般都是要用印的。印是蓋在姓名的正下方，用印有一些習慣，不能不注意。

姓名分開的印章，姓多半是「陰文章」，應該在上；名一般是「陽文章」，應該在下。姓名、字號分開的印章，那麼，姓名章在上，字號章在下。

如果還有其他的印章要蓋的話，「引首章」蓋在上聯的右上角；「押腳章」蓋在上聯的右下角，或是下聯的左下角；一般的「閒章」，則蓋在空白的地方，又稱為「補白章」。這些印章的蓋法，像是這樣子：

| 室有芝蘭春自永 |
| --- |
| 文德吾兄五十大慶 |
| 補白章　押腳章 |

| 人如松柏歲長新 |
| --- |
| 弟周安清　敬祝　印 |

在行款中，書寫字體大小，也是要注意的。在對聯的書寫中，一共是有三種大小不同的字體：其中聯語的字體最大，自稱的側書小寫最小，其他的字體，就是同樣的大小。

## 第三節 對聯欣賞

### 一、春聯

一元復始
萬象回春
——朱熹

園迎春色
鳥報好音
——傅遜

春為歲首
梅占花魁

太平真富貴
春色大文章
——曾國藩

普天開景運
大地轉新機
——張之洞

爆竹幾聲除歲
桃花半畝迎春
——黃任

爆竹一聲除歲
桃符萬戶皆新

天增歲月人增壽
春滿乾坤福滿門
——張襄惠

天開美景風雲靜
春到人間氣象新
——姚琛

萬里和風生柳葉
五陵春色泛桃花
——王十朋

風景不殊春似舊
光明無限日維新

春滿蓬萊開景運
氣鍾臺海啟中興

忠孝傳家春早到
雲天有路月先探

重逢春色風光勝舊
一轉陽和歲序更新
——彭玉麟

禮樂詩書，陶成德性
文章經濟，潤色江山

好社會由好家庭建立
新歲月是新生命開端

一元復始，應是自強開始
萬象更新，正當全面革新

天地無私，為善自然獲福
聖賢有教，修身可以齊家

好國民，安分守法，國家至上
真君子，事親敬長，孝悌為先

處事求實求簡求新，年年進步

為人守分守時守法，歲歲安寧

迎接新春，喜社會繁榮，安和樂利

發揚傳統，看中華兒女，繼往開來

天上月圓，人間月半，月月月圓逢月半；

今宵年尾，明早年頭，年年年尾接年頭。

——福建龍溪某家門首

## 二、第宅聯

### (一)楹聯

最喜座中先得月；

何妨睡處也看山。

——俞樾〈題蘇堤迤西紅櫟山莊〉

更上一層看日出；

高懸百久與雲浮。

——方濬頤〈題谷林凌霄樓側舍〉

皓月當空，容光必照；
荷花出水，無枝不鮮。 ——揚州瘦西湖草堂晏端甫題

白雲初晴，舊雨適至；
幽賞未已，高談轉清。 ——伊秉綬題

不作公卿，非無福命都緣懶；
難成仙佛，為讀詩書又戀花。 ——袁枚〈隨園客堂〉

大地少閒人，誰能作風月佳賓，湖山勝友；
六朝多古蹟，我愛此荷花世界，鷗鳥家鄉。 ——彭玉麟題南京劉園環石居

## ㈡書房聯

伴我書千卷；
可人竹一叢。 ——鄭燮

讀書已過五千卷；
此墨足支三十年 ——袁枚

好山水遊，其人多壽；
有詩書氣，生子必才。 ——王文韶

幸有兩眼明，多交益友；
苦無十年暇，讀盡奇書。 ——包世臣

## 三、格言聯

### (一)抒志聯

全以山川為眼界
別有天地非人間 ——康有為

才短自知能事少

禮疏常覺慢人多　——鄭燮

立身苦被浮名累；
涉世無如本色難。

能受苦方為志士；
肯吃虧不是癡人。

世道每逢謙處好；
人情總在忍中全。

認半句錯，省千般累；
忍一息怒，保百年身。　——黃庭堅

丈夫當死中圖生，禍中求福；
古人有困而修德，窮而著書。　——曾國藩

## (二)學校聯

文挾海潮真名士度
志存邱壑有隱者風
——江西靖節書院石刻聯

湕水湘山俱有靈其秀氣必鍾英哲
聖賢豪傑都無種在儒生自識指歸
——曾國藩題東湕書院

輔世匡時須博學
仁民愛物自修身
——朱任生輔仁大學

## (三)佳言聯

受盡天下百官氣
養就心中一段春
——李鴻章

海納百川，有容乃大，

壁立千仞，無欲則剛。——錫良

學到用時方恨少；
事非經過不知難。

閱透人情知紙厚；
踏穿世路覺山平。

## 四、商店聯

四輪貼地
九軌可通——車店

憑我雙拳，打盡天下英雄，誰敢還手？
就此一刀，剃過世間豪傑，無不低頭。——吳稚暉題理髮店

相逢盡是彈冠客

此去應無搔首人 ——董文恪公題理髮店

山好好，水好好，開門一笑無煩惱；
來匆匆，去匆匆，下馬相逢各西東。 ——山東茶亭

團沙巧捏侏儒像
剪紙新糊傀儡人 ——玩具店

取之不盡，用之不竭，
醴泉無源，飛瀑無根。 ——自來水廠

援助人工機獨巧
轉輸地軸器維新 ——機器廠

智慧超人看電腦
開關隨意握機樞 ——機器廠

入水和成三合土
興工端賴一丸泥 ——水泥店

版築有功，曾傳傳說；
泥沙合用，可捏嵇康。 ——水泥店

金仙能點石
玉女慣投壺 ——電鍍店

與人交止於信
託大事而不疑 ——信託社

始終不負人所託
交易全以信為歸 ——信託社

莫道我家易
頃知創業難
——地產商

人具恆心有恆產
天降福地授福人
——地產商

寸寸光陰，我宜惜此；
空空色相，人其鑒諸。
——影片店

## 五、壽聯

松齡添歲月
鶴算紀春秋

椿樹千尋碧
蟠桃幾度紅

椿萱欣並茂
松柏慶同春

南山壽獻長生酒
北海樽開不老仙

牧野鷹揚，百世功名纔一半；
洛陽虎視，八方風雨會中州。
——康有為為吳佩孚五十壽

素行乎豐約夷險
斯錫之福壽康強
——孫中山壽蔣母王太夫人

## 六、輓聯

人生如大夢
天地本無情

壺中日月三生夢
海上雲山萬里秋

大雅云亡梁木壞
老成凋謝泰山頹

得國之忠，知人之明，自愧不如元輔；
同心若金，攻錯若石，相期無負平生。

——左宗棠輓曾國藩

# 第七章 題辭

## 第一節 題辭概說

題辭是今日用得最多的一種應用文辭，主要的原因，是由於題辭文辭最少，意義明白，寫的人簡單，看的人一目了然。所以，在今天，不論是婚、喪、喜、慶，都可以看到題辭的廣泛使用。

題辭的意義，是以最簡短的語句，表達自己祝頌、讚美、獎勉、慶賀、哀悼的心意；是源自於古代的「頌」、「贊」、「箴」、「銘」一類的文辭。

「頌」、「贊」兩種文辭，都是在歌功頌德；「銘」本來刻在金、石上，或歌功頌德，或警戒自己，像是商、周的鐘鼎彝器上的文辭，都是這種作用；「箴」的作用，主要是告戒勸勉。題辭承襲了這四種文辭而來，但是，卻重在歌功頌德，不在告戒勸勉；並且，也不像這四種文辭的長篇大論；題辭的寫作，通常是兩個字、四個字，或是幾句話罷了。

題辭的用途十分廣大，歸納起來，可分為下列五類：

甲、**幛語**

幛語是在喜慶、弔喪的場合裡，題在禮幛、花圈、禮軸、禮屏上的文辭，有一個字的，像是「囍」、「壽」、「奠」字；但是，通常仍是四個字為多。

乙、**匾辭**

匾辭是把祝賀的文辭，刻在大型的木匾上，掛在醒目的地方，讓大家看了，知道當事者的豐功偉績，送的、受的，都有一份光彩。匾辭的用途很廣，凡是新居落成、行號開張、名勝古蹟、考試錄取、慶祝當選等等，都可以使用。而且，匾辭保持時間很長，可以作為永久的紀念。

丙、**像贊**

像贊是在肖像上的題辭，通常分為兩種：一是肖像題贊，一是遺像題贊。肖像題贊或者是用在紀念冊上，或是贈送給別人留作紀念的像片上；在紀念冊上的，只要寫上「某某先生（女士）之肖像」就可以了；送給別人當作紀念的像片，上款題上「某某先生（女士）留念」，下款題

「某某敬贈」，並且在下款下方寫上年月日就可以了。遺像題辭，通常只要寫上「某某先生（女士）之遺像」，也就可以了。

**丁、冊頁**

冊頁是在紀念冊上的題辭，也有題在裱好的宣紙卷軸上的。紀念冊上的題辭，是請師長、親友、同學題辭勉勵；用的辭句，是抄襲成語、格言或名人的言詞。題在裱好的宣紙卷軸上的，也是襲用成語、格言或名人的言詞，不過，這種題辭，還要書法好，並且要注意行款。

**戊、一般**

除了以上的四種題辭以外，還有許多種類的題辭，像是著作、書刊、比賽獎杯、獎牌、銀盾、錦旗等，都有題辭。

## 第二節　題辭作法

題辭的寫作，雖然十分簡單，但是，題辭都要張掛出去，大家都可以看到，所以，寫作的時候，特別要小心；一不留意，有些微的錯失，就不免貽人笑柄了。題辭的寫作，要注意四點：

## 甲、取材貼切

題辭的寫作，要認清對象，對於對方的身分、地位、職業、年齡、性別，彼此的關係等等，都要了解得清清楚楚，在選用詞語的時候，才能貼切；否則，張冠李戴，就不免要鬧笑話了。

## 乙、音律協調

題辭的寫作，雖然字數少，但是，仍然要講究音律的協調。一般的題辭，多半是四個字居多，就以四個字的題辭來說：四個字的題辭，常常是要「平開仄合」、「仄起平收」，儘量避免四個字全平，或者是全仄的情形。所謂的「平開仄合」，就是四個字的平仄是「平平仄仄」，像是：

庚星永耀

惟仁者壽

這兩個題辭，前兩字都是平聲，後兩字都是仄聲，這叫「平開仄合」。「仄起平收」就是四個字的平仄是「仄仄平平」，像是：

壽比岡陵
日月齊輝

這兩個題辭，前兩字都是仄聲，後兩字都是平聲，這叫「仄起平收」。

這兩種「平開仄合」、「仄起平收」的音律，念起來就比較協調。但是，題辭的寫作，並不是一成不變的，像是第一個字，通常也是平、仄都可以通用的。其他，最低限度，只要不詰屈聱牙，一般也都能被人接受。

**丙、用辭典雅**

題辭的寫作，一般是襲用成語、格言或名人的言詞，所以，文詞也一定雅正，比較不會有問題；如果，一定要自己造作一些詞語的話，就要注意到詞語的雅正了，因此，一些俏皮話、俚語、俗話，最好是不要用。

**丁、行款正確**

題辭的行款，和對聯一樣，也是分為上款、題辭、下款三部份。款式和對聯是差不多的，可以參照使用。不過，題辭可以直書，也可以橫書；橫書一般是自右向左書。不管直書、橫書，題辭一定要保持在紙的正中央。在書寫方面，題辭是要比對聯自由多了。

## 第三節 題辭舉例

### 一、幛語

#### (一)壽慶

1.男壽

大德大年　大德必壽　日麗中天　日永椿庭　天錫遐齡　天保九如　天錫難老　天錫純嘏
如岡如陵　如松柏茂　如南山壽　多福多壽　至德延年　社結香山　松柏同春　松柏長春
松鶴延齡　東海延鰲　庚星煥彩　庚星永耀　封人三祝　是誠人瑞　南山比壽　南極星輝
南極騰輝　海屋長春　桑弧耀彩　眉壽無疆　俾壽而康　惟仁者壽　富貴壽考　義方垂範
椿樹長青　椿庭日暖　詩歌天保　嵩生嶽降　頌獻九如　頌祝岡陵　福壽康寧　瑞靄懸弧
圖開福壽　壽比岡陵　壽比松齡　壽並河山　壽人壽世　壽徵大德　壽考維祺　壽如日昇
德星長耀　齒德俱尊　蓬壺春到　蓬島春長　樹茂椿庭　慶衍桑弧　慶溢懸弧　篤祜崇齡
疇陳五福　籌添海屋　鶴籌添壽

### 2. 女壽

天姥峰高　天護慈萱　名門淑範　花燦金萱　果獻蟠桃　金萱不老　春滿瑤池　春濃萱閣
春滿北堂　祥呈桃實　祥開設帨　帨彩增華　堂北萱榮　彩帨騰輝　萊綵北堂　喜溢璇闈
婺煥中天　婺宿騰輝　婺星煥彩　慈竹長青　慈竹風和　慈雲集祜　慈闈日永　萱花不老
萱茂北堂　萱閣長春　萱蔭長春　萱榮婺煥　萱庭集慶　萱幃日永　萱幃春永　萱堂集祜
愛日方長　瑞靄萱堂　瑞凝萱室　綵帨延齡　瑤池春永　瑤池益算　瑤島長春　瑤島春深
壽徵坤德　壽考宜家　壽添萱綠　錦帨呈祥　篤祜崇齡　蓬島長春　蓬萊春滿　輝生錦帨
慶溢北堂　璇闈日暖　錦帨呈祥　寶婺星輝　懿德延年　懿德壽考　歡騰萱至

### 3. 雙壽

人月同圓　日月齊輝　日升月恆　日月並明　天上雙星　白首同心　仙耦齊齡　仙眷長春
台媮合耀　百年偕老　百年靜好　金石同堅　弧帨齊輝　弧帨增華　眉齊鴻案　星月爭輝
神仙眷屬　酒介齊眉　華堂偕老　鹿車共挽　琴瑟靜好　偕老同心　椿萱不老　椿萱並茂
福祿鴛鴦　福壽仙儔　福壽雙全　極婺聯輝　極婺並耀　鳳蕭合奏　銀漢雙輝　輝映台媮
壽並岡陵　雙星朗照　雙星並耀　鶴算同添　鸞笙合奏

## (二) 婚嫁

1. 新婚

才子佳人 大道之始 三星燦戶 天作之合 天賜良緣 五世卜昌 白首偕老 永結同心
百年好合 如鼓琴瑟 百輛盈門 君子好逑 良緣天定 花好月圓 花開並蒂 佳偶天成
宜室宜家 宜爾室家 昌宜五世 昌符鳳卜 治平初基 美滿姻緣 相敬如賓 神仙眷屬
珠聯璧合 書稱釐降 海燕雙棲 帶結同心 唱隨偕樂 唱隨偕老 笙磬同音 連理交枝
乾坤定矣 琴瑟友之 琴瑟在御 琴躭瑟好 敬愛諒助 愛河永浴 愛情永固 詩題紅葉
詩詠好逑 詩詠關訢 鳳凰于飛 鳳侶鸞儔 鳳舉龍翔 樂賦唱隨 鴻案相莊 瓊花並蒂
鐘鼓樂之 麟趾呈祥 鸞鳳和鳴

2. 嫁女

之子于歸 于歸協吉 百兩御之 妙選東床 宜其家人 宜其家室 桃夭及時 祥徵鳳律
雀屏妙選 跨鳳乘龍 摽梅迨吉 鳳卜歸昌 燕燕于飛

3. 續婚

明月重圓 其新孔嘉 琴瑟重調 琴瑟重彈 畫屏再展 慶溢鸞膠 寶鏡重圓 鸞膠新續
鸞鏡重圓

(三) 輓幛

1.男喪

一朝千古　大雅云亡　千秋永訣　五福全歸　文星遽落　少微星隕　仙遊上界　北斗星沉
生榮死哀　行誼可師　言為世法　吾道已窮　明德流徽　典型宛在　庚星匿彩　羽化登仙
典則空留　英氣長存　風摧椿萎　南極斂芒　音容如在　哲人其萎　泰山其頽　高風安仰
高風亮節　海宇風凄　高山景行　桑梓流光　望重鄉邦　梁木其壞　棟折榱崩　痛失老成
道範長存　福壽全歸　跨鶴仙鄉　碩德堪欽　歌興薤露　魂兮歸來　萬里興悲　蓬島歸真
蓬島雲迷　儀型萬方　儀型足式　塵榻空留　閬苑歸真　遽返道山　雖死猶榮　騎鯨西去
歸真返璞　邈若山河　寶劍光沉　露冷椿庭　讜論流徽

2.女喪

巾國稱賢　女界典型　萱蔭長留　月缺花殘　北堂春去　忘憂草謝　彤管揚芬　彤管流芳
空仰慈顏　坤儀足式　坤儀宛在　妝臺月冷　孟母風高　花落萱幃　相夫有道　持家有則
流芳千古　涼月淒情　淑德永昭　婺彩沉輝　婺星光黯　溫恭淑慎　慈竹風摧　萱堂露冷
萱蔭長留　慈雲縹緲　勤儉可風　瑤島仙遊　閨閫之師　瑤池赴召　夢斷北堂　蓼莪詩廢
範垂巾幗　閫範長存　塵掩妝臺　賢同歐母　徽音頓緲　徽音遠播　寶婺星沉　繡閣風寒
鐘郝儀型　懿德長昭　懿德堪欽　鸞馭遐升　鸞駢遽返

3.學界

(1) **師長**

木壞山頹　立雪神傷　永念師恩　風冷杏壇　高山安仰　馬帳空依　桃李興悲　師表千古

師表常尊　梁木其頹　教澤長存

(2) **學者**

大雅淪亡　文壇失仰　天喪斯文　少微斂曜　文曲光沉　世失英才　立言不朽　言行足式

望尊泰斗　絕學春秋　學究天人　弘衍傳薪　杏壇模楷　師表長存　教界楷模　教澤長存

絳帳風凄　槐市興悲　薪火無窮（輓教育家）　天路揚靈　天國神遊　精誠不滅

適彼樂土（輓宗教家）千秋絕技　丹青千古　望重藝林　藝林失導　藝壇祭酒（輓藝術家）

名重樂壇　流水高山　廣陵絕響　樂壇大老（輓音樂家）

4. 政界

人亡國瘁　才厄經綸　甘棠遺愛　召父杜母　邦國精華　忠勤著績　忠勤足式　耆德元勳

峴首留碑　國失賢良　勛猷共仰　萬姓謳思　萬家生佛　遺愛人間

5. 商界

少伯高風　五都望重　利用厚生　美利長流　貨殖流芳　商界楷模　端木遺風　闤闠風凄

6. 軍警

大星遽落　大旗色黯　功在旂常　名齊衛霍　光沉紫電　忠勇楷模　星隕將營　英靈不泯

風雲變色 細柳聲威 國失干城 淚灑英雄 將星遽落 將星忽墜 痛失干城 鼓角聲淒
勳業長昭 勳業卓茂

## 二、匾辭

### ㈠新居落成

大啟爾宇 甲第徵祥 竹苞松茂 君子所居 肯堂肯構 昌大門楣 長發其祥 美奐美輪
氣象維新 堂構更新 棟宇連雲 華堂毓秀 華堂集瑞 斯干叶吉 福蔭子孫 瑞藹朱軒
鳳棲高梧 潭池鼎新 駟門高啟 輝生畫棟 輝增堂構 雕樑畫棟 叶鳳棲梧

### ㈡行號吉慶

1. 醫院

仁心仁術 心存濟世 方列千金 功著杏林 功同良相 功侔相業 全心濟世 杏林之光
妙手成春 妙手回春 肱傳三折 扁鵲復生 祕傳金匱 得心應手 術妙軒岐 望隆盧扁
著手成春 博愛濟眾 華陀再世 萬病回春 壽人壽世 濟世功深 濟世活人 醫民醫國
醫理湛深 醫德堪欽 醫德可風

2. 商行

大業千秋　大業允興　大展鴻猷　生財有道　利濟民生　近悅遠來　財源恆足　陶朱媲美

商賈輻輳　貨財廣殖　商戰圖強　富國裕民　業紹陶朱　萬商雲集　福國利民　駿業宏開

駿業肇興　億則屢中　鴻圖永啟　鴻猷丕煥

### (三)校慶

人能宏道　化民成俗　化雨均霑　功宏化育　功著士林　百年樹人　百年大計　卓育菁莪

育才一樂　芬扇藻芹　春風廣被　洙泗高風　為國育才　英才淵藪　桃李馥郁　桃李芬芳

時雨春風　教育英才　弦歌不輟　弦歌盈耳　教秉尼山　陶鑄群英　誨人不倦　廣栽桃李

德溥春風　樂育美才　敷教明倫　樹人大業　澤被三臺　濟濟多士　贊天地化　黌舍巍峨

## 三、像贊

### (一)男喪

一笑歸真　休休有容　音容宛在　高山仰止　道範長存

### (二)女喪

坤儀足式　音容宛在　莊容儉德　慈顏長在　閫範垂型

## 四、冊頁

### (一)畢業

力行近仁　入孝出弟　士先器識　士必弘毅　大器晚成　文章華國　仁為己任　友誼永固

本立道生　自強不息　任重道遠　志道據德　好學近智　孜孜不倦　扶搖直上　好古敏求

君子務本　孝悌為本　更上層樓　壯志凌雲　依仁游藝　居仁由義　知恥近勇　知類通達

青雲直上　前程似錦　盈科而進　乘風破浪　國脈是寄　造詣精深　術有專精　國家棟材

朝乾夕惕　溫故知新　滄海程寬　業精於勤　雲程發軔　勤則有功　慎獨存誠　精益求精

學貴及時　學貴有恆　學問初基　學無止盡　學以致用　雞群立鶴　鵬程萬里　鵬闃高搏

鵬翼搏風　鵬搏九霄　藏休息游　鶴鳴九皋　鑄史鎔金

## 五、一般

### (一)著作

一字千金　人手一冊　大筆如椽　生花妙筆　名山事業　字字珠璣　風行遐邇　紙貴洛陽

國門可懸　都人爭寫　移風易俗　揚聲中外　斐然成章　富國利民　潤色鴻業　價重雞林

膾炙人口　聲重士林

## ㈡比賽

才氣縱橫　文章天成　文采斐然　出類拔萃　吐辭不凡　含英咀華　妙筆生花　卓犖不凡
倚馬長才　胸羅錦繡　情文並茂　理闢精義　筆端泉湧　筆力萬鈞　筆掃千軍　揚葩振藻
學冠群英　錦心繡口　繡花雕龍　黼黻文章　蘇海韓潮（論文比賽）秀麗遒勁　凌雲健筆
國粹之光　筆力萬鈞　藝苑之光　鐵筆銀鉤（書法比賽）人生借鏡　技藝超群　依仁游藝
移風易俗　貶惡揚善　演技精湛　優孟衣冠　藝術之光　觀古鑑今（戲劇比賽）允文允武
弘揚體育　出類拔萃　生龍活虎　先聲奪人　自強不息　我武維揚　身手矯健　邦家之光
克敵致果　攻堅擊銳　技藝精湛　技藝超群　身心並健　爭也君子　高尚技能　健兒身手
強國強種　術德兼修　強種興邦　教亦多術　望風披靡　健身強國　強種之基　發揚踔厲
睥睨寰宇　樂群進德　積健為雄　龍騰虎躍（球類比賽及田徑運動）一發中的　正己後發
行必由正　有勇知方　百發百中　百步穿楊　尚武精神　射擊能手　射必有中　得心應手
智勇兼全　劍膽琴心（射擊比賽）水上英雄　活潑健壯　俯仰自如　智者樂水　矯首游龍
歡同魚水（游泳比賽）日行千里　天行唯健　行有餘力　足轉乾坤　奔逸絕塵　風馳電掣
前程萬里　馬到成功（單車比賽）舟行若水　江上游龍　虎嘯龍吟　乘風破浪　鳳舉龍翔
擊楫中流　龍飛鳳舞（龍舟比賽）子牙逸興　手展經綸　釣而不綱　釣技非凡　魚我所欲
寒江釣雪　經綸大展　嚴光餘韻（釣魚比賽）一鳴驚人　口若懸河　立論精宏　音正辭圓

宣揚真理　發揚正論　語驚四座　懸河唾玉　辯才無礙（演講比賽）

## (三)生育（獎牌）

1. 生子

子種蓮房　天降石麟　玉燕投懷　石麟降世　瓜瓞綿綿　百子圖開　芝蘭新茁　英聲驚座
荀龍薛鳳　喜聽英聲　喜德寧馨　鳳毛濟美　熊夢徵祥　綵褓凝祥　德門生輝　慶叶弄璋
積善餘慶　螽斯叶吉　雛鳳新聲　蘭階吐秀　麟趾呈祥

2. 生女

小鳳新聲　弄瓦徵祥　明珠入掌　徵祥虺夢　喜得螽麟　彩鳳新雛　掌上明珠　輝增彩帨
慶叶弄瓦

3. 雙生

玉樹連芬　珠璧聯輝　班聯玉筍　雙珠競秀

## (四)競選匾辭或銀盾

1. 縣市長

才智超群　才德堪欽　山斗望重　公正廉明　邦家之光　邦國楨幹　卓然鶴立　物望允孚

咸慶得人　桑梓福音　能者在位　望切雲霓　造福鄉梓　望隆珂里　鄉邦瓌寶　輔世長民

榮膺鶚選　學優則仕　譽隆德劭　驥足方展

2.議員

民心所向　民之喉舌　言重九鼎　言必有中　克孚眾望　具徵民意　痌瘝在抱　眾欣有託

眾庶婐姆　眾望所歸　實至名歸　鴻猷懋著　鵬翮高搏　讜言偉論

## (五)升遷匾辭或銀盾

才堪濟世　升階叶吉　布化宣勤　壯志克伸　初展鴻猷　其命維新　咸與維新　政治長才

新猷丕著　德業日新　磐磐大材　龍門聲價　龍躍靈津　鵬程發軔　鶯喜高遷　鶯遷喬木

驥足為舒

本節參考張仁青教授《應用文》第九章〈題辭〉（文史哲出版社・民國七十九年九月二十八版），予以修訂，重新編列。

# 第八章 會議文書

## 第一節 會議文書的意義

國父在《民權初步》中說：「凡研究事理而為之解決，一人謂之獨思，二人謂之對話，三人以上而循有一定規則者，則謂之會議。」內政部訂定的《會議規範》第一條說：「三人以上，循一定之規則，集思廣益，研究事理，尋求多數意見，達成決議，解決問題，以收群策群力之效者，謂之會議。」由此可知，會議具有下列四個特點：

一、參加人數至少應有三人以上。

二、須有具體事件作為討論內容。

三、須針對問題，充分討論，集思廣益，獲致具體結論，或達成具體決議，或獲得最妥善的解決辦法。

四、須遵守一定的議事規則。

但是一次成功的會議，並不是僅憑議論就可達成，一定是由於會議前充分的準備，會議中程序周密的安排，會議後資料妥善的整理，所共同形成的效果，其中很多屬於文書資料，這些有關於會議所應用的文書，就稱為會議文書。

因此，有會議，就有會議文書；會議賴文書而得以召開、進行、達成目標。與會者也才能對會議的結果有所依循而共同信守。時至今日，民主政治，可以說就是會議政治，身為現代的每一個國民，幾乎隨時都有出席會議，召集會議或主持會議的機會，對於有關會議的各種文書，也就不能不加以瞭解。

## 第二節 會議文書的種類

會議文書，就是開會所應用的文書，通常可分為以下八類：

**一、開會通知** 會議至少有三人以上參加，所以會議的進行，在事前必須經過召集，即使是定期性的例會，為免出席人臨時忘記，也要在會前予以通知，這種召集會議的文書，就叫做「開會通知」，可分為兩種：一為書面之個別通知，一為登報之公告通知。

**二、委託書** 會議出席人不能出席會議時，委託同一團體其他出席人代表出席的書面文件，就叫做「委託書」。因此，若無委託書，代表人便不能代表他人出席會議，行使權利。而委託書上，亦必須寫明委託代表人行使那幾種權利。

**三、簽到簿** 簽到簿是設在會議場中（或會場門口）供會議出席人及代表人簽到的簿子，亦可用十行紙或其他預先準備好的紙張代替。簽到簿的主要作用，在統計出席人數及證明會議的合法性。正式會議，都有開會額數的規定，而開會前清查人數的方法，是點閱簽到簿。因此，簽到簿上的紀錄，可決定會議可否開始，並證明已開的會議是否合法。

**四、會議程序** 又稱「議事日程」，簡稱「議程」。這是在開會之前，根據實際需要，預先擬好的會議進行程序，而且大多先印好分發給出席人員，主席據以控制會議的進行。

**五、開會程序** 又稱「開會儀式」，為開會儀節進行之次序，多以大張紅紙書寫，貼於會場，由司儀逐項宣讀而進行，重點在報告或講演，如紀念會、慶典等。

**六、會議紀錄** 又稱「議事紀錄」。以書面紀錄會議全部過程及內容。因為會議中的討論、選舉等，都是會眾共同決定的事項，必須一一執行，而且對於會眾有拘束力，所以這是會議的重要憑證。

**七、提案** 也稱為「議案」。出席人員提出的書面動議案，經其他出席者附署，送交會議討論表決，這是召開會議的重心所在。得由個人或機關團體提出。

**八、選舉票** 為決定人選的書面方式，多用於推定主席、某委員會委員、代表等。

## 第三節 開會通知

開會通知有以下特點：

1. 內容最少應包括開會事由、開會時間及地點。
2. 通知方式有「個別通知」與「公告通知」兩種。
3. 會議召集人應視路程遠近及交通情況，盡早將通知送達出席人。
4. 在可能的狀況下，發送開會通知時，應附送議程及有關資料。

茲將目前通行的各式開會通知，舉例介紹如下：

### 一、個別分送

#### (1) 書函式（又稱：柬帖式）

## 中國銀行開會通知

茲定於本(九)月 13 日(星期五)下午 3 時在臺北市圓山大飯店金龍廳舉行本年度第三次會議，敬希
準時蒞席為荷。

此　致

○○○先生

附發○○文件

總經理 ○ ○ ○ (簽章)

○年○月○日

## 國立○○大學通知

○○年○月○日
○字第○○號

○○○學年度第一學期校務會議，定於○月○日(星期○)上午○時在本校會議室舉行。如有提案，請於○月○日以前送交秘書室。敬請準時出席。此致

○○○先生

校　長 ○ ○ ○ (簽章)

(2)條列式

○立○○高商校友會通知

受文者：○理事○○

年　月　日

字第　　號

附件

一、茲訂於○○年○○月○○日(星期○)○午○時假母校第○會議室召開理監事聯席會議，商討春節校友團拜暨自強聯誼活動籌備事宜，敬請　準時出席。

二、附送議程暨有關資料計三件。

會　長 ○ ○ ○ (簽字章)

(3)二段式

○立○○高商校友會通知

受文者：○理事○○

年　月　日
字第　　號
附件

主旨：請　準時出席本會理監事聯席會議。
說明：
一、時間：○○年○○月○○日(星期○)○午○時。
二、地點：母校第○會議室。
三、主題：春節校友團拜暨自強聯誼活動籌備事宜。
四、附送議程暨有關資料計三件。

會　長 ○ ○ ○ (簽字章)

## (4) 表格式

<table>
<tr><td>保存年限</td><td></td></tr>
<tr><td>檔　號</td><td></td></tr>
</table>

### 審計部○○市審計處開會通知單

<table>
<tr><td rowspan="2">速　別</td><td rowspan="2"></td><td rowspan="2">密等</td><td rowspan="2"></td><td rowspan="2">解密條件</td><td>□</td><td>公佈後解密</td><td>□</td><td>年　月　日</td></tr>
<tr><td>□</td><td>附件抽存後解密</td><td></td><td></td></tr>
<tr><td>受文者</td><td colspan="3">○○市政府工務局</td><td rowspan="3">發文</td><td>日期</td><td colspan="3"></td></tr>
<tr><td rowspan="2">副本收文者</td><td colspan="3" rowspan="2">本處第一、二、三科及總務科(請準備會場)</td><td>字號</td><td colspan="3">字第　號</td></tr>
<tr><td>附件</td><td colspan="3">研討項目詳細表乙份。</td></tr>
<tr><td>開會事由</td><td colspan="8">研討「○○市道路工程路面之規劃、施工、養護、修復及損壞原因」等有關事項。</td></tr>
<tr><td>開會時間</td><td colspan="3">○○年○○月○日(星期○)上午○時○分</td><td colspan="2">開會地點</td><td colspan="3">本處會議室</td></tr>
<tr><td>主持人</td><td colspan="2">○處長</td><td>連絡人或單位</td><td colspan="2">第○科○○○</td><td>電話</td><td colspan="2"></td></tr>
<tr><td>出席單位及人員</td><td colspan="3">○○市政府工務局 新建工程處 養護工程處</td><td colspan="2">列席單位及人員</td><td colspan="3">○○市政府主計處</td></tr>
<tr><td>備　註</td><td colspan="8">請就所附送之研討項目提出詳細資料及改進意見</td></tr>
<tr><td>發文單位</td><td colspan="8">審計部○○市審計處</td></tr>
</table>

## 二、公告通知

### (1)敘述式（登報用）

**中華民國孔孟學會公告**

中華民國88年○月○日
88孔秘字第○○號

本會第○次全體委員會議，定於中華民國 88 年○月○○日，假臺北市中山堂中正廳舉行，上午 8 時至下午 6 時，在二樓光復廳辦理報到手續，除分函外，特此公告。

理事長 ○ ○ ○ (簽字章)

(2)三段式（張貼或登報用）

# ○○有限公司董事會公告

發文日期：中華民國○○年○○月○○日

發文字號：(　　)○字第○○○號

主旨：公告本公司○○年度股東大會開會時間及地點，請準時出席。

依據：依據本公司組織章程第○條規定辦理。

公告事項：

一、開會時間：○○年○月○日(星期○)上午10時。

二、開會地點：臺北市○○路○號中山堂○○廳。

三、提案辦法：各股東如有提案，請依照本公司章程規定，必須由股東三人以上附署，並於開會前五日以書面送交本公司秘書室彙辦。

董事長 ○ ○

## 第四節 委託書

會議出席人不能出席會議時，委託同一團體其他出席人代表出席，兩者之間，有以下的規定：

1.出席人有發言、動議、提案、討論、表決及選舉等權利，若出席人不能親自出席而委託他人代表出席時，代表人依規定祇有「發言權」；不過，如果此一會議另有規定（如代表人亦有「表決權」、「選舉權」），則遵從此一會議的規定。

2.除非另有規定，否則代表人必須是同一團體的其他出席人。

3.必須有書面委託。

茲舉委託書範例二則如後：

委託書　　中華民國○○年○月○日

茲委託本會會員○○○先生代表本人出席○月○日第○次會議，並代表行使大會期間一切權利與義務。此致

○○○○研究會

委託人：○○○（蓋章）

受託人：○○○（蓋章）

委託書　　中華民國○○年○月○日

茲委託○○○先生代表本人出席第九次會員大會，並行使發言權、選舉權。(請將不委託事項刪去)。此致

○○○○研究會

委託人：○○○（蓋章）

受託人：○○○（蓋章）

## 第五節 簽到簿

根據《會議規範》第四條「開會額數」規定：

「各種會議之開會額數，依左列規定：

㈠永久性集會，得自定其開會額數。如無規定，以出席人超過應到人數之半數，始得開會。前款應到人數，以全體總數減除因公、因病人數計算之。

㈡處理議案之委員會，應有全體委員過半數之出席，始得開會。

㈢會員無定額者，不受開會額數之限制。

開會時間已至，不足開會額數者，得宣布延長之，延長兩次仍不足額時，主席應宣告延會，或改開談話會。」

由此可知，有定額會員的會議，最少要有應到人數過半的出席，始得開會。而開會前清查人數的方法，是點閱簽到簿。

## 簽到簿範例

### ○○部○○委員會第○次會議

時間：中華民國○○年○月○日○時

地點：○○部○○○會議室

出席單位及出席人姓名

| 單　　位 | 出　席　人　姓　名 |
|---|---|
| | |
| | |
| | |
| | |

## 第六節 會議程序

開會以前，根據該次會議的實際需要，預為編訂會議程序。編訂議程的程序有兩種：

一、普通會議，由主席或召集人預先擬訂，在開會時經主席宣讀，出席人如無異議，即為認可，否則提付討論及表決後施行。

二、重要會議或規模較大的永久性會議，由常設的祕書處或程序委員會擬訂，經過審查後，提交大會裁決，如無異議，即為認可，否則須提付討論及表決。

會議程序所包括的項目，根據《會議規範》第八條「會議程序」的規定，主要項目有五：一、報告出席人數並宣布開會；二、報告事項；三、討論事項；四、選舉；五、散會。

茲將目前通行的會議程序，舉例介紹如下：

㈠條舉式

銓敘部《名人書牘選輯》編輯指導委員會第三次會議議程

時間：81 年 12 月 13 日(星期一)下午 2 時 30 分

地點：本部第一會議室

(甲)報告事項

一、主席報告

二、宣讀上次會議紀錄

三、承辦單位報告

㈠說明『名人書牘選輯』篇目注釋概況。

㈡『名人書牘選輯』共計 120 篇，完成注釋者計 117 篇。

(乙)討論事項

一、對『名人書牘選輯』注釋稿有重複者，加以選定。

二、對『名人書牘選輯』注釋稿之內容，予以審定。

(丙)臨時動議

(丁)散會

## (二)表格式

臺北市議會第○屆第○次臨時大會議事日程表

| 年 月 日 | 星期 | 上午9時至12時 | 下午3時至6時<br>(星期一下午3時30分開會) |
|---|---|---|---|
| ○○年○月○日 | ○ | 議員報到 | 第一次會議一、商訂議事日程。二、審計處長報告○○年度(七月制)臺灣省營事業綜合決算審核情形。 |
| ○月○日 | ○ | 分組審查(預決算案省單行法規及其他議案) | 同上 |
| ○月○日 | ○ | 同右 | 同上 |
| ○月○日 | ○ | 同右 | 同上 |
| ○月○日 | ○ | 同右 | 同上 |
| ○月○日 | ○ | 同右 | 同上 |
| ○月○日 | ○ | 同右 | 同上 |
| ○月○日 | ○ | 同右 | 同上 |
| ○月○日 | ○ | 預算綜合審查會議 | 同上 |
| ○月○日 | ○ | 休息 | 第二次會議(大會審查省單行法規及其他議案) |
| ○月○日 | ○ | 第三次會議(大會審查省單行法規及其他議案) | 同上 |
| ○月○日 | ○ | 第四次會議(大會審查及大會審議預決算案) | 同上 |
| ○月○日 | ○ | 第五次會議(同右) | 同上(閉幕) |

## ○○大學第二屆師生大會議事程序表

時間：○年○月○日

地點：本校大禮堂

| 時間 | 主持人 | 程序 |
|---|---|---|
| 08:00-08:50 | 校長 | 開幕式 |
| 09:00-09:50 | 校長 | 教務處報告 |
| 10:10-11:00 | 校長 | 學務處報告 |
| 11:10-12:00 | 校長 | 總務處報告 |
| 13:30-14:20 | 副校長 | 前期學生學習經驗<br>新生訓練心得　報告 |
| 14:30-16:00 | 校長 | 集體討論 |
| 16:10-16:40 | 校長 | 閉幕式 |
| 19:00-21:50 | 校長 | 晚會 |

## 第七節 開會程序

開會程序也是開會預定的程序，但與議事程序不同，二者最大差異有以下四點：

1. 議事程序是以書面印發會議的出席人；開會程序則用大幅紅紙繕寫，張貼於會場。
2. 議事程序以會議的進行細節為編排著眼點；開會程序則著重儀式的推演。
3. 議事程序多用於討論事情的會議；開會程序多用於紀念會、慶祝會、成立大會及慶典活動的開、閉幕典禮。
4. 議事程序的執行，多由會議主席擔任；開會程序則由司儀口呼，以控制大會的進行。

茲舉開會程序範例如後：

## ㈠一般性大會開會程序

一、大會開始
二、全體肅立
三、主席就位
四、唱國歌
五、向國旗及　國父遺像行三鞠躬禮
六、主席恭讀　國父遺囑
七、主席致詞
八、長官致詞
九、來賓致詞
十、報告事項
十一、討論事項
十二、選舉
十三、臨時動議
十四、散會

【說明】

①第一項至第七項為開會之例行儀式，不可省免，「主席致詞」可改為「主席報告」或「主席致開會詞」。

②長官與來賓之姓名不必書寫，可由司儀呼唱。無則免列。

③第十項至第十二項只列要目，其細節由有關人員以口頭報告或說明。無則從略。

④以下所舉各例，亦與此同；可斟酌實際情形增減，不另說明。

| | | |
|---|---|---|
| | 慶祝大成至聖先師孔子誕辰暨教師節 | |
| 中華民國孔孟學會 | 第 二 十 五 次 會 員 大 會 | 程序 |
| | 小學教師孔孟學說論文競賽頒獎典禮 | |

1.大會開始，全體肅立
2.主席就位
3.唱國歌
4.向國旗及　國父遺像行三鞠躬禮
5.向大成至聖先師孔子像行三鞠躬禮
6.向本會創始人先總統　蔣公遺像行三鞠躬禮
7.主席致開會詞
8.小學教師孔孟學說論文競賽頒獎
9.會務報告
10.討論提案
11.臨時動議
12.禮成

## (二)動員月會程序

一、動員月會開始
二、全體肅立
三、主席就位
四、向國旗及　國父遺像行三鞠躬禮(一鞠躬、再鞠躬、三鞠躬)
五、主席恭讀　國父遺囑
六、主席復位(請坐下)
七、主席報告
八、宣讀動員公約
九、禮成

## ㈢畢業典禮儀式

一、民國81學年度畢業典禮典禮開始
二、全體肅立
三、主席就位
四、奏樂
五、鳴炮
六、唱國歌
七、向國旗暨　國父遺像行三鞠躬禮
八、主席恭讀　國父遺囑(主席復位)
九、全體學員(生)向師長敬禮
十、全體學員(生)相互敬禮
十一、頒發畢業證書(學位證書)
十二、頒發獎品
十三、主席致詞
十四、來賓致詞
十五、學員(生)代表致答詞
十六、唱校歌
十七、奏樂
十八、禮成

# ㈣新舊任交接典禮儀式

一、交接典禮開始
二、卸任院長就位
三、新任院長就位
四、監交人就位
五、交接印信
六、監交人致詞
七、卸任院長致詞
八、新任院長致詞
九、禮成

## (五)元旦團拜儀式

一、團拜開始
二、全體肅立
三、主席就位
四、奏樂
五、鳴炮
六、唱國歌
七、向國旗暨　國父遺像行三鞠躬禮(主席復位)
八、全體同仁向　院長、副院長一鞠躬
九、全體同仁相互一鞠躬
十、院長講話或致詞
十一、奏樂
十二、禮成

## (六)慶生會儀式

一、慶生會開始
二、主席就位
三、壽星就位
四、奏樂
五、鳴炮
六、主席致詞
七、壽星代表致詞
八、吃壽麵(開動)
九、禮成

## (七)頒獎儀式

一、頒獎典禮開始
二、主持人就位
三、受獎人就位
四、宣讀獎章暨證書
五、頒授獎章暨獎金
六、主持人致詞
七、來賓致詞
八、受獎人代表致謝詞
九、禮成

## 第八節 會議記錄

依照《會議規範》第十一條規定，開會應備置會議記錄，以作處理所討論事務的根據，並存作參考。它的主要項目如下：㈠會議名稱及會次；㈡會議時間；㈢會議地點；㈣出席人姓名及人數；㈤列席人姓名；㈥請假人姓名；㈦主席姓名；㈧紀錄姓名；㈨報告事項；㈩選舉事項、選舉方法、票數及結果（無此項者，從略）；⑪討論事項、表決方法及結果；⑫其他重要事項；⑬散會（注明時間）；⑭主席、紀錄分別簽署。以上十四項，可視實際情況而加以增減，並非一成不變。此外，要特別說明以下二點：一、大型會議因出席人數過多，通常另設簽到簿供出席人簽名，整理紀錄時，可在「出席」欄下書「○○○、○○○、○○○（姓名）等○○（數目）人，詳見簽到簿。」然後將簽到簿附在會議記錄之後。但在記錄付印時，仍須將全部出席人姓名詳列於「出席」欄下；二、會議紀錄整理好以後，必須送請主席審閱並簽署，記錄人員也要簽署，這份紀錄才算完備。

## 會議記錄範例

### 第一屆立法院第○○會期第○○次會議議事錄

時間：中華民國○○年○月○日上午9時至11時50分下午3時至6時
地點：臺北市中山南路本院交誼廳
出席委員：366人
請假委員：22人
缺席委員：99人
主席：○○○
秘書長：○○○
紀錄：秘書處長　○○○
　　　秘書○○○　○○○
　　　議案科長○○○
　　　速記長　○○○

報告事項

一、宣讀本院第○會期第○○次會議議事錄。

二、監察院函送決算法第24條，第26條，第30條及第34條修正條文草案請審議見覆，並於審議時，通知本院推派人員列席說明案。

三、行政院函據教育部呈覆○○年中央政府追加預算歲出審查報告所列有關該部辦理事項一案請查照案。

決議：本案交預算委員會

討論事項

一、本院經濟委員會報告審查行政院函請審議中國石油公司與美國美孚莫比及聯合化學兩公司所簽訂共同投資設立尿素廠之合作契約案。

決議：本案俟下次會議繼續討論

表決方法：口頭表決

表決人數：全體無異議

散會　下午6時

主席　○○○
記錄　○○○

## 第九節 提案

提案就是以書面提出的動議，依照《會議規範》第三十四條的規定，提案的內容，應有下列五項：

㈠案由（內容的梗概）
㈡理由（或作「說明」，為動議的理由）
㈢辦法（具體可行的方法）
㈣提案人（有選舉人署名）
㈤附署人

茲將通行的形式，舉例於後：

## 一、條舉式

案由：建議省政府重視漁業之發展，興築臺中港，以資加強海產物之增產案。

理由：

一、本省邇來對農業之發展，已有長足進步，恐將來人口激增，糧食供應可能不敷，奈陸上拓展有限，亟應開發海中寶藏，以配合糧食之不足，而亦富國強民之道。

二、茲以本省周圍環海，發展漁業實具天然條件，尤富經濟效益。

三、重以臺灣海峽之大漁業場，處於中部地區梧棲鎮之西北海面，故南北漁船來往不絕，有如過江之鯽。惟漁場捕魚時有颱風之虞，而避難之漁港，迄尚未觀厥成。

四、日據時期，對臺中漁港之築設，早經著手興工，旋而中止。茲以此半成之港灣，對於國計民生，均有重大之關係，且農林廳暨農復會，前經時派專家，實地調查結果，並經決定興建有案，惟興築經費，尚未獲得明確核定，殊失人民殷切之望。

辦法：

一、請省政府農林廳漁管處撥款興建。

二、建議臺灣漁業增產委員會及農復會輔助。

提案人 ○○○
附署人 ○○○
　　　 ○○○

【說明】

①右例是臺灣省議員向臺灣省議會大會提出之提案。

②提案之「案由」，一如公文中之「主旨」，應以簡潔詞句說明提案之主旨所在。

③提案之「理由」，是申述何以要提出此案，及提案如獲通過後，將有何種結果。

④提案之「辦法」，是說明應如何辦理及採取何種方法，始能達到提案之目的，以供與會人員研議參考，因此辦法應力求具體可行，切忌空洞。

⑤提案如未敘明「理由」，他人將無法瞭解提案人因何提出此案；如未列舉「辦法」，與會人員研議時，亦將無重點可供商討，勢必影響提案之通過。故「理由」與「辦法」須層次分明，有條不紊，如同公文之分段敘述，並冠以數字。

⑥「提案人」乃主動提出動議的人，應在提案紙上簽名或蓋章。如提案人有多位時，應連署，並分別簽章。

⑦「附署人」是在提案提出前，附和提案的人，亦稱連署人，附署人亦應在提案紙上簽名或蓋章；如為多人時，亦應連署，並分別簽章。

## 二、表格式

(全銜)XX 會議提案

| 議案類別 | | 編號 | | 提案人 ○○○ 印<br>附署人 ○○○ ○○○ 印 |
|---|---|---|---|---|
| 案　由 | | | | |
| 說　明 | | | | |
| 辦　法 | | | | |
| 審查意見 | | | | |
| 決　議 | | | | |
| 備　考 | | | | |

# 第十節　選舉票

會議中經常有「選舉」的項目。選舉的方式，根據《會議規範》第八十九條的規定，有舉手選舉」及「投票選舉」兩種。使用投票選舉時，選舉人對候選人之選擇表達其意思所使用的文件，稱為選舉票，簡稱「選票」。

目前較常用的投票選舉方式，有下列四種：

**一、無記名圈選法**　「無記名」是指選舉人不在選票上署名。「圈選法」是由選舉人在選務單位預先印妥的選票上，使用規定的符號，表達其對候選人選擇的方法。

**二、無記名書寫法**　「書寫法」是由選舉人將所選擇的候選人姓名，自行書寫於選票上的方式。使用本法時，選舉人亦不署名。

**三、記名圈選法**　「記名」是指選舉人須在選票上署名。本法採圈選方式，選舉人亦須署名。

**四、記名書寫法**　本法採書寫方式，同時選舉人亦須署名。

不論採用那一種方法，選舉票均應由選舉團體或主辦選務機關製作，以達到公平、公正、公開的目的。

綜上所述，可知選舉票應包含下列項目：

㈠選舉名稱

㈡候選人編號及姓名（使用書寫法者，選票上應留出空白，以供選舉人書寫。

㈢使用記名投票者，選舉人應署名

㈣選舉年月日

㈤選舉團體或主辦選務機關蓋章

㈥設有監選員者，監選員蓋章。

（本節資料來源：《國學常識與應用文㈡》，空中大學印行）

## 選舉票範例

### 一、無記名圈選法選舉票

## (1)選舉票

第一面

| ○ ○ ○ ○ ○ 選舉票 |
|---|
| (印) |

第二面

| 圈　選 | 候選人 | |
|---|---|---|
| | ① | 張 ○ ○ |
| | ② | 王 ○ ○ |
| | ③ | 李 ○ ○ |
| | ④ | 趙 ○ ○ |

○○○○選舉事務所印製

中　華　民　國　○　○　年　○　月　○　日

## (2) 罷免票

圖一

正面

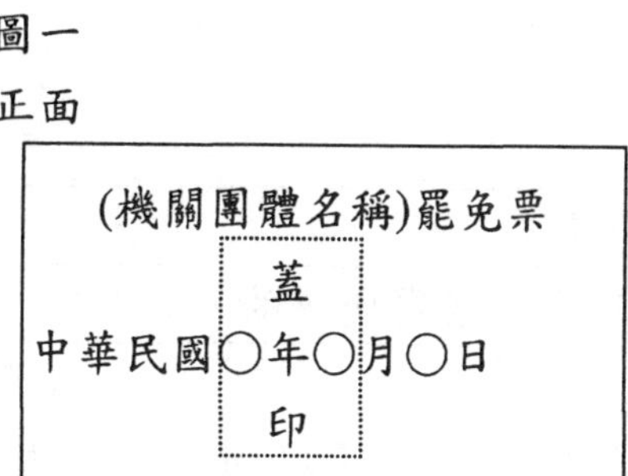

(機關團體名稱)罷免票

蓋

中華民國○年○月○日

印

圖二　被聲請罷免者 為一人時適用之

背面

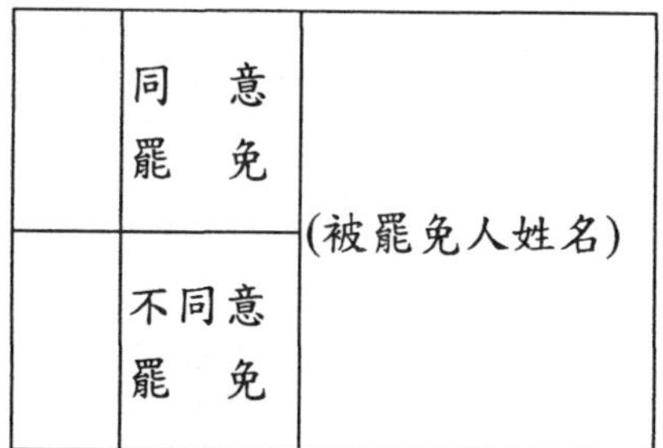

| | | |
|---|---|---|
| | 同　意<br>罷　免 | (被罷免人姓名) |
| | 不同意<br>罷　免 | |

圖三　被聲請罷免者　為二人時適用之

背面

| | | |
|---|---|---|
| | 同　意<br>罷　免 | (被罷免人姓名) |
| | 不同意<br>罷　免 | |
| | 同　意<br>罷　免 | (被罷免人姓名) |
| | 不同意<br>罷　免 | |

## 二、無記名書寫法選舉票

| ○○○○選舉票 |
| --- |
| (此空欄由選舉人書寫所選的人姓名) |
| 監選人 私章 |
| 中　華　民　國　○　○　年　○　月　○　日 |

## 三、記名圈選法選舉票

| 圈　選 | 候選人 | |
| --- | --- | --- |
| | 1 | 趙　○　○ |
| | 2 | 錢　○　○ |
| | 3 | 孫　○　○ |
| 選舉人　李　○　○　○ | | |
| ○○○○選舉事務所印製 | | |
| 中　華　民　國　○　○　年　○　月　○　日 | | |

## 四、記名書寫法選舉票

| ○ ○ ○ ○ 選 舉 票 | |
| --- | --- |
| 1 | (本欄留空，由選舉人將所選擇的候選人的姓名自行書寫。 |
| 2 | 本式是供選舉名額超過一人時使用。) |
| 3 | |
| 選舉人 ○ ○ ○ | |
| 監選人 私章 | |
| 中 華 民 國 ○ ○ 年 ○ 月 ○ 日 | |

【說明】

①無論選舉票或罷免票，每張票應由主辦選罷機關團體印製、蓋印，以防偽造，且可避免糾紛。

②在圈選法選舉票上應加印「如不依定式圈選而出框，或騎跨兩框，或模糊不清，致不能辨認，或夾寫其他文字者，選舉票一律作廢」字樣，以提醒選舉人注意。

# 第九章 啟事

## 第一節 啓事的意義

啟事是個人或團體，向社會大眾公開告白某事，通常刊登於報紙雜誌、電腦網路，或張貼於街衢顯眼處所，也有利用口頭傳播，如廣播電臺的招領、尋找等，所以啟事的特質有五：

一、具有公開性。
二、啟事者可能是團體，也可能是個人。
三、訴求對象的多寡，視其內容而定。
四、是文書的一種。
五、可刊登於報章、雜誌，也可透過電視或廣播傳達，也可張貼於公共場所。

而啟事的使用目的，不外乎下列四類：

**一、公布** 將事實的真相，或啟事者所知的事實，公諸社會大眾，讓人明白。如訂婚、結婚、離婚、解除婚約等啟事，警告啟事、尋人啟事、鳴謝啟事等。

**二、通知** 對住所不明、無法私下送達，或數量太龐大，無法一一送達的特定對象傳達訊息。如尋訪啟事、通知啟事、辭行啟事。

**三、徵求** 為取得廣大的注意、同情、迴響或協助，於是向社會大眾作公開的期求。如徵求合作啟事、招租啟事、陳情啟事、募捐啟事。

**四、聲明** 為完成法律程序。如委託啟事、徵詢異議啟事等。

## 第二節 啓事的種類

啟事依其性質，約可分為下列二十種：

**一、聲明啓事** 宣示或表白對於某事的意見，多與法律行為有關。如聲明脫離關係等。

**二、徵求啓事** 公開徵求人、物。如徵求店員、駕駛等。

**三、介紹啓事** 推薦人才或宣傳物品。如介紹醫師等。

**四、租售啓事** 將物品房產出租出售。如小說出租、廠房出租等。

**五、徵詢啓事** 購產物時，徵詢對產權有無異議，以免發生法律糾紛。如徵購房舍土地等。

六、**尋訪啓事** 尋找人、物下落。如尋人等。

七、**通知啓事** 對外有所通告。如通知考生改變考試日期、通知校友參加酒會等。

八、**警告啓事** 對某人或某部分人做事前的告誡，多為採法律行為的步驟。如警告逃妻等。

九、**道歉啓事** 事後對某人表示歉疚悔改，多為和解之條件或方法。如一時衝動，以言詞冒犯他人，後公開致歉等。

十、**喜慶啓事** 對婚嫁、壽誕、開幕、榮升、膺選、獲頒學位或有殊榮而祝賀。如慶賀當選十大傑出青年等。

十一、**喪祭啓事** 對喪事及祭奠之通告。如報喪、公祭、追悼會等。

十二、**鳴謝啓事** 受人恩惠或慶賀而表達謝意。如感謝救火、感謝送還失物。

十三、**遺失啓事** 遺失證件，聲明作廢，以便請求補發或免致法律責任等。

十四、**辭行啓事** 個人或團體向各界或親友辭行的表示。如僑團返僑居地前向各界辭行等。

十五、**遷移啓事** 公司行號或個人住址遷移新址的通告。

十六、**更正啓事** 發表之文件有誤，用以更正。

十七、**懸賞啓事** 以獎金方式公開求人助找失物或緝捕人贓等。

十八、**陳情啓事** 對某事或某政策有異議，請求支持或主持公道等。

十九、**預約啓事** 新著或修正書刊、貨品即將出版、出售，事前宣傳，接受預先訂購。

二十、招生啓事　教育機構或學校招收新生、轉學生或研習人員等。

## 第三節　啓事的法律責任

啟事刊登在傳播媒體上，啟事者的表達方式即具有公開性，所以應該負法律上的責任，《刑法》第三百十條規定：

意圖散布於眾，而指摘或傳述足以毀損他人名譽之事者，為誹謗罪，處一年以下有期徒刑、拘役或一千元以下罰金。散布文字、圖畫犯前項之罪者，處二年以下有期徒刑、拘役或一千元以下罰金。對於所誹謗之事，能證明其為真實者，不罰。但涉於私德而與公共利益無關者，不在此限。

同法第三百十二條及第三百十三條，又對「對於已死之人，公然侮辱者。」「對於已死之人，犯誹謗罪者。」「散布流言或以詐術損害他人之信用者」都定有罰則。所以，啟事的內容，應針對事實記載，不可使用虛浮誇大的言詞，或情緒性的字眼，以免觸犯毀損他人名譽或損害他人信用的罪行。雖然這些都是告訴乃論罪，但仍以謹慎為宜。

此外，根據《民法》第一百六十四條規定：

以廣告聲明對完成一定行為之人給與報酬者，對於完成該行為之人，負給付報酬之義務。對不知有廣告而完成該行為之人，亦同。數人同時或先後完成前項行為時，如廣告人對於最先通知者已為報酬之給付，其給付報酬之義務，即為消滅。

同法第一百六十五條規定：

預定報酬之廣告，如於行為完成前撤銷時，除廣告人證明行為人不能完成其行為外，對行為人因該廣告善意所受之損害應負賠償之責。但以不超過預定報酬額為限。

這裡所指的廣告，也就是啟事。由此可知，在懸賞啟事中，啟事者對所作的承諾及提出的報酬額，均應審慎為之，因為果真有人完成啟事所指定的行為，法律規定啟事者對行為人是負有給付報酬的義務。

# 第四節 啓事的作法

## 一、啓事的結構

㈠**標題**　在啟事正文之前，對啟事內容所作的概括標示。如「道歉啟事」、「遷移啟事」。

㈡**內容**　為啟事所要公布、徵求、聲明的事項。如徵才啟事中應徵者應具備的條件、工作的性質等。

㈢**目的**　為啟事者所期求的效果。如道歉啟事的「鄭重道歉，並保證絕不再侵犯」、遷移啟事的「敬請舊雨新知，光臨惠顧」。

㈣**對象**　為啟事所要訴求的社會大眾，或特定的個人、團體。如結婚啟事的「謹此敬告諸親友」、開業啟事的「敬請各界人士　蒞臨指教」。

㈤**啓事者**　為啟事的具名者，或機關行號的名稱。如通知啟事的「國立中央大學校友會啟」；或個人，如「道歉人○○○」。

以上五項並非每一則啟事都要全備，可視實際情況作彈性的組合與變化。例如刊登在報紙分類小廣告的啟事，就可以不必有概括啟事的標示；又如求才啟事，往往規定應徵人的資格，像

「限高商畢業女性」，這既是啟事內容，也是啟事所要訴求的對象，於是對象與內容合併；又如啟事者，有時是個人，有時是團體，有時僅用信箱號碼。

## 二、啓事的寫作要點

啟事具有公開性，對象多為一般民眾，而且刊費多寡，又與字數多少與所占版面大小成正比，所以寫作時，必須注意下列四點：

㈠**內容簡明** 啟事既有字數或篇幅的限制，所以內容應力求簡單明白。全篇的組織，必須對象清楚，目的明確。

㈡**措辭淺易** 啟事的訴求對象是一般民眾，可用語體文或淺近的文言，讓大家都看得懂；並應刪裁蕪累，精確的將意思表達。

㈢**用語得當** 啟事常要運用許多習慣用語及法律用語，必須注意是否得當。例如徵求人才，對象是職員，多用「徵求」；對象是教師，多用「徵聘」或「禮聘」。

㈣**守法安份** 啟事的內容要負法律責任的，所以撰寫時就必須就事論事。凡涉及他人隱私或不可證實的行為，都不可提，以免觸犯誹謗罪。至於違背公序良俗或洩漏國家機密，更應絕對避免，亦不可為求達到目的，隨便懸賞；否則到時付不起酬金，將惹出另一種麻煩。

## 第五節 啓事範例

### 一、聲明啓事

聲明啟事

本公司業務員〇〇〇君，因另有高就，已於民國八十年八月一日離職，嗣後〇〇〇先生在外之往來，概與本公司無涉，特此聲明。

八十年八月一日　美琪股份有限公司　啟

## 二、徵求啓事

### (一)徵婚

**婚** 女30高160大畢身材修長貌清秀氣質佳有正職誠尋男45歲以下國內外大學畢以上正職者品德佳之男士為侶意者請寄證照至臺北郵政〇一〇〇號信箱陳小姐非介所

**徵侶** 友三十八歲留美薪十萬屋四棟徵28內中上文靜淑女先友附照體高重〇〇市〇〇信箱〇

**入贅** 某金融職員年26高商畢台籍月入萬五欲入贅限未婚淑女誠意者函〇〇市〇〇街〇段〇巷〇號〇收恕不面洽

(二)徵人才

## 某進口圖書公司誠聘

▲業務主管：26－40歲專上具有企劃領導能力，市場開拓、人員管理兩年以上經驗及敬業精神者。（需備工作企劃說明書及自傳）

▲業務代表：數名，高畢以上，具有業務經驗敬業精神能獨立作業者。（需自備機車）

▲編輯部：國文系畢，具有校對經驗、文筆流暢者。（有醫療知識者尤佳）

▲美工設計：需相關科系畢，具有實際編排美工經驗。

▲送貨員：乙名，需刻苦耐勞努力向上。（備有汽、機車駕照者）

▲電腦輸入員：具有中打經驗兩年者。

▲臨時美工作業者或工讀生：國中畢以上，具有耐心，可兼差。

以上應徵人員請將簡歷貼照片附自傳、希望待遇，並註明應徵項目，郵寄臺北市○○路○段○○號○樓本公司人事室收。

(三)徵聘教師

## 臺南某高中徵聘教師啟事

一、科別：國文、數學、物理、化學。

二、請用影印本將自傳、履歷表、教師資格證書、大學四年成績單或提出足資代表學養能力之作品研究報告及服役證明等寄臺南市一〇二號信箱。合者約談，恕不退件。

四徵美術創作

# 臺北市第〇〇屆全市美術展覽會籌備委員會

## 【徵求展覽作品啟事】

一、展品種類：分國畫、膠彩畫、書法、油畫、水彩、版畫、雕塑、攝影、美術設計（含工藝設計）、篆刻等十部。

二、展品規格：㈠國畫部：形式以直式裱裝卷軸為限，其畫心尺寸寬以四十五公分至七十公分，長不得超過一三五公分，短不得少於九〇公分為準（以上尺寸均以內幅計算）。裱裝完成，其尺寸寬以六〇公分至九十公分，長不得超過二三〇公分，短不得少於一九〇公分為準，並須附加塑膠套。如框裝送件，畫心以六十公分乘一二〇公分為限，橫式及玻璃框一律不放。㈡膠彩畫部：形式不拘，如係裱裝者，其規格依國畫部規定辦理，如裝畫框（背面須加裝木板），最小不得小於二〇號，最大不得超過六〇號為限，玻璃框一律不收。㈢書法部：形式尺寸同國畫部直式卷軸裱裝為準（對聯及四屏總寬請勿超過九十公分，應徵作品附加塑膠套），橫式及玻璃框一律不收。㈣油畫部：最小不得小於二〇號，最大不得超過八〇號為原則，畫框背面請加木板，裝用玻璃者不收。㈤水彩畫：畫面最大不得超過全開圖畫紙，最小不得小於四開圖畫紙，畫框背面請加木板，裝用玻璃者不收。㈥版畫部：畫面不得小於八開紙，最大不得超過九十公分為限，畫框背面請加木框並標明版種及編號，裝用玻璃者不收。㈦美術設計部：包括平面設計（原作或印刷成品均可）、室內外設計、工藝設計等。作品應以圖板加塑膠布裱裝，最大不得超過全開紙（七八公分乘一〇八公分），最小不得小於四開紙（三九公分乘五四公分），若係立體作品，其形式及大小應力求輕便，易於損壞者，不予參加巡迴展覽。㈧雕塑部：為適應轉運便利，其形式及大小應力求簡便（不得小於三十公分），重量不得超過二噸。易於損壞者，不予參加巡迴展覽（請附木箱以便搬運）。㈨攝影部：其大小規格均以二十吋為限，應自行裱裝於二十四吋乘二十吋的三夾板框上（背面四周及中線請附釘木條），玻璃鏡框一律不收，每人可送作品二件。㈩篆刻部：連裝裱寬度以不超過一公尺半為準，併幅作品寬度亦請勿超過一公尺半（手卷不收），高度請勿超過三公尺，請以印文卷軸裝裱，卷軸務請捲緊，以塑膠套妥為包裝。

**三、收件時地：**〇〇年〇月〇〇日至〇〇日在本市市立社教館，外埠托運或郵寄者，須在〇月〇日前送達，逾期原件退還，不以郵戳為憑。

**四、獎勵：**市政府獎八萬元、教育局獎六萬元、大會獎四萬元，其他入選者發給入選證及本屆市展彙刊。各部一、二、三名作品一律於展覽後交市立美術館收藏（另發收藏證書乙紙），惟如願自行收藏者，則僅發給獎狀。

五、該項美展實施要點及送件表，請附回郵中型信封逕向社教館或教育局第四科索取。

## 三、介紹啓事

介紹 神經衰弱 專科 ○○○大夫 治癒我風濕及神經衰弱重症 啟事

鄙人於民國○○○年服役外島時，突患腰酸、背疼、頭昏頭疼、耳鳴、眼花、精神不集中、失眠、四肢酸軟疼痛等症，曾經十數位中西名醫診治（打針、服藥）均無效果。去歲至○大夫診所求醫，診斷結果，為神經衰弱以及風濕等症。服藥四劑及藥丸二料，現已全身病除，特附照刊登申謝亦證明○大夫醫德仁慈醫術高明。

鳴謝人○○○身分證統一編號：○○○○○○○○○○　現住址：○○縣○○鄉○○村○號

## 四、租售啓事

### (一)招租

吉屋招租

本大廈十樓一層出租，三十二坪，三房二廳，衛浴設備二套，適小家庭，有意者請至一樓櫃臺處代洽，或撥電話七七二三三一四九。

屋主 啟

### (二)出售

茲有史坦威鋼琴一台，九成新，以琴主出國廉售，歡迎入內試彈，價格面議。

阿瑪迪斯琴行 啟

## 五、徵詢啓事

本人向○○○先生購買○○市○○區○○路○號四樓房屋一棟，業已洽定簽訂草約。如有人對該項房屋有抵押權或其他權益者，請於登報日起○日內，向本人（書面或電話均可）主張權利。如逾期不提出異議，則於期滿之次日即與○先生正式簽約、辦理過戶。嗣後有關此一房屋之所有糾葛，概與本人無關，特此鄭重聲明。

○○○謹啟

地址：○○市○○路

電話：○○○○○

## 六、尋訪啓事

○○○兄：弟於十月四日自新加坡來臺，現下榻凱悅飯店一○○一室，見報請於十月廿日前駕臨一敘。

○○○ 啟

# 尋物

歸僑○○○於○月○日在○○飛機場遺失○○居留證拾得者請郵寄或送交○○市○○路○○大飯店○經理轉當酬謝新臺幣一千元

## 七、通知啓事

**中央警察大學　啟事**

一、本（八十）年九月一日（星期日）欣逢本校成立五十五週年校慶，歡迎畢業校友踴躍返校，共申祝賀。

二、當日上午八時四十分，在臺北市廣州街二十號本校臺北聯絡處，備有交通車供校友搭乘，中午餐敘。

# 5月12日
# 和媽媽約會在麗晶

為向所有偉大的母親致敬，麗晶酒店特精心推出母親節"母親節特餐"，今年的5月12日，請別忘了，和媽媽一起約會到麗晶，歡欣地共渡這個溫馨佳節，在麗晶精緻的菜肴和幽雅的氣氛下，媽媽將更能體會你的敬愛與深情。

| 母親節特餐 | 午餐 | 晚餐 |
|---|---|---|
| 栢麗廳 | NT$540元 | NT$600元 |
| 采逸樓 | NT$650元 | NT$650元 |
| 中庭咖啡廳 | NT$540元 | NT$540元 |
| 牛排屋 | NT$650元 | NT$950元 |
| 采風軒 | NT$950元 | NT$950元 |
| 宴會廳 | NT$540元 | |

（以上價格均含稅，不含服務費）

*the*
*Regent*
TAIPEI
麗晶酒店

台北市中山北路2段41號

電話：（02）2523-8000　傳真：（02）2523-2828

## 八、警告啓事

### 遠東圖書股份有限公司緊急啟事

查本公司出版之「遠東英漢大辭典」，因編排內容詳實，編印精美，極為讀者讚許與愛好。最近發現臺南「捷明出版社」林令光出版之「捷明英漢字典」將本公司經註冊享有著作權之「遠東英漢大辭典」私自抄襲、剽竊，嚴重侵害本公司之權益，並違反著作權法。本公司已依法向臺南地方法院檢察處提出告訴有案。嗣後如有協助捷明出版社印製、裝訂及販賣「捷明英漢字典」者，本公司當委請法律顧問李慶鶴律師，依法追訴其民刑事之責任，絕不寬貸。用特緊急啟事如上。

**遠東圖書股份有限公司**
臺北市重慶南路一段六十六之一號十樓
電話：三一一八七四〇

**李慶鶴律師事務所**
臺北市新生南路一段一四三巷十八號二樓
電話：七〇〇一八四八四

九、道歉啓事

王家琪向楊惠姍小姐

# 道歉啟事

本人於本（七十六年）三月廿八日下午八時十分許在台北市八德路延吉街口，為交通細故因酒醉對楊惠姍小姐及其同行友人出言不遜並毆傷楊小姐，事後本人自知理屈，錯在本人，承蒙楊小姐寬厚原諒，同意撤回刑事傷害之告訴。感激之餘，特此公開道歉。以正社會視聽。

王家琪　啟

## 十、喜慶啓事

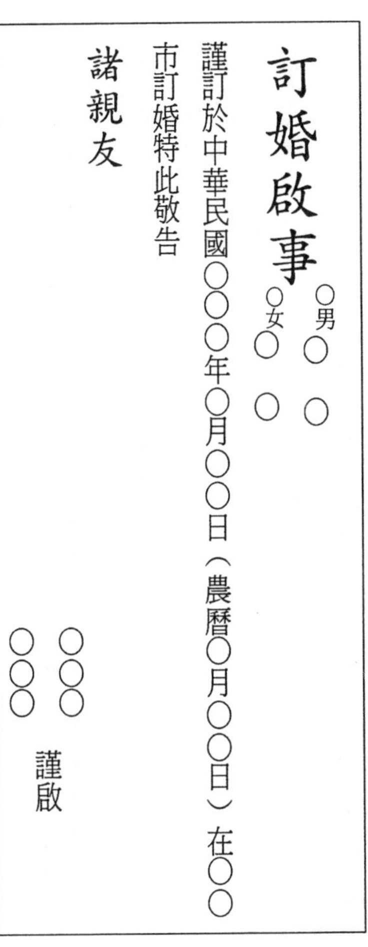

訂婚啟事

○男○○
○女○○

謹訂於中華民國○○○年○月○○日（農曆○月○○日）在○○
市訂婚特此敬告

諸親友

○○○
○○○　謹啟

---

○○○
○○○結婚啟事

謹訂於○○○年○月○日下午○時在臺北市舉行結婚典禮恭請
○院長○○福證
特此敬告
諸親友

# 賀

天下雜誌發行人兼總編輯殷允芃女士
榮獲一九八七年菲律賓麥格塞塞獎

麥格塞塞基金會特別指出，殷允芃女士「致力從事經濟和商務的新聞報導，對臺灣工商業的活力，有持續性的貢獻。天下雜誌目前是推動臺灣經濟發展，唯一最具影響力的雜誌」。

永豐餘造紙股份有限公司
吉榮紙業股份有限公司
沈氏藝術印刷股份有限公司
台興裝訂股份有限公司

同　賀

## 十一、喪祭啓事

〇〇〇　**教授安葬典禮**

訂於國曆〇月〇日（星期〇）在陽明山公墓舉行，謹將詳細時刻奉告：

一、上午九時卅分，在台北市新生南路懷恩堂舉行追思禮拜。

二、上午十時卅分，在懷恩堂舉行啟靈典禮。

三、上午十時四十分，移靈至公墓墓地。

四、上午十一時卅分，在公墓墓地舉行安葬典禮。

五、參加典禮親友，請於是日上午九時前抵達懷恩堂，本會備有交通專車於是日上午十時四十分自懷恩堂正門出發，前往墓地。

〇〇〇　教授治喪委員會　敬啟

十二、鳴謝啓事

謝 啓

先夫〇〇〇先生之喪渥蒙

總統 嚴前總統 李副總統賜頒輓額長官親友躬親弔唁高儀雲情歿榮存感謹申謝悃

伏維

矜鑒

未亡人〇〇〇〇率 孤子 孤女 孝媳 孝孫 同叩啟

## 銘謝啟事

本公司坐落於竹南鎮大厝里之成功廠啟萬廠於八月十六日夜發生火警時承蒙各單位長官暨全體隊員、社會賢達見義勇為，攜手支援竭力搶救藉得倖免全毀除專函致謝外，特登啟事聊表申謝之忱

此致

苗栗團管區　後龍消防隊　苗栗消防隊
竹南消防隊　公館消防隊　新竹市消防隊
苑里消防隊　大湖消防隊　銅鑼消防隊
通霄消防隊　華夏海灣塑膠公司　頭份消防隊
鈞鑒

○○纖維關係企業股份有限公司
董事長　蔡明宗　敬啟

## 嗚謝啟事

本村此次水災，幸賴國軍○○○○○部隊及時救援，使被困村民得免於難，本村居民萬分感激，特此登報申謝。

○○縣○○鄉○○村
村民代表○○○等　謹啟

## 十三、遺失啓事

### 遺失啟事

茲有本公司面值一百元禮券編號01-A006500及01-A006901至01-A007000共計一百零一張於本（○）月○○日託請○○汽車貨運行寄送○途中，由於車輛失事，而紛失，除呈請○○市稅捐稽徵處○○分處核備外，特此登報聲明作廢。

○○食品工業股份有限公司　敬啟

## 十四、辭行啓事

本人此次率團回國參加國慶慶典，辱承長官友好接待，雲情高誼，感激良深。茲以返回僑居地在即，不及一一踵謝，特此啟事，藉致歉忱。

○○○敬啟

十五、遷移啓事

**遷移啓事**

本公司因業務需要，改建大樓。自民國〇〇年〇月〇〇日起遷至〇〇市〇〇區〇〇路〇〇號　電話：（〇〇〇）〇〇〇〇〇〇（代表號）

敬請　惠予指導

〇〇製藥股份有限公司　謹啟

十六、更正啓事

**台南市〇〇兒童合唱團更正啓事**

日昨本團所刊招考新團員啟事年齡限制九歲至二十歲實為九歲至十二歲之誤。特此更正。

**主編先生：**

承〇月〇〇日發表拙作「遊美雜感」，至感。內中「保俶塔」係「雷峰塔」之筆誤，特此更正。

〇〇〇手啟〇年〇月〇日

## 十七、懸賞啓事

本公司職員○○○，於上月○日捲款潛逃。該員現年○○歲，○○市人，身分證號碼為○○○○○○○○○○。經報警追緝在案；如有發現其行蹤報警捕獲者，酬賞新臺幣○○萬元。

○○公司○○市○○路○○號　電話：○○○○○○○

## 十八、陳情啓事

陳情

### 新竹玻璃製造廠股份有限公司臨時管理委員會暨員工聯合聲明陳情啓事

關於新竹玻璃公司經營權、公司重整、臨時管理委員會之營運等，據聞外界有眾多歪曲事實，淆惑視聽之傳說，特聲明澄清並陳情如后。

## 甲、關於臨時管理委員會成立之歪曲報導：

一、溯自去（七十四）年八月間本公司因前董事長任和鈞捲款潛逃國外，資金週轉不繼，迫使工廠停窰，多數董監事又相率辭離避責，眾多股東未見挺身救亡，殘留董事，祇空有復工之言，卻籌不出資金以圖存，員工因薪資無著，存款被凍，生計陷困，遂到處陳情求救，嗣於去（七十四）年十二月四日、十日蒙臺灣省政府社會處趙處長出面主持，有關單位配合及各級民意代表熱心協助，召集勞資雙方協調，經本公司董事會與員工雙方代表協議訂立本公司「臨時管理辦法」，依據此辦法才成立「臨時管理委員會」，外界傳言該會是本公司去年八月底聲請重整前緊急保全處分時，為讓公司重整案順利通過所採權宜措施中產生之組織，完全不符事實，誠屬謬誤。

二、查本公司「臨時管理辦法」為勞資雙方合法代表同意訂立，勞資雙方應遵守之協約，本質上為員工自力救濟方案，曾由臺灣省政府函報行政院鑒核，副本分函法務部、內政部、經濟部、財政部、省府法規會等單位核備在案，外界傳言該辦法是政府行政命令，實屬錯誤。

## 乙、臨時管理委員會之營運與所謂涉嫌「勾結舞弊」、「背信、侵占」等之淆惑、中傷：

一、臨時管理委員會處理玻璃內銷條件訂定售價是由委員會成員與工廠營業有關單位主管、經辦人等會同玻璃廠商協議，依據市場供需、同業售價、庫存壓力、生產條件、資金週轉需求等因素，訂定後提報委員會會議審議認可實施；臨管會主任委員、副主任委員無權擅訂售價圖利他人及謀利個人；且營運帳冊、報表皆由工廠經辦單位處理，均不經其手；外傳勾結舞弊，純屬無稽之言，實有惡意中傷，圖謀誣陷之嫌。

二、臨時管理委員會於去（七十四）年底工廠復工生產時，商請本公司經銷商訂立「協議書」，提供部分資金協助，該協議書基本上以公司當局於去年十月間與部分玻璃商所簽訂之協議書內容為藍本，由委員多人一同與玻璃商協議訂立，報經委員會會議審議認可實施在案。因其提供資金屬無擔保墊款方式，所擔風險甚大，而有優待條件明訂於協議書內。外傳某玻璃商與「臨時管理委員會」或主任委員之間有一四〇萬元之所謂不正當關係，其實是某玻璃商依據「協議書」出資協助復工後，依約因折價優待所得之優待價格，毫無任何「舞弊」存在，工廠有關帳冊足資查證。凡資助復工之玻璃商，皆依據「協議書」有所優待。外傳所謂主任委員彭某先是收賄圖利自己而後又反為贈與經銷商而圖利他人，顯然一派胡言，肆意傷人，其居心惡毒，令人痛心。

三、本公司有部分經銷商因條件未合而未能出資協助復工，則不能依「協議書」訂貨享受優待，但又不願以現金預繳貨款，俾使義務權利無所偏頗，此等經銷商始終心存不滿，遂有參與檢舉臨管會之傳聞。

四、本公司經銷商參與資助復工者：計有竹東廠十一家，苗栗廠六家，至於這些經銷商於本公司發生變故後均紛紛更改商號，乃各該經銷商自己之行為，核與臨管會毫不相干，附查臨管會並未被授權追討經銷商「積欠」公司之貨款，故無權向經銷商追討貨款，更無追討貨款之責任，報載臨管會以「改名後不知向誰收債款」為由而放此等經銷商一馬，造成公司之損失等情事云云，實屬造謠中傷，無稽之談。

## 丙、關於發放勞動節員工復工慰勞金、端午節、中秋節慰勞金及公休金與所謂「背信侵占」案。

一、臨管會發放本年勞動節員工復工慰勞金及多發端午、中秋兩節慰勞金，並未違反上開「臨管法」，且合情合理；乃多數員工以下述理由提出要求，經「臨管會」會議議決發放，以資鼓勵士氣：

1.本年情況特殊：在工廠停工、公司無資金復工營運後，由員工自行籌資復工生產，挽回頹勢，終使公司起死回生，且為公司避免停工損失上億元，及股票增值近二億元。2.員工投入復工資金屬無擔保之墊款方式，風險鉅大；雖有計息，多已轉付行庫支付貸款利息，員工本身無利所得。3.籌措當初，以典售財物、抵押房屋，互為聯保告貸，歷盡百般艱難，滿腹委屈辛酸。4.員工出錢出力復工後，復出力努力生產，以增加公司利益，往年亦有增產獎金之發給。5.此項獎勵為配合復工生產業務所必要之措施。6.依據「臨管法」第六條屬於「財務」業務全權代為管理之授權範圍。7.依據「臨管法」第十二條「營運所得，應優先支付當月員工『薪資』，如有剩餘，按下列順序支付：

⑴「臨管會」成立前之員工欠薪，⑵員工存款及利息，⑶退休金。查「薪資」在成本會計及所得稅法上包含慰勞金項目。故慰勞金無須明列，且屬經營管理所必要之支出，例如按月墊付復工資金本息、勞保費、水電費，或偶發員工撫卹金等均非該款明文所定，但臨管會今對各該應支必要費用均已支付。

二、發放未休假員工之公休金，屬依法辦理。查本公司去（七十四）年九月四日新玻人發字一一四三號文所公告「公司員工特別休假，自七十四年九月一日起均應年度內休畢，不再發給未休假之公休金」之規定，顯已違反勞基法施行細則第廿四條之規定，但去年八月間工廠開始停工，員工當可排休無任何問題，但於去年底工廠復工生產正常後，應恢復原辦法依勞基法辦理，方屬合法。「臨管會」依據員工之反應，經開會議決辦理。

三、據聞有所謂股東提出告訴上開慰勞金、公休金之發放等情事，請問工廠被迫停工時，你曾否挺身而救「股東權益」？員工自力復工生產時，你是否助以一臂之力而出資協助復工？如今員工自籌資金復工生產，從營運所得發放員工慰勞金，你竟妄稱臨管會擅自發放「公司之資金」，誣稱以之討好員工，意圖維持臨管會營運之「目的」云云，實屬不仁不義唯利之見，令人不齒，請不要忘記，如無員工艱苦自籌資金復工生產，所謂「股東權益」早已腐蝕殆盡了！

丁、關於所謂臨管會涉嫌「舞弊」、「背信、侵占」等案之一些疑問：

一、臨管會成員於今年七月底就已受到資方有關人士要脅，據其恫嚇稱：如員工仍不放心資方之資金，又不同意其償款辦法，臨管會就會有人坐牢云云，不知為什麼？

二、檢察官偵辦本案時稱祇要員工迅速交回經營權就沒有事情，何故？

三、檢察官偵辦本案傳訊員工時，大多時間均著重於民事案件，勸說員工迅速交回經營權，使公司重整案可進展，但又稱不能保證公司重整能成功，其目的何在？

四、檢察官勸導稱：員工交出經營權後，如公司重整不成，經營再發生問題時，員工可再來第二次代為經營等語，此言與資方人士所說如同一轍，未知何故？

五、據傳所謂臨管會「舞弊」案，係資方因拿不出（或不拿出）資金履約償債，未能依約收回經營權，即藉故生事，利用部分不滿之經銷商、退休人員，而以員工股東之名義捏詞誣控，意圖瓦解臨管會之營運，而順利收回經營權，如傳聞屬實，勞資兩受其害，何必？

## 戊、關於公司經營權、重整之聲明：

一、臨時管理委員會暨員工絕無拒交經營權，無故霸占工廠，阻撓公司重整之企圖野心。

二、新董事會於今年三月一日成立後，有關方面曾宣稱暫時尚不能接回經營權，因公司重整尚未獲准，臨管會與新董事會以一體兩面方式營運，至四月廿五日臨管會曾函請新董事會示知接回經營權之計畫、時間等，俾使臨管會有所準備，但迄無回音，迨五月廿二日獲准重整後，始終亦未示知有關聯繫移交事宜。迄今亦止於就公司重整計畫中償債辦法予以處理，所有問題之癥結，乃在於公司目前毫無資金，空說空話而已。

三、為求經營權問題順利解決，公司重整計畫應切實可行，呼籲應即遵循關係人會議，尤對債權銀行組所提之合理途徑，速予辦理：

①儘速由第三者公正客觀翔實查核評估公司之資產、負債及淨值。②依據確實公司淨值，應債負擔。增資第一年目標三億元。③以公司增資之實績誠意與表現，商請銀行貸款二億元配合。④據以修訂重整計畫有關事項，以求切實可行。

謹陳

苗栗縣政府○縣長
新竹縣政府○縣長
新竹地檢處○首席
新竹地方法院○院長
證券管理委員會○主任委員
內政部○部長
法務部○部長
財政部○部長

經濟部〇部長
司法院〇院長
立法院〇院長
行政院〇院長

中華民國〇〇〇年〇月〇日

## 十九、預約啓事

# 舉世惟一孤本

**景印**○○○○○○○○○○○○○**要**

全本道林精印高級充皮燙K金精裝十六開○百鉅冊

定價：新臺幣○○萬元　預約特價：新臺幣○○萬元

預約方法

㈠**出書日期**：分五期出版

・第一期民國○○年○月○○日　・第四期民國○○年○月○○日

・第二期民國○○年○月○○日　・第五期民國○○年○月○○日

・第三期民國○○年○月○○日

㈡**預約方式**：凡有意訂購者請與本局簽訂預訂單，每出一期書收一期款，分五期收齊。預約時先收訂金○萬元。訂金可於收第一期款時扣抵（機關團體學校免收）。

㈢**預約特價**：新臺幣○○萬元正（預約價每半年調整一次）

㈣**預約日期**：第一次預約自即日起至民國○○年○月○○日止。

㈤**備有樣張函索即寄**。

○○書局　○○市○○路○段○○○號

電話：○○○○○○○　郵撥：○○○○○○○

## 二〇、甄試啓事

# 臺灣郵政股份有限公司委託台灣金融研訓院辦理00年新進從業人員甄試公告（〇〇年〇月〇日）

主旨：公告臺灣郵政股份有限公司委託台灣金融研訓院辦理00年從業人員甄試

公告事項：

一、甄試職階、類科、及預定錄取名額：

㈠營運職：共9個類科、合計24名。壽險精算1名、金融保險2名、系統分析6名、國外投資3名、電子商務5名、法務1名、業務企劃1名、會計稅務3名、人力資源2名。

㈡專業職㈠：共3個類科、合計24名。資訊處理20名、證券投資1名、會計處理3名。

㈢專業職㈡內勤：櫃台業務類科，合計200名。採分區錄取分發進用，共分台北（118名）、板橋（44名）、三重（25名）、苗栗（6名）、台東（7名）等5個錄取分發區。

二、甄試方式及甄試日期

㈠第一試筆試，00年〇月〇日（星期六）舉行，依筆試總成績擇優參加第二試。

㈡第二試口試，00年〇月〇日（星期六）舉行。

三、甄試地點

第一試、第二試均僅設置台北考區。

四、報名有關規定：

㈠報名日期：自00年○月○日上午○點至○月○日下午○點止。

㈡報名方式：一律採網路報名。報名網址：http://www.tabf.org.tw/tw/ptc-post

㈢洽詢電話：02-33653666轉分機706-711

五、應試科目及其他甄試事項，詳載於本項甄試簡章，相關簡章請至：台灣金融研訓院網站（http://www.tabf.org.tw/）查詢或下載列印，不另行販售。

# 第十章 柬帖

## 第一節 柬帖的意義

柬帖亦稱簡帖，它是一般應酬及婚喪慶弔所用禮帖的總稱。是書面通知，大多以稍硬的紙張印成卡片或摺疊式二種。

我國素稱「禮義之邦」，國人對禮節向即重視，數千年來，流風所及，已視崇尚禮節為人生應盡的義務，甚至做為衡量一個人學養高低的準繩，因此，柬帖在我國社會，應用得非常普遍。它不但具有書信、便條的作用，尤其表示發帖人對受帖人的衷誠敬意。現代的應用文字講究「簡明適用」，舊日的繁文縟辭已大事刪除，本章下列各節所敘，僅限現今社會所適用者，至於陳舊的格式及用語，則概不採錄。

## 第二節 柬帖的種類

現行的柬帖可分為下列五類：

**一、婚嫁柬帖** 婚娶與出嫁，邀宴所用的柬帖，又可分為三類：即訂婚柬帖、結婚柬帖與出嫁柬帖。目前臺灣交通方便，且為省事，出嫁柬帖多與結婚柬帖合併為一。

**二、喜慶柬帖** 為喜慶事邀請親友、有關人士宴會或觀禮所用的柬帖，如壽慶、彌月、開張、遷移、揭幕、慶典等事。

**三、喪葬柬帖** 分訃聞及告窆二類。訃聞為喪家或治喪者向親友各界報告喪事的書面通知。告窆為告知親友各界安葬死者日期的通知，今多合併於訃聞中。

**四、一般應酬** 通常宴請親友的柬帖，如洗塵、餞行、陞遷、同學會、社團聚會等事。

**五、送禮帖與謝帖** 婚嫁喜慶，賀者用紅紙開列禮品或禮金名目、數量的送禮帖，隨禮物送往收受者，以及受禮者出具收到或退還禮品或禮金，表示謝意的謝帖。

## 第三節　柬帖的作法

柬帖也是非常重格式、重術語，它的格式固定，用語簡明，撰寫時要特別注意受帖人的輩分，而採用適當的用語；否則，就會被人譏笑，也容易引起誤會。現在僅就一般交際柬帖的作法，以及常用語，分別加以說明。

### 一、婚嫁柬帖

#### (一)訂婚柬帖

1. 訂婚日期、地點，禮事。
2. 訂婚人雙方稱謂及姓名。
3. 介紹人姓名。
4. 請候光臨。
5. 具帖人姓名，表敬辭。
6. 宴客時間、地點。

#### (二)結婚柬帖

1.結婚日期、地點，禮事。
2.結婚人雙方稱謂及姓名。
3.結婚方式或證婚人姓名。
4.請候光臨。
5.具帖人姓名，表敬辭。
6.宴客時間、地點。

**㈢出嫁柬帖**

1.出嫁日期。
2.出嫁者稱謂、名字；所適者姓名，禮事。
3.請候光臨。
4.具帖人姓名，表敬辭。
5.宴客時間、地點。

## 二、喜慶柬帖

**㈠壽慶柬帖**

1.祝壽的年月日。

2. 壽者稱謂、姓名、年歲。

3. 祝壽方式、地點。

4. 請候光臨。

5. 具帖人姓名或全銜，表敬辭。

**㈡彌月柬帖**

1. 彌月的日期。

2. 彌月者稱謂、名字，禮事。

3. 宴客方式、地點、時間。

4. 請候光臨。

5. 父母具名，表敬辭。

**㈢遷移柬帖**

1. 遷移者自稱。

2. 遷移日期，新地址。

3. 宴客方式、時間、地點。

4. 請候光臨。

5. 具帖人職銜、姓名，表敬辭。

(四)開張柬帖

1.行號自稱，開張日期。

2.慶祝方式、時間、地點。

3.請候光臨指教。

4.行號名稱，具帖人職銜、姓名，表敬辭。

(五)揭幕柬帖

1.禮事主體。

2.揭幕時間、地點、方式，揭幕人。

3.請候光臨指教。

4.具帖人名稱、職銜、姓名，表敬辭。

(六)慶典柬帖

1.慶典日期，禮事。

2.慶典方式、時間、地點。

3.請候光臨。

4.具帖人名稱、職銜、姓名，表敬辭。

## 三、喪葬柬帖

### ㈠訃聞

1.死者的稱謂、姓名。
2.死者死亡日期、原因、地點。
3.死者生卒年月日及年歲。
4.親屬的善後禮事。
5.開弔時間、地點、訃聞。
6.訃告的對象。
7.主喪者及親屬具名，表敬辭。
8.喪居地址，電話號碼。

今日常見的訃聞，多另紙印有死者遺照於傳略正面，以供受帖者撰寫祭悼文詞的參考。「鼎惠懇辭」、「鄉學寅世戚友」、「聞」字皆印紅字；死者八十歲以上，多印紅色底，不到八十歲去世，則多為白底黑字。

### ㈡告窆

1.發端用「謹啟者」。

2.死者稱謂、姓名、靈柩。
3.安葬時間、地點。
4.禮事（告窆），以聞（「聞」字套紅色）。
5.治喪者姓名，表敬辭。

## 四、一般應酬、宴會柬帖

1.宴會時間、方式、地點。
2.宴會事由。
3.請候光臨。
4.具帖人姓名，表敬辭。

## 五、送禮帖（禮單）與謝帖

### (一)送禮帖（禮單）

1.發端用「全福」。
2.用「謹具」起行。
3.列出禮物名稱、單位。數量避免用「一」、「單」、「隻」，改稱「成」、「雙」、「對」、

「全」。

4.用「奉申賀（彌）敬」致意。

5.具送禮帖（禮單）人姓名，表敬辭。

## ㈡謝帖

1.用「謹（敬）領」起行。

2.領受物的名稱、數量、單位，接「領」字逐項列明。

3.不受者用「謹璧謝」奉還。「謝」字平抬或單抬。

4.具謝帖人姓名，表敬辭。

5.敬使（台力）數目、單位。

6.喪事謝帖，「謝」字印紅色，平抬或單抬。

至於婚嫁喜慶及一般應酬的封套，比照一般信封，但通常使用紅色底金色字；也有表面為信封格式，裡面為柬帖的，多呈折合式，加印「囍」「壽」等字樣或圖案。喪葬柬帖的封套，今多採用折合式，即表面為封面，裡面為柬帖；封面中間套紅長方框為寫受帖人姓名處，框右寫受帖人地址，框左上方套紅印「訃」字，下墨印具帖人地址、電話。

# 第四節 柬帖的用語

## 一、婚嫁用語

1. 嘉禮、吉夕、合巹（ㄐㄧㄣˇ）——結婚。
2. 文定——訂婚。
3. 于歸——女子出嫁。
4. 福證——請人證婚的敬語。
5. 闔第光臨——請客人全家出席的敬語。
6. 詹於——即占於。謂占卜選定日期。

## 二、喜慶用語

1. 桃觴——也稱「桃樽」；祝壽的酒席。
2. 湯餅——小孩出生三日之宴，今亦用以稱滿月的酒席。
3. 弄璋——稱生男孩。

4.弄瓦——稱生女孩。

5.嵩祝——祝福壽比嵩山之高。

6.秩、晉——秩，十年。晉，同進。

## 三、喪葬用語

1.先祖考妣——對他人稱自己逝世的祖父母，也稱先王考妣。

2.顯祖考妣——同前。

3.先考妣——對他人稱自己逝世的父母，也稱先嚴慈、先父母。

4.顯考妣——同前。

5.先夫——對他人稱自己逝世的丈夫。

6.先室荊——對他人稱自己逝世的妻子。

7.亡兒女——對他人稱自己逝世的兒女，也稱故寵兒愛女。

8.故媳——對他人稱自己逝世的媳婦，也稱故寵媳。

9.壽終正寢（男）內寢（女）——喪用，如死於非常，祇能用「終」或「卒」。

10.享壽——卒年六十以上的稱「享壽」，不滿六十的稱「享年」，三十以下的稱「得年」。

11.成服——大殮次日，在服之人各依服制，分別成服，也有在殮前成服的。

12.反服——兒死，無孫，父在堂，父反為兒之喪持服。

13.斬衰——五服中最重的，子女對父母之喪服三年。以最粗生麻布製成，不縫邊緣者為斬衰。衰，音ㄘㄨㄟ，喪服。

14.齊（ㄗ）衰——以熟麻布製成而縫邊緣的喪服。

(1)齊衰期（ㄐㄧ）年，對祖父母、伯叔父母、兄弟、在室姑姊妹，夫為妻，已嫁女為父母之喪，服一年。

(2)齊衰五月，為曾祖父母服用。

(3)齊衰三月，為高祖父母服用。

15.大功——對出嫁姊妹及堂兄弟之喪，服九月。

16.小功——對堂伯叔父母及堂姑等之喪，服五月。大功、小功，合稱功服。

17.緦麻——對已出嫁的姑母、出嫁的堂姊妹及族兄弟等之喪，服三月。合斬衰、齊衰、大功、小功、緦麻稱五服。緦（ㄙ）麻，稍細熟布製成的喪服。

18.孤子——母親健在，父死，稱「孤子」。
19.哀子——父親健在，母死，稱「哀子」。
20.孤哀子——父母親皆死，稱「孤哀子」。
21.棘人——父或母喪時，自稱「棘人」。
22.杖期夫——妻入門後，曾服翁或姑、或太翁太姑之喪，妻死，夫稱「杖期夫」。
23.不杖期夫——妻入門前，丈夫的父母，或丈夫的祖父母已死，妻未及服喪，妻死，夫稱「不杖期夫」（丈夫的父母尚健在，妻死，也可稱不杖期夫）。
24.未亡人——夫死，妻自稱「未亡人」。
25.承重孫——本身及父，俱係嫡長，父先死，現服祖父母之喪使用。以其承宗祀的重責，故稱。
26.抆（ㄨㄣˋ）淚——久哭而掩淚，比拭淚為重。
27.稽顙（ㄑㄧˇ ㄙㄤˇ）——遭三年之喪的人，居喪拜賓客時，雙膝跪下，頭額觸地，稍稽留。
28.稽首——叩頭的敬禮。
29.護喪——治喪之家，以知禮能幹的家長或兄弟一人，主持喪事。
30.諱——稱已死尊長之名。

31. 封翁——因子孫貴顯而受封典的父祖，亦稱封君。後為泛稱人父的敬辭。
32. 權厝（ㄘㄨㄛˋ）——暫時停放靈柩以待葬。
33. 含殮——含為含玉於口。殮（ㄌㄧㄢˋ），入殮，納死者於棺。
34. 匍匐奔喪——匍匐（ㄆㄨˊ ㄈㄨˊ），急遽貌。奔喪，從遠方奔赴親喪。
35. 發引——出殯時靈柩出發。引為布引，亦稱紼（ㄈㄨˊ）。
36. 告窆——將下葬時訃告親友。窆，音ㄅㄧㄢˇ，將靈柩葬入墓穴。
37. 合窆——將已死父母同葬一墓穴之中。
38. 治喪子——在喪期內稱「孤子」、「哀子」或「孤哀子」，已除服再行葬體稱治喪子。

## 第五節　禮金封套的寫法與用語

對於親友婚喪慶弔諸事，今人往往改送現金或禮券。通常喜事使用紅色封套，喪事則用白色封套，或將一般信封上的長方形紅色框塗黑替代。封套的正面，書寫上下款和題辭；在封套正面的中間寫上係致送何種性質的禮金，有時並注明禮金數目，再在封套左下方具明送禮人的姓名和表敬詞。現在將封套正面書寫各種禮金的常用語表列於后：

| 類別 | 用語 | 說明 |
| --- | --- | --- |
| 婚嫁及其他喜慶送禮的封套 | 賀儀、菲儀、賀敬、菲敬、微儀、不腆之禮 | 用於祝賀一切喜事之禮。 |
| | 喬儀、遷儀、喬遷之慶、鶯遷之慶 | 用於祝賀遷居之禮。 |
| | 落成之喜 | 送新居落成之禮用。 |
| | 開張之喜 | 送商店開業之禮用。 |
| | 開幕之慶 | 送公司開始營業之禮用。 |
| | 湯餅之敬、彌敬 | 送他人子女滿月之禮用。 |

| 類別 | 用語 | 說明 |
| --- | --- | --- |
| | 晬敬 | 送他人子女周歲之禮用。 |
| | 程儀 | 送遠行者之禮用。 |
| | 贐儀 | 同上。 |
| | 桃儀 | 送他人生日之禮用。 |
| | 節敬 | 送節禮用。 |
| | 贄儀 | 送業師禮用。 |
| | 脩儀 | 送學費用。 |
| | 覿儀 | 送幼輩見面禮用。 |
| | 見儀 | |
| 喪葬送禮的封套 | 賻儀 | 送初喪之禮用。 |
| | 唁儀 | |
| | 唁敬 | |
| | 弔儀 | |
| | 紼敬 | 送開弔之禮用。 |
| | 楮敬 | |
| | 奠儀 | |

| 類別 | 用語 | 說明 |
| --- | --- | --- |
| | 素儀 | |
| | 祭儀 | |
| | 奠敬 | |
| | 代筵 | 送代祭之禮用。 |
| | 代祭 | |
| | 祔敬 | 送神主入祠之禮用。 |
| | 陞祠之敬 | |
| 一切喜慶送禮請收受的敬語 | 哂納 | 送長輩長官之禮用。 |
| | 哂存 | |
| | 莞存 | |
| | 莞納 | |
| | 莞收 | 送平輩之禮用。 |
| | 笑納 | |

（本表參考《國學常識與應用文㈡》，空中大學印行）

# 第六節　柬帖範例

## 一、婚嫁柬帖

### ㈠訂婚柬帖

1.由男方家長具名

> 謹詹於九月廿八日（星期日）為長男坤茂與蔡院長令嬡佩如小姐
> 訂婚敬備菲酌　恭候
> 台光
> ○○　○○　○○ 謹訂
> 地點：臺北市松江路金玉滿堂湘菜館
> 時間：中午十二時三十分

2.由女方家長具名

謹詹於○月○日○午○時假○○○○為○女○○與
○○○君訂婚敬備菲酌　恭候

台光

（席設：○○○○）

康○○
康林○○
謹訂

3.由男女雙方家長具名

謹詹於○月○日○午○時假○○○○為
○女○○
○男○○
訂婚敬備菲酌　恭候

台光

（席設：○○○○）

張○○
張謝○○
康○○
康林○○
謹訂

4.由男女雙方當事人具名

茲承○○○先生介紹並徵得家長同意
我倆情投意合（並徵得家長同意） 謹詹於○月○日
○午○時假○○○○訂婚敬備菲酌 恭候
台光
張○○
康○○ 謹訂
（席設：○○○○）

5.送訂婚禮餅

謹詹於 國曆○月○日
農曆○月○日 為○女○○與
張○○先生○男○○君舉行文定之禮謹奉禮餅
敬祈 哂納
台光
康○○
康林○○ 鞠躬

## ㈡結婚柬帖

1.由男方家長具名

謹詹於中華民國○○○年 國曆○月○○日 農曆○月○○日（星期○）為長男元德與屏東縣
張四端先生令肆女○○小姐舉行結婚典禮另擇於 國曆○月○○日 農曆○月○○日（星期○）
於臺北敬備喜筵 恭請
闔第光臨

黃○○鞠躬

席設：臺北凱撒飯店○○廳
（臺北火車站對面）
電話：（○二）○○○○○○○

恕邀

時間：下午○時入席

2.由女方家長具名

謹詹於中華民國○○○年　國曆○月○○日（星期○）
　農曆○月○○日
為長女元慧與陳鏡村先生長公子志鴻君在嘉義舉行結婚典禮訂
於　國曆○月○○日（星期○）歸寧會親敬備喜筵　恭請
　農曆○月○○日

闔第光臨

汪　○　鞠躬
羅○○

席設：福華大飯店三樓金龍廳
　臺北市仁愛路○段○○號

恕邀

時間：下午○時入席

3.由男女雙方家長具名之一

謹詹於中華民國〇〇〇年　國曆〇月〇〇日（星期〇）
農曆〇月〇〇日
為〇男〇〇
〇女〇〇　舉行婚禮敬備喜筵　恭請

闔第光臨

蔡〇〇
王〇〇
王〇〇　鞠躬
周〇〇

席設：美麗華大飯店（二樓中餐一廳）
恕邀　臺北市〇〇〇路〇〇〇號
時間：下午〇時半入席

4. 由男女雙方家長具名之二

○男○○
○女○○　於中華民國○○○年○月○○日舉行公證結婚
謹詹於中華民國○○○年　國曆○月○○日（星期○）
　　　　　　　　　　　　農曆○月○○日
敬備喜筵　恭請

闔第光臨

張　○　○
周　○　○
李　○　○　鞠躬
李○○○

席設：金和餐廳（中和農會大樓）
　　　中和市○○路○號○樓
　　　電話：○○○○○○○
恕邀
時間：下午○時○○分入席

5.由男女雙方當事人具名

謹詹於中華民國〇〇〇年 國曆〇月〇〇日 農曆〇月〇〇日 （星期〇）在臺北地方法

院公證結婚敬備喜筵 恭請

闔第光臨

〇〇〇 〇〇〇 鞠躬

恕邀

席設：湖南桃源小館 臺北市南京東路〇段〇〇〇號〇〇〇室

時間：下午〇時入席

6.由家族或親友代表具名

謹詹於中華民國○○○年　國曆○月○○日（星期○）為○弟○○與

農曆○月○○日

○○○先生○女○○小姐舉行結婚典禮敬備喜筵　恭請

閤第光臨

○○○　○○○　鞠躬

席設：廣興樓餐廳

臺北市和平東路○段○○號

恕邀

時間：下午○時○○分入席

7. 嫁女用帖

中華民國〇月〇日（星期日）為〇女〇〇于歸之期敬治
喜筵　恭請
闔第光臨
蔡　〇〇
蔡王〇〇
鞠躬
恕邀
席設：〇〇〇〇
時間：下午〇時入席

8. 由男方家長具名請證婚人

謹詹於〇〇年〇月〇日〇下午〇時為〇男舉行結婚典禮
屆期敬治喜筵　恭候
惠臨福證
陳〇〇鞠躬
禮堂設〇〇〇〇

9.由女方家長具名請證婚人

茲訂於○年○月○日○午○時為○女○○與○○○君成
婚屆期敬治喜筵　恭請

惠臨福證

禮堂設○○○○

張○○敬啟

10.由男女雙方家長具名請證婚人

謹詹於○○年○月○日○午○時為○男○○
○女○○成婚
屆期　恭候

惠臨福證

禮堂設○○○○

陳○○
張○○同敬啟

11.由男女雙方當事人具名請證婚人

茲承○○○先生介紹並徵得家長同意謹訂於○年○月○日○午○時舉行婚禮屆期敬治喜筵 恭請

惠賜福證

禮堂設○○○○

陳○○
張○○ 同敬啟

12.由男女家長具名請介紹人

前承
鼎言介紹○男○○與○○○小姐締婚謹訂於○年○月○日○午○時在○○○○成婚屆期治酌 恭候

光臨賜訓

禮堂設○○○○

陳○○敬啟

13.由女方家長具名請介紹人

前承

鼎言介紹○女○○與○○○君締姻茲訂於○○年○月○日在○○○○成婚屆期敬治喜筵　恭候

禮堂設○○○○

張○○敬啟

惠臨賜訓

14.由雙方家長具名請介紹人

前承

鼎言介紹　○子○○
　　　　　○女○○　締姻茲詹於○○年○月○日○午○時假○○○○舉行結婚典禮屆時潔樽祇候

陳○○
張○○　同敬啟

惠臨賜訓

15.由男女雙方當事人具名請介紹人

前承
鼎言介紹茲訂於○○年○月○日（星期○）○午○時舉
行結婚典禮屆時敬治喜筵　恭請
惠臨賜訓
禮堂設○○○○
陳○○
張○○
鞠躬

16.由男女雙方家長具名請儐相及工作人員

茲訂於○月○日○午○時在○○○為
○男○○
○女○○
成婚屆期敬治菲酌煩請擔任（男儐相、女儐相、司儀、司
帳、接待）恭候
惠　臨
陳○○
張○○
敬啟
男宅
女宅
○○路○○號

## 二、喜慶柬帖

### ㈠祝壽柬帖

1.由子孫具名（男）

中華民國七十四年　國曆四月十三日（星期六）為
農曆二月廿二日
家嚴七秩壽辰敬備桃觴　恭候
闔第光臨
〇〇〇
〇〇〇
〇〇〇鞠躬
席設：觀世音素菜餐廳
臺北市民權東路一三九號
電話：五九五五五五七
恕邀
時間：下午六時卅分入席

2.由子女具名（女）

中華民國七十五年國曆六月一日
農曆四月廿四日為家慈王太夫人
八秩華誕敬備壽宴　恭請
台光
陳〇〇
陳〇〇謹訂
陳〇〇
席設：老爺大酒店三樓
臺北市中山北路二段37之1號
電話：五四二三二六六
恕邀
時間：下午六時入席

3. 由親友具名

國曆〇月〇日為
〇公〇〇先生（暨德配〇夫人）八秩華誕謹於〇〇〇〇恭
設壽堂同申嵩祝屆期並備壽點　恭候
**台光**

〇〇〇　〇〇〇
發起人〇〇〇　〇〇〇謹訂
〇〇〇　〇〇〇

4.由祝壽會具名

○月○日為
○公○○先生（暨德配○夫人）○秩壽辰（華誕）
謹於○○恭設壽堂同申嵩祝屆期敬備茶點
敬請
台光
○公○○先生
（暨德配○夫人）祝壽會謹訂
壽堂設○○市○○路○○號○○廳
時間：○午○時起至○止

㈡彌月柬帖

本月○日為○兒○○
（○女○○）彌月之期○午○時敬治湯餅
恭候
台光 謹訂
席設○○○○

## (三)遷移柬帖

本公司業經於○年○月○日遷移○○○新址營業凡屬舊雨
新知務祈一本以往愛護之忱
惠多照顧謹訂於○月○日○午○時舉行慶祝酒會
敬請
光臨
○○公司　董事長○○○
　　　　　總經理○○○　謹訂

## (四)開張柬帖

本公司業經籌備就緒茲訂於○○年○月○日正式開張
謹備酒會　恭請
光臨指教
○○公司董事長○○○謹訂
酒會時間：上午○時○分
地　址：○○○○
電　話：○○○○

## (五)揭幕柬帖

### 1.新廈落成

謹訂於中華民國○○○年○月○○日（星期○）下午○
時○○分至○時○○分舉行○○報社新廈落成啟用茶會
恭請
光臨
○○○
○○○敬邀
○○○
時間：○時○○分迎賓　○時　剪綵、茶會
花籃懇辭
聯絡電話：（○二）○○○○○○○○（代表號）
轉○○○或○○○

2.新廠落成

謹訂於中華民國○○○年　國曆○月○○日（星期○）
　　　　　　　　　　　　農曆○月○○日
為本公司新建廠房落成敬備菲酌　恭候

台光

○○限公司董事長　○○○敬邀

席設：本廠

恕邀　　　○○路○號

時間：下午○時入席

3.遊樂場所揭幕

本公司新建〇〇室內溫水游泳池業已完工茲訂於中華民國〇年〇月〇日（星期〇）〇午〇時隆重開幕　恭請
〇〇〇先生揭幕
〇〇〇先生按鈕
謹備酒會　敬請

光臨指教

〇〇〇公司
董事長　趙〇〇謹訂

地址：〇〇市〇〇路〇〇號

4.典禮開幕

茲定於本年〇月〇日上午〇時在臺北市中山堂中正廳舉行華僑文教會議開幕典禮敬請屆時

光臨指導

僑務委員會謹訂

## 三、喪葬柬帖

### (一)訃聞柬帖

1.由夫具名

先室○○○女士於民國○年○月○日○午○時病逝於○○
醫院享年壽○○歲即日移靈○○殯儀館夫○○○率子女護侍在
側親視含殮遵禮成服擇於○月○日○午○時舉行家祭○時
公祭隨即發引安葬於○○公墓哀此訃
聞

杖期夫○○○率 子○○ 女○○ 泣啟

喪宅：○○市○○路○○號

2.由妻具名

先夫〇公〇〇於民國〇年〇月〇日〇午〇時蒙主恩召安息
距生於民國〇年〇月〇日享壽（或年）〇〇歲擇於民國〇
年〇月〇日〇時在〇〇教堂舉行追思禮拜隨即發引安葬於
〇〇公墓哀此訃

聞

未亡人〇〇〇

孤子〇〇

孤女〇〇（適〇）泣啟

孝婿〇〇〇外孫女　〇〇

鼎賻懇辭

公祭時間：〇月〇日〇午〇時至〇時

喪宅：〇〇市〇〇路〇〇號

3.由兒女具名

顯考○公諱○○字○○府君慟於中華民國○○年○○月○○日上午○時○分
病逝○○總醫院距生於民前○年○月○○日享壽○
○有○不孝男○○○○○不孝女○○○○等隨侍在側親視含殮遵禮成服即日移靈○○
○○殯儀館謹擇於○月○○日（星期○）○午○時在該館○○廳舉行家祭○時起公祭○
時大殮隨即移靈該館後廳並擇於○○日（星期○）○午○時半發引安葬○○墓園　叨在

族鄉學世友寅戚

誼哀此訃

聞

鼎惠懇辭

恕訃不週

孤子　○○　○○　○○
媳　○○　○○　○○　泣
女　○○　○○泣
孫　○○
孫女　○○　○○　○○　啟
未亡人　○○○○

族繁不及備載

4.由長孫具名

顯祖考○公諱○○字○○太府君慟於中華民國○○年○月○日下午○時○○分壽終正寢
距生於民前○○年○月○日享壽○十有○承重孫○○等隨侍在側親視含殮遵禮成服謹擇
於○月○日（星期○）上午○時設奠家祭○時○分大殮隨即發引安葬於○○墓園　忝屬
鄉世
寅學　誼哀此訃
戚友
聞

承　重　孫○　○　泣血稽顙
承重孫媳○○○　泣血稽顙
齊衰五月曾孫○○泣　稽　首
期服姪女○○○　抆淚頓首
族繁不及備載

鼎惠懇辭
喪居：○○縣○○鎮○○路○段○巷○號
電話：○○○○○○○

5.由家長具名

聞
○男○○不幸於○年○月○日○午○時病歿得年○
○歲即日移靈○○擇於○月○日（星期○）○午○
時舉行家祭隨即發引安葬於○○公墓謹此訃
反服父○○○泣告

附：封面式

訃
喪宅：○○市○○路○號
喪居：（○○）○○○○

6.由機關、團體或治喪會具名

○○○先生於民國○○○年○月○○日○午病逝○○○○○○○
○醫院即日移靈○○殯儀館茲訂○年○月○○日（星
期○）上午○時公祭○○時大殮隨即火葬謹此訃
聞

○○○先生治喪委員會 謹啟

【說明】右例分送親友或登報皆可。

## (二)告窆柬帖

1.合窆

謹啟者
顯妣○○○夫人靈柩謹筮於○年○月○日合窆於○○○
○先期於○月○日時（當日○時）在○○發引叨在
世鄉
學寅　誼謹此告窆以
戚友
聞
治喪子○○○稽顙

2.安葬

謹啟者

顯考○○府君靈柩謹筮於○月○日○時安葬於○○

先期於○月○日

（當日○時）在○○發引　叨在

世鄉

學寅　誼謹此告窆以

戚友

聞

治喪子○○○稽顙

## 四、一般應酬柬帖

### ㈠宴會柬帖

1.普通宴客帖

謹訂於○月○日○午○時敬治菲酌
恭候
台光
李○○ 謹訂
席設：○○市○○路○○餐廳○室

2.普通宴客帖附回帖式

謹訂於○月○日○午○時敬治菲酌
恭候
台光
吳○○ 謹訂
席設：○○市○○路○○餐廳○室

敬
陪
謝
○○○謹復

3. 洗塵請客帖

本月〇日〇午〇時洗塵　恭候

台光

王〇〇　謹訂

席設：〇〇市〇〇路〇〇號本宅

4. 洗塵請客作陪帖

本月〇日〇午〇時為〇〇〇兄洗塵

恭請

光陪

王〇〇　謹訂

席設：〇〇市〇〇路〇〇號本宅

5. 餞行請客帖

本月〇日〇午〇時敬治薄餞　恭請

光臨

李〇〇　謹訂

假座〇〇市〇〇路〇〇餐廳〇室

6. 餞行請客作陪帖

本月〇日（星期〇）〇午〇時為〇

〇〇先生餞行　敬請

光陪

李〇〇　謹訂

假座〇〇市〇〇路〇〇餐廳〇室

7. 請觀禮帖

謹訂於○月○日○時為本館新建館
舍○層大樓舉行落成典禮　敬請
賜教
○○館館長吳○○　謹訂
館址：○○市○○路○○號

8. 請參觀帖

謹訂於○月○日起至○月○日止假
○○○舉行書畫展覽　敬請
惠臨指教
杜○○　謹訂
時間：上午○時至下午○時

9. 茶會請帖

謹訂於本月○日○時為本公司綜合
作業大樓舉行開工典禮敬備茶點
敬請
賜教
○○公司王○○　謹訂
工地：○○路○○號

10. 酒會請帖

○○年春節團拜訂於○月○日上午九時假
臺北市立圖書館正廳舉行敬備酒會藉資歡
敘屆時　務請
惠賜光臨
○○○○（機關）　謹訂
會場地址：○○路○段○號

11. 季節請帖

| 春節 | 端午 | 中秋 | 重陽 | 年節 |
|---|---|---|---|---|
| 國／農曆○○年○○月○○日○午○時春卮候 光 ○○○謹訂 | 端午日午刻潔治蒲觴候 光 ○○○謹訂 | 本月○日下午○時敬備桂漿候 光 ○○○謹訂 | 本月○日中午○時潔治萸觴候 光 ○○○謹訂 | 國／農曆○○月○○日○午○時敬備酴酥（春酌）候 光 ○○○謹訂 |

12. 謝師宴請帖

謹訂於中華民國○○年○月○日（星期○）下午六時假本市○○路○號○○餐廳舉行應屆畢業生謝師餐會

恭請

蒞臨賜訓

○○大學○○系

○○學年度全體畢業生敬上

## 五、送禮帖與謝帖

### ㈠送禮帖

1.賀壽禮單式

全福

謹具
壽幛成軸
壽聯成副
壽燭成輝

壽桃雙盤
壽酒雙罈
壽麪雙盒
奉申

祝敬　（稱謂）趙○○鞠躬

2.賀壽禮封套式

謹具菲儀
奉申
壽敬○○圓
○○○鞠躬

【說明】「謹具菲儀奉申」，不寫亦可；「壽敬」可改用「祝儀」或「壽儀」或「桃敬」等；如慶夫婦雙壽則用「雙慶」兩字。

3. 賀婚禮單式

全福
謹具
喜幛全幅
喜聯成對
喜燭成輝
喜禮六式
奉申
賀敬　（稱謂）孫〇〇鞠躬

4. 賀婚禮封套式

賀儀　〇〇元
李〇〇（具）
（敬具）

5. 賀嫁女禮單式

全福
謹具
花粉雙盒
鳳花成對
〇〇〇〇
〇〇〇〇
奉申
賀敬　林〇〇（敬具）

6. 賀嫁女禮封套式

花儀　〇〇元
趙〇〇敬具

【說明】「花儀」亦可用「奩敬」或「于歸之敬」。

7. 賀彌月、賀週歲禮單式

全福

謹具
八仙成列
金印全座
項圈全圍
玉獅成對

奉申

彌敬　（具）
晬敬　鄭○○×（敬具）

8. 賀彌月、賀週歲送禮封套式

彌敬
晬敬　○○元

王○○（具）（敬具）

【說明】賀彌月可用「彌敬」，賀週歲可用「晬敬」。

湯餅之敬

○○○鞠躬

【說明】如生子可用「弄璋之喜」，生女可用「弄瓦之喜」，無論生子或女皆可用「湯餅之敬」。

9.弔祭送禮封套式之一

奠敬

○○元

（稱謂）張○○敬拜（具）

【說明】「奠敬」可用「奠儀」或「楮敬」等。

## (二)謝帖

1.普通領謝帖

謹（敬）領

謝

蔣○○鞠躬

（敬使○元）

10.弔祭送禮封套式之二

代楮

（香帛）○○元

（筵）

（稱謂）馮○○

敬奠

敬荐

2. 壁謝帖

謹壁
謝
○○○鞠躬
台力○圓

【說明】不論領謝或壁謝，對贈送僕人之酬勞金，可寫「敬使」或「台力」、「台使」。

3. 一部分敬領一部分壁謝帖

謹（敬）領○○○
○○○餘珍壁
謝
韓○○鞠躬
（敬使○元）

4. 祝壽謝帖

遵嚴（慈）命敬領
謝
馮○○鞠躬
（敬使○元）

5. 喪事謝帖

敬領
謝
棘人陳○○泣印
（敬使○元）

6.用名片附送禮品

謹具喜幛成幅申 弟○○○鞠躬
賀敬
住址：○○○○○
電話：○○○○○

【說明】一、「謹具喜幛成幅申」可移寫右端，「賀敬」寫在名片中間頂頭。

二、喜事忌言單數，凡「一幅」、「一件」、「一雙」、「一對」等皆寫「成幅」、「成件」、「成雙」、「成對」等。

7.用名片附寫領謝或璧謝

厚貺領
謝
弟○○○鞠躬
住址：○○○○○
電話：○○○○○

【說明】一、「厚貺領謝」四字，可寫於名片之左端。

二、如係璧謝，可寫「厚貺璧謝」。

# 第十一章 簡報

## 第一節 簡報概說

簡報主要的目的，是把政府機關、各級學校、公司行號的業務，做一個簡要的綜合說明，使上級長官、訪問來賓，在最短的時間內，對自己機關、學校、行號的整個系統、流程、沿革、組織、設備、業務狀況、執行情形等等，有清晰明確的認識。

簡報的種類，依機關、學校、行號的不同，到訪賓客要求的不同，種類也有差別。像是業務簡報、計畫簡報、綜合簡報等等，都要看需要情形，來製作適當的簡報。

簡報的報告方式，簡單些的，只是配合著書面資料、掛圖報表，做一個口頭的報告。這種口頭報告，適合業務不繁雜的小型機關、學校、行號使用；進步一些的；利用幻燈片、電視、電影等視聽媒體，製作多彩多姿的影片，播放出來，使參觀者有明白清晰的觀念，對這一機關、行號也有比較求進步、現代化的感覺，是比較討好的一種簡報。但是，這種製作費用，就不是小型機關、學校、行號所能負擔得起的了。

## 第二節　簡報作法

簡報的型式是隨場合、業務需要，有不同的形貌；也隨製作方式不同，有不同的寫作方法。業務簡報，有業務簡報的寫作方法；計畫簡報，有計畫簡報的寫作方法；口頭報告的簡報，有口頭報告簡報的寫作方法；視聽媒體的簡報，有視聽媒體簡報的寫作方式。這種種的簡報，雖然型式有不同，但是，歸納起來，可分為下列四種基本結構，製作者根據這四種基本結構，略作取捨，稍為變化，就能寫作出合情合理的的簡報了。

### 甲、前文

前文包括標題、目錄、導言三部份，現在一一說明於下：

#### 1.標題

簡報首先要寫出的，就是標題。標題包括政府機關、公私學校、公司行號的名稱，簡報的類別，最後，就是「簡報」兩個字。比如「私立某某工業專科學校共同科簡報」這一標題：「私立某某工業專科學校」，是學校名稱：「共同科」，是簡報的類別，是該校共同科的科務報告；最後，一定要寫上「簡報」兩個字，才能成為一個完整的標題。標題一般要書寫三次：一是在簡報的封面，而且是要美術化，設計得要漂亮一點；一是在目錄的前頭；一是在導言的前面；這兩處的標題，字型是跟本文的文字是一樣的。

### 2. 目錄

在簡報封面後的第一頁，就是目錄。目錄是要把簡報的項目，一條條的列出來，並且列出頁碼，使看的人一眼就能看出整個簡報的內容。

### 3. 導言

導言，就是前言，等於是一般文字的開場白。在簡報中，主要的是講一些客套話，比如「歡迎蒞臨指導」、「歡迎參觀」等等，文字不必太多。

## 乙、業務現況

業務現況和下一節未來展望，是簡報的主要部分。業務現況是指目前的業務、校務推展、進展的情形；未來展望是指對未來的計畫；都是核心問題。寫作的時候，一定要據實填寫。對於業務現況，至少要包括下列幾項：

1.**沿革**

沿革是報告創立、經營的經過。可以用編年的方式列舉出來，也可以分為幾個時期，逐一的列舉出來；並且可以配合歷年的照片、幻燈片、影帶，把歷年經營的情形、擴充的情形，作一個詳細的報告，使參觀、指導的人，可以感覺到刻苦經營、努力求進步的兢兢業業的苦心。

2.**組織**

組織是把政府機關、各級學校、公司行號的行政結構，做一個全面的介紹，可以用列表的方式，詳細的列舉出來。

3.**設備**

設備是把政府機關、各級學校、公司行號的土地面積、建築房舍、機器設備、儀器購置、員工福利設施等等，可以列表，可以分項，仔細的報導出來。

4.經營情形

經營情形是政府機關、各級學校、公司行號實際的操作情況。對於政府機關、各級學校、公司行號的業務項目，分為多少部分，生產成果、盈虧情形、特殊成就、經營特色等等，都可以做一個詳細的報告。

## 丙、未來展望

未來展望是政府機關、各級學校、公司行號對未來的企求。要是一個機關、學校、行號，對未來沒有發展的計畫，就一定沒有希望，一定會遭受淘汰。因此，對未來展望的報告，就顯得格外的重要，對未來展望也可以包括下列幾項：

1.未來發展空間

未來展望最重要的，是對未來發展，要有一個預想的發展空間。這一種預估，要有眼光，要合於現實，要有企業抱負，從這裡，也可以看到未來的希望。雖然，這種對未來發展的期望，多少是會有一點空中樓閣的樣子；但是，憧想與光明的希望，是不能沒有的。

2.未來計畫

未來展望之不會被人譏為空中樓閣，全在未來計畫的設計、機器、廠房、設備逐年的擴充，業務逐年的推廣，新計畫逐年的提出，對於未來，愈多的展望，愈多合理的未來計畫，會使得前來參觀、指導的來賓，對於這政府機關、各級學校、公司行號，必定充滿了光明的希望。

### 3.準備情形

準備情形是把未來的展望付諸實際的行動，可以逐一的就事實加以報告，列舉愈多，愈能表現出未來計畫的實行，是指日可待的。

## 丁、結論

結論是簡報的最後的部份。主要的目的，是在檢討業務的缺失；同時，也表達出自策自勵，努力不懈的精神；並且，也表達請求指導、支持、愛護的心意。

簡報的寫作，依機關、學校、行號的不同，到訪賓客要求的不同，其間差異很大；每一種簡報，都有本身的獨特性，縱使舉出範例，也難以得到可以遵奉的共同性；因此，在這一章裡，就不需要舉出簡報的實例，供作參考了。在寫作的時候，只要掌握實際情況，根據我們前面所列舉的綱要，選擇需要的項目，分門別類的詳加敘述，配合圖表、表格，及各種視聽媒體活潑方式，有條不紊的報導出來，就是一篇不錯的簡報了。

# 第十二章　名片

## 第一節　名片的意義

名片是印有姓名、字號、籍貫、住址、職銜、學位、行動電話、傳真、E-mail、電話號碼的卡片，通常用來通報姓名、自我介紹。如果是商業界，加印上商標或營業項目，還可多一層宣傳的功用。名片的正面或反面空白處，必要時，書寫幾句簡單扼要的文字，作用與便條同，但比便條更正式、方便。

# 第二節　名片的款式與寫作要點

## 一、款式

名片的款式大別為三種：中式、西式與中西合璧式。

㈠中式名片有正反兩面，正面中央直印姓名；或分三路，中路為姓名，右路為服務機關行號及職銜，左路為地址、電話號碼（或字號、籍貫），反面空白，以供啟事。

㈡西式名片正面自左而右橫排，亦分三路，中路姓名，上路服務機關行號、職銜（或置於中路姓名之下），下路地址、電話號碼。反面為英文或其他外文。

㈢中西合璧式：正面為中式，反面為西式。

## 二、寫作要點

名片寫作方法和便條大致相同，但是由於名片上印有本人的姓名，又有正反兩面，所以在書寫形式上，仍與便條略有不同。茲分述如下：

㈠啟事少者，書於正面；多者書於反面。收片人姓名書於正面的左（右）上方空白處。

㈡自稱寫於正面姓上，字略小而偏右；禮告敬辭及月日寫於名下。

㈢反面書啟事，不署姓名，而對尊長、平輩用「名正肅」替代，意謂姓名在正面，並致敬；對晚輩或平輩用「名正具」，意謂姓名具備在正面。要與正面禮告敬辭一致。

## 第三節　名片範例

一、款式

㈠中式名片之一

| 辛　成　琨 |
|---|

㈡中式名片之二

| 國立臺灣師範大學教授<br>國文天地雜誌社社長<br>許　錟　輝 |
|---|

㈢中式名片之三

康來新

湖北黃陂

㈣中式名片之四

國立臺灣師範大學教授

李國英

住址：台北市○○路○○號

電話：○○○○○○○

㈤西式名片之一

文訊月刊 總編輯

李瑞騰

社址：台北市林森北路七號 電話：393-0278・394-8070

編輯部：台北市復興南路一段127號3樓 電話：741-2364

771-1171

## (六)西式名片之二

祥圃實業股份有限公司

推廣經理

彭宏榮

總公司：台北市復興北路2號7樓之2
電話：（02）7734297-8
桃園聯絡處：桃園市中山路425巷18之4號5樓
電話：（03）3375222
高雄聯絡處：岡山鎮柳橋西號39巷9號
電話：（07）6210077・6230288

## (七)中西合璧式、正面

國立中央大學文學院院長
國立中央大學中文研究所教授
國家文學博士

蔡信發

中壢市國立中央大學文學院院長室
電話：（〇三）四二五八八一〇

(八)中西合璧式、反面

**National Central University**

**Tsai, Hsin-Fa**

Dean of the college of Liberal Arts

The College of Liberal Arts
National Central University
Chung-Li, 32054, Taiwan, R. O. C.
Tel: (03) 4258810

(九)中西合璧式、一面兩用

國立中央大學文學院院長

**蔡信發**

中壢市國立中央大學文學院
電話：(〇三)四二五八八一〇

**National Central University**

**Tsai, Hsin-Fa**

Dean of the college
of Liberal Arts

The College of Liberal Arts,
National Central University
Chung-Li, 32054, Taiwan, R. O. C.
Tel: (03) 4258810

## 二、寫作實例

### ㈠拜訪

1.

正面

國立臺北科技大學教授
弟 蔡　筆　農　頓　○月○日
留陳
○○○先生
住址：台北市大安區忠孝東路三段
　　　工專新村教授宿舍
電話：（○二）○○○○○○○○

背面

來訪未遇，悵甚。茲有要事奉商，擬於
明（○○）日上午九時再度趨訪，乞留
步為感。此上
○　○兄
名正肅

2.

昭旭吾兄
奉訪未遇，特此致候。

弟 **張夢機** 敬候 八、一

住址：台北市建國南路二段○號
電話：○○○○○○○

## (二)介紹

1. 正面

國立中央大學教授

弟 **林平和** 拜上

○月○日

住址：台北市辛亥路三段○號
電話：○○○○○○○

敬煩面陳
陳大醫師

背面

家父○○先生久患胃疾，特慕
名趨
前求治，敬懇
惠為詳診，感同身受。此上
○○兄

名正肅

2.

正面

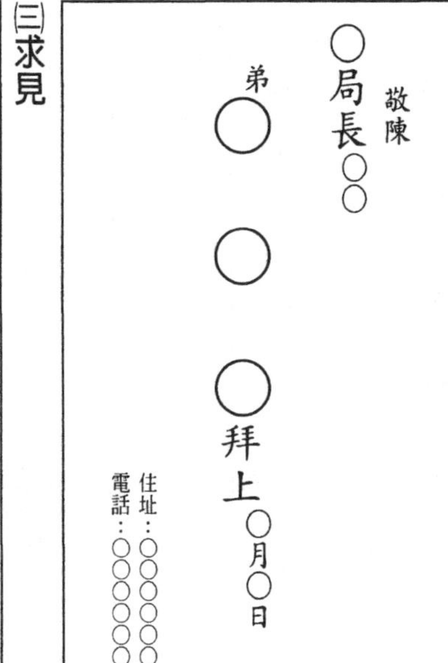
敬陳

○局長○○

弟 ○○○ 拜上 ○月○日

住址：○○○○○○

電話：○○○○○○

背面

舍親○○○今夏畢業○○大學○○系

品學兼優如有機緣謹請

賜予培植無任感禱。

名正肅

## (三)求見

又新兄

茲有要事奉商，擬於明晨八時進謁求教，此上

弟 齊兆元 六、四

專送大同路一號

王又新先生

## (四)拜年

國立臺北教育大學教授

○○○ 敬叩 即日

○○ 吾師 師母

地址：台北市內湖區○○○

電話：○○○○○○

## (五)送賀禮

1\. 正面

弟
○
○
○
敬上
○月○日

住址：○○○○○
電話：○○○○○

背面

欣逢
伯母大人○秩榮慶謹獻嘉禮兩色藉頌
康寧　並頌
侍祉

名正具

2\. 正面

送陳　大公路三號
趙宅

馬立群
拜

背面

茲送上茗茶兩罐，即希
哂納是幸。
此請
漢章先生

名正肅即日

## (六)璧還賀禮

1. 正面

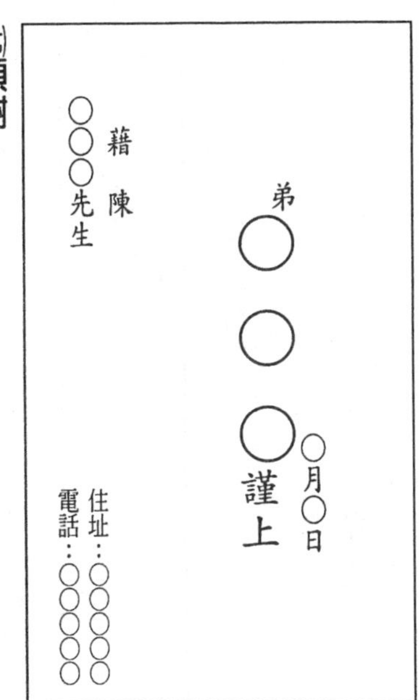
弟○○○謹上
○月○日

藉陳
○○○先生

住址：○○○○○
電話：○○○○○

背面

蒙 賜厚禮至感 盛情。惟遵 慈訓，不稱壽，不受禮，謹璧謝，並請曲宥為禱。

名正肅

## (七)領謝

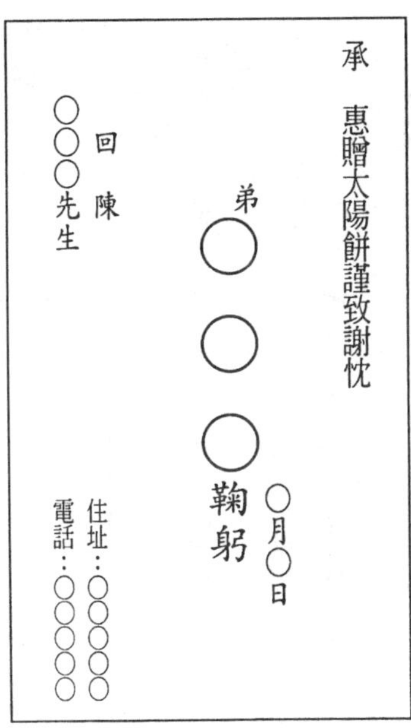
承 惠贈太陽餅謹致謝忱

弟○○○鞠躬
○月○日

回陳
○○○先生

住址：○○○○○
電話：○○○○○

## (八)辭行

今午匆匆離臺，未遑踵辭肅此奉聞順候刻安。

弟○○○叩
○月○日

專陳
○○○先生

住址：○○○○○
電話：○○○○○

## (九)探病

1.

頃聞
德躬違和，前來探視，未值爲憾。順祝
痊安。

弟 ○ ○ ○ 頓首

○月○日

專陳
○○○先生

住址：○○○○○
電話：○○○○○

2.

正面

國立○○專科學校教授

弟 ○ ○ ○ 拜留 即日

校址：台北市濟南路○○號
電話：（○二）二八二一九三五五

敬陳
○○兄

背面

頃從○○兄處得悉
貴體違和，特來探晤，適赴放射科作檢查，未值殊悵。有暇當再趨候。謹祝
痊安。

名正肅

## (十)約遊

正面

私立大公中學校長

專送

立德街五號

**劉必正**

吳子直先生

臺北市大德街一號

電話：三三一一九八七六

背面

明逢端午，請於八時來舍同往淡水河觀賞龍舟競渡。

名正具

## (十一)借貸

正面

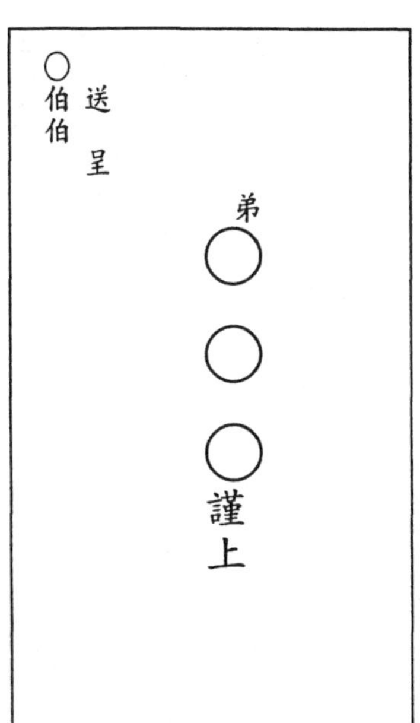
送呈

○伯伯

弟○○○謹上

背面

茲因急需，乞借新臺幣○○元，如蒙概允，即交小犬帶下。尊款容於本月○日奉還，絕不爽約。

名正肅

(土)探詢

1\. 正面

專送

丁力生先生

白希光

六、十八

花蓮市

背面

頃聞立功兄自海外歸來，現寓何處？盼

示確址，因有要事相商也。

名正肅

2\. 正面

國立中央大學教授

第

〇〇〇〇月〇日

送

〇〇公司

〇總經理

校址：中壢市國立中央大學

電話：（〇三）四二五八八一〇

背面

刻聞

貴公司將招考業務員，究竟是否屬實，乞便中

示知為荷

名正肅

## ㈢託帶

正面

國立臺灣師範大學教授

弟 ○○○ 拜上 ○月○日

敬煩袖交

○○兄

校址：台北市和平東路一段

電話：（○二）三六二一－一二二八

背面

茲趁○○兄南下之便，特託帶上拙作兩冊，敬希

詧收，並賜

指教

名正肅

## ㈣介紹參觀

正面

敬請

必正兄轉陳

利民化工廠

李廠長裕生兄

弟 周乃興 拜上

六、十二

背面

茲有本校實習主任侯必正先生率學生二十五人，參觀 貴廠設施，敬請

惠予指導是幸。

名正肅

# 第十三章 條據

## 第一節 條據的意義

條據是便條與字據的合稱。

便條即簡便的字條，也可說是簡化的書信。它可以免去書信繁複的客套語，大多用於訪友未晤、邀約、借款、借物、餽贈、請託、答謝、探病等方面。這些事情，只要三言兩語就可以說明白，因此不必耗費時間精力去作長篇大論。

字據為收領物品後所具的回執。一般機關學校公務印有固定格式的領據收據，只須照式填寫即可；私務者則須立具收據領據。以便來人或發物品者，作為憑覆的依據。

## 第二節 條據的作法

### 一、便條的寫作要點

㈠範圍 凡商借、請託、餽贈、答謝、探詢、邀約、訪問、邀宴等均可使用。

㈡對象 除尊長及新交外，親友僚屬皆適用。

㈢用紙 機關學校行號多印有便條紙，其他可不拘任何紙條，但求素潔方整即可。

㈣內容 因便條的遞送，通常不另加封套，所以不涉及機密性的普通事件為宜，所有應酬語、客套話都可以省略。

㈤遣詞 應簡明扼要、確實條暢。

㈥字體 可以不拘，但須書寫清楚。

### 二、便條的結構

便條雖然沒有固定的格式，而且不用客套，不必修飾，寫法簡單，但是一張便條至少要具備下列四項：

㈠**正文** 事情的內容，正文第一行即頂格書寫。

㈡**稱謂、交遞語** 稱謂寫在正文的前面或後面都可以，但寫在正文後面時，應先加「此致」、「此上」、「此復」、「此請」等交遞語，意思是說這張便條要給什麼人。通常在對方的名字下要加尊詞，如「兄」、「先生」等。

㈢**自稱、署名、末啓詞** 自己具名之上，宜加一相對的自謙稱謂，如「弟」、「晚」等字樣。自己具名之下，也可以加上末啟詞，如「上」、「敬上」、「拜上」等詞語，為了負責起見，必要時應加蓋私章。

㈣**日期或時間** 通常都寫在具名之下偏旁。

## 三、字據的寫作要點

㈠以「茲領（收）到」起行，且獨占一行。
㈡領收的物品名稱、數量、單位等宜確實載明。
㈢具領人（或經手人）簽章。
㈣應填（書）寫領收日期。

# 第三節 條據範例

## 一、便條

### (一)拜訪

來訪未晤，悵甚！因有要事奉商，明（八）日
下午三時再趨拜，務請
稍待為幸
　此上
家麟兄
弟 士勛拜留 十月七日

### (二)約晤

刻有要事相商，敬請 過我一敘為禱。敬上
○○兄
弟 ○○敬啓 ○月○○日

### (三)請託

美娟學姊嘉禮，妹適因急事須赴台中，擬敬煩
姊代送禮金，附奉新臺幣壹仟元，勞 神之
處，容當面謝。此上
梅芳姊
妹 林秀芬敬上 元月一日

### (四)借物

頃需彩色印表機一用，請交來人帶下，一週之
內，奉還不誤。此上
台生兄
學弟 陳重光上 六月六日

## (五)還物

前承
惠借彩色印表機，至深感謝。現已用畢，特令
小兒送還，敬祈
檢收爲荷。此上
台生兄
弟重光謹啓 七月七日

## (六)借款

茲以急需，懇
惠借新臺幣○○圓，準於兩日內奉還，如承
俞允，即請交來人帶下爲感。此致
○○兄
送○○路○○號
弟○○敬啓 ○月○日

## (七)還款

前承
惠借新臺幣○○圓濟急，彌切銘感。茲如數奉
還，順致謝忱。敬請
朗照點收爲荷。謹致
○○兄
弟○○敬上 ○月○日

## (八)餽贈

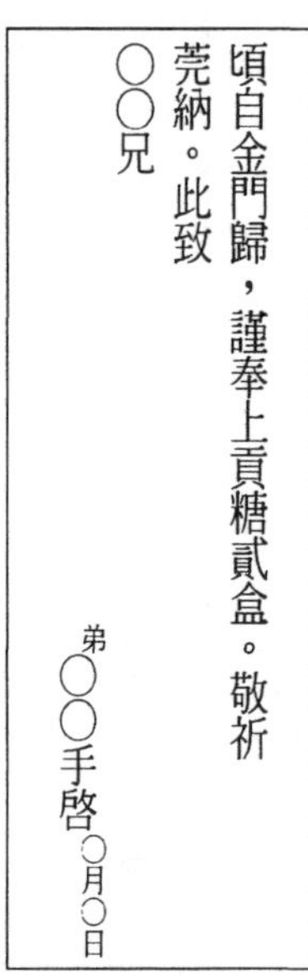

頃自金門歸，謹奉上貢糖貳盒。敬祈
莞納。此致
○○兄
弟○○手啓 ○月○日

## (九) 通知

弟已返舍，懇即 移玉舍間一敘為荷。此請

○○兄

弟○○謹上○月○日

## (十) 邀宴

雲飛兄頃自韓國為交換教授歸來，弟已約彼於明（八）日晚間七時來舍便酌，把盞話舊。敬

請

光陪。此上

守亮兄

弟述民拜啓七月七日

## (十一) 答謝

辱承

鼎力培植，小兒已於昨日接任新職， 隆情厚誼，永泐五中。謹致謝忱。敬上

○○兄

弟○○致謝○月○日

## (十二) 轉知

頃自高雄歸，承 令兄命轉奉告：渠已康復，請釋念。敬致

○○兄

弟○○敬上○月○日

## 二、字據

### ㈠領物、借物

茲領（借）到

全新熱水瓶壹隻，毛巾壹打。此據。

經領（手）人○○○印

中華民國○○年○月○○日

### ㈡收物

茲收到

金門高粱酒壹打，貢糖貳盒，黃魚乾叁公斤。

此據。

經收人○○○印

中華民國○○年○月○○日

# 第十四章 自傳

## 第一節 自傳的意義與用途概述

「傳」字國音讀第四聲時，多指記載某人一生的事跡，而「自傳」，即是自述生平、經歷的文章。「自傳」與「履歷」不盡相同，履歷大都是面對求職時所需的個人資料與經歷的簡表，能讓對方一目了然，所以大都以表格式呈現，而自傳不只可以運用在求職方面，在升學時所需的入學甄試或申請入學也可以使用。

在職場競爭激烈的今天，想要抓住任何的工作機會，除要有充實的專業技能與良好的品德修養外，寫一篇文情並茂的自傳，突顯自己的優點與專長，適度的推銷自己，也是應該認真講究的。一個好的包裝，能夠襯托出禮物的價值，也能表達送禮者的心意；同樣的，一篇好的自傳，也能夠表達自己的能力，讓對方對自己更加印象深刻。相反的，或許你有很好的才華與經驗，如果沒有適當的表現、傳達出來，又怎麼能期待他人獨具慧眼，在眾人中發現你的高才卓識呢？

## 第二節 自傳的內容架構與作法

撰寫自傳主要以個人為主軸，寫作的方向有很多種，大致可將內容規劃如下：

一、個人基本資料：包含姓名、出生年月日、性別、電話、住址等，因避免像履歷表般，按欄填寫的呆板，似可穿插一些較生動或感人的生活情事。

二、家庭背景：家庭環境對一個人的影響很大，所以應加以介紹，包含現有家庭成員、經濟狀況，以及家裡的生活模式等。

三、教育背景：簡要說明自己的求學過程。畢業於哪些學校，曾擔任過哪些職務、參與過的社團、參加過的比賽及通過的檢定、打工經驗等。

四、專長與興趣：你會些什麼？這應該是審查者最關心的。除了基本的能力外，用人單位也很注重個人的情緒控管能力、創造力、生活自理能力，這些都是能引起審查者的注意。

五、工作經歷：包含曾任職的公司、擔任職位、工作內容及具體績效。若沒有工作經驗，則將校外實習心得與成果，或參與社團服務情形寫出亦可。

六、自我評價：以客觀的立場、誠懇的態度，對自我的能力、人格特質、優缺點等，作一個綜合性評述。

七、對工作的體認與抱負：針對目前應徵的工作，分析自己的看法或計劃，使對方感受到自己能為公司帶來貢獻與發展的潛力，並充分表達個人願意全力以赴，積極加入工作團隊的決心。

此外，通暢充實的內容是必備的，不要用過多艱澀的成語或散文的寫作方式，只要照實將自己清晰呈現即可。更須注意的是不要有錯別字或錯用成語，建議寫好之後可以請他人幫忙審閱一番，或許可以改善自己忽略的筆誤或不順暢的詞句等問題。

## 第三節 自傳的寫作原則

### 一、保持字跡與幅面整潔

最好以正楷字體書寫，並力求工整，切勿草率，不宜塗改。如有修改，應擦拭乾淨，或換紙重寫。當然，如果你是採用電腦打字則沒有此問題，不僅格式整齊，而且便利美觀。此外，記得在自傳末端簽上自己的名字，以示負責。

## 二、不可說謊造假

語氣要謙遜誠篤，內容要精簡確實。推銷自己雖是首要目的，但也不可企圖矇騙、捏造事實。每個人或多或少都有一些缺點，適當地暴露無傷大雅的缺點，反而能給人坦誠相見的感覺。

## 三、切忌平淡無奇

自傳是對個人的重點式描述，尤其是與此次應徵的工作相關事物，凡是與主題無直接相關的盡量不寫；否則，過多的字數，易給人冗長之感。寫作時要力求文字流暢，也可適時參雜優美辭彙，增加內容的精采度，且敘事要有條理、有重心，切合主題，不可東拉西扯。另外，避免含混籠統以及太過口語化，這些都是應該注意的細節。

## 四、務須要有自信

許多人為了想描述生命中重要的經驗，反而覺得綁手綁腳，不知該從何下筆，或認為別人沒興趣聽。請注意，千萬不要讓別人幫你決定什麼才是重要的經驗。只要在你心中留下最深刻的感動，或是影響你生命中最重要的環節，那就是重要的經驗，所以務須要有自信。

### 五、主題鮮明

須對此一自傳的特定用途量身打造，突顯個人相應的特質或經驗，以作為敘述的重心。如應徵某工作時，就應對此工作性質、訴求，寫出個人相應的能力與可為公司帶來助益為要，且每一段落的要旨，都能適度向對方明白表達「我正是你需要的人才」，這點是非常重要的。

## 第四節 自傳範例

### 一、求職自傳

在朋友眼裡，我是一個充滿熱情、自信的人。我是○○○，今年二十五歲，生於一九八二年十月十四日，具有標準天秤座愛好公平、公正的性格。我生於宜蘭一個純樸的小漁村，在家中排行老么，剛出生的時候，我的小腸打了幾個結，必須切除一小節的腸子。當時的手術為家中增添不少負擔，而且從事批發海產的父親為此事四處奔波忙碌，母親也為了照顧我勞累萬分。家人對我如此百般地呵護與照顧，尤其是大哥的好榜樣給了我很大的幫助與啟發，讓我更加懂得珍惜身邊的事物，學會凡事都要為自己的行為負責。在這樣美好健全的環境下成長，漸漸培養了我逐夢踏實的熱情與積極創造的勇氣。

在就讀○○大學期間，我主修企業管理學系，除認真於課業之外，和同學朋友之間也建立了相當緊密的友誼。在學校就讀的四年裡，不僅能學習企業管理方面的各種專業知識外，也培養出我與同儕之間的深厚情感。我認為人脈是通往成功的捷徑，與人多多接觸更有助於思想的成長。正因為這些原因，我喜歡與人群接觸，更喜歡團隊間的合作關係。從專題報告的研討，到社團活動的籌備，我均受益於團隊中的夥伴，藉由互相討論研究，不僅發現本身思考的疏漏，也可以知道自己對於團隊的貢獻，最後享受共同奮鬥的甜美果實。

我的興趣是戶外運動，如籃球、棒球等。得知貴公司常在假日為同仁舉辦各種球類的友誼賽，與回饋地方的活動，相信貴公司對同仁與地方的照顧，是大家有目共睹的。在如此環境下打造出的工作團隊，同事間相處一定相當融洽，假使有機會在這樣的環境下工作，我一定能很快融入其中。我覺得自己個性上的優點是：勇於挑戰自己極限、組織能力好、細心僅慎、協調溝通能力佳。這些特質讓我處理事情有條不紊，不易出錯，然而當我遇到難題無法解決時，會勇於尋求協助，也樂於接受指導，希望藉此和夥伴們愉快共事，一起在工作中成長。

除了在課堂上多元豐富的學習外，我也明白向內紮根與自我探索的重要性。因此，參加許多自我探索的研習課程。其中，「大專生涯發展協會．希望工程學院」兩天一夜的課程，使我深刻的看到自己的盲點與目標，並且下定決心要勇敢往自己的目標前進。對於自我的進修，培養組織對內的管理能力是首要目標。諸如人才招募、績效評核、薪酬福利、人力資源發展、勞資關係、溝通談判等專業訓練，另外也將組織對外行銷的學識基礎運用在實務操作中，在舉辦過的社團活動中，曾經獲得udn校園博覽會的相繼採訪報導，讓我已經具備了不僅是紙上談兵的能力，更能將理論與實務相互結合運用。

感謝您撥空俯覽我的自傳，希望在看完這份自傳之後能讓您心有所感，也能讓您對我有初步認識，衷心期盼能有機會成為貴公司的一份子。謝謝！

## 二、求學自傳

範例一：

### (一)家庭背景

學生○○○，出生在賦有濃厚文化氣息的台南地區。由於父母親離異的關係，對我而言，祖父母就是我的父母親。家中尚有四個妹妹，我們彼此間感情相當地融洽。課餘間，我常在家裡開設的商店幫忙，練就了我在大眾面前發言的膽量與對話的機智，所以從就讀小學到高中，我非常熱愛參加朗讀、演講、歌唱等比賽。

在這樣的家庭背景下，我總是比一般同年紀的人還獨立、自主，想法也比同年齡的孩子成熟一點。上了高中之後，我離開家鄉搬到都市半工半讀，體會到沒有學歷，沒有專業知識與能力，只能靠短暫的年輕本錢打工的艱辛，而促使我繼續升學的願望與毅力更加強烈。

我是一個有主見、有毅力、肯努力且具有耐心的人。雖然我的記性無法同古人一樣過目不忘，但是我相信勤能補拙，所以當我念完書後，又不小心忘記或是不夠熟悉時，一定會耐心的再讀第二遍、第三遍。這樣的學習速度也許慢了點，但是我覺得學習就像使用不同的交通工具、不同的速度到某個目的地一樣，只要不放棄都可以到達，而且速度慢一點也許反而可以使視野更清晰、印象更深刻。

## (二)求學過程

我從小就很喜歡閱讀各方面的書籍，尤其是有關文學方面的讀物。由於家中經濟情況不允許，所以藏書甚少，這使得我閒暇時，喜歡在學校或市立圖書館看書，或到附近的書局閱讀各種刊物。也許因為廣泛閱讀的緣故，使我的見聞更加廣闊，以及提昇向上的求知欲。

升上高中後，由於課業壓力的加重，平常除了學習我最喜歡的國文、英文外，仍需花很多時間在研讀物理、化學、數學等科目上，這對於我想要更深入地了解文學方面的知識愈是困難，然而我還是不放棄這樣的求知欲，參加高中的論辯社，希望藉此加強自己的口才與應變能力，並參加校外開設的書法班、作文班，且時常參加各類文學營等相關活動，以擴展自己的文學知識與見聞。

## (三)自我期許

從我小學到高中接觸文學方面的知識，雖有十幾年的時光，對於各項文學方面的知識與學問，卻一直有徘徊門外之感。如今若能有幸進入貴校學習與研究，又有許多名師的教誨、指導，真是一份難得的緣分，所以無論如何我都要把握機會，好好的努力學習。

在未來四年裡，除相關課程的學習外，我一定會積極參與各種學術研討等，使自己的基礎更深厚，能力更提昇。

**範例二：**

我出生在彰化縣的一個純樸小鎮——「員林」，家父為我取名「宏儒」，想來是對我的期許。幼年至小學畢業，都在一個不算富裕卻安定詳和的環境中成長。國中就讀烏日明道中學初中部，每天約兩小時的通車往返，雖不免勞頓，卻也養成認真向學的堅定意志。

明道畢業，即負笈北上，進入台北市建國中學就讀。高中期間，我參加了國樂社，三年的薰陶，養成了對音樂藝術的愛好，迄今我仍義務在學校教授南胡。基於這份熱愛，時經多年我已創辦了以藝術人文為課程特色的弘明實驗高中。

建中畢業，考上中興大學畜牧系。讀完一年，發現自己的興趣不在此，所以毅然轉讀「中文系」。大學期間，我參加了佛學社團，而且投入「台中蓮社國學啟蒙班」以及「明倫佛學講座」的工作。這段時間的成長，啟發了我要以佛法的慈悲智慧來辦學的理念，而且是我創辦「弘明讀經托兒所」與「實驗小學」的濫觴。

大學畢業，服完兵役便投入教職，先後在台中市明德女中、曉明女中及台中縣東華國中任教。十幾年的教學生涯，磨練了我教學的本職專業，也增進了對學生輔導的經驗，然而在升學壓力的教育環境中，也深深感受到教育工作者的無奈。因此，我毅然辭去教職，投入人生的另一里程——「辦學」。

辦學的第一步，從幼教開始，我參與籌辦台中市弘明托兒所。這是一所以品德、讀經、健康為主要訴求的幼兒園。延續這個理念，繼續籌辦弘明實驗小學，擔任校長至今，並於95年起籌辦「弘明實驗高中」。我期望創造一個從幼兒園到高中，16年一貫理念的學習環境，在其中，沒有一個學生被放棄，它是優質學生的「學習殿堂」，也是暫時落後的孩子的「避風港」，我期許在這裡學習的孩子都具有「至善的心靈」、「光明的智慧」、「仁厚的胸襟」、「博愛的能力」。

投入辦學至今，增加了許多歷練，卻也深感自己有許多不足，極需再充實深造，所以安排了進修的生涯規劃。希望能裨益辦學事業，百尺竿頭更進一步。

# 第十五章 履歷表

## 第一節 履歷的意義與功用性概述

「履」字的意義有很多種，較常使用的是：鞋子、腳步或指個人的行為操守。「歷」字的意義，較常見的有經過、清晰、過去經驗的意涵。「表」字的意義更廣泛，在此指分格或分項以列記事物的文件，所以「履歷表」即是指一個人將生平經歷以分格或分項的方式列表出來。

履歷表是求職時必備的文書資料。由於現今社會求職競爭力逐漸在提昇，而各個公司機關、商家行號最初錄取員工的關鍵——即是個人的履歷表。在將個人的基本資料以及生平經歷以表格式簡化後填入履歷表中，不僅有助於對方在極短時間內迅速了解你的長處、才華，以便依其所需分配工作之職務類別，並有助於雙方達到各自需求的共識。

## 第二節 履歷表的格式、類別

履歷表的格式種類很多，有坊間販售一般的履歷表，也可自製履歷表的格式，而依照工作性質選擇適合的履歷表也是一門學問。下列以四種履歷格式作一簡單的介紹，分別為履歷簡表、公務人員履歷表、網路履歷表，以及自製履歷表：

### 一、履歷簡表

大部分的坊間商店都可購得履歷簡表，尺寸約18cm（長）×10cm（寬）。此種格式履歷表可用於一般民間服務業性質的工作，可以使僱者在篩選人選時迅速且輕鬆的選擇其所需要的員工。

履歷簡表如下：表一

<table>
<tr><td colspan="2">曾任職務</td><td>學歷</td><td>籍貫</td><td>通訊處</td><td>年齡</td><td>姓名</td></tr>
<tr><td colspan="2" rowspan="2"></td><td rowspan="2"></td><td rowspan="2"></td><td rowspan="4"></td><td>歲</td><td></td></tr>
<tr><td rowspan="3">民國　年　月　日生</td><td>性別</td></tr>
<tr><td>應徵職務</td><td colspan="3">希望待遇</td><td rowspan="2">女</td></tr>
<tr><td></td><td colspan="3"></td></tr>
<tr><td colspan="4">身份證字號</td><td colspan="3" rowspan="7">貼相片處</td></tr>
<tr><td colspan="4">　</td></tr>
<tr><td colspan="4">通訊電話</td></tr>
<tr><td colspan="4">　</td></tr>
<tr><td colspan="4">行動電話</td></tr>
<tr><td colspan="4">　</td></tr>
</table>

## 二、公務人員履歷表

坊間亦可以買到此類空白表格，此種表格不僅適用於公務人員應徵職務外，另外也可使用於一般民營公司。此類履歷表填寫內容較豐富，不僅能讓對方了解你的求學背景、專長、個人基本資料外，更能讓對方評估你所適合的職務類別。此外，該表格後附有填表說明，善加利用即可輕鬆填寫。

公務人員履歷表如下：表二

<table>
<tr><td>姓 名</td><td colspan="2"></td><td>英文姓名(姓氏在前)</td><td colspan="3"></td><td>性別</td><td></td><td rowspan="4" colspan="2">請粘貼最近二寸半身正面脫帽彩色光面照片</td></tr>
<tr><td>國民身分證統一編號</td><td colspan="2"></td><td>出生日期</td><td colspan="5">民國 年 月 日</td></tr>
<tr><td>護照號碼</td><td colspan="2"></td><td>外國國籍</td><td colspan="5"></td></tr>
<tr><td rowspan="3">通訊處</td><td>戶籍地</td><td colspan="7">□□□(郵遞區號)<br>縣(市) 鄉(鎮市區) 村(里) 鄰<br>路(街) 段 巷 弄 號 樓</td></tr>
<tr><td>現居住所</td><td colspan="7">□□□(郵遞區號)<br>縣(市) 鄉(鎮市區) 村(里) 鄰<br>路(街) 段 巷 弄 號 樓</td><td rowspan="2">電話號碼</td><td rowspan="2">住宅:( )<br>手機:</td></tr>
<tr><td>電子郵件信箱</td><td colspan="7"></td></tr>
<tr><td>緊急通知人</td><td>姓 名</td><td colspan="2"></td><td>關 係</td><td colspan="4"></td><td>電話號碼</td><td>住宅:( )<br>手機:<br>公:( )</td></tr>
</table>

<table>
<tr><td colspan="11">學 歷</td></tr>
<tr><td rowspan="2">學校名稱</td><td rowspan="2">院系科別</td><td colspan="4">修業年限</td><td rowspan="2">畢業</td><td rowspan="2">結業</td><td rowspan="2">肄業</td><td rowspan="2">教育程度(學位)</td><td rowspan="2">證書日期文號</td></tr>
<tr><td colspan="2">起(年、月)</td><td colspan="2">迄(年、月)</td></tr>
<tr><td></td><td></td><td></td><td></td><td></td><td></td><td></td><td></td><td></td><td></td><td></td></tr>
<tr><td></td><td></td><td></td><td></td><td></td><td></td><td></td><td></td><td></td><td></td><td></td></tr>
<tr><td></td><td></td><td></td><td></td><td></td><td></td><td></td><td></td><td></td><td></td><td></td></tr>
<tr><td></td><td></td><td></td><td></td><td></td><td></td><td></td><td></td><td></td><td></td><td></td></tr>
</table>

| 考試或晉升官等資位訓練 | | | |
|---|---|---|---|
| 年度 | 考試或晉升官等資位訓練 | 類科別 | 證書日期文號 |
| | | | |
| | | | |
| | | | |
| | | | |
| | | | |
| | | | |
| | | | |

| 專門職業及技術人員考試 | | | | | | |
|---|---|---|---|---|---|---|
| 專門職業及技術人員考試及格證書 | | | | | 專門職業及技術人員證書 | |
| 年度 | 類科 | 生效日期 | | | 核發機關 | 證書日期文號 |
| | | 年 | 月 | 日 | | |
| | | | | | | |
| | | | | | | |
| | | | | | | |
| | | | | | | |
| | | | | | | |
| | | | | | | |

| 檢 覈 | | | | | |
|---|---|---|---|---|---|
| 年度 | 類科 | 生效日期 | | | 證書日期文號 |
| | | 年 | 月 | 日 | |
| | | | | | |
| | | | | | |
| | | | | | |
| | | | | | |

| 甄 審 | | | | | | |
|---|---|---|---|---|---|---|
| 資位官稱類別 | 甄審名稱 | 生效日期 | | | 甄審機關 | 證件日期文號 |
| | | 年 | 月 | 日 | | |
| | | | | | | |
| | | | | | | |
| | | | | | | |
| | | | | | | |
| | | | | | | |

| 外國語文 | | | | | | |
|---|---|---|---|---|---|---|
| 語文類別 | | | | | | |

| 訓練及進修 | | | | | | | | | | | | | | |
|---|---|---|---|---|---|---|---|---|---|---|---|---|---|---|
| 國內 | | 國外 | | 訓練進修機關（構） | 名稱（程度） | 種類 | 機關選送 | | 期別 | 起(年月日) | 迄(年月日) | 訓練時數(學分數) | 證件日期文號 |
| 1. 訓練 | 2. 進修 | 3. 訓練 | 4. 進修 | | | | 是 | 否 | | | | | |
| | | | | | | | | | | | | | |
| | | | | | | | | | | | | | |
| | | | | | | | | | | | | | |
| | | | | | | | | | | | | | |
| | | | | | | | | | | | | | |
| | | | | | | | | | | | | | |
| | | | | | | | | | | | | | |
| | | | | | | | | | | | | | |
| | | | | | | | | | | | | | |
| | | | | | | | | | | | | | |
| | | | | | | | | | | | | | |

| 專 | | | | | | | 長 |
|---|---|---|---|---|---|---|---|
| 專長項目 | 證照名稱 | 生效日期 | | | 證件日期文號 | 認證機關 | 專長描述 |
| | | 年 | 月 | 日 | | | |
| | | | | | | | |
| | | | | | | | |
| | | | | | | | |
| | | | | | | | |
| | | | | | | | |
| | | | | | | | |
| | | | | | | | |

| 家 | | | | | | 屬 |
|---|---|---|---|---|---|---|
| 稱　謂 | 姓　名 | 國民身分證統一編號 | 出 生 日 期 | | | 職　業 |
| | | | 年 | 月 | 日 | |
| | | | | | | |
| | | | | | | |
| | | | | | | |
| | | | | | | |
| | | | | | | |

| 兵役 | | | | | |
|---|---|---|---|---|---|
| 役別 | | 軍種 | | 官(兵)科 | |
| 退伍軍階 | | 服役期間 | 起：民國　年　月　日<br>迄：民國　年　月　日 | 退伍令字號 | |

| 教師資格 | | | | | | | | |
|---|---|---|---|---|---|---|---|---|
| 區分 | | | 資格或類科 | 送審學校 | 年月日 | | | 證件日期文號 |
| 1.檢定 | 2.登記 | 3.審查 | | | 檢定 | 登記 | 審查 | |
| | | | | | | | | |
| | | | | | | | | |
| | | | | | | | | |
| | | | | | | | | |
| | | | | | | | | |

| 身心障礙註記 | | 原住民族註記 | |
|---|---|---|---|
| 種類 | 等級 | 身分別 | 族別 |
| | | | |

| 本人及配偶曾獲配公教貸款或配購公教住宅註記 |
|---|
| □曾獲配公教貸款　□曾配購公教住宅　□未曾獲配公教貸款或配購公教住宅 |

<table>
<tr><th colspan="14">經　　歷　　及　　現　　職（任　免）</th></tr>
<tr><th rowspan="2">服務機關</th><th rowspan="2">職稱</th><th rowspan="2">職務列等</th><th rowspan="2">職務編號</th><th rowspan="2">職系</th><th rowspan="2">主管級別</th><th colspan="2">任　職</th><th colspan="2">免　職</th><th rowspan="2">異動(卸職)原因</th><th rowspan="2">不必銓審註記</th><th rowspan="2">人員區分</th></tr>
<tr><th>日期文號</th><th>實際到職日</th><th>日期文號</th><th>實際離職日</th></tr>
<tr><td></td><td></td><td></td><td></td><td></td><td></td><td></td><td></td><td></td><td></td><td></td><td></td><td></td></tr>
<tr><td></td><td></td><td></td><td></td><td></td><td></td><td></td><td></td><td></td><td></td><td></td><td></td><td></td></tr>
<tr><td></td><td></td><td></td><td></td><td></td><td></td><td></td><td></td><td></td><td></td><td></td><td></td><td></td></tr>
<tr><td></td><td></td><td></td><td></td><td></td><td></td><td></td><td></td><td></td><td></td><td></td><td></td><td></td></tr>
<tr><td></td><td></td><td></td><td></td><td></td><td></td><td></td><td></td><td></td><td></td><td></td><td></td><td></td></tr>
<tr><td></td><td></td><td></td><td></td><td></td><td></td><td></td><td></td><td></td><td></td><td></td><td></td><td></td></tr>
<tr><td colspan="13">備　　註</td></tr>
<tr><td colspan="13"></td></tr>
</table>

| 經歷及現職（銓敘審定） | | | | | | | | | | | | |
|---|---|---|---|---|---|---|---|---|---|---|---|---|
| 服務機關 | 職稱 | 職務列等 | 職務編號 | 職系 | 銓敘審定 | | | | | | | 請任(免) |
| | | | | | 核定日期文號 | 審查結果 | 官等職等(官稱官階、官職等階級、級別或資位) | 俸級(薪級) | 俸點(薪點) | 暫支俸點(薪點) | 生效日期 | 核發日期文號 |
| | | | | | | | | | | | | |
| | | | | | | | | | | | | |
| | | | | | | | | | | | | |
| | | | | | | | | | | | | |
| | | | | | | | | | | | | |
| | | | | | | | | | | | | |

| 其它有關銓敘事項 |
|---|
| |

| 獎 | | | 懲 |
|---|---|---|---|
| 事　由 | 核定結果 | 核定機關 | 核定日期<br>文　號 |
| | | | |
| | | | |
| | | | |
| | | | |
| | | | |
| | | | |
| | | | |
| | | | |
| | | | |
| | | | |
| | | | |
| | | | |

| 考績（成）或成績考核 | | | | | | | | | | |
|---|---|---|---|---|---|---|---|---|---|---|
| 年別 | 區分 | 總分 | 等次 | 核定獎懲 | 官等職等(官稱官階、官職等階級、級別或資位) | 俸級(薪級) | 俸點(薪點) | 暫(減)支俸點(薪點) | 核定日期文號 | 銓敘審定日期文號 |
| | | | | | | | | | | |
| | | | | | | | | | | |
| | | | | | | | | | | |
| | | | | | | | | | | |
| | | | | | | | | | | |
| | | | | | | | | | | |
| | | | | | | | | | | |
| | | | | | | | | | | |
| | | | | | | | | | | |
| | | | | | | | | | | |
| | | | | | | | | | | |
| | | | | | | | | | | |
| | | | | | | | | | | |
| | | | | | | | | | | |
| | | | | | | | | | | |

| 簡 要 自 述 | | | |
|---|---|---|---|
| | | | |
| | | | |
| | | | |
| | | | |
| | | | |
| | | | |
| | | | |
| | | | |
| | | | |
| | | | |
| | | | |
| | | | |
| | | | |
| | | | |
| 填表人 | 承辦人員 | 人事主管 | 機關首長 |
| | | | |
| 中華民國 年 月 日 | | | |

## 填表說明

一、本表依公務人員任用法施行細則第29條規定訂定，係屬正式公文書，填表人務必依照規定親自據實填寫，字跡工整，如由他人填寫或由電腦列印者，須由本人親自簽名或蓋章，如有不實情事者，自負全責。

二、本表各項目欄內之數字使用，請依行政院「公文書橫式書寫數字使用原則」填寫。

三、「姓名」「國民身分證統一編號」「出生日期」應與戶籍登記相符；出生日期請用阿拉伯數字填寫。

四、「英文姓名」應與護照證件相符。

五、「性別」項，請填男或女。

六、「護照號碼」項，請依護照證件填寫。

七、「外國國籍」項，如有中華民國以外之國籍者，務必據實填寫；如無外國國籍者，請填寫「無」。

八、「通訊處」項，應就「戶籍地」與「現居住所」均予填寫。

九、「電話號碼」項，均予填寫。

十、「緊急通知人」各項目應詳填，以便緊急事件時聯繫。

十一、「學歷」項：

㈠填寫範圍以接受國內外正規學制教育已畢業，或結（肄）業並具有證明文件為限，至少須填1筆最高畢業學歷，惟大學以上畢（結、肄）業學歷有數個時，則依修業順序逐筆填寫。國外學歷並依「國外學歷查證（驗）及認定作業要點」查證認定後登錄。

㈡「畢業」、「結業」、「肄業」，請在適當空格內劃「✓」表示。

㈢「教育程度（學位）」欄，請依下列分類選填：

10國小、21國（初）中、22初職、23簡易師範、31高中、32高職、33師範、41二專、42三專、43五專、44六年制醫專（舊制）、50大學（含軍校、警校取得學士學位者）、60碩士、70博士

十二、「考試或晉升、官等資位訓練」及「專門職業及技術人員考試」項：

㈠「考試或晉升官等、資位訓練」指考選機關舉辦之各類公職考試及格並取得及格證書者，或經晉升官等（資位）訓練合格並取得合格證書者，請按先後順序全部填載，不得遺漏。

㈡「類科別」欄，填寫考試及格之職系類科。

㈢「專門職業及技術人員考試」指參加專門職業及技術人員考試及格並取得及格證書者，請按先後順序全部填載，不得遺漏。無該類考試及格資格者，免填。

十三、「檢覈」項，指經考選機關檢覈及（合）格並取得證書者，公職候選人檢覈資格免填。

十四、「甄審」項，指交通事業人員及關務人員具有升資或升任甄審合格證書者填寫。

十五、「外國語文」，「語文類別」欄請註明通曉（指具閱報及會話能力以上者）之外國語言名稱。

十六、「訓練及進修」項：

㈠「訓練」係包括國內外舉辦與公務有關之訓練，期間在1星期以上並取得證書者。

㈡「進修」指與公務有關之國內外進修，並可獲得學分者為限，「碩士學分班」於修畢應修學分（含教師在職進修修畢四十學分者），發給結業證書者填入本項，並不得填載於「學歷」欄；另專題研究及研（實）習等資料亦填入本項。

㈢「區分」欄，請在適當之空格內劃「✓」表示。

㈣「機關選送」欄，請在適當之空格內劃「✓」表示。

㈤「訓練時數」及「學分數」以該訓練或進修之證書資料為憑。

㈥如曾受過之訓練、進修次數很多者，請浮貼填寫。

十七、「專長」項：

㈠取的民間證照考試合格資料者，請依年度順序逐筆逐項填寫。

㈡專長項目欄，請依下列分類選填：

A001：車輛駕駛；A002：汽車維修；A003：電器維修；A004：冷凍空調維修

A005：烹飪廚藝；BA01：英文初級；BA02：英文中級；BA03：英文中高級
BA04：英文高級；BA05：英文優級；BB01：日文一級；BB02：日文二級
BB03：日文三級；BB04：日文四級。

若有其他專長項目僅填專長，不填編號。

十八、「家屬」項：

(一)家屬，請填祖父母、父母、配偶、子女、兄弟姐妹；祖父母及兄弟姐妹得免填。

(二)出生日期請用阿拉伯數字填寫，如係民國前出生者，請加填「前」字。

十九、「兵役」項：

(一)凡已服役者均應填寫。

(二)「役別」、「軍種」、「官（兵）科」、「退伍軍階」、「服役期間」等請依照退伍令記載填寫。

二十、「教師資格」項：

(一)「區分」欄，請在適當之空格內劃「✓」表示。

(二)「年月日」欄，請就教師資格檢定、登記或審查之起資日期予以填寫。

二十一、「身心障礙註記」及「原住民族註記」項，請分別註記填寫。「原住民族註記」之「身分別」欄，請填「平地」或「山地」。

二十二、「本人及配偶曾獲配公教貸款或配購公教住宅註記」項，請在適當方格內劃「v」表示。

二十三、「經歷及現職」項：（含任免及銓敘審定部分）

㈠本項初任者請填寫現職；有多筆經歷者，請依序逐筆填寫，現職應為最後1筆。

㈡填寫本表時，一筆經歷如有多筆銓敘審定資料時，請填寫該筆經歷之每1筆銓敘審定資料。

㈢「職稱」欄，指現職職務之稱謂，如「專員」。

㈣「職務列等」欄，指依職務列等表所列之官職等填寫；惟官職等有2組以上者，例如科員職務列等為「委任第五職等或薦任第六職等至第七職等」，僅填1組當事人所占之官職等。

㈤「職務編號」欄，由人事單位填寫。

㈥「職系」欄，指現職職務所歸之職系，如「一般行政」職系。

㈦「主管級別」欄，「主管」指編制內法定之主管職務，不含任務編組之職務；「級別」指下列級別，請人事單位填入適當之級別及代碼：

1.首長　2.副首長　3.一級主管　4.二級主管　5.三級主管

6.四級以下主管　7.一級副主管　8.二級副主管　9.三級副主管

㈧「任職」、「免職」欄，係填寫派令之日期、文號。

(九)「銓敘審定」欄之各子項，請依銓敘部之銓敘審定函填寫。

(十)「不必銓審註記」人員，指凡未納入銓敘範圍者，如國營事業機構等人員，由人事單位在該欄內打「✓」表示。

(十一)「人員區分」欄，請各人事單位填入下列適當代號表示：

1.司法人員 2.外交人員 3.警察人員 4.關務人員 5.交通事業人員

6.審計人員 7.主計人員 8.人事人員 9.政風人員 10.教育人員

11.一般人員 12.聘用人員 13.約僱人員 14.醫事人員

71主辦會計人員 72主辦統計人員 73會計佐理人員 74統計佐理人員

(十二)「備註」欄，係可供填列現職備註及經歷備註，例如兼職情形、其他重要記載事項。

二十四、「其它有關銓敘事項」指未列入「經歷及現職」項而與銓敘有關之事項，例如取得簡任升等存記等。

二十五、「獎懲」項，請照核發之獎懲令依序逐筆填寫，範圍包括平時考核獎懲、懲戒處分、刑事裁判、勳（獎）章、模範公務人員及公務人員傑出貢獻獎等。

二十六、「考績（成）或成績考核」項：

(一)任公職取得考績（成、核）資料者，請依年度順序照考績（成、核）核定結果逐筆逐項填寫。

㈡「區分」欄，指年終考績（成、核）、另予考績（成、核）、專案考績（成、核）。

㈢「核定獎懲」欄，係填該年度考績（成）或成績考核核定獎懲。「核定日期文號」欄，係填寫主管機關或授權核定機關之核定日期文號，「銓敘審定日期文號」欄，係填寫銓敘部之銓敘審定日期文號。

二十七、本表填表人所填各欄，經各服務機關人事單位查對無訛後，除填表人簽名或蓋章外，機關首長、人事主管及承辦人員3欄位，請蓋職章或職名章。

二十八、本表各欄填載資料如有異動，請填表人儘速檢證通知服務機關人事單位更正。

## 三、網路履歷表

現今網路資源發達，各大公司行號為便於求才，大都採用網路徵才方式，所以網路填寫履歷表格已經很普遍。網路上有各式各樣的求才網站，其履歷表格也因不同的徵才網站而有所不同，所以在填寫網路履歷表時，應符合其規定。

以下範例取自104人力銀行徵才網站：表三

## 104 人力銀行求職履歷登錄表

（□爲必填欄位）本表格由 104 人力銀行於 2006/12 製作

★尋找工作類別：□全職工作 □兼職工作 □高階經理（年薪百萬以上）【單選】

★姓名：　（在您填寫姓名的同時，代表您已詳讀 104 人力銀行求職規約之相關條款，並同意遵守求職規約）

★性別：□男 □女　★身分證號：　☆電子郵件：

☆英文名：　★出生日期：___年___月___日　★婚姻狀況：□已婚 □單身

★通訊地址：

★聯絡電話【至少填寫一項】：

行動電話 1：　家中電話：

行動電話 2：　公司電話：　□上班時間可聯絡（請打 V）

★最快可上班日：□隨時 或 民國___年___月___日　★聯絡方式/時間：

★目前兵役狀況：□役畢 □未役 □待役 □免役 □屆退伍《屆退伍及役畢者請註明退伍時間：__________》

★目前身份：□上班族（含在職、待業）□應屆畢業生 □日間就讀中 □夜間就讀中 □外籍人士 □原住民 □婦女二度就業 □中高齡就業【可複選】

★希望從事職務名稱：

☆職務工作內容：

★希望職務類別【請依優先順序填寫您希望從事的職務類別,至少填寫一項,不需全部填滿】：

第一優先：　第二優先：　第三優先：

★希望從事產業【請填寫您希望從事的職務類別,至少填寫一項,不需全部填滿】：

1.　2.　3.

4.　5.

★您的履歷表是否同意開放給直銷傳銷公司查詢：□同意 □不同意

★您的履歷表是否同意開放給保險公司查詢：□同意 □不同意

★希望工作地點【請依優先順序填寫您希望工作的地點,至少填寫一項,不需全部填滿】：

第一優先：　第二優先：　第三優先：

第四優先：　第五優先：　第六優先：

★希望待遇(月薪)：________元 □面議 □依公司規定

☆希望休假制度：□不拘 □週休二日 □隔週休 □排班制 □三班制

☆多元工作意願：□接案子/SOHO □未來想自己創業 □接受家教工作 □接受派遣工作 □尋找國防役工作

★目前就業狀態：□工作中（仍在職）□無工作（待業中）

★工作經驗累計___年【詳述工作經驗可讓求才公司了解您的經歷：加填公司統編，可對該公司設定隱藏您的資料】

| | 始（年.月） | 至（年.月） | 公司名稱 | 職務名稱 | 規模（員工人數） | 公司統編 |
|---|---|---|---|---|---|---|
| 目 前 | | | | | | |
| | ★有無管理責任 □無（不需負擔管理責任）<br>□有（直接管理人數約：□4 人以下 □5-8 人 □9-12 人 □13 人以上）<br>☆目前待遇：________元<br>□隱藏目前工作服務單位名稱 | | | | | |
| 前一個 | | | | | | |
| | ★有無管理責任 □無（不需負擔管理責任）<br>□有（直接管理人數約：□4 人以下 □5-8 人 □9-12 人 □13 人以上） | | | | | |
| 前二個 | | | | | | |
| | ★有無管理責任 □無（不需負擔管理責任）<br>□有（直接管理人數約：□4 人以下 □5-8 人 □9-12 人 □13 人以上） | | | | | |
| 前三個 | | | | | | |
| | ★有無管理責任 □無（不需負擔管理責任）<br>□有（直接管理人數約：□4 人以下 □5-8 人 □9-12 人 □13 人以上） | | | | | |

**104人力銀行求職履歷登錄表**

☆特定公司隱藏設定【若您不想被特定公司知道您在找工作，請填寫公司名稱的連續字串】:
1. 2. 3. 4. 5. 6.

★最高學歷：□高中（職）以下 □高中（職） □專科 □大學 □研究所 □博士

★學歷【在學者請填寫目前就讀的學校】:

| | 始（年.月） | 至（年.月） | 學校名稱 | 科系名稱 |
|---|---|---|---|---|
| 最高學歷 | | | | |
| 次高學歷 | | | | |
| 其它學歷 | | | | |

專長與自傳（★爲必填欄位）本表格由104人力銀行於2006/06製作

☆擅長的第二外語：【高階人員必塡寫英文之語言能力】

| 語言種類 | 聽 | 說 | 讀 | 寫 |
|---|---|---|---|---|
| 1-______ | □精通 □中等 □略懂 | □精通 □中等 □略懂 | □精通 □中等 □略懂 | □精通 □中等 □略懂 |
| 2-______ | □精通 □中等 □略懂 | □精通 □中等 □略懂 | □精通 □中等 □略懂 | □精通 □中等 □略懂 |
| 3-______ | □精通 □中等 □略懂 | □精通 □中等 □略懂 | □精通 □中等 □略懂 | □精通 □中等 □略懂 |
| 4-______ | □精通 □中等 □略懂 | □精通 □中等 □略懂 | □精通 □中等 □略懂 | □精通 □中等 □略懂 |

☆請描述您的方言程度：

| 方言種類 | 程度 | 方言種類 | 程度 | 方言種類 | 程度 | 方言種類 | 程度 |
|---|---|---|---|---|---|---|---|
| | | | | | | | |

☆電腦技能專長：

☆非電腦技能專長：

☆已取得的認證資格：

☆具備駕駛執照種類：□輕型機車 □普通重型機車 □大型重型機車 □普通小型車 □普通大貨車 □普通大客車 □普通聯結車 □職業小型車 □職業大貨車 □職業大客車 □職業聯結車 □無【可複選】

☆目前自備交通工具：□輕型機車 □普通重型機車 □大型重型機車 □普通小型車 □普通大貨車 □普通大客車 □普通聯結車 □職業小型車 □職業大貨車 □職業大客車 □職業聯結車 □無【可複選】

★自傳：【自傳對雇主極端重要，請務必塡寫；如不夠塡寫請另以稿紙書寫，中、英文字數各2000字以內】

★密碼設定： 【英文或數字6到12碼,勿用中文、空格及符號】

★密碼提示： 【幫助提醒自己用，如：女友生日，身高，寵物名字等】

☆身高： ☆體重：

| ☆推薦人 | 姓名 | 服務單位 | 職銜 | 電話或E-mail |
|---|---|---|---|---|
| 推薦人1 | | | | |
| 推薦人2 | | | | |

★您是否爲身心障礙朋友：□是 □否（勾選否者以下免塡）

★身心障礙類別及等級【可複選】:

| | |
|---|---|
| 1. 視覺障礙 □輕度 □中度 □重度 | 6. 聽覺或平衡機能障礙 □輕度 □中度 □重度 |
| 2. 顏面損傷 □輕度 □中度 □重度 | 7. 聲音或語言機能障礙 □輕度 □中度 □重度 |
| 3. 肢體障礙（上肢）□輕度 □中度 □重度 | 8. 自閉症 □輕度 □中度 □重度 □極重度 |
| 4. 肢體障礙（下肢） □輕度 □中度 □重度 | 9.慢性精神病 □輕度 □中度 □重度 □極重度 |
| 5. 肢體障礙（軀幹） □輕度 □中度 □重度 | 10.其他障礙 □輕度 □中度 □重度 □極重度 |

☆使用輔具：□輪椅 □特殊滑鼠設計 □金點1號 □其它________

★持有殘障手冊：□是 □否

填畢後請將第2、3頁另存新檔，Email至 resumebank@104.com.tw，或傳真至02-77051144，我們將於收到後儘速爲您代爲登錄

## 請於填寫前詳閱本求職規約

### 求職規約

當您選擇開始登錄本網站之全職、兼職、高階履歷表時，即視為您已事先閱讀「求職規約」全部內容，並同意遵守以下約定（以下您以「本人」簡稱；一零四資訊科技股份有限公司所屬之104人力銀行以「本網站」簡稱；一零四資訊科技股份有限公司所屬之教育資訊網、廣告網、創業加盟網、家教網、專案外包網、辦公市、職感網、心理網、人資網、評量中心、數位人資網、公司資訊中心等網站以「子網站」簡稱；一零四資訊科技股份有限公司所屬之獵才顧問中心以「高階獵才」簡稱；一零四資訊科技股份有限公司之子公司一零四人力資源顧問股份有限公司所屬之人才派遣中心以「人才派遣」簡稱；以上本網站、子網站、高階獵才、人才派遣以「104企業集團」統稱；「求才廠商」指與本網站簽約在有效刊登期間之求才廠商客戶）：

**第一條：本網站提供之求職服務內容**

本人充分瞭解本網站提供求職者免費刊登全職或兼職履歷之求職服務內容，主要分為三種：㈠履歷自動配對服務；㈡求才會員主動查詢人才服務；㈢求職者主動應徵服務。本條所稱「履歷自動配對服務」是指當本人完成履歷表登錄及成功送出後，本網站之電腦系統將會依照本人所設定之求職條件，經自動機制以電子郵件或傳真傳送本人之履歷表予符合條件之求才會員之服務。本條所稱「求才會員主動查詢人才服務」是指求才會員得透過本網站之VIP專區（vip.104.com.tw），在其刊登所屬職務類別之範圍內，主動設定篩選條件，查詢與本人希望職務類別相同且本人保持開啟狀態之履歷表之服務。本條所稱「求職者主動應徵服務」是指本人得於本網站就意欲應徵之工作機會主動送出履歷表予求才會員之服務。本網站對登錄高階履歷表者，以及先前登錄全職或兼職履歷表後轉換為高階履歷表者，所提供之求職服務內容，主要為求職者主動應徵服務，不及於履歷自動配對服務及求才會員主動查詢人才服務。

**第二條：求職者履歷資料之蒐集、電腦處理及利用**

本人同意將本人於本網站登錄之履歷資料，無償且不附帶任何條件提供予本網站蒐集、電腦處理及作為以下特定目的之利用：

㈠依前條服務提供求才會員作為面試徵才之用；㈡作為人才派遣、高階獵才或專案招募之查閱、連絡及推薦之用；㈢作為接收104企業集團各項服務與資訊之用，例如但不限於市場調查問卷，104企業集團之廣告網或教育資訊網受企業委託代為發送之會員；㈣其他另經過本人以書面、電子郵件、傳真、網頁點選按鈕同意之利用。

**第三條：本網站之服務與就業服務之差異**

本人明瞭本網站依求職規約第一條約定所提供之服務是一求職求才資訊供應服務，

本網站（除高階獵才、人才派遣與專案招募外）並不辦理或介入任何本人與求才會員間之職業介紹、人才仲介、人才甄選或促使勞雇雙方簽訂聘僱契約之實務行為。

## 第四條：填寫履歷時應注意事項

㈠本人茲保證本人所填寫之電子履歷表同意由本網站客服人員代為登錄之履歷資料（含照片），絕無擅自利用他人名義或自為不實之登錄。本人登錄履歷資料之各項內容，均經詳實填寫，絕無虛偽不實，如有內容不雅，違反社會善良風俗，本網站有權不予刊登、關閉履歷或將本人列入拒絕往來用戶名單。若涉及民刑事糾紛者，本網站亦會配合檢察或司法機關，提供本人必要之個人資料供查證。

㈡本人明瞭凡個人連絡資料不全、學歷及自傳留白，或過於精簡，於填表後經本網站客服人員通知後一週內，若仍未確實補齊者，本網站有權不予刊登或關閉履歷。

㈢本人明瞭於本網站每人僅限登錄一份履歷表，遇有重覆登錄者，本網站之系統將自動予以刪除。本人提供經本網站已完成登錄之履歷表，除本人經列為本網站之拒絕往來用戶者外，本人有權使用本網站履歷維護功能，自行編修履歷內容或更改密碼。

㈣本人明瞭本網站不主動於公開網頁（意指，無須經過任何帳號密碼查驗登入，即可瀏覽之網頁）上顯示本人之個人連絡資料欄位（例如：名字、電話、完整地址、e-mail等），但其餘履歷內容，除依本網站提供之功能經由本人主動設定隱藏者外，將於本網站之公開網頁上顯示。

㈤本人明瞭首次經本網站代為登錄之履歷表且履歷表於開啟狀態下，以及履歷表關閉後又重新開啟時，若未確實要求對求才會員之隱藏功能，則本人先前服務與目前服務之求才會員有可能瀏覽或接受到本人之履歷資料，其後果應由本人自行承擔。

㈥本人明瞭填寫自傳時，若於自傳欄位填寫個人姓名及連絡資料，因求才廠商瀏覽本人（部份）履歷資料，導致自傳內容於公開網頁上揭露個人姓名及連絡資料之後果，應由本人自行承擔。

㈦本人自選履歷表密碼時，不使用全形字或中文字。當由客服人員代為登錄完成後，本人除應牢記自設之密碼，亦需自負妥善保管責任，且不將此密碼洩露或提供予第三人知悉、或出借或轉讓他人使用，本人如發現帳號或密碼遭人非法或不當使用，將立即通知104人力銀行網站客服人員，並於找到工作後，主動上網關閉履歷，否則邇後所生一切可能之不便，概由本人自行承擔。

**第五條：求職者禮儀約定**

本人同意若發生以下三款違反求職禮儀之情事者：

㈠求職者填寫之履歷表，有虛偽不實之情事，經查明屬實，本網站要求更正但仍不修正者。

㈡求職者已與求才會員約定前往面試之時間，屆時無故不到，未事先或事後立即通知該公司解釋原委，不聞不問，經查明屬實者。

㈢求職者已與求才會員約定前往上班之時間，屆時無故不到，未事先或事後立即通知該公司解釋原委，不聞不問，經查明屬實者。

本網站有權立即關閉本人之履歷表，並拒絕本人邇後使用本網站登錄及維護履歷表之服務。本網站另可將本人之姓氏、求職代碼及事實經過，放置於違反求職禮儀專區，供本網站之求才會員查考。

**第八條：求職者於面試前或面試時應注意事項**

本網站對於求才會員及其提供之工作機會，固經由本網站之客戶服務專員，予以過濾與篩選，惟仍不排除或有可能遭人魚目混珠、冒名頂替或提供名實不符之工作機會。本人於應徵面試時，仍須提高警覺，注意自身權益與安全，遇有任何疑慮或不法，本人應立即結束面試離開，並利用本網站意見反應之機制，將遭遇情形提出檢舉，或利用求職者服務專線（02）29126104分機8200及8202。

**第七條：本網站免責約定**

本人明瞭本網站提供本人免費刊登履歷之服務，並不表示本網站有義務或有責任為本人無法找到工作，或本人與求才會員發生面試徵才之勞資或消費紛爭，或求才會員將本人履歷資料移作不法或不當使用時，須負其責任。本人同意不對本網站或104企業集團就以上情形之發生為民事損害賠償之請求，亦不任意公開散佈有損本網站或104企業集團或其負責人、董監事、受僱人商譽或名譽之言論或文字。

**第八條：隱私權保護政策**

本人明瞭本網站、子網站、人才派遣、高階獵才之隱私權保護政策亦構成求職規約之一部份，作為求職規約之補充內容，本人亦應詳加閱讀。

**第九條：準據法及管轄法院**

本人與本網站、子網站、人才派遣、高階獵才共同約定，若有爭議發生而須訴諸司法解決時，雙方合意以台灣台北地方法院為第一審管轄法院，並以中華民國法律為準據法。

**第十條：其他事項**

上述條款若有未盡事宜，適同本公司網站上求職規約之規定

## 四、自製履歷表

自製履歷表，顧名思義，即是自己製作一份履歷表。製作履歷表並不困難，重點在於要以各公司行號需求來設計履歷表為恰當，非一味依自己喜好而設計；否則，不論設計的履歷表多特別，也都失去自製履歷表的意義。如表四

| 個人基本資料 | | | | | |
|---|---|---|---|---|---|
| 姓名 | | | | 相片黏貼處 | |
| 電話 | | | | | |
| 身分證字號 | | | | | |
| 生日 | 年　月　日　歲 | 性別 | | | |
| 通訊地址 | | | | | |
| 最高學歷 | | | | | |
| 交通工具 | | 持有駕照 | | | |
| 個人健康情形 | | | | | |
| 血型 | | 身高 | | 體重 | |
| 特殊疾病 | | | | | |
| 應徵事項 | | | | | |
| 應徵職務 | | | | | |
| 希望待遇 | | | | | |
| 曾任職務/經歷 | | | | | |
| | | | | | |
| | | | | | |
| | | | | | |
| | | | | | |
| | | | | | |
| | | | | | |
| 個人專長 | | | | | |
| | | | | | |
| | | | | | |
| | | | | | |
| | | | | | |
| | | | | | |
| | | | | | |
| 備註 | | | | | |
| | | | | | |
| | | | | | |

（表四）

## 第三節 履歷表的內容撰寫技巧及應注意事項

其實，各種履歷表格填寫的內容大同小異，皆以個人基本資料為範圍，所以撰寫方面的困難度不高，然而也不能因此而草率。因各公司機關常常在面對篩選應徵員工時，依其履歷內容、字跡等所呈現的印象而判定其工作態度。以下即依照各項填寫方面問題作探討：

### 一、文字書寫

文字書寫應端正、整齊，避免潦草、輕率。因書寫所呈現的端正或潦草，往往是給他人的第一印象，所以字體書寫不僅要端正、清晰，內容也需契合、嚴謹，不可輕忽。

### 二、基本資料

履歷的基本資料包含姓名、性別、年齡、通訊處、電話、身分證字號、學歷等，這些內容只消正確填寫即可，切勿編造不實資料，以免釀成偽造文書等罪名，而遺憾終生。

### 三、曾任職務或專長

有些人曾任職務經歷較多，填寫此欄應以該公司所需才能為主。如應徵行政人員，則應將曾任行政工作優先填入，其他職務次之。專長亦同，先將自己最擅長的能力寫出，其他再依該公司需求填入即可。此外，曾任職務與專長也須誠實填寫，才不會剛任職後又慘遭被開除的命運。

### 四、希望待遇

填寫此欄，最好事先調查該職務工作性質與內容之合理薪水，填寫時，避免開出一堆不合理的要求、條件；反之，也毋須一味貶低自己，喪失了自己的權益。

## 第四節 履歷的範例

本節以履歷簡表、自製履歷表為範例，僅供參考之。

1. 履歷簡表（表五）：

|  |  |
|---|---|
| 姓名 | 江○○ |
| 性別 | 女 |
| 年齡 | 27歲 |
| | 民國69年3月19日生 |
| 通訊處 | 台中市○○區○○街○○號 |
| 籍貫 | 台中市 |
| 學歷 | ○○大學英文系畢 |
| 曾任職務 | 近兩年工作經驗：國小英文家教、國中英文家教<br>○○飯店會計 |
| 希望待遇 | 月薪 24000~28000 |
| 應徵職務 | 師教語美 |
| 身份證字號 | B********* |
| 通訊電話 | 04-2○○○○○○○ |
| 行動電話 | 0937○○○○○○ |
| 貼相片處 | |

（表五）

2.自製履歷表（表六）：

<table>
<tr><td colspan="6">個人基本資料</td></tr>
<tr><td>姓名</td><td colspan="3">莊○○</td><td colspan="2" rowspan="4">個人相片<br>相片黏貼處</td></tr>
<tr><td>聯絡電話</td><td colspan="3">0918○○○○○○</td></tr>
<tr><td>身分證字號</td><td colspan="3">A○○○○○○○○○</td></tr>
<tr><td>生日</td><td>67 年 9 月 26 日 29 歲</td><td>性別</td><td>女</td></tr>
<tr><td>通訊地址</td><td colspan="5">高雄市○○路○○街○○號</td></tr>
<tr><td>最高學歷</td><td colspan="5">○○大學資訊管理學系畢</td></tr>
<tr><td>交通工具</td><td>汽車</td><td>持有駕照</td><td colspan="3">汽、機車駕照皆有</td></tr>
<tr><td colspan="6">個人健康情形</td></tr>
<tr><td>血型</td><td>O 型</td><td>身高</td><td>163cm</td><td>體重</td><td>47kg</td></tr>
<tr><td>特殊疾病</td><td colspan="5">無</td></tr>
<tr><td colspan="6">應徵事項</td></tr>
<tr><td>應徵職務</td><td colspan="5">行政助理</td></tr>
<tr><td>希望待遇</td><td colspan="5">月薪 20000~26000</td></tr>
<tr><td colspan="6">曾任職務／經歷</td></tr>
<tr><td colspan="6">1、○○補習班行政助理</td></tr>
<tr><td colspan="6">2、○○公司業務助理</td></tr>
<tr><td colspan="6">3、○○公司櫃檯人員</td></tr>
<tr><td colspan="6">個人專長</td></tr>
<tr><td colspan="6">1、文書處理</td></tr>
<tr><td colspan="6">2、程式設計</td></tr>
<tr><td colspan="6">3、鋼琴</td></tr>
<tr><td colspan="6">語文能力</td></tr>
<tr><td colspan="6">1、善中文、閩南話；英文略懂</td></tr>
<tr><td colspan="6">2、全民英檢高級</td></tr>
</table>

（表六）

以上範例僅供參考。如（表六）的曾任職務/經歷、個人專長、語文能力填畢後，可將多餘的空白欄位刪除，能使版面較為美觀。此外，若無備註，則可將其刪除。

教學類 K084

# 應用文

編 著 者 蔡信發
責任編輯 吳家嘉

發 行 人 陳滿銘
總 經 理 梁錦興
總 編 輯 陳滿銘
副總編輯 張晏瑞
編 輯 所 萬卷樓圖書(股)公司
排 版 浩瀚電腦排版(股)公司
印 刷 晟齊實業有限公司
封面設計 小雨

發 行 萬卷樓圖書(股)公司
臺北市羅斯福路二段 41 號 6 樓之 3
電話 (02)23216565
傳真 (02)23218698
電郵 SERVICE@WANJUAN.COM.TW
大陸經銷
廈門外圖臺灣書店有限公司
電郵 JKB188@188.COM

ISBN 957-739-537-6
2015 年 8 月四版六刷
1992 年 9 月初版
定價：新臺幣 600 元

如何購買本書：
1. 劃撥購書，請透過以下帳號
帳號：15624015
戶名：萬卷樓圖書股份有限公司
2. 轉帳購書，請透過以下帳戶
合作金庫銀行 古亭分行
戶名：萬卷樓圖書股份有限公司
帳號：0877717092596
3. 網路購書，請透過萬卷樓網站
網址 WWW.WANJUAN.COM.TW
大量購書，請直接聯繫，將有專人為您服務。(02)23216565 分機 10

如有缺頁、破損或裝訂錯誤，請寄回更換



國家圖書館出版品預行編目資料

應用文 / 蔡信發編著.
-- 四版. -- 臺北市 : 萬卷樓, 2005［民 94］
面； 公分
ISBN 957-739-537-6(平裝)
1.中國語言－應用文
802.79 94016649